炼狱

（下）

麦嘉——著

目录

第十五章

五月十三日　星期六　晴

“你真要去绝食？”李娜脑袋靠在床头，看着正穿衣服的沈鸿，脸上带着嘲弄的意味。

沈鸿只顾穿着衣服，没搭理她。

李娜抬手理理头发，说：“有什么用！就算你们都死光了，人家也未必让步！政治家是最没人性的，他们只关心手中的权力，不会在乎你们的生死！”

沈鸿讨厌她说话的腔调，很不耐烦地说：“我知道，可我在倡议书上签了名，就得去！”

“想不到你还这么冲动，原来我以为你真的厌倦了政治！”李娜冷哼一声，用嘲讥的口吻说。

“这不是为了政治，而是要维护人的尊严！”沈鸿瞪了她一眼，觉得同她说话实在很费劲。

“这事本来就是你们自找的，现在却谈什么人的尊严，不觉得可笑？况且在中国又哪里有什么人的尊严可言？”李娜尖刻地说。

沈鸿感到一阵烦躁，克制住自己，不想与她争辩。

李娜却不肯罢休，说：“你想过没有，这样做是很愚蠢的！”

沈鸿知道她的用意，又不想自己心情被瓦解，做出不在意的样子走到穿衣镜前用手梳理着自己的头发。

“你这样子很帅，只是太悲壮！”李娜审视着他，说。

“我走了！”沈鸿在屋中央站着，冷淡地看着李娜。

李娜轻轻叹息着，说：“我不送你！”

“不用，你说过用不着那样悲壮！”沈鸿走过去把手放在她肩膀上，说。

“我想不会有事的！”李娜把他的手握住，说。

“我走了！”沈鸿把手抽出来，故作轻松地笑了笑。

“晚上天气凉，别忘了带毛衣！”李娜说。

沈鸿骑车在路上走着，天气晴朗，街上的情形与往常并没有两样，人们的神态是那样安详。沈鸿心想：他们肯定都不知道绝食的事，即便知道也未必能理解！没准还有人以为吃饱了撑的。没有了他们的理解和支援，绝食又有什么意义！李娜那话是难听，可也不是全然没道理。那天同张锋谈话自己就说过，搞绝食实际上是要拿同学们的生命作赌注同政府玩一场赌搏，却没想到竟会成为现实，更没想到自己也会卷入其中。

走进校园，见到的却是另外一番景象。高音喇叭里传来播音员高昂而悲壮的声音，过往的行人个个脸色阴沉。沈鸿看着，心里像是被什么东西压住了似的，神色顿时变得冷峻起来。

三角地聚了许多人，却不像平时那样喧闹。没有慷慨激昂的争辩，更没有哗众取宠的喧哗，说话的声音似乎比平时要低沉得多，那一张张从眼前晃过的脸比往常要庄重许多。沈鸿在人群中转悠着，在那充满悲剧性的氛围中，心情也变得沉重起来。

那张绝食倡议书张贴在宣传橱窗的玻璃上，昨天看时不过十三个人的名字，大片空白曾使他感到悲哀。可是现在那片空却让许多名字填满了，其中有他熟悉的：张锋、刘伟、郭振清，郭焱……他低声地

念着这些名字，突然觉得他们同自己离得很近，好像又回到了过去的岁月。

时间还早，沈鸿不想回寝室去。他不想同寝室里的同学告别，甚至不想见到任何熟人。他很害怕那种人为制造的悲剧氛围，更不喜欢别人用那样的眼光来看待自己。他试图在心里把这件事情尽量淡化，从而以平淡的心情参与这次绝食行动。

按照预先安排，中午要由部分青年教师在燕春园餐厅为参加绝食的同学壮行。沈鸿没打算参加，昨晚演讲时的那份激情似乎远离了他，振耳欲聋的掌声和欢呼声也没能使他找到过去的感觉。他好像习惯了宁静，对人为营造的庄严和悲壮感到厌倦。

对这次活动，他自始至终不抱任何希望，也没想过要扮演什么角色。内心不可抑制的激情使他作出这种选择，他所做的一切不过要承担一份义务和责任！连弱小的女孩尚且报名参加，他堂堂一个男子汉还有什么说的！

“沈鸿，你怎么在这？你妈妈来了，在寝室里等着你！”宋玉幽灵般出现在眼前，似笑非笑地看着他。

沈鸿吃了一惊，这么多年来母亲还是第一次到学校来找他，又恰恰是在这个时候！不用说是为绝食的事来的，肯定还是奉了父亲的旨意。当部长的父亲自然消息灵通，也了解了自己这副德行，知道自己在这种时候很难袖手旁观。可是他为什么不敢自己到学校来？多少年来母亲不过是夹在他和父亲之间的一道屏障，他总是隔着母亲才能看到父亲的身影，这身影却总是那样模糊不清。得知母亲的秘密之后，他对自己身世的疑问也在加大。有时候真想向母亲询问究竟，却又怕伤了母亲的心！

“怎么不回去？”宋玉用奇怪的眼光看着犹疑不决的沈鸿，问。

沈鸿苦笑了笑，说：“我，这就回去！”

回到寝室，一眼便看见床边坐着的母亲，她正听金哲说着话，脸上带着安详的微笑，像个有涵养的知识女性。

“你总算回来了！”金哲说着站起身来。

沈鸿走到母亲跟前，心情显得很平淡，问她：“您怎么来了？”

“你很长时间没回家了，我来看看你！”母亲微笑着说。

沈鸿知道她在说谎，却不忍心揭破，只是淡淡一笑。

金哲同母亲打了个招呼便出去了，屋子里只剩下沈鸿和母亲。沈鸿不知为什么感到有些拘谨，原有的心境因母亲的不期而至受到破坏，心情变得有些烦躁不安。他没有勇气面对母亲那慈爱的目光，低下头去。

“刚才我到校园里看了看，好多年没回来过了，变化还真大！”母亲突然叹息着说。

沈鸿看着母亲，有些吃惊，这才想到母亲原来也是在这里上过学的。母亲从来没有对自己讲过在北大上学的经历，他却看过母亲那时候的照片，母亲年轻时的确很漂亮，他一直以为自己的外表都是从母亲那里继承来的。他不明白年轻漂亮的母亲怎么会爱上比自己大十来岁的“土八路”的父亲，记忆中父母从来没有当着自己谈论过他们的过去。他早就听过当年许多老革命进城后抛弃家乡的土老婆找城里洋学生的故事，便想象母亲当年也像许多洋学生那样被组织分配给老革命的父亲。可是他怎么也看不出柔弱的母亲竟有勇气背叛专制的父亲，对自己身世的疑问使他常常把自己想象为母亲那次背叛的果实，那么自己真正的父亲又是谁呢？ 他其实很想揭开这个谜底，只是怕结果会伤害了母亲也伤害了自己。

“你这床上太乱了，也不知道收拾！”母亲用手在床上拍了拍，

说。

沈鸿往自己床上看，被子已经被叠好，整整齐齐，显然是母亲收拾过的，心里突然产生出莫名的烦恼，似乎没有心情承受母亲的关切和柔情。

“妈，您有什么话就说吧，我还有许多事情要做！”他不耐烦地对母亲说。

母亲似乎有些慌乱，仍旧慈爱地看着沈鸿。

沈鸿看着母亲，说：“我知道，是父亲让您来的！”

“小鸿，你别这样，你爸也是为你好！再说学校这么乱，我不放心，也想来看看。”母亲说。

“他怎么不自己来？这种事他为什么总要推到您头上？难道我不是他儿子？”沈鸿大声地说。

“你怎么能说出这种话？你怎么……”母亲皱着眉头，说。

“我说的是心里话，这么多年来我一直是这么想的！他好像从来没有像一个真正的父亲那样对待过我，我甚至觉得他是讨厌我憎恨我的，他看我时的那种眼光常常使我有一种不寒而栗的感觉，即便他偶尔对我好上一回，我也觉得欠了他什么似的，感到不安。我从他眼里，看到的是冷漠，是仇恨，我从他那里感受不到父子间的亲情，无论哪方面看他都不像是我的父亲……”沈鸿突然不能控制自己，像放机关枪似的把埋在心里的怨气统统宣泄出来。

“鸿儿，求求你，别再说了！”母亲眼里含满了泪水，乞求地看着沈鸿。

沈鸿看母亲那难过的样子，感到有些内疚，低着头说：“妈，我并不想伤您的心。可为这些事我心里也很痛苦……”

“鸿儿，你答应我，以后别再对我说这样的话，好吗？”母亲拉住沈鸿的手，恳求说。

沈鸿不忍看母亲那难过的样子，点点头。

母亲掏出手绢抹去脸上的泪水，又说："小鸿，你要体谅妈的心。妈就你这么个儿子，在妈的心目中世界上没有什么比你更重要！这么些年妈受了不少委屈，吃了不少苦……只要你听话，有出息，妈就高兴！你答应我，千万不要做那些让妈伤心失望的事情。"

听着母亲的话，沈鸿一时不知道说什么才好。母亲的话显然是针对父亲来的，母亲似乎并不像自己原来想象的那么懦弱，她只是为了自己才忍受了父亲的折磨和摧残！可这到底是为什么？这其中好像是牵涉自己身世的秘密，这秘密又是什么？母亲的话为什么说得这样含混不清？

"妈，我不会让您失望的！"他对母亲说。

母亲长叹了一口气，说："绝食的事我听说了，我知道没法阻拦你！你从小生就一副倔脾气，想干的事谁也拦不住……"说着眼圈又有些发红。

沈鸿突然感到一阵心酸，对母亲说："妈，你别担心，我不会有事的！"

麦嘉骑车在路上走着，心里直犯嘀咕：为什么偏偏今天考试？但愿能赶回去给参加绝食同学送行。说不上是生离死别，但总不能袖手旁观，何况同寝的沈鸿也参与其中！

沈鸿参加绝食的事并不令人感到意外，这小子出身于政治世家，也是块搞政治的料，富有激情，对政治感兴趣，耐不住寂寞。他昨晚演讲时麦嘉也在现场，从那富有煽动力的演讲中再次感受到他往日的

风采！也许天生就是搞政治的，可在中国搞政治有什么前途？这种人在国内顶多就能当个不同政见者，而北大人们总是把那些热衷搞政治的人当作阴谋家或小丑看的……然而不管怎么说，沈鸿这人还是很不错的，在一个寝室里住了三年，怎么说也应该送送他，可他昨晚却没回寝室里住，没准又同李娜到他们的“行宫”里住去了！沈鸿在私生活方面向来洒脱，也像许多搞政治的人。

“我这算什么！”想起考试的事，麦嘉心里有些烦躁。在这种时候参加这样的考试实在是很无聊的事，别人都去向政府请愿绝食，他却在这儿削尖脑袋要往政府部门里钻，这似乎是对那些绝食同学的亵渎！麦嘉这样想着，感到有些内疚。事实上他对这考试既无兴趣也没信心，从丽华姑妈借的那几本书倒也翻看了一遍，越看越没劲。不管怎么说他对自己的大脑还是相当自负的，但对这类考试却没信心。他是个很富于创造性的人，死记硬背却非他所长，又有粗心大意的坏习惯，从小到大他成绩很好却从来没有考过 100 分。况且他知道这样的考试更注重表面，他那一手蚯蚓般歪歪扭扭的字体会令任何批改试卷的老师丧失好感。丽华姑妈是说过这考试只是个形式，按她话中的意思，好像自己是被内定的。可要是自己考得太差的话，到时候也是不好说话的。

“管他呢，考不上更好，反正自己也不真想来这种地方工作！”他苦笑着，心里却有几分无奈。事实上他没有更多选择的余地，这些日子坏消息接踵而至，原本联系好的单位都不行了，也许这就是他最后的希望了，不行的话，他就只好回老家去了。

“听天由命好了！”想到未来，麦嘉只觉得心里一片茫然。他本来是相信命运的，对自己的命运也向来很有信心，总以为像他这样的人总不会太惨，现在看来好像并不是那么回事。他无论如何没想过自己会沦落到这样的地步！原来想大不了总还能留在大学里，大学那么穷，这年头耐得住贫穷的人不多，自己趁虚而入应该不会有什么问题，找过几所大学以后却已经心灰意冷。

“准备得怎么样？没问题了吧？”丽华姑妈见到麦嘉便问，似乎对他抱有很大的希望。

麦嘉感到心虚，说：“这些天学校里闹腾得厉害，静不下心来看书，不过我会尽力的。”

丽华姑妈好像想起什么，问：“听说你们学校有人要到天安门广场搞绝食，有这回事？”

“不止北大，别的学校也有。听说报名的已经有两百来人。”麦嘉说。

“这是为什么？他们为什么要这样闹？”丽华姑妈皱着眉头，问。

麦嘉一怔，觉得一时难以说清楚，笑了笑，没说话。

“这两天你见丽华了吗？”丽华姑妈微笑地看着麦嘉。

麦嘉摇摇头，说：“我到老师家去过，没见着她。”

“她不会有事？”丽华姑妈显出忧虑的神色。

麦嘉知道是指参加绝食的事，说：“不会的！”

“那就好！”丽华姑妈轻轻叹口气。

想到丽华，麦嘉心里有些不安，即使他并不想到这儿来工作，但也不想考得太糟糕，丽华向来对他寄予厚望，他实在不想令她失望。

“你先考试去吧，考场就在下面的平房里，从楼里出去就能看见。我同他们打过招呼，你去报个名，交五块钱报名费。”丽华姑妈说。

麦嘉走出楼房，见那平房外面站着几个人，心想也是同自己一样来参加考试。到了门口，才发现里面是一间小教室。一堆人围在前面一张桌子的四周，那些人的年龄看上去都比他大许多。

“是在这报名？”麦嘉冲着一个刚从那堆人群中挤出来的小伙子问。

“是！”那人瞪了麦嘉一眼，说。

麦嘉在旁边站着，等有人从里面出来，便趁机挤进了人群中间。看见人群中间一个女人正伏在桌上写着什么，人群里散发出沉闷的汗臭味。

麦嘉把身体伏在桌上，抵抗着身后的压力。见那女人正忙着给别人办理报名手续，便低头翻看桌上的花名册。来这里报名考试的人还真不少，那上面的名字就有三十多个。多是从工作单位来的，学历却都不高，不少是电大职大毕业的，正规学历的很少，上过研究生的更是一个没有！

“你叫什么？”那女人抬起头，眼睛落在麦嘉身上。

麦嘉把名字告诉她。女人低头在花名册上寻找着。

“怎么没你的名字？”

“怎么会？是杨处长介绍我来的，她说您知道我的事。”麦嘉说。

“你是研究生，北大的？”那女人问。

“是！”麦嘉点点头，脸上有些发热，觉得周围的眼睛都在看着自己。

“把你的毕业证拿来看看！”那女人说。

“我是应届生，还没发毕业证，学生证倒有，还有本科毕业证。”麦嘉把准备好的证件递过去。

那女人翻着看了看，说：“交五块钱报名费！”

从人群中走出来，麦嘉长长地舒口气，一摸额头，手上竟湿淋淋的。看看表，离考试时间还有半个小时。见有人坐在座位上看书，便冷笑了声，转身走出那小平房。

在外面的场地上徘徊着，麦嘉心里像压着一块大石头，脸上挂着无奈的笑意。没想到自己竟会同这样一些人坐在同一考场上！虽然觉得那些人与自己并不在同一个档次上，事实上他心里连一点取胜的把握都没有。要是寝室里的同学知道这件事会怎么想？真羡慕金哲，每次考试他似乎都可以摆出不可战胜的姿态，甚至能把考他们的人弄到狼狈的地步，回到寝室便可瞎吹一气，让大家伙开心。自己为什么就不能有那份潇洒？

麦嘉觉得心里空荡荡的，似乎失去了信心。真会悔来参加今天的考试，他本来可以为自己找到借口不参加考试，在丽华和她姑妈面前也能说得过去，可他实在不愿意欺骗她们！

走进平房，里面已经坐满了人。监考的是那登记报名的女人，这女人长得牛高马大，个头比麦嘉至少高上半个脑袋，一脸居高临下的神态，好像是他人命运的主宰。

女人站在台上说着什么，好像在宣布考场纪律。麦嘉找个座位坐下，见周围的人个个挺直腰板坐着，眼睛一动不动地看着那女人，觉得好笑，脸上故意做出漫不经心懒洋洋的神态来。

一见试卷，麦嘉不再抱有任何幻想。题目类型倒同学校里的考试没什么区别，内容都是有关政策和法规方面的：什么“为什么说计划生育是我国的基本国策？”“我国计划生育有哪些主要政策法规？”“中国的人口政策是什么？”其中三十五分填空题和二十五分的简答题竟没有一道是从丽华姑妈借给他的那几本书上出的。翻到最后一页，作文题目是：“假如你被录取，打算怎么办？”

看完试卷，麦嘉苦笑着，本想拂袖而去，想了想还是克制住了自己的情绪。他没想过要去做前面的填空题和简答题。呆呆地看着那道作文题目，他好像有一种超然的感觉，一股热流在心中涌动，迫不及

待地提笔写起来：

“在看到这个作文题目的那刻起，我便对出题者的意图心领神会。如果要迎合这种意图，我会用许多美丽动听的语言去编造那许多人都爱听而且绝对还不会显得过于肉麻的谎言，可是我总觉得那样做即使可以使我得到这职位也是可悲的，因为我所付出的代价会远远超过我所得到的。

我也许有许多缺点，我的确渴望着做一个诚实的人，所以我不想说谎，尤其是在现在这个时候！

在机关工作过的朋友曾经对我说过，在机关里干事，才能是次要的，重要的是要听话，还要善于领会领导的意图。我相信自己在这方面同样有着足够的才能，可是我绝对不愿意这样去做！把上天赋予我的才能用在这种无聊的事情在我看来是一件很可悲的事情，而更可悲的恐怕不是我们自己！

我的确很想找到一个机会证明在我们这样的国家机关里是不是首先要把自己变成一个听话的奴才才能更好地活下去，一个有思想有个性的知识分子在这里又会遭受怎样的命运？如果我那位朋友的话得到了证实，那么我要说这对我们整个国家来说实在是很可悲的。

我承认我是被迫来这里参加考试的，因为我从来没有想过要到政府机关来干事。我学的是文学，我喜爱的是自由的生活，金钱和权力对我没有太大的吸引力。我只是想按照自己的意愿去生活，因为只有这样才能真正感受到生活的真谛。

我的确是为了解决自身的生存问题到这里来的，但我并不想出卖自己！如果说要得到一份工作就必须说谎去迎合他人，必须牺牲自己的自由乃至扼杀自己的个性，那我宁愿不要这份工作，哪怕等待我的是失业和贫穷！

我并不是一个没有社会责任心的人，我爱我们的国家，如果有一天我能真正用我的聪明才智为了国家和民族的振兴尽一份微薄之力，我将会感到无比欣慰！

就在这个时候，校园里我的许多同学正准备出发到天安门广场上去参加绝食，我想他们正是为了国家和人民的利益才这样去做的，他们是在用自己那年轻的生命去为民请命，他们所希望的也是要消除社会腐败现象，使我们整个国家的肌体健康起来。我想：如果有一天我真的到政府部门做事，至少应该做一个正直廉洁的人，绝不容忍那些坑害国家利益的腐败行为，如果说我有什么打算的话，这就是！

我很清楚等待我的将是什么，但我无怨无悔，我可以坦然地说我在这里写的每一句话都是真诚的，我对得起我的良心！”

放下笔，麦嘉长舒口气，感到无比畅快，身上的热血仍在流淌着。他傲然地站起身来，在众目睽睽之下走向讲台，把试卷交给监考女人，没理会她惊讶的目光，头也不回地走出考场。

金哲走进房间，发现山本也在，觉得有些扫兴。这矮个日本男人挺直腰板坐在铺着凉席的地板上，见了金哲，只是微微欠欠身子，神情冷淡。

“金哲君，你坐！”美惠子说着，从冰箱里取出两罐饮料来。

金哲淡淡一笑，在山本对面坐下，心里却很不自在。他与山本早就熟悉，对他没好感。这小日本心胸狭窄，自私、狂妄、目中无人，还很小气。金哲从第一次见面就感觉到他的敌意，都是因为美惠子的缘故。美惠子经常以戏谑的口吻谈到山本对她的追求，山本的不屈不挠开始令她感到好笑后来变得啼笑皆非乃至厌烦透顶。因为同美惠子接触多的缘故，这矮个日本男人早就把他当作情敌。也许是厌倦了他那无休止的纠缠，美惠子经常当着他的面对金哲表现出格外的亲热，把他晾在一边。这情形使金哲哭笑不得，却又责无旁贷地配合美惠子扮演这样的角色。在他看来这个猥琐的日本男人无论哪方面都配不上美惠子。

“金哲君，你是来同美惠子辞行的吧？”山本那细小的眼睛盯着金哲，阴阳怪气地问。

金哲知道他不怀好意，冷冷地说：“你，什么意思？”

“你不去参加绝食？我一直以为你是个爱国者！”山本故意做出惊讶的神情，说。

金哲知道小日本又想挑事，不客气地说：“山本君，请您注意，我从来没有把自己标榜为所谓的爱国者，此外并不是所有爱国者都要参加绝食！”

山本一下被噎住了，勉强地笑笑，说：“不管怎么说，参加绝食的人都是好样的，他们是中国人中的这个！”说着，竖起大拇指。

金哲没心思同他争辩，淡淡一笑，端着饮料喝起来。

“他们什么时候出发？”美惠子看着金哲，微笑着问。

“十二点从学校出发，到师大集合后再到天安门广场。”金哲说着，瞅一眼山本。

美惠子看看表，说：“这就得走了！”

金哲不想同山本在一起，便说：“早点去好。”

美惠子转脸去看山本，问：“山本君，你怎么办？”

“我和大保君他们约好一起骑车到广场去，本想约你一块去的……”山本说着狠狠地瞪一眼金哲。

金哲装作没看见，心想：小日本在这里凑什么热闹！

美惠子笑了笑，说：“我可没那么大的力气！再说我早就同金哲君约好了。”说着又向金哲瞟来一眼。

“既然这样，我不打扰你们了！”山本冷笑着对金哲点点头，站了起来。

“山本君真不知趣，老来纠缠我，幸亏你来得及时。”美惠子刚送走山本对金哲说。

金哲叹口气，说：“他对你倒是很痴情！”

“我可一点不喜欢他！他让我讨厌！”美惠子说。

来到三角地，金哲再没心思多说话，神情凝重起来，和美惠子一起在人群中走着，没有感受到预想中的狂热。从那一张张在眼前晃动着的脸上，他看到更多的是庄重的沉思和无言的忧虑，似乎每个人脸上都蒙着悲壮的色彩。

“参加绝食的人在哪？”美惠子轻声地问。

“大概在燕春园，一些年轻教师说要在那里为他们壮行。”金哲说。

“他们会到这里来吗？”美惠子侧过脸看他，问。

“应该是吧，说好的是从这儿出发的。”金哲轻声地说着，没去看美惠子。

“不是说沈鸿君也要参加绝食吗？你不想见他？”美惠子又问。

“当然！可是没看见他！”金哲说，他刚才对美惠子说过沈鸿参加绝食的事儿，不过他从昨天到现在，他并没有见过沈鸿，这家伙在前几次学运中受过伤害，一直都很消沉，没想到这次居然也报名参加了绝食。

他们在人群中转悠着，周围沉闷的气氛令人感到压抑。人群中出现一些头上扎着白布条的人，显得格外引人注目。

“头上扎白布条是什么意思？”美惠子问。

金哲想了想，说：“可能是代表悲壮吧。”

美惠子点点头，说：“那样子倒真是很悲壮，令人想起日本剖腹自杀的武士。”

金哲苦笑着，心想美惠子这话太不吉利。

人群中突然发出一阵轻微的躁动。金哲抬眼看去，只见有人高举着一条大型横幅走过来，那横幅上面写着：“壮士已去，盼回还！”许多人朝着那个横幅涌过去。

“去看看！”美惠子仰头看着，说。

金哲没说话，随着人流走过去。

那引人注目的横幅被两根竹竿支撑着，靠放在宣传橱窗前，大群人在围观，也有人在前面摆出照相的姿态，其中有头上扎着白布条的。

金哲突然觉得有人拍自己肩膀，回头看，竟是宋玉似笑非笑地站在自己背后，脖子上挂着相机。

“金哲，帮我照个相！”宋玉对金哲说着，眼睛却瞟向美惠子。

金哲接过相机，说：“你过那边去吧！”

宋玉走到那横幅下，金哲用镜头对准他按下快门。

“我帮你照一个，这可是很有纪念意义的。”宋玉按过相机，对美惠子笑了笑。

金哲知道他的用意，淡淡一笑说：“我又不绝食，有什么可纪念的！”

宋玉觉得没趣，转过脸去对美惠子说：“美惠子小姐，你来照一个吧！这样的场面你在日本是见不到的。”

美惠子看了看金哲，说：“谢谢您！”往自己身上看了看，走到横幅下站住。

金哲冷漠地看着，没作声。

“金哲君，我们一起照张合影吧！”美惠子走回金哲的身旁，说。

“我来帮你们照！”宋玉说，语气中有酸溜溜的滋味。

“不用了，以后不是还有机会嘛！”金哲勉强地笑着，说。

美惠子脸上露出失望的神色，她低下头，没说什么。

“金哲你真是的，照张相怕什么？美惠子小姐，他不照我来照！”宋玉摆出豪爽的样子，把相机往金哲手里一塞，拉住美惠子便走。

美惠子很不情愿地同宋玉站在一起，金哲对准他们按下了快门。

“你看见沈鸿了吗？”金哲把相机还给宋玉，顺便问一句。

“刚才我见他同他妈一起走的，大概不会来了。”宋玉说。

“我想他会来的！”金哲肯定地说。

“参加绝食的同学，请马上到学校南门口集合！”一个手握着半导体扩音器的男孩对着人群叫着。

人群便开始缓慢而有序地蠕动着。高音喇叭里传来播音员悲壮而激昂的声音：“……风萧萧兮易水寒，壮士一去兮盼归还！亲爱的同学们，我们的同学就要出发到天安门广场绝食去了！为了中国的民主大业，为了中华民族的新生，为了共和国的明天，他们面对死亡，义无反顾，用自己满腔热血乃至整个生命去谱写中国民主运动新篇章。他们是我们民族的希望，是共和国的脊梁！让我们用我们真诚火热的心为他们送行，满怀着深情对他们道一声‘尊重’……”

金哲随着人群往前走着，觉得周围悲壮的气氛变得更为浓厚，在这样的气氛中他的感情也受到了感染，血液似乎在膨胀着。

来校南门，那条被浓密的树荫遮盖的大道已经被大片黑压压的人

群塞满。他们在人群的隙缝中挪动着脚步，向着门口进发。

“那是不是沈鸿！”宋玉用手往前面一指，说。

“在哪里？”金哲眯着眼睛往前看，眼前只是黑压压一大片人影。

“那不是，我们过去吧！”宋玉说着，拉着金哲的手往前走。

金哲拉住美惠子的手随着宋玉往前走着，眼前的人影渐渐清晰起来，便看见了不远处站着的沈鸿。

“哦，你们都在这里！”沈鸿看见他们，只是淡淡一笑。

金哲觉得沈鸿表情有些冷淡，心里有些不是滋味，便问他：“你妈走了？”

“刚送走！”沈鸿漫不经心地说。

“我以为你妈是来叫你回去的。”宋玉说。

沈鸿淡然一笑，未置可否。

“你真要参加绝食？那为什么你头上不扎白布条呢？”美惠子看着沈鸿，天真地问。

“并不是参加绝食的人都要扎白布条。”沈鸿说。

“队伍要出发了！”宋玉抬头往前面看着，神情有些不自然。

金哲心里猛一抽紧，心情变得有些沉重，故作轻松地对沈鸿笑了笑说：“保重！坚持不下去别硬撑着！”

“不会有事的！”沈鸿说。

“我们一起照张合影吧！”宋玉说。

“不用！又不是以后不能见面，何必呢？”沈鸿脸上显出厌倦的神色，说。

“是美惠子小姐想和你在一起照张相！”宋玉指指美惠子，说。

“沈鸿君，我听金哲君说过您的事，我对您的确很敬佩。”美惠子微笑地看着沈鸿，说。

沈鸿无可奈何地笑了笑，说：“那就照吧！”

照完相，队伍便出发了。沈鸿笑了笑，对他们说：“要走了，你们到队伍外面去吧！”

“千万保重！”金哲拍拍他的肩膀，克制住自己的感情。

“放心！”沈鸿握了握他的手，轻声地说。

“……去吧，亲爱的同学！去吧，真正的勇士！你们肩负着人民的重托和民族的希望。今天，我们在这里为你们送行，没有眼泪也没有悲伤！如果有一天你们在前面倒下去，后面就会有千百万人踏着你们的脚印走上前去！去吧，真正的勇士，亲爱的战友！请记住，你们并不是孤军作战，你们背后站着千百万有良心的中国人……”广播上又传来了男播音员激昂的声音。

“为民请愿，义无反顾！”“为民请愿，心甘情愿！”“民主万岁！”“自由万岁！”人群中响起一阵又一阵雄壮有力的口号声。

队伍出发了，金哲对着人群挥着手，不停地往前移动着脚步。

逸夫躺在湖边绿色的草地上，浓浓的树荫覆盖住他的身体。眯缝着眼睛望着天空，只觉得西沉的太阳闪出无数道金光向着自己眼睛四周射过来，眼睛一眨金光便消失了。再睁开眼时，便定睛看住了那朵向着远处的山峰悠悠飘过去的白云，在灰蓝色的天空中，那云，像一匹奔驰着的骏马，轻盈潇洒，逍遥自如！

双手放在脑后枕着，微闭着眼睛，尽情地享受着周围的宁静。轻柔的风从身体上面滑过，小树林里发出了阵阵松涛般的声音。

回想起几天来的生活，他感到很惬意。记不清有多久没有这样平静地生活过了，来到小山村那天起，就有一种回到了母亲怀抱的感觉，

这里的一切使他引发出许多久远的回忆！来到了这里，好像回到自然的怀抱。他每一天都要来到湖边这绿色的草地上躺上一躺，看看书。或者干脆什么也不干，只是静静地躺在草地上，看看天上的蓝天和白云，倾听树林里鸟的鸣叫和湖边的蛙声，让思想象云彩一样在天空中自由翱翔。他觉得自己本来就属于这块土地，对自然仿佛有一种天然的割舍不断的情感。自然启发他的灵性，赋予他灵感。正是在与自然的交融和对话中，他感悟着生活的真谛！

望着天空悠悠的白云，逸夫仿佛进入一种空灵的状态，凝聚的神思飞向遥远的地方，突然有一种豁然开朗的感觉。自然是人类的母亲！社会的发展却使人类离开自然越来越远。城市的高楼把人类与自然隔离开来，人们总是通过满足个人的欲望来寻找心灵的和谐，把欲望化为各种各样的物质财富来满足自己，灵魂也因此变得更为空虚。人类在放纵欲望的过程中迷失了自己！当这种欲望发展到极限的时候，便会张开它那血盆大口吞噬人类自身。然而却很少有人意识到这一点。现代文明所造就的现代社会把人类推向欲望的海洋，人们在欲望的海洋中你争我斗。他们总是打着各种各样的旗号，用美丽的辞藻把自己打扮成正义的化身，“爱国主义”“民族主义”“社会主义”“共产主义”还有所谓的“民主”和“自由”等等，其实都掩盖着人们不可告人的私欲。各种各样的高科技还有原子弹氢弹都是人类欲望膨胀的产物，当人类为自己的智慧而感到自豪的同时，也为所面临的毁灭而恐惧而颤栗！与此同时，人与自然以及人与社会之间的和谐关系遭到了前所未有的破坏，人类的生活变得越来越枯燥乏味。现代生活的程序化和机械化把生活的诗意破坏殆尽。人正在堕落为只受着欲望支配而缺少理性和感情的低级动物！

奔马似的白云渐渐分解开来，终于融化在那灰蓝色天空中。逸夫心想：人原本是自然的造化，最终是回归自然的。人类只有生活在自然中才能真正寻找到自己的本性，自然的博大深奥能够化解人的欲望，也能消除人的烦恼。也只有自然才能赋予人以艺术的灵性，赋予生活以诗意。人类进入 20 世纪以后再没有出现像莎士比亚、托尔斯泰、贝多芬、达·芬奇这样的艺术大师，海明威、福克纳、加西亚·马尔克斯也绝不是在现代生活中寻找到诗意的。现代社会无情地摧残着艺术并把她推到娼妓的地位，艺术的堕落意味着现代社会的堕落更意味着人类自身的堕落！

“没有艺术，没有美，生活将会多么枯燥！”逸夫叹息着，想起那小山村和生活在这里的乡民。虽然他们的生活比较贫穷，许多家庭还没有电视机，然而他们却不必生活在那笼子一样的高楼里，与自然是那样贴近，走出家门就可以看到远处的高山，走出村外看到的是一望无际的绿色和这平如镜面的湖水。这个离京城一百多公里的山村是有些闭塞，村里大多数人没到过北京城，对外面的世界了解得不多。他们的生活却是自然而单纯的，也没有过强烈的欲望。他曾经同几个村民交谈过，他们中多数人最大愿望不过是要造上一两间房子让自己居住或者将来让儿子们娶上媳妇。正是在这样自然的生活状态中，他们保持了自然赋予他们的善良淳朴的天性。这些日子里他有意识地使自己习惯这种生活，不去想校园里的事。好在也看不到报纸，房东家倒是有电视机，他几乎没看过。每天除了看书写论文，就是到野外走走，或者像现在这样躺在草地上。在这宁静的生活中他好像也找回了自己的天性，他对这生活乃至对这里的一切都是这样眷恋，以至心里总在提心吊胆，生怕会失去这一切。有时甚至想：要是能够这样生活下去，哪怕像水花那样当个小学教员也是好的。

正想着，突然觉得腿上痒痒的。他坐起来看，却是一只肥大的黑

蚂蚁正顺着自己的小腿爬动着，连忙伸出手轻轻地把它摁住，再用两手指把它抓起来，却也不忍心把它捏死，便把它放在了草地上，看着它在草地爬行，直到它在草地里彻底消失。

逸夫盘腿坐着，眼望着那阳光映照的湖水。清澈的湖面犹如一面镜子映照着天空也映照着湖边的树木，不由得想起小时候打水漂漂的事。那时候常在湖边同小伙伴们比赛，他向来很少输的，一块小小的石片从手里扔出去，能在水面上冒出七八个水漂漂，这绝技很能令小伙伴服气。当然也有技巧，首先挑选的石片要尽量薄，打石片时身体往后倾斜，石片要贴着水面上打过去……记不请有多久没打过水漂漂了，不知是否还能见效。这么想着，便有跃跃欲试的念头，眼睛不由在地面寻找着，看见一块小石片，竟走过去把它捡起来。

把石片拿到手里看着，觉得厚了些，拿着倒还顺手，便在湖边站下。往湖面上看看，吸口气，身体往后倾斜着，猛一使劲把手中的石片甩过去。那小小的石片贴着湖面漂过去。“一、二、三、四、五……”他轻轻地数着，直到那石片在水面上翻了个滚沉没进水里。六个还是七个？好像并没数清楚。看着湖面上泛起的道道的涟漪，却也感到满足。

“逸夫哥，你在干什么呢？”逸夫回头看，只见水花站在不远处笑吟吟地看着自己，不好意思地笑了笑，问：“你怎么来了？”

“涛哥回来了，让我找你回去。”水花说。

“哦，这么快就回来了！”逸夫说着，心里却有些内疚，他早已习惯了这里的生活，竟很少想到自己这位朋友。

“还快呢，都走了有一个多星期了！”水花抿嘴笑着，说。

逸夫这才想起自己到这里来已经足有一个星期了，时间真是过得快！看来又得回学校去了。这么想着，心里便有些恋恋不舍，叹息着对水花说："我们回去吧！"

"你看！"水花站着没有动弹，仰头往天空看着，用手一指，对逸夫说。

逸夫抬头看时，几队黑色的鸟排着人阵正从天空中飞过。

"是什么鸟？"逸夫问。

"是水鸭子呀！"水花说着，愉快地笑起来。

逸夫有些失望，说："水鸭子也会排成人阵？我以为只有天鹅才会这么飞的。"

水花没回答，看着天空，兴奋地说："你看又过来好多队！"

逸夫抬头看着那一队队从天空中飞过去的野鸭，觉得这场面倒也可观，只是情绪不如水花那样兴奋。

太阳快要落山。肤色黝黑的村民扛着锄头在田间小道上走着，几个牧童骑在水牛背上从远处走过来，屋顶的烟囱上面冒着缕缕炊烟。看着这情景，逸夫感叹着：多么富有诗意的画面！

"逸夫哥，你喜欢我们这地方吗？"在逸夫身边默默走着的水花突然问。

逸夫看着水花，笑着说："当然，那还用说！"

"你很快就要走了，对吗？"水花瞪大眼睛看着逸夫，似有不舍之意。

"这地方很好，我真有点舍不得走！"逸夫说着，没有看她。

"你以后还会来吗？"水花扭过头，瞅着逸夫。

"我不知道！"逸夫轻声地说，心里也是一片茫然。

水花失望地低下头，不再说话。

进了屋，逸夫一眼便看见留着长发的姜涛，他正伏在桌上狼吞虎咽地吃着一大碗面条。见逸夫进来，连忙站起身来，嘴里却塞着面条，

一时说不出话来。

逸夫拍了拍他的肩膀，说：“怎么样，还行？”

姜涛把面条咽进肚里，说：“还凑合！”

“那就好！吃完饭我们好好聊聊！”逸夫说着，在床边坐下。

“过得怎么样？这地方还不错吧？”姜涛说着，又往嘴里塞进去一把面条。

“不错，我都不想回学校了！”逸夫笑着说。

姜涛笑了笑，突然想起了什么，看着逸夫，问：“你知道绝食的事？”

“绝食？”逸夫吃惊地看着姜涛。

姜涛把碗推到一边，叹息着说：“看来这几天你真是与世隔绝了！”

“到底怎么回事？”逸夫瞪大眼睛看着姜涛，急切地问。

“回来以前我到北大去过，听说今天有几百个学生到天安门广场去绝食……”姜涛说。

“怎么会这样？”逸夫感到吃惊，虽然绝食的事早就有人提起过，却没想到真会成为现实。

“据说政府不肯答应对话条件，学生方面也是不得已才走到这一步的！”姜涛说。

“可这样闹下去又有什么意思？”逸夫感到困惑，心里明白这宁静的生活就要结束了。

“你打算怎么办？”姜涛看着他。

逸夫叹了口气，说：“回去看看再说。”

“明天我们一起去！”姜涛说着，站起身来。

第十六章

五月十五日　星期一　晴转多云

白发苍苍的老教授扶着门框站着，焦虑的眼睛紧盯着麦嘉，脸色憔悴，似乎比平时苍老许多。麦嘉看着大吃一惊，赶忙上前将他扶住，关切地问“杨老师，您怎么啦？”

“丽华，到广场绝食去了。”教授吃力地说。

“怎么会？”麦嘉怔怔地看着教授，心却被提起来。昨天晚上他还在天安门广场同那些绝食的同学在一起，根本没见着丽华。再说丽华属于那种不关心政治性格也比较沉稳的女孩，很难想象她居然也会参加绝食！

教授喘口气，说：“是真的。她事先对我也没说，要不是她们班同学跑来告诉我，我还蒙在鼓里！”

想起羸弱的丽华在广场绝食的情景，麦嘉的心像被什么东西揪住了似的。两天以来天安门广场也好学校也好似乎都被一种人为营造的悲剧气氛所笼罩，人们总会把绝食同死亡联系起来，而对那些参加绝食的同学来说，似乎死亡是离得很近的。

“您别着急，我这就到广场去把她找回来！”麦嘉扶着教授走进寝室，以为自己明白了教授的来意，主动说。

教授摆摆手，说：“不用，我只是想让你陪我到广场去一趟，给她送件毛衣去……晚上天气冷，怕她冻坏了。”说着，摸摸肩上挎着

的黄书包。

麦嘉感到意外，用劝慰的语气对教授说："杨老师，把这事交给我办好了，您放心，我会劝丽华回来的。"

"丽华不是个孩子，她知道自己该怎么做。我想到广场去看看，不然也放心不下！"教授说。

麦嘉不好再说什么，心想无论如何得劝丽华同导师一块回来，不行的话，宁愿自己顶替她也不能让她受那苦。好歹自己是个男子汉，身体比她强壮得多。

校园里依旧平静，阳光却显出白森森的惨淡来。麦嘉同教授一起走着，眼前不时浮现出丽华的身影，时远时近。那充满青春气息的脸时而鲜活地微笑时而又变得憔悴和痛苦，他心里像压着块大石头，沉甸甸的。

走出校门，才想到交通工具的事。从学校到天安门广场至少要倒两次车，这两天到广场去的人又特多，老先生那么大年纪去挤公共汽车实在不合适。想叫辆出租车，衣袋里又只有二十块钱。麦嘉以前从来没坐过出租车，不知道这点钱是否够到广场去，心里感到有些为难。

"你怎么啦？是不是忘记带什么东西了？"教授见他放慢脚步，不解地问。

"不是的，我是想，能不能让系里派车送您？"麦嘉说，他知道老先生是全国人大委员，学校是可以提供车辆的。

"为什么？坐公共汽车去不一样？"教授皱着眉头，说。

麦嘉生怕教授误解自己的意思，忙解释说："车上人太多，怕不方便。"

"没什么不方便，平时我不也老坐公共汽车。"教授不以为然地说。

麦嘉不好说什么，只好领着教授往公共汽车站走。

车站等车的人果真不少，其中大多是学生，有的还头上扎着白色或红色布条的。这布条的含义麦嘉仍然没能弄明白，却觉得它能带来某种沉重感，有种悲壮的意味。

车上人更多，秩序却井然。刚上车便有人给教授让座，是个戴眼镜的女孩，看她胸前的校徽，麦嘉知道她是国际关系学院的。这是隶属于国家安全部的一所学校，据说是培养间谍的。麦嘉曾经到那里去找过工作，知道那地方控制很严。这种学校竟有人敢到广场去，也真是难得了。

车上的售票员是一个二十多岁的小伙子，看上去性格很开朗。每到一站都要向乘客郑重宣布：学生凭学生证免票乘车。这一行动得到车上所有人的称赞，也令麦嘉大为感动。因为教授的缘故，他还是买了两张车票。

那些头扎着布条的同学是人们关注的中心，或许因为那打扮容易使人联想起广场上绝食的同学。汽车里很少有人说话，一张张凝重的脸使车上的气氛显得过于沉闷。

“你们要到天安门广场去？”一个身体肥胖的中年妇女轻声问站在她旁边的几个同学。

“是的。”说话的是给教授让座的女孩。

“是要去绝食？”那妇女又问。

“是去声援的。”那女孩轻声地说。

“听说有人晕倒被送到医院去了，是真的吗？”一个瘦长脸的男人问。

“是的，有十几个同学晕倒了！”一个头上扎着白布条的男孩阴沉着脸说。

“绝食就是什么都不能吃，对吗？”身体肥胖的妇人好奇地问。

“水还是可以喝的，也有绝食绝水的！”头上扎白布条的男孩说。

“不吃饭不喝水，可是会死人的，你们为什么要这么做呢？真是太傻了。”胖女人说着，脸上露出困惑的神情。

胖女人的话像犯了什么禁忌，许多人都用厌恶的眼光盯住她。胖女人本来还想说什么，一见那些眼光，便低下头去不再作声。

麦嘉保镖似的站在教授身后，教授默不作声，却很注意听别人的议论。每当有人提到与绝食有关的事，都要回过头去看看。见教授焦虑的样子，麦嘉心里感到很不安。昨晚离开广场的时候，并没那么多人晕倒。在广场最难熬的是夜晚，据说那天开完追悼会回来就有不少同学得了感冒，何况绝食同学已经饿了几十个小时。这么想着，麦嘉更为丽华担忧，恨不能尽快赶到广场找到丽华。

经过两个多小时的熬煎，总算到了天安门广场。面对潮水般涌动的人群，麦嘉有些茫然。昨晚离开时广场上显得有些冷清，留在广场上的最多不超过两千人。在那阴冷的夜晚，在空旷的广场上，那些许的人群显得那么孤零，麦嘉当时还觉得有些伤感。没想到一夜之间不知从哪里冒出这么多人，大半个广场都被激昂的人群塞满了。这茫茫人海之中，不知道怎样才能找到丽华！

在人民英雄纪念碑前面的旗杆上，一面黑色的大旗在迎风招展，上面有“绝食”两个黄色的大字，格外引人注目。麦嘉知道那是绝食同学聚集的地方，昨天晚上他就在那儿，现在已被水泄不通的人群包裹着。

想不出更好的办法，麦嘉只能搀扶着教授投进那川流不息的人群之中，一时间周围的人群便把他们包裹住，他们只能随着人流缓慢地挪动着脚步，完全失去了支配自己的力量，只能随波逐流。

天气炎热，人群中散发着一股难闻的汗味。麦嘉擦着脸上的汗水，不时侧脸去看教授。教授那干瘦的脸上也是挂满了汗珠，却抿着嘴，沉默着。麦嘉知道他在为丽华担心，看着茫茫的人海，却不知怎样才能找到丽华。

好在大方向没错，总算接近了纪念碑，又随着另一股人流走了一段，便看到一个人群建构起来的通道。两个臂膀上带着红箍的学生站在道口的两旁，不时有人往里面进。麦嘉猜想这里就是入口，可以进入绝食圈的，便上前去问："同学，这里，可以进到绝食圈里去吗？"

"有通行证吗？"左边那小个子男孩看着麦嘉，又看看旁边的白发苍苍的教授，小心地问。

"通行证？没有，我昨天晚上还到这里来过，没听说过。"麦嘉笑了笑，对男孩说。

"没通行证不让进，这是广场指挥部的规定。"那男孩说着，挺直身体拦住去路。

麦嘉觉得男孩有些不通情理，掏出学生证对他说："我是北大的，他是我的导师杨慎之教授，全国人大委员，特意来看望绝食同学的。"

那男孩看看教授，犹豫着。另一个圆脑袋的男孩走过来，对麦嘉说："我说同学你别站在这里好不好？没有通行证不让进，这是规定，你再说也没用。"

"他说那位老师是全国人大委员，专门来看望绝食同学的。"小个子男孩连忙解释说。

"圆脑袋"打量着教授，礼貌地点点头，问："您有证件吗？"

教授摸摸衣袋，苦笑着摇摇头，说："忘带了……"

"对不起，我们只能按规定办事。""圆脑袋"说。

麦嘉看进去的人手里果然都拿着一张纸片，猜想那就是所谓的通行证，便问那小个子男孩："什么地方能弄到通行证？"

“你得找广场指挥部的人，他们签发的通行证才有效。”那男孩说。

“什么地方能找到他们？”麦嘉耐着性子问。

“这个，我也不知道！”男孩说着话，就去盘查别人的证件去了。

麦嘉急得心里直冒火，看了看教授，有些不知所措。

“别着急，总会有办法的。”教授说。

麦嘉知道教授是在安慰自己，为自己的无能感到内疚。这点事都办不好，算什么？教授这么大年纪，跑这么老远，总不能半途而废！教授这么牵挂丽华，不见上一面，哪能心安！

麦嘉正想找那男孩求情，却看见一个熟悉的身影匆匆走过来，他眼睛一亮，叫一声：“郭炎！”说着，冲着他走过去。

郭焱转过脸，看着麦嘉，笑了笑，走过来，握住他的手，说：“麦嘉，没想到在这里见到你！”

“我陪老师来看看……绝食同学。”麦嘉说着，把导师介绍给他。

“杨老师，您能到这里来太好了，这个时候我们正需要老师的理解和支持！我代表所有参加绝食的同学欢迎您！”郭焱握着教授的手，激动地说。

教授点点头，说：“我侄女丽华也在绝食，想来看看，你能帮我找到她吗？”

“能，当然能，您放心，我一定会找到的。您能来对我们全体同学都是很大的鼓励！”郭焱握住教授的手，眼眶里竟含着泪水。

麦嘉觉得头皮发麻，怕郭焱做出过分的举动，便说：“郭焱，你有事先办去，等会儿再聊。不过你得给我们弄个通行证，不然的话人家不让我们进去。”说着，瞅瞅那两个臂上佩戴红箍的男孩。

郭焱淡淡一笑，说：“我和他们说说就是了！”说完便走到两位戴红箍的男孩面前，指指教授说："这位是北大著名教授、全国人大委员，特意来看望绝食同学的，请让他们进去！"

那两个男孩看看郭焱，又看看教授和麦嘉，点点头。

"杨老师，您进去吧，办完事回来我去找您。"郭焱把他们送进通道，握住教授的手说。

看着郭焱那苍白的脸，麦嘉竟也有些动情，握住他的手，真诚地说："你要多保重！"

郭焱点着头，眼圈里又红起来。

望着那面黑色的大旗往前走着，麦嘉的心越提越高，他不敢想象见到丽华会是什么样子。各种各样的念头在心中闪动着，离绝食圈越近，死亡的气息也更为浓烈，神情也变得恍惚不定。

几百个头上扎着布条的同学默默地坐在烈日下，灼人的阳光把他们瘦弱的身影映照在白色的水泥板上，脸上的表情都带着大义凛然的悲壮。看着他们，麦嘉不能不油然而生敬意。

麦嘉缓慢地往前走着，眼光在一张张年轻而憔悴的脸上扫过，企盼着从中找到那熟悉的身影。教授就在身后，他能感觉到那焦灼的目光。

在人群中没见到丽华，麦嘉心里产生出不祥的预感。出事了？他不敢多想，也不敢去看身后的教授。他正焦急，突然看见前面的人群站起一个女孩。"丽华！"他激动地叫着，扶着教授走过去。

"伯父！"丽华走过来扶住教授，眼睛里含满泪水。

教授用慈爱的目光看着丽华，问："丽华，你没事吧？"

"我很好，真的很好！"丽华点着头，泪水却从眼眶里流下来。

教授打量着丽华，说："没事就好，快，快坐下！"

麦嘉在一旁默默地看着，觉得眼睛有些湿润。他知道丽华并没有

心思在自己身上，甚至没有来得及看过他一眼，却没有受冷落的感觉。

“你这丫头，事先也不打个招呼，害得我为你操心！”教授用责怪的语气对丽华说。

“我就怕你担心嘛！”丽华说。

教授叹了口气，说：“我知道，你是怕我不让你来！你看伯父是那种不通情理的人吗？我是老了，干不了什么事，可并不糊涂……你要干什么事，只要有道理，我是不会阻拦的。”

丽华愧疚地低下头去，说：“伯父，我错了！您不会生我的气吧？”

“我能生你什么气！”教授说着，从挎包里掏出一件毛衣来：“我给你把毛衣带来了，晚上天气冷，你留下穿吧！”

“不用，晚上有盖的，这不是？”丽华指着地上的军大衣说。

丽华脸色很苍白，穿戴却很整洁，头发不散乱，脑袋上也没扎布条。同教授说话的时候偶尔也会用眼睛看看麦嘉，似乎那话也是对他说的。麦嘉始终面带微笑，想对她说说到她姑妈那里找工作的事，却不好意思开口。

麦嘉眼睛往旁边一瞥，却看见郭焱同一个戴眼镜的男孩一起走过来。他意识到他们是来找导师的，便站起身来。

郭焱对麦嘉笑了笑，便走过去同教授握手，然后指着旁边的男孩对教授说：“这是广场指挥部的负责人张锋，特意来请您给全体绝食同学说几句话。”

麦嘉从来没有听教授在公开场合发表过演讲，心里不由得有些担心，却不好出来阻止。

“我是有许多话要说！”教授想了想，说。

教授随着他们到前面去了，麦嘉心里有些不安。

“想不到那小男孩竟是张锋，看上去比我还小哩！”丽华看着他们的背影，突然感叹一声。

麦嘉只是笑笑没说话。

“你参加考试了吗？”丽华看着他，问。

麦嘉苦笑了笑，说：“去了，不过考砸了！”便把考试的事简要地说一遍。

“不能怪你，我也知道你不适合在那种地方工作，不过我确实很希望你能留在北京。”丽华说。

麦嘉觉得辜负了她的好意，感到内疚，不知说什么好。

“快听，伯父在前面说话哩！”丽华用手指指前面。

教授拿着扩音器站在队伍前面，满头白发吹得有些散乱，他的声音略微有些嘶哑，却给人以苍劲的感觉。

“……同学们，我本来是以一个学生家长的身份到这里来的……不错，我也是全国人大委员。可我更是一个学者，一个有良知的知识分子！……年轻的时候我也是个热血青年，也曾经面对国民党的刺刀和棍棒上街游行，后来年纪大了，又经过了那么多政治运动，对中国的政治感到失望，政治的热情也已淡漠！只想躲在书斋里老老实实地做点学问，离政治远远的，眼不见心不烦！原来我一直很心安理得，可是在你们面前，我感到惭愧！……正是在你们身上，我看到了新的希望，新的力量！前些日子老听人说现在的学生怎样的堕落怎样的不可救药，说学生中分什么麻派和托派。麻派是专门搓麻将的，托派是考托福的……我听着真是感到寒心！你们是国家的希望，真要是成了这个样子，我们指望谁去，你们可是祖国的未来啊！可是今天我看到，你们，在这里，为了国家的未来，你们忍受着饥饿和寒冷，甚至准备献出自己的生命，我实在为你们感到骄傲！我要说，我们的青年一代是大有希望的……”

麦嘉坐在丽华身边，看着不远处站在人群当中的老教授，只觉得一股热流在身上涌动，眼睛里充满了泪水，他悄悄地抬起手，擦了擦眼睛，扭头去看丽华，丽华正看着教授，神情激动，眼睛里闪着晶莹的泪珠。

“同学们，我七十二岁了，我和你们中间隔了整整两代人，有人说我们之间有代沟。但我想，至少现在这个时候我们的心是贴在一起的！我要同你们站在一起……我要以人大委员的身份，敦促政府和你们对话，还要呼吁整个知识界乃至整个社会支持你们！同学们，我知道个人的力量是微不足道的，但我还是要尽力为你们做点事情，否则我良心上永远不得安宁……最后我还想对你们说一句话：你们要好好保重自己，你们绝没有权力做无谓的牺牲，因为你们不只属于自己，而是属于这个国家，属于国家的未来……”

教授话音刚落，人群中爆发出热烈的掌声。

“想不到伯父还是这么富有热情的人！我以为他只会做学问，根本不关心政治！”丽华看着前面被人群包围的教授，感叹着说。

“他不关心政治，可是他关心这个国家，他爱学生，也爱这个国家！”麦嘉感叹着说，真心为自己有这么个导师感到自豪。

回想起梦中的情景，金哲不由一阵感慨：梦想是美好的，现实却很骨感。在梦里他找到了好工作，老婆孩子也进了北京，一家人住进两居室的套间里……然而梦也只是梦，生活则是另外一回事。小时候听大人说梦是反着做的，梦中见到的人现实中反而见不着，梦中捡到钱现实中反而会丢钱，这在某种程度上倒也与弗洛伊德对梦的解析不谋而合，逸夫说人各有命，他的命难道会这么悲惨！他不服气，就算命中如此，他也不甘心就这样认命。

“我知道她是嫌我没钱，又不能混，没出息！女人嘛没几个不爱钱的，再说她又有那样一个有能耐的表哥……”高歌坐在地上的小矮凳上，身体缩成一团，祥林嫂似的喃喃自语。

金哲心里很不耐烦，本不想搭理他，看他神经兮兮的很可怜，故意问：“你没告诉她你将来要成名的事？”

高歌仰头去看金哲，神情更为沮丧，说：“我说过了……别看我现在不怎么样，用不了几年我就会成名的。只要我的诗集一出来，我就是中国最伟大的诗人！”

金哲敷衍地笑了笑，觉得高歌这人太不知天高地厚，以为凭几首打油诗就能成为中国最伟大的诗人，岂不可笑！

“我算是看透了，这年头男人就得有钱有地位，有钱就是大爷，没钱什么都不是……”高歌叹了口气，忿忿不平地说。

金哲受不了他没完没了的唠叨，故意逗他，说：“你现在才知道，有本事，赚钱去嘛，有了钱，什么样的女人找不到！”

“我就是这么想的，什么地方有钱有地位就奔什么地方去！你说的没错，只要有了钱有了地位，什么都会有的，所以男人还是先出名，出了名就有钱。到那时她就是上门来求我，我也不会理她的！”高歌说着，似乎得到了满足，开心地笑了起来。

看他那一本正经的样子，金哲觉得好笑。不就能写几首打油诗嘛，能赚什么钱！就算真的成为大诗人，不还照样穷馊馊的什么都没有！这梦是人人都会做的，越没本事的人越爱做梦，也是的，这样的人，倘若连做梦的权力都没有了，还怎么活下去。这样想着，他倒有些同情起高歌来。

想到前途，金哲也感到很迷茫。高歌可以做白日梦自我麻醉，他

却不能。他面临的问题都是现实的，不是做梦就能化解的。入党、老婆孩子的进京户口，还有所谓的事业……所有这一切都得靠自己去解决，在他面前仿佛是一条没有尽头的道路，虽然他每天都在奔忙，在处心积虑地操劳，可是目标总是那样遥远。有时他觉得自己是在做无谓的工作，有时更会感到厌倦，可是他没有选择，即便看不到前途和希望，也只得一路走到黑。

眼看已到五月中旬，按原来的说法，月底前不能在北京找到单位的统统打回原藉，真要那样就太惨了，当初考研究生，为的就是离开老家来北京发展，如今念完研究生还回老家去，让他脸面往哪儿搁？再说他答应过钱丽要把她娘儿俩弄来北京的，这事要办不好，还不知道钱丽会怎么奚落他呢！事到如今，他只能把希望寄托在中宣部了！这可是最后的希望，成败在此一举。

金哲向来不爱求人，可怎么也没想到眼下自己的命运竟会捏在刘杰手里，对刘杰来说，不过是动动嘴巴皮子的事儿，说起来自己也是帮过他的，可刘杰这人真让人看不透。那次开会以后，他心里一直不踏实。事后他曾私下里与麦嘉聊过，麦嘉暗示说刘杰这人别看表面上很豪爽很大方处处以男子汉自居，其实心胸很狭窄。别看一把子岁数却很好强，以老大哥自居，尤其喜欢在弱小者面前充当保护人角色。自视甚高，哪怕一次作业成绩没别人高也觉得很丢脸，想方设法要为自己挽回面子。他开始对麦嘉的分析不以为然，后来想想觉得也有道理。他们都是结过婚的，老婆孩子都在外地，刘杰已经肯定要回老家去找。要是自己找到中宣部那样的单位，又能把老婆孩子调来北京，刘杰心里肯定不平衡。有意为难自己也就不奇怪了！他今天去胡坤，也是想探听一下虚实，看看问题的症结在哪里，也好有个心理准备。

“到广场去？”黄凯推门进来，见金哲正站在屋中间系着腰带，便问。

“哦，到系里去一趟。”金哲说。

“听说晕倒几十个，都送医院抢救去了。”黄凯说。

金哲听着心里猛一沉，停住手，看着黄凯问：“听谁说的？”

“广播里说的，我刚到三角地去过。”黄凯不安地在屋里走动着，说。

金哲有些不安，看着黄凯，问：“哦，这样下去，会怎么样？”

“戈巴契夫来了，要在广场举行欢迎仪式，很可能要清场！”黄凯说着，显出忧虑的神色。

“清场？会吗？广场上……那么多人？”金哲皱着眉头，对黄凯说。

“人多怎么啦，当兵的一来，拉出去就是了！对付学生，他们有的是办法！你想，共产党是干什么的？搞学生运动，那是老手。对付我们这些人，那是小菜一碟！”黄凯在屋里来回走着，显得有些烦躁不安。

“那怎么办？”金哲想着要去找胡坤的事，有些心不在焉。

“他们要组织人到广场上去声援，我们一起去吧，顺便也看看沈鸿。”黄凯对金哲说着，又看看坐在小矮凳上默不作声的高歌。

“再说吧，我先到系里办点事儿。”金哲说着，顿了顿脚，低头看了看，拍了拍裤腿上的灰尘，做出要出门的样子。

金哲在校园里走着，路上几乎看不到行人，清淡的阳光映照在身上，感觉不到暖意，树叶低垂着，无力的晃动，知了不知疲倦地鸣叫着，四周一片清冷寂静。想着去找胡坤的事儿，金哲也很烦恼。刘杰是靠不住了，他只好把赌注压在这位系党委书记身上，他想从他身上打开缺口，也探听一下刘杰的底细。从那次帮他买过车票以后，金哲

觉得自己与胡坤多少有了些交情，这种时候，要是他真能帮自己一把就好了。

想起广场上绝食的同学，金哲有些内疚。这种时候去找胡坤，金哲觉得自己有些不地道，胡坤可是党的人，这个时候去找他，又是为了这样的事，似乎总有些卖身投靠的意味。

走进那古色古香的小院，阴森森的凉气迎面而来，昏暗的楼道里死一般的寂静，一个走动的人也没有。

系党委办公室的门敞开着，里面还传来说话声。金哲走到门口，看见里面坐着的胡坤和系主任王耕教授，点头哈腰地笑了笑。

“找我有事？”胡坤看着金哲，问。

金哲笑着点点头，说：“哦，您先谈，我在外面等一会儿吧。”说着，想退出去。

王耕教授叫住了他，说：“进来吧，有些事正好要问问你。”

金哲看着王耕教授，不知他用意何在，心里有些忐忑，硬着头皮走进去，站住王耕教授面前，有些不知所措。

“你，没到广场去？”王耕教授盯着他，问。

“我……正忙着找工作的事，没顾得上……”金哲勉强地笑着，不安地看看旁边的胡坤。

王耕教授皱起眉头，问：“你知不知道，我们系有多少同学参加绝食？”

金哲想了想，说：“本科生的情况我不清楚，研究生我知道的有两三个人。”

王耕教授想了想，对胡坤说：“我看是不是这样，学校的会你去，我组织一批教授到广场上去。”

胡坤迟疑一下，问：“要是学校方面追究起来怎么办？”

“你就直说好了！有什么事我来承担。”王耕教授不耐烦地说。

“我的意思，还是应该考虑周到些，最好别让人抓住什么把柄。”胡坤讪笑着说。

“有什么事你都推我身上，我来顶着！我们的学生在那里忍饥挨饿，要是连看看他们的勇气都没有，那我们还是老师吗？以后还有什么脸面给人上课？”王耕教授站起身来，激昂地说。

“王老师，我不是这个意思！”胡坤有些尴尬，想要解释什么。

王耕教授摆了摆手，说：“别说了，这事就这么定吧，我走了！他们要问，你该怎么说就怎么说。”说着，收拾好桌上的书包，准备离开。

王耕教授看了金哲一眼，往外走着。金哲看着他离开，心里有些内疚。他似乎觉得老头眼光里含着鄙夷的意味，看这老头刚才那一身的正气，肯定看不上他的。早就听说老头对胡坤是很看不上的，而他偏偏这个时候来找胡坤，肯定也不是什么好人。老头肯定就是这么看他的，他能看得出来！

“哦，你坐吧！”听到胡坤的声音，金哲转过脸，看着胡坤那瘦长的驴脸，心里有些厌恶。

“你有什么事？”胡坤脸上挂着微笑，问。

金哲犹豫着，说：“找工作的事。”

“噢，有什么困难吗？”胡坤问。

金哲笑了笑，说：“我……联系的几个单位，都不太顺利。您知道我的情况比较特殊……”说着，观察胡坤的脸色。

胡坤叹口气，说：“这事是很难办！系里恐怕帮不上忙。”

金哲觉得他还是同情自己的，以试探的语气说：“前几天，别人介绍我到中宣部理论局去，他们对我很有兴趣，也答应帮我解决家属问题……”

“中宣部？那可是个好单位。”胡坤眼睛一亮，笑着说。

金哲故意做出一副为难的样子，苦笑着说：“可有个问题，他们是中央机关，到那里去工作必须是党员才行……”

胡坤有些吃惊，看着他问：“你不是党员？”

金哲摇摇头，尴尬地笑着，说：“哦，不是！”

胡坤皱着眉头，遗憾地说：“你怎么能不入党呢？这么重要的事儿，你看看，这都什么时候了，这下知道着急了吧！”

金哲做出懊悔的样子，说：“是，我真是后悔了，你看，有什么办法补救……？”

胡坤叹了口气，做出很痛心的样子，说：“补救？怎么补救？你不看看现在都什么时候了！”

金哲做出一副可怜的样子，说：“其实，我早就写过申请的，支部也找我谈过话，把我当作培养对象，可是我……不过，中宣部那边对我还是很看好的，他们答应把指标给我留着，只要毕业以前能入上党就行。”

胡坤叹了口气，同情地看着金哲，恳切地说：“你知道，从学校的角度，当然希望你们都能找到好单位，中宣部也的确是个好单位，尤其对你来说更是机会难得，可这同入党是两回事！你明白我的意思吗？”

金哲觉得心在往下沉着，强笑着说：“我知道！我没想到这两件事会绞在一起。我并不是为了找工作才想到入党的，事实上我早就写过入党申请，上本科的时候就写过的。”

“这样就好！这个机会你要尽量抓住。说说看，除此以外，我们还能为你做点什么。”胡坤一本正经地说。

金哲觉得喉头发涩，说：“我没有别的意思，只是想知道这学期还能不能发展党员。现在学校情况比较乱，我担心对这事会有影响。”

“这得看事态的发展。我们原计划在‘七一’前发展一批党员的，不过现在这情况很多工作都没法开展，结果怎样也难说。”胡坤说。

“您看我这情况是不是还有希望？要是没希望，我就给人回话了，或者推荐别的同学去，不然这么好的机会，失去了也是可惜。”金哲看着胡坤，想要激发他对自己的同情心。

“这话我可不好说，你也知道入党的事并不是由哪个人说了算，再说对你的情况我也不能说太了解。按组织程序，这事先得由支部讨论通过，再由党委批准。”胡坤面带微笑，说话不紧不慢。

金哲见势头不对，赶紧把话头转开。突然想起胡坤说过要出专著的事，便问：“胡老师，您的专著出来了吗？”

“没有，出版社要我出五千块钱，还要包销一千册，我一个穷教师，哪找这么多的钱！”胡坤做出很无奈的样子，说。

金哲笑了笑，心想：就你那破书，没钱谁会给你出！嘴里却说：“我上学以前在杂志社工作，出版社也有不少朋友，有机会倒可以问问他们。”

“这事恐怕难办！现在出版社都讲究经济效益，能赚钱的书才肯出，像这种严肃的学术著作是很难出的，这回还是亏了以前的一个学生帮忙。”胡坤说着，竟有些沮丧。

金哲心里一动，说：“钱的问题也是可以想办法的……”说到这里，故意把话打住，看着胡坤。

胡坤眼睛一亮，饶有兴味地看着他，问：“什么办法？”

金哲觉得事情有了转机，问他：“您能弄到一些买书的发票吗？”

“这倒不难，我女儿就在书店工作。”胡坤不解地看着他，说。

金哲笑了笑说："我有一位亲戚在给一位部队首长当秘书，那首长每年都有两万块钱书报费。如果您能弄到发票的话，我可以拿去给您报销。"

胡坤听着眼睛发亮，问："这样做合适吗？"

"没关系，反正那首长也买不了几本书，用这笔钱来给您出书，也算是对社会的贡献嘛！"金哲说。

胡坤低头想了想，说："我考虑一下。"

金哲知道他动了心，便说："我过两天再来找您！"说着，起身告辞。

胡坤一直把他送到门口，对他说："找工作的事还是要抓紧……入党的事还得先通过学生支部，只要支部那边报上来，党委这边一般不会有问题。"

金哲心领神会地点着头，满脸微笑着。

沈鸿觉得眼睛里蒙着淡淡的一层白雾，眼前的人影时而清晰时而化作模糊的一片，震耳欲聋的声音时隐时现。脑袋里似乎有什么东西在旋转，一种遥远的声音在耳朵里嗡嗡地鸣叫，像要把魂魄摄走。他的臂膀被人碰了一下，感到一阵疼痛，不由得睁大眼睛。

眼前的迷雾松散开来，先看到的是刘伟那张圆脸，那双圆圆的小眼睛正关切地看着他，见他醒来，欣慰地笑了笑，轻声地问一句："你没事吧？"

"没事！"沈鸿摇摇头，神志似乎清晰了许多。

"那就好。"刘伟握握他的手，脸又转了过去。

看着一张张庄重的面孔，沈鸿才想起是在开会。一张张熟悉的脸在眼前晃动，张锋、郭焱、郭振清，还有师大的刘洪涛，还有“苏格拉底”，一张张绷紧的脸，个个神情凝重。有的在沉思，有的在听别人发言，也有涨红了脸在说话的。又是没完没了的争论！不远处数百名同学在烈日下熬煎，他们却在这里枉费口舌！从刚才的昏睡到现在过去多久了，为什么争论没有结束？每个人都像是这场运动的主宰。不错，广场上几十万人的命运都维系在这些人身上，可是他们又干了些什么？

“对这样的政府，我们还能指望什么？事实已经表明，这是一个软弱的政府，一个没有人性的政府！我们应该不妥协地斗争下去。现在的形势对于我们是有利的，整个首都知识界都行动起来了，支持和同情我们的人会越来越多，只要我们坚持绝食，胜利一定是属于我们的！”

说话的正是“苏格拉底”，一见她，沈鸿不由得浑身直起鸡皮疙瘩。这粗壮的女人在人群中像个老大姐，说话的声音早已嘶哑，脸色苍白更显得憔悴，情绪却很激昂。昏睡以前便领教过她的狂热和偏激，看上去她俨然成了激进派的代表人物！可是沈鸿总觉得这女人的狂热中包涵着某种变态。

“我还是坚持原来的意见！这种时候我们更要避免感情用事，因为我们采取的每一个步骤都关系到广场上几千位同学的生命，我们必须要对他们负责！我们绝食并不是为了去死！不能用我们几千个同学的生命作为赌注！我认为我们不能单纯地把对话作为我们的目的，就算他们最后答应了我们的对话条件，那又怎样？我们这次民主运动也和当年的五四运动一样，它的意义并不在于推翻什么，而在于唤醒民众。现在知识界已经起来了，又有这么多市民支持着我们，这就是我们的胜利！”

听着政法大学代表的发言，沈鸿皱起了眉头。这个外表清秀的小男孩代表着同“苏格拉底”相对立的观点，也是这群人较为冷静的一个。可现在并不是讲大道理的时候，谈论这场运动的意义和作用实在为时过早，重要的是要作出正确的决策。对目前的局势到底应该怎么办？绝食是否继续进行下去？政府不答应条件怎么办？这些问题才是会议讨论的中心。而这里的大多数人只会夸夸其谈地说出一些大道理，却不能以务实的态度来对待眼前的困难。

“你的意思是不是说这场运动可以结束了？我们都应该撤出天安门广场？”问话是郭焱，他的观点明显是倾向于“苏格拉底”一派的。

“我并没有这么说，我只是希望我们能保持着清醒的头脑，采取更为理智的方式……”政法大学的男孩也说得理直气壮。

“什么是理智的方式，能不能说得具体一点？”说话的是刘洪涛，他的身后站着那两个身体强壮的男孩据说是他的保镖。那盛气凌人的神态好像要表明他是这里的主宰。想起关于他的种种传闻，沈鸿觉得这是那种刚得势就不知道自己姓甚名谁的家伙。由这样的人领导这场运动，无疑是很危险的。

“我所说的理智方式并不是妥协，相反我们要更加有理有据地进行斗争。不知道大家想过没有，为什么我们能够得到越来越多人的同情和支持？就是因为我们喊出了老百姓的心声，使他们真正认识到我们是在为国家和人民的利益而斗争！这次绝食把我们推到大众面前，我们要用自己行动表明，我们代表着正义和真理，我们是有理性的，并不是无理取闹。只有得到人民的理解和支持，我们才可能取得这场运动的胜利。”政法大学的代表说。

“你说的这些大家都懂，可我们现在要讨论的是，面对目前的局势，我们到底应该怎么办？我们需要的是具体的措施而不是抽象的理论。”张锋终于说话了，他是今天会议的召集人。

“我们不能退却，否则，我们怎么向所有绝食同学交代，怎么向那些对我们寄予厚望的社会各界交代？”“苏格拉底”声嘶力竭地说。

新一轮争论又拉开了序幕，沈鸿感到厌倦，觉得眼皮越来越沉重，勉强把它翻上去，过一会又往下掉着。眼前的人影变得越来越模糊，声音也越来越遥远，身体也好像变得轻飘飘的，在云雾茫茫的天空中悠悠飘荡着，像一只断线的风筝，不知道飘向何处。

醒来时，听到的是张锋的声音：“有三个问题必须明确：第一、我们的目的是什么，以什么样的方式达到我们的目的？第二、我们和政府的关系？第三、怎样才能保证所有绝食同学的安全？我们的目的是敦促政府清除腐败，克服自身的局限，推动中国的改革进程。说到同政府的关系，我认为一方面是对立的，这种对立是因为政府方面过多地考虑某些个人或集团的利益，置全体大众的利益而不顾，因而在清除腐败和政治体制改革方面畏首畏尾，损害了全体大众的利益。但是我们也相信，政府中有一批头脑清醒的人，他们能够看到其中的危害，也想把中国搞好，这就是我们所说的改革派。从这角度看，我们同政府又存在着根本利益上的一致性。从现实来看，我们只能依靠政府来达到我们的目的。我一贯主张采取和平请愿的方式。那种不考虑后果一味要把事情闹大的想法对这场运动是有害的，也是需要我们警惕的……”

沈鸿睁大眼睛听着，神志也渐渐变得清晰起来。张锋的话在雨水一般洒在他那干涸的心田里，使他感受到一种清新的气息。他不能不承认这个大学一年级的本科生比自己原来想象的更为成熟。

张锋继续说：“时间对我们来说是宝贵的，现在每一分钟都可能有我们的同学倒下去，所以我建议：第一、继续绝食，并利用戈巴契夫的来访对政府施加压力，迫使他们作出让步。同时我们也要注意我们自身的形象，采取灵活的方式，千万不要做那些有损国家利益的事情，不要让他们抓住任何把柄。第二、继续做好对话的准备，只要他们答应对全国进行实况转播，某些条件可以作适当让步！第三、要绝对保证绝食同学的安全，要尽快与国际红十字会和中国红十字会取得联系，争取得到他们的援助。在他们到来以前，要组织一批医学院同学进行监护，一有危险马上送医院抢救……"

会议总算结束了。沈鸿站起身来，只觉得眼前直冒金星，麻木的双腿像有无数只虫子在钻动，身体晃动一下，脸上冒出了冷汗。

"沈鸿，你怎么啦？"刘伟用手扶住他，关切地问。

沈鸿喘着气，站着定定神，对刘伟说："没什么！"

"你的脸色可不好，要不要找个地方休息一下？"刘伟说。

"不用，我没事！"他往旁边瞟了一眼，竟看见"苏格拉底"同刘洪涛在说着什么，脸对着他，却好像没看见似的。他苦笑了笑，独自往一旁去了。

走出一段路便到了广播站，沈鸿的岗位也在这里。说是广播站，其实只有几张桌椅，播音器材是用捐款买的，虽是简陋，效果却堪称一流。声音播出去，广场任何角落都能听到。

女播音员龚雪正念着一篇由一批国内外知名的学者联合签名的呼吁书。这呼吁书沈鸿早看过，签名学者中有不少是他敬仰的。

"稿件多吗？"沈鸿问一个正在埋头整理稿件的同学，并顺手从桌上拿几份稿件翻看着。

那同学抬头看着沈鸿，说："稿件倒是不少，只是好的不太多。"

"要尽快组织人写出一些高质量的稿子来，不需要太深的理论，重要的是能打动人！"沈鸿嘱咐说。

“我这就去办！”那同学点着头，说。

听到一阵凄厉的救护车鸣叫声，沈鸿不由得浑身一震，抬头往那边看了看，问那位同学：“有多少人晕倒了？数字报上来没有？”

“根据刚刚报上来的数位，晕倒送进医院去抢救的已有五十六人！”那同学告诉沈鸿。

“安排人专门负责统计晕倒同学的数目，每10分钟公布一次！”沈鸿说着，把稿子放回了桌上。

“喝点水吧。”刘伟走过来，把一瓶汽水塞到他的手里。

沈鸿早已唇干舌燥，却只是轻轻地喝了一小口。冲过重重叠叠的人群去上厕所是一件困难的事情，少上厕所的唯一办法是少喝水，尽管在这种时候水的诱惑是难以抗拒的，他还是尽量克制住自己。

“你太累了，还是去休息一会儿吧，这里有我顶着就行了。”刘伟看着沈鸿，恳切地说。

“我能顶得住！”沈鸿正说着，却仿佛听到肚里正哗哗地响着，腹部像是被什么东西绞住了，感到一阵剧痛，不由得皱起了眉头。

“怎么啦？看你冷汗都出来了，我去叫医生！”刘伟赶忙扶住他，急切地说。

“不用，我只是太虚弱了，坐下休息一会儿就会好的。”沈鸿喘着气，擦去脸上的冷汗，说。

“我扶你休息去！”刘伟说，挽住他的臂膀。

“你扶我到绝食队伍里去！”沈鸿把虚弱的身体靠在刘伟身上，喘着气说。

刘伟把沈鸿扶到绝食队伍中间，找了个空地方让他坐下。一个穿着白大褂的女孩走过来，问；“怎么啦？”

“可能是太累了，他已经两天没吃没睡！”刘伟对那女孩说。

“我来看看！”那女孩说着，在沈鸿面前蹲下来，看了看他的脸色，又翻开他的眼皮看看，然后对刘伟说：“他身体很虚弱，应该马上送医院！”

沈鸿摇摇头说：“不用，我休息一会儿就会好的。”

“不行的话别硬挺着！”刘伟说。

“你去吧，我没事！”沈鸿强笑着说，只觉得刘伟的身影变得有些模糊。

刘伟看着他，说：“你要保重！”起身叮嘱那穿白大褂的女孩：“我把他交给你了，帮我照看一下。”

“你放心吧！”女孩说。

刘伟又看沈鸿一眼，轻轻拍着他的肩膀，转身走着。沈鸿目送着他，觉得他的背影越来越模糊。

沈鸿喘着气，睁大眼睛往周围看着。天色那样暗淡，一切都在跳跃着飞舞着：密密麻麻的人群……飘扬的旗帜……高大的纪念碑，还有眼前晃动着的人影。喧闹的声音越来越遥远，眼前的一切都变得模糊起来。

“不，我不能晕过去！”一个声音从内心深处发出来。强打着精神把眼睛睁开，眼前却是黑糊糊一片。天空在旋转，大地也在旋转。“我不能倒下！”这声音越来越遥远，身体也越来越轻，轻飘飘向着黑暗的深渊坠落……

“有人晕倒了！”他仿佛听到女孩的惊叫声。

随着游行队伍涌进广场，逸夫觉得自己就要熔化在那潮水般的人群中。身体被夹在林琳和姜涛之间，两只手被他们紧紧地挽住。周围是激动的人群，震耳欲聋的口号声此起彼伏。人群中蔓延着的悲壮和愤懑的情绪仿佛要把他淹没，他突然感到一阵恐惧。

黑色的大旗在高高的旗杆上飘荡，黄色的“绝食”二字使人感到沉重。黑压压躁动的人群塞满了大半个广场。置身在这躁动的人群中，逸夫感到茫然，好像这一切离得他过于遥远，他感到一种可怕的隔膜。

“太棒了！真过瘾！”姜涛感叹着，使劲地攥住逸夫的手，激动的样子。

逸夫苦笑着，默默地忍受着手上的疼痛。身材高大留着长发的姜涛在人群总是那样引人注目。从离开乡村的那一刻起，他便处于这样的兴奋中，乡村的宁静似乎并没有在他身上留下什么印记。

“这场面真是太感人了！”林琳也在感叹。

看到林琳眼里的泪水，逸夫赶紧回过头来。不知为什么他总感觉到林琳的感情有些不自然，她的眼泪也使他感到不自在。

“这一切到底为什么？”看着周围躁动的人群，逸夫反复问着自己。“民主”“自由”“改革”之类冠冕堂皇的词语充斥着整个广场，在周围悲壮气氛的渲染下比任何时候更显得理直气壮。可是到底有多少人真正理解这些字眼的含义？他们在呼喊这样的口号的时候到底又包含着多少真情实感？

回到校园，逸夫了解这场绝食的经过。他并不认为这是整个运动的必然结果，在他看来完全没有必要采取这种激烈方式。绝食的目的无非是胁迫政府答应对话要求，据说在绝食以前政府已同意与学生代表对话，既如此又何必搞什么绝食？毕竟关系到成百上千人的生命！搞政治的人总是唯恐天下不乱，事情闹得越大他们可能得到的好处也更多。就像一个赌徒，赌注下得越大，赢的钱也越多。在这方面学生领袖和那些职业政客并没有什么区别。这年头只有心狠手辣没有廉耻

的人才能玩政治。玩政治的人总喜欢无事生非，把一个好端端的世界搞得乱七八糟。他们自以为在拯救世界，将来毁灭这个世界的肯定也是他们。

逸夫想着，觉得自己的心境与广场上的气氛很有些不协调。“要是说出我的真实想法，没准会被人撕成碎片的。”看着周围狂热的人群，仿佛看到一只只黑暗的手正向自己头上抓来，他浑身颤栗一下，不由得苦笑起来。

“我们深深地知道，每个人的生命只有一次，可是为了中华民族的未来，为了实现中国的民主大业，我们甘愿献出年轻而宝贵的生命……”高音喇叭里传来播音员悲壮的声音。

“说得真好！”林琳轻声地感叹着，眼睛里充满着泪水。

逸夫淡淡地笑了笑，没有说话。那悲壮的言词在他那干涸的心里洒下了几滴雨水以后便消失了，并没有留下痕迹。这份淡漠甚至令他自己感到愧疚。“我怎么会这样？难道我的心真的比别人更为冷酷？”他想着，心里越发感到不安。

在水泥地上坐下，面对着英雄纪念碑。那面黑色的大旗在远处飘荡着，幽灵似的，联想到那些绝食的同学，逸夫心里有些酸楚。昨天晚上，他来过广场，看到几百名头上扎着布条的同学孤立无援地坐在纪念碑下，他同他们一起感受到那份难言的孤寂。他对玩弄政治的人向来没有好感，对所有绝食同学却怀着深深的敬意。

“那天晚上的情景真是很感人！当时就有好多人报名，我也差点……”林琳低声地叙说着。

“那你干吗没报呢？”逸夫说，似乎有些嘲讽的意味。

“人家不好意思嘛！再说又没有伴。”林琳红着脸说。

“这种事还要伴？不是说你们寝室也有人参加绝食吗？”

“那是后来的事……”林琳嗫嚅地说。

正说着，前面传来一阵热烈的掌声。从人群中走出几个人来，头上顶着一条写着“首都知识界”的横幅，所有的眼睛都集中在他们身上。

“那是些什么人？”姜涛抬头看着，问逸夫。

逸夫摇摇头，说：“不认识！”

“那女人旁边的小老头我认识，是社科院哲学所的，前些天还到我们学校演讲过。”林琳说。

林琳的话提醒了逸夫，他仔细打量着那几个人，说：“那瘦高个戴眼镜的好像是徐维民教授，社科院政治学所研究员，写过一本《文化大革命十年史》，听说这次活动主要由他出面组织的。”

“都是些名人，听他们说什么。”姜涛说。

逸夫没说话，眼睛盯在这几个人身上。他知道这些人都是近年来学术界比较活跃的人物，在知识界很有号召力；在同学中也有一定的影响。没有他们出面，这场所谓的首都知识界大游行就很难组织起来。

“现在请唐忠信老师给我们讲话！”一个学生模样的人对着人群大声说。

唐忠信，这名字逸夫可不陌生，他在学术刊物上看过他的论文，也不止一次听人提起过他。他是50年代北大哲学系毕业生，后分配到社科院哲学所，搞的是马列方面的研究，在学术界却以离经叛道著称。

在一阵热烈的掌声中，走出来的竟是刚才林琳提到过的那个小老头。他对着人群微笑了笑，神情马上变得凝重起来，说：“同学们！同志们！站在你们面前，说实在的，我很激动……可是我能说什么呢？此时此刻，就在这个地方，我们的同学，我们年轻一代的知识分子，为了中国的民主大业，在忍受饥饿，他们的生命正在受到威胁……而我们政府却无动于衷，他们的行动表明，这是一个无能的政府，是一个丧失了人性的政府，对于这样的政府，我们还能说什么！我们还能有什么可说的！我是一个有着几十年党龄的老党员，坦白地说，原来我对这个党这个政府是抱有希望的，可是现在我却从内心里为这个党为这个政府感到羞耻！所幸的是，今天还有这么多的人来到这里，正是大学生们的无私无畏激发了我们的良知，这就是希望，是中国民主大业的希望，是中华民族的希望！我想，我们不是抱着同情和怜悯的心情来看望你们，不，我们没有资格来同情你们！应该说，今天是你们——年轻的一代大学生给我们上了很好的一课！在这里，我要代表在场二百多个单位的四万多名知识分子向大学生们表示敬意，同时也告诉你们，我们将永远同你们站在一起……”

老头越说越激动，说到后来竟给人歇斯底里的感觉。他的话音刚落下，便赢得一片热烈的掌声。

“这老头真是有激情！”姜涛使劲鼓着掌，激动地说。

接着说话的便是大名鼎鼎的徐维民教授。这位专门研究政治学的学者看上去却是一个理智型的人物，瘦长的身体站在人群前面，脸也是瘦长的，一副变色眼镜遮盖在眼睛上，嘴一张开，一个低沉而平静的声音从远处飘过来：“有人说，中国的知识分子都是被阉割的，原来我也这么想！几千年的专制统治抹杀了中国知识分子的个性，解放以后这种状况不仅没有改善，他们的生存状态反而更加恶化，在权力的压迫下他们不能不弯下了自己的脊梁骨……今天，我们终于欣慰地看到，这些被人称为‘臭老九’的知识分子挺直脊梁骨站了起来！要感谢我们的大学生们，正是你们激发了我们心中的热情，给了我们勇气和力量！今天我们来到这里，就是要同你们站在一起，为中国的民主大业而战，为中国的未来而战！我相信，胜利将是属于我们，中国的民主一定会实现！”

“大学生万岁！人民万岁！”人群中有人振臂高呼起来。

周围群情激昂，逸夫却有些麻木。在他看来，小老头也好，徐维民教授也好，他们好像都在迎合什么，好像都有特殊的本领，别人看来是很平凡的事情，他们却总能挖掘什么意义来。“万岁”之类的字眼在逸夫听来是那样刺耳，与“大学生”联在一起更给人不伦不类的感觉。逸夫心想，那些话从自己嘴里出来肯定很拗口很别扭，他们却说得那么流畅，别人也心安理得地接受了。难怪寝室里同学都说自己连起码的政治感觉都没有，好在自己对政治不感兴趣，也没想过要去参与什么政治。

“说的真好，你不觉得吗？”林琳看着他，似乎对自己说的话缺乏信心，想从他这里得到验证。

逸夫觉得她说话言不由衷，本想讥讽她两句，又不忍心，只好苦笑。

林琳却好像不满足，奇怪地看着他：“你怎么啦？”

“没什么。”逸夫摇摇头，说。

接着又有几个人登场发言，有的是逸夫早熟悉的，有的则是第一次听说。从他们受到欢迎程度看，都是学者名流大咖，逸夫觉得自己是过于孤陋寡闻了，他们的演讲除了激情以外，并没有太多新鲜的玩意儿。

“大学生万岁！”“人民万岁！”“民主万岁！”“自由万岁！”在一阵口号声过后，名人们退了出去。

“我们也随队伍回去吗？”林琳看着逸夫，问。

逸夫看周围的人都站了起来，转过脸看姜涛，问：“你看呢？”

“你们回去吧，我想在这里待几天。”姜涛说。

逸夫以为他是不打扰自己和林琳，便说：“何必呢！学校里有住的地方。”

姜涛却摇摇头，说：“没别的意思，我就想留下来看一看。”

“你是不是也想去绝食？”林琳问。

姜涛淡淡一笑，说：“我就是想去绝食人家也不敢要我，你看我这样子哪里像学生。”

逸夫看队伍正开始撤离广场，对姜涛说：“不行的话，还来学校找我！”

姜涛点点头，说：“放心吧！我不会有事的。”

“你要保重！”林琳把一只小手主动伸给了姜涛，动情地说。

姜涛握住林琳的手，微笑着说：“没事，我只是看看。”

逸夫转过脸去看着那面黑色的大旗，轻声感叹着，突然有一种不祥的预感。他默默地同姜涛握着手，同林琳一起离去。走出一段路，忍不住回头看时，却再没见到姜涛的身影。

第十七章

五月十八日　星期四　阴转雷阵雨

“嘀嗒……嘀嗒……”凄厉的鸣笛声在黎明的天空回荡，又一辆救护车从眼前的“生命线”上开过去。麦嘉心猛一抽紧，心想不知有多少人晕倒在广场？鸣笛声越来越急促，越来越凄厉，每隔两三分钟就有一辆救护车经过。五个多小时过去了，到底开过去多少救护车？麦嘉没去数过，那凄厉的鸣笛声使他不安，心情也越来越沉重。他平时就不喜欢看到那印着红色十字的救护车，就像小时候不喜欢看到黑色的棺材一样，那容易使他想到死亡。一辆辆驶过的救护车，像一个个催命的死神。想到广场绝食的同学，脸上的忧郁变得更为浓厚。

黎明的风带着凛冽的寒意，寒风吹来，麦嘉不由得缩着脖子打了个冷战，早知道这么冷，真该多穿点衣服！为了御寒，他开始来回走动。离他不远的左右两边都是守护这条“生命线”的纠察队员，相互间隔不过二十来步远，却看不清他们的脸面，也不认识他们。这条“生命线”是直接从天安门广场的绝食圈里出来的，一直向西单方向延伸过去，那头应该就是医院了。他们的任务是守护着这条“生命线”，保证它的畅通。说它是“生命线”，麦嘉觉得并不夸张，它的畅通与否，的确关系到绝食同学的生命安危。

绝食已经六天了，结果怎样谁也说不清！对麦嘉来说，政治就像一团猜不透的迷雾，他看不清猜不透，也懒得去猜去想。不过他也能

感觉出来，形势是越来越严峻了。倒下去的同学越来越多，参加绝食的同学更在成倍增长。中央和市里的头头脑脑终于到广场去看望绝食同学了，而对学生方面提出的对话要求却没有明确答复。赵紫阳对戈巴契夫说的那番话显然是想把老邓给卖了，这事令人吃惊细细想来却也不奇怪！赵紫阳不像李鹏那样窝囊，再说头顶上压着那么个太上皇谁都会感到难受，据说他早已在老邓面前失去欢心，趁这机会搏上一把没准还有机会翻盘，不过他是肯定斗不过老邓的，他手里没有军权得不到军队的支持！主席老人家说过的："枪杆子里面出政权"，这话到现在并没有过时！最近到处流传说要在北京市里实行军管，"军管"这个词的含义，麦嘉本就十分模糊，只听说波兰实行军管的事，到底怎么回事却说不清楚。他总觉得这说法过于危言耸听！在他看来，只要中央肯答应和同学们对话，问题并不难解决，哪至于闹到那等地步?

摸摸扎在头上的红布条，麦嘉心里有一种异样的感觉。这是他第一次这样打扮，却不知道这打扮的含义是什么。原来总以为这东西是只有参加绝食的同学才能扎的，后来见别的同学也有扎的，心里早就羡慕，本也想弄来扎上一扎，却又不好意思。他总觉得自己只是旁观者，没有真正参与运动。可昨晚他作为纠察队员来广场以后，有人给他发了这红布条。他闹不明白扎红布条和扎白布条有什么样的区别，倒觉得扎上这红布条更显得悲壮惨烈，大有那种视死如归的气概。要是有相机就好了，这样照张相肯定很有纪念意义。只是担心自己脑袋太大太圆，扎上布条反而不好看。

麦嘉来回走着，往四处看了看。他现在处的位置正好在人民大会堂北边长安街的红绿灯附近，背后是人民大会堂，头稍微向右一偏就可看到天安门城楼，也是进入广场的重要关口，从西长安街过来的车辆和人群都要从这里分流。虽然只是像木头一样站着，他还是觉得自己的工作很有意义。对他来说，重要的不在于干什么，重要是自己参与进来了，不再是旁观者！他相信这是一场伟大的运动，不为这场运动干点什么，将来肯定会后悔的！他现在干的也许微不足道，却使他从内心感到欣慰。

"嘀嗒……嘀哒……"凄厉的鸣笛声不绝于耳。想起丽华，麦嘉的心像被什么东西揪住了似的。丽华到底怎么样？是仍在广场坚持着，还是躺在医院的病床上？这些天他几乎每天都要到导师家去看看，除了这次学潮以外再没有别的话题。他知道导师在牵挂丽华，轻易不敢在他面前提起，丽华的名字却总会不由自主地从嘴里冒出来。见导师焦虑的样子，麦嘉也想过再去找丽华，或者在广场上陪着她，照顾她，可广场上人山人海，绝食圈里的控制也更为严密，一般人根本进不到里面去。悄悄托人去打听，也没得到确切消息。他每次都会想方设法安慰导师，内心的忧虑却越来越深重。

"丽华！"他轻轻地呼唤着她的名字，仿佛看到她躺在病床上孤独无助的模样，听到她痛苦的呻吟。他的心在颤抖，眼泪涌到眼眶里。想起那天见面的情景，真后悔当时没有坚持留下来。

天色渐渐明亮起来，天空中飘落下几个雨点。麦嘉仰头看看，看来天气并不好，天气预报说今天有雷阵雨，真要那样，广场上绝食的同学怎么办？那里可是连个躲雨的地方也没有。就算有，那么多人怎么个躲法？那些官僚们怎么连一点同情心都没有？都到这个地步了，他们却都龟缩在深宫大院里不出来，难道他们真的要看着这么多同学活活地死去？

救护车一辆辆开过去，到广场声援的人也越来越多。看着游行队伍中几个白发苍苍的老人，麦嘉想起了自己的导师。那天在广场上见到的情景肯定对老人有很大的触动，回来的路上他几乎没说话，可从那张雕塑般静穆的脸上看得出他内心涌动的波涛。送他到家，他主动请麦嘉留下来，询问许多关于学潮的事情。老人的表情依然是那样严肃，麦嘉却感到很慈祥。在这位令人敬畏的师长面前他第一次无拘无束地阐述了自己的观点，在那双睿智的眼睛注视下，他觉得这老人同自己越离越近，而把他们联在一起也不只是他们共同关心着的丽华！在以后的两天里，这可敬的老人果然干了许多事情，他以一个人大委员的名义给全国人大及国务院写了信，几份著名学者发表的声明和呼吁书中也都有他的签名。麦嘉感叹着心想：看来那天在广场说过的话都不是白说的！在为导师感到自豪的同时，麦嘉也有几分忧虑。那天分手的时候，丽华嘱咐过要代她尽量照顾好老人的，可是他又能做什么呢？

天色已经大亮，周围的建筑物显出清晰的轮廓。麦嘉抬头看看那雾蒙蒙的天空，心想果然是个阴天，不知道绝食团的人是否知道要下雨的事？是否有应付大雨的准备？毕竟关系到成千上万人安危，绝食同学坚持了这么久，身体肯定十分虚弱，再让大雨淋湿了，后果真是不堪设想！

有人送饭来了，这倒是麦嘉没有想到的事情。广场上有那么多的纠察队员，竟还有人想到他们吃饭的事情，也真难得。

送饭的是一个短发姑娘，她拿来一袋包子递给麦嘉，说：“同学，辛苦了，吃点东西吧！”

听着那姑娘的话，麦嘉心里顿时升起一股热流，眼睛变得模糊起来。只是觉得自己做得太少，似乎并不配受到这样的犒劳！所以只是从袋子里拿了两个小包子，然后把袋子还给姑娘。

“你把这一袋都拿去吧，那里还有的。”那姑娘用手向远处指了指，说。

“我够了，拿去给别的同学吃吧！”麦嘉微笑着说。

姑娘看着他，眼里竟也含着泪水，转身离去。麦嘉看着姑娘远去的背影，悄悄用手擦去脸上的泪痕。这些天来他总觉得有一种无形的东西把自己和别人维系在一起，不知从什么时候起他们之间似乎有了从未有过的亲情！狂傲和冷漠远离了他，周围的人都变得可亲可爱，爱的感觉充盈着他的心胸。正是这样的爱使他的情感变得特别脆弱，性格也变得格外温和。都说男儿有泪不轻弹，这几天他却没少流泪。他为绝食同学的大义凛然哭过，为声援群众的觉悟哭过，也为政府的冷酷哭过……他不是一个软弱的人，可是他怎么能不哭不流泪呢？只要还有一点人性的人，到广场上去走一走，就不可能不感动不流泪！

一支庞大的声援队伍走过来，麦嘉看队伍前面高举的牌子，原来是一家工厂来的，看上去足有两三千人，队伍上面举着许多横幅：“救救孩子！”“学生爱国，我爱学生！”“反对独裁，民主万岁！”他看着，只觉得一股股热流在胸中激荡，泪水不停地涌了出来，心里感叹着：多好的市民！多好的百姓，也只有在这种时候中国老百姓的善良本性才能真正体现出来！中国老百姓从来没有像现在这样觉悟过，也从来没有像现在这样富有人情味！

想起昨天晚上在广场见到的情景，麦嘉心里更是感慨。他是无意中闯进那群人当中的，当时他在广场闲逛，看到那里围着一群人，便挤了进去。周围都些年轻人，多数都是普通市民，后来听他们介绍才知道多数都是工人，还有职员，而他们谈论的居然是“民主”、“自由”、“宪政”这样抽象的政治概念，在麦嘉眼里，他们的文化水平并不高，也没提出什么高深的见解，有些观点甚至极为幼稚可笑，但他们的表情都那么肃穆，又那么自然，实在令他大为感动！按他原来的看法，对中国老百姓来说，“民主”“自由”之类的字眼，实在是属于奢侈品，即便在大学里也不被轻易提起的，现在这些普通的市民却在这里一本正经地讨论着这样的问题，他不仅不觉得可笑，反而觉得难能可贵！多好的人民！他当时就想，如果我是国家领导人，一定会为拥有这样的人民而感到骄傲，有了这样的人民，还有什么事情干不了？可是统治者却不愿意看到这一点，他们太软弱太无能！在一个专制的社会里，统治者需要的只是驯服的奴隶，而不是有思想有个性的人！人民愚蠢了，软弱了，奴性了，听话了，就会服从他们的剥削和奴役，他们也好统治了，所以古往今来，愚民政策总是专制政府的根本法宝。

又一支队伍走过来了，竟是一些中学生。他们打的横幅上写着：“大哥哥，大姐姐，我们来了！”麦嘉的心再一次被深深地打动了，眼泪再也止不住，两行热泪沿着双颊流了下来。

声援的队伍越来越多，汽车也是络绎不绝。没有交通警，麦嘉便和几个纠察队员在路口承担起指挥交通的任务。有人不知从什么地方弄来一面信号旗，在路口把旗一挥，所有的汽车便自动停下。令人惊奇的是那些司机竟都那么听指挥。麦嘉在那里站着，竟连一句怨言也不曾听到。

宽阔的长安大道被“生命线”隔去了一半，汽车只能绕过人民大会堂西门进入广场，而行人和自行车则可继续往前去，这样一来往南拐弯的车辆正好阻止往前行走的人流，麦嘉发现了便向那位手握着信号旗的纠察队员提议，利用信号灯把行人和车辆分流开来。红灯亮时过汽车，绿灯亮时过行人。那位纠察队员竟不假思索便接受了他的建议。看到司机们那一双困惑不解的眼睛，麦嘉才意识到自己犯下了一个不可饶恕的错误。想起“文革”时期红卫兵要求变更红绿灯的事，不由得惊出一身冷汗。没想到“文革”时期红卫兵没干成的事，自己竟干成了！好在那位纠察队员意识到了这个错误，及时纠正过来。麦嘉这才算舒了口气。

“嘀嗒……嘀嗒……”一辆又一辆的救护车风驰电掣般地从“生命线”驶过去，马路的这边，长龙般的车队和无尽的人流正不间断地涌进广场。

麦嘉站在“生命线”上，注视着一支支从眼前经过的队伍：有从工厂来的，有从学校来的，还有从中央机关来的，人群渐渐把整个长安大街都塞满了，他看着那汹涌的人群，仿佛真正理解了“人民”这个词的含义！

“小戈死了！”若木拉住逸夫的手，两行眼泪流到脸上。

逸夫的心猛往下沉着，脑袋顿时出现一片空白，眼睛怔怔地看着若木，似乎不敢相信，那样鲜活的生命怎么会这样轻易消失？

若木流着泪告诉逸夫：他是同小戈在一起绝食的，只是比小戈更早晕倒在广场被送到了这家医院，醒来的时候小戈却已经死了！

逸夫没想过小戈会去参加绝食，在他的印象中小戈是不关心政治的。他同自己一样认为政治是极为肮脏的，对政治和搞政治的人都不屑一顾。作为一个真正的诗人，他追求的是纯洁和完美，而政治则是冷酷的，它总是用它那残忍的手把完美撕得粉碎！不过他知道小戈是极善良极富有同情心而且特富有激情的。平时上街或者到外地去，只要有人向他乞讨，他总要给人一点钱，其实他自己也经常是囊中羞涩甚至靠借债度日。有一年在家乡过完寒假逸夫和他一起返回学校，在火车站正好碰上一个流氓正在欺负一个小女孩，当时旁边有许多人围观却没人上去制止，而小戈这个看上去文质彬彬的书生却冲了上去，

结果自然是被打得头破血流，连逸夫也跟着他吃了很大的亏。

“医生说小戈是心力衰竭而死的！绝食的时候我们坐在一起，你知道他的身体本来很虚弱，为了给海子出诗集的事，这些日子他一直很累……我劝过他，实在坚持不下去的话就别硬挺着，可他在广场上硬是坚持了三天！他这样做简直是在自杀！我在想，是不是海子的死对他刺激太大？”若木痛苦地说着，双手捂住脸，哭泣着。

逸夫没说话，眼前浮现出小戈那瘦弱的身影。早知道小戈身体是不好的，还有心脏病！上次见面时他正忙着修改那篇为海子的诗集写的序言，脸色很憔悴，有些病态。他劝他休息几天，不要过于劳累，他听了只是苦笑着摇头。逸夫不知道小戈这样摧残自己是不是和海子的死有关，但海子的死对他的确是一个很大的打击！他和海子是创作上的知音，也是难得的好朋友，但在性格和诗歌创作的风格上却有很大的差别。他们都很孤傲，但至少在表面上小戈要随和得多。海子总是把自己封锁在一个自我的世界里，很少与人交往，除了写诗以外，外面的世界对他来说是极为陌生的，性格也很孤僻。小戈远不如海子那样落落寡合，除了看书和写诗以外，他也经常和别的同学一起吹牛皮，侃大山，经常妙语连珠，让人捧腹大笑。海子很脆弱也很敏感，碰到不顺心的事情总是愁眉不展，而小戈则总是带有北方人的豪气。在为人方面海子显得更谦虚更宽容，他从来不去谈论他人，也很少去批评别人的诗歌；而小戈批评起诗来总是不留情面，用的都是极刻薄的语言。在诗歌创作上，小戈是推崇海子的，他把海子说成是“诗歌王子”，有一次他曾经对逸夫说过，海子是一个难得的诗歌天才，他的胸怀和才能就像大海一样深沉无垠，和他相比，他自己不过是一条很不起眼的小溪！他的这句话在一定程度上也说出了他们两人在诗歌创作上的不同风格。在逸夫看来，小戈的诗虽然不如海子的诗那样博大精深，但在对海子诗歌的理解上，的确没人比他更为深刻的了，连海子生前也是这么说，海子的诗全部都是小戈推荐发表的。正因为海子把小戈当成知己，所以才会在临死前把自己的全部诗稿交给他。两位诗坛的骄子就这样悄无声息地去了，相隔的时间还是这样的短暂！逸夫心想，海子临死以前肯定没想到，他的这位知己好友会这么快随他而去！

在一间雪白的病房里，逸夫看到了哭得像泪人似的小静。在这里默默站着的还有几个小戈的诗友，有几个是逸夫认识的，每个人看上去都是那样悲切，有的脸上还挂着泪痕。逸夫走近去，便看见了躺在床上的小戈！他身上盖着一条白色的床单，那张瘦得不成人形的脸白得有些发黄，焦干的嘴唇已经发白，完全没有血色，却依旧紧抿着，那双热情而充满了智慧的眼睛则永远地闭上了。小静正伏在遗体上痛哭，那悲痛欲绝的哭泣声实在令人心碎！逸夫忍不住流下了眼泪。

两位穿白大褂的医务人员推着一辆担架车走进来，他们径直走到床前，其中的一个中年妇女轻轻地拍拍正坐在床边哭泣着的小静的肩膀，冷冰冰地说："姑娘，请您让一下！"说着便用床单把小戈的的脸完全盖住了。

小静抬头看了看这两个人，好像明白了什么，便一下扑到遗体上，痛哭着说："不！你们不能把他带走，他没有死，他会醒过来的！"

旁边的两位女同学上去劝慰她，试图拉她起来，她却大声哭着，死死地抱住小戈的遗体不肯松手。

"不，他没有死，他会醒过来的！"这哭声震撼着逸夫的心，他真想在这里痛痛快快地哭上一场，为小戈，为海子，也为这颠倒的世界！

一大群学生模样的人从门外涌了进来，他们中有不少人头上扎着

白色或者红色的布条，还有几个是穿着病服的，看样子都在广场上绝过食。其中一个头发鬈曲穿着一身病服的男孩走到床前，用手掀开床单，默默地对着小戈的遗体看着，整个病房顿时静了下来！所有的目光都集中在这个男孩的身上。逸夫心想，这大概就是某个学生领袖了！

“这就是师大的刘洪涛！”站在他身边的若木轻声告诉他。

刘洪涛？逸夫皱着眉头想了想，却是一点印象也没有。从旁人的眼光来看这无疑是个重要的人物，属于学生领袖之类。

男孩把床单重新盖上，默默地低下头，向死者致哀。所有的人也都跟着低下头去。

过了好一会儿，刘洪涛慢慢地抬起头来，转过身来面对着大家，眼睛里含着泪水，用缓慢而低沉的声音说：“同学们，小戈同学先我们而去了，他是为了中国的民主事业而死的。我们会记住他，历史也会记住他！他是真正的烈士！同学们，烈士的血不会白流，活着的人一定要记住这一点！我们要把小戈同学的遗体抬到广场上去，我们要让广场上所有的人都知道小戈同学是为什么而死的，要让每一个活着的人都来悼念他，同时也要让每一个人都看到政府的残忍无情。”他越说越激动，声音也越来越大。

逸夫听着却皱起了眉头，心想，他们要抬着小戈的遗体到广场上去游行？心里不由得有些反感。他觉得这个被大家看作是学生领袖的人，说起话来很有煽动性，感情却不自然，很做作，像在演戏似的。

“不！我不能让你们把他抬走！我，不答应！”说话的竟是小静，她已经站了起来，满脸的泪水，说话语气却十分坚定。

刘洪涛显然没有想到他的话竟会遭到反对，吃惊地看着小静，问道：“你是什么人？”

“我是小戈的女朋友！”小静冷冷地说，并没有把这个学生领袖放在眼里。

刘洪涛皱了皱眉头，走到小静跟前，说：“小静同学，你的心情我完全理解！小戈死了，大家都很难过。小戈是个天才的诗人，我不认识他，却读过他的诗。他是为了中国的民主事业而死的，我们要让每个人都知道这一点，对他也是一种最好的悼念方式！我想小戈在天之灵也会理解的……”

“不，你们并不在乎小戈的死，他的死对你们说来根本算不了什么，你们关心的只是你们那些无聊的政治把戏，你们正在用别人的生命来玩这场游戏，小戈正是让你们这些人害死的！他死了，你们还这样糟蹋他！我绝不允许你们这样做！”小静两眼瞪着刘洪涛，悲愤地说。

刘洪涛脸色变得很难看，对小静说：“小静同学，你这么说可是对我们这场运动的亵渎！也是对广场上几千名绝食同学的亵渎！如果不是看在死去的小戈的面子上，我们是要追究你的责任的。”

小静竟变得异常的冷静，冷冷地看着刘洪涛，并无丝毫的畏惧，说：“我不在乎你们怎么想，也不在乎你们会把我怎么样。我就是这么想的！我对你们的政治不感兴趣，小戈也是……你们走吧！”

逸夫默默地看着那傲然站立的小静，感叹着。原来他对小静并不很熟悉，只是在和小戈在一起的时候见过两次，他知道她是法律系的研究生，给他的印象是很文静的，不爱说话，想不到竟能如此坚定，令这位口齿伶俐的学生领袖下不来台。他觉得很解气，又未免替她担心。

刘洪涛铁青着脸，一双恼怒的眼睛看了小静好一会儿，终于没有发火。叹了口气，说：“你是小戈的女朋友，我们当然要尊重你的选择。不过，我要告诉你，你这样做是对不起小戈的。”说完，朝周围的人看了看，转身向外走了，刚才跟着他进来的那一群人也纷纷跟了他走出

病房。

病房里又变得冷清起来，逸夫默默地看着小静，眼里充满了敬佩。小静慢慢地坐了下去，再也不控制自己的感情，突然伏在床上号啕大哭起来。

看着正伏在小戈的遗体上痛哭不止的小静，逸夫心情格外沉重。想起若木刚才说的话，心想，也许小戈真是自己选择了死亡！小戈原来不止一次说过，毕业后到杂志社干编辑这两年，的确活得很累很没劲！逸夫相信他的话，朋友们也说这两年小戈成熟了许多，但在他那年轻的脸上也平添了忧郁之色。朋友们在一起聊天，他也经常说到他那杂志社的头头们是怎样不懂艺术又怎样为了关系和金钱把那些被他看作是“臭狗屎”的东西刊登在他们的杂志上，说到恼怒时便会不顾斯文骂起粗话来，全然没有了平时文质彬彬的风度。逸夫对他素来是很能理解的，他把艺术看得那样神圣，自然舍不得让人随意玷污！或许他在写诗的才能上不如海子，但也和海子一样是把艺术当作生命一样来看待的。逸夫常想，像海子和小戈这样的人，他们也许根本就不应该生活在这样的世界！他们活着本身就是一个悲剧。作为一个真正的诗人，他们都在追求完美的境界，而现实中本来是不存在什么完美的。无情的现实不断地毁灭着他们的幻想，同时也在撕裂着他们那脆弱的心灵。在这个世界上他们永远是孤独的，痛苦的！他们同样都选择了死亡，死亡也是他们摆脱痛苦的唯一方式。

逸夫缓缓地走出了病房，走道上依然是一片忙乱的景象。医生和护士们都在匆忙地走动着，两个头上扎着白布条的同学推着一辆担架车从外面小跑着进来，一位穿着白大褂的医生引着他们走进了另一间病房。想起那些广场上绝食的同学，逸夫心想，这样下去也不知道会有多少人晕倒，也不知会有多少人会像小戈那样死去！想到刚才刘洪涛在病房里的表演，尽管他的表演并不坏，但逸夫看出来他对小戈的死其实是很淡漠的。他说得那么好听，可一见小静不让他们抬走小戈的遗体竟带人甩手而去！逸夫叹息着心想，也许这不能怪他，玩政治的人本来都是那样冷酷无情的，那些高高在上的官僚们是这样，学生领袖也好不到哪里去！

从医院走出来，抬头看看，天空中乌云密布，远处传来一阵沉闷的雷声。这场暴雨总算要来临了！逸夫想着，迈开步子朝前走去。

听到远处沉闷的雷声，沈鸿抬头看看天空，又看看依旧在广场上坐着的绝食同学，心想：但愿能在暴雨到来以前撤到汽车里去！

“赶快播送这份通知，让绝食同学撤到公共汽车里去！”他把刚刚写好的通知交给女播音员，说。

“看来这雨不会太小！”刘伟不知什么时候来到沈鸿身边，朝天空看着，神情有些忧郁。

沈鸿没说话，眼睛落在广场上停着的那些直筒式公共汽车上。为了这场大雨，“高自联”和绝食团的头头脑脑们昨天下午就开会研究，却想不出什么办法来。后来市红十字会来人说，汽车公司愿意提供七十辆公共汽车让绝食同学避雨。讨论的时候意见却不一致，一种意见认为这是政府笼络人心的手段，不能上当！另一种意见则认为，不管政府的目的是什么，反正出面的不是政府而是红十字会，先让大家避过这场雨再说。绝食这么久，绝大多数同学的精神和体力都到了难以承受的地步，应该更多地从绝食同学的安全考虑。持前一种观点的以“苏格拉底”为代表，这女人当上广场指挥部负责人以后表现得更为狂热，任何事情到她那里都要走到极致，那态势好像不把这个世

界弄得天翻地覆就不肯罢休。她那狂乱的目光常使沈鸿想起她做爱时的神态，他觉得这女人好像不是在领导学生运动而是要发泄自己的仇恨。到广场以后他们并没少见面，每一回女人都要摆出一副冷漠的神态来，好像从来不认识一样，她看人时那神态更给人毛骨悚然的感觉。沈鸿觉得这女人留在领导层里是决策上的重大失误，可能把这场运动引入危险的境地。私下里他曾经与刘伟交换过意见，希望他把自己的意见传达给张锋，刘伟却很不以为然。后来经过表决，后一种意见占据了上风，沈鸿却不感到轻松，心里好像压着一块大石头似的，好像某种危险正在迫近，他自己又无能为力。

“绝食同学请注意，根据天气预报，今天下午有一场大暴雨，广场指挥部研究决定，请绝食同学撤到公共汽车上避雨！希望同学们遵守秩序，听从指挥……”女播音员紧促的声音在乌云浓重的广场上空回响着。

绝食圈里开始有些躁动不安，有人交头接耳地议论，也有人从地上站起来，更多的人只是坐着，似乎并没有明显的反应。一些纠察队员进入了绝食队伍中，帮助那些身体虚弱的绝食同学从地上站起来，搀扶着他们向着停在附近的公共汽车走去。

“这些广播器材都要搬到车上去吗？”刘伟用手指了指，问沈鸿。

沈鸿想了想，点点头说：“搬吧！”

天空中黑云滚动，向地面压下来，天色暗下来，阵阵狂风扬起了地上尘沙。绝食圈外的人群迅速松动开来，向广场外面涌去。看着这混乱的场面，沈鸿叹息：这场雨来得真不是时候！

“沈鸿！”听到熟悉的声音，沈鸿转过身来，见走来的是杨侃，不由感到惊奇，问：“你怎么来了？”

“我是专门给你们送钱来的，我们公司这次又给你们捐款 5 万元，外加上一台中英文打字机。”杨侃拍拍沈鸿的肩膀，说。

“就你一人？”沈鸿握住他的手，问。

“不，是和老板一块来的，他坐车回去了。我说要来看你，他让我问你好！”杨侃说。

沈鸿淡淡一笑，心里有些感动。他同王铁军只见过那一次面，没想到他还记挂着自己。科龙公司是第一个站出来支持学生运动的企业，不久前还出面在人大委员中搞过一次征集签名活动，要求召开特别人代会罢免李鹏的总理职务，此外还在物质方面给予很大的支持。沈鸿把自己看作是公司的一员，公司方面表现出来的勇气和胆量自然也使他感到骄傲和自豪。

“听说你晕倒了，没事吧？”杨侃打量着沈鸿，关切地问。

“没事！在医院里打两瓶点滴就好了。”沈鸿说，想起医院见到的情景，脸上显出忧郁的神情。

杨侃叹了口气，说：“还是要注意身体！”

雷声越来越响，乌云滚滚，从天空压过来，天色暗淡。

沈鸿不安地看看天空，对杨侃说：“就要下雨了，帮帮忙，把这些广播器材搬到车上去！”

刚把广播器材搬进汽车，天空中响起滚滚的雷声，蓝色的闪电撕裂了乌云密布的天空，铜钱大小的雨点伴着狂风飘落在尘土飞扬的水泥地上。广场上顿时一片混乱，没来得及撤离的人们纷纷四散奔走。

又是一阵电闪雷鸣，雨越下越急，转眼间下起了倾盆大雨。

沈鸿坐在车上，透过车窗往外看着，刚才还是人山人海的广场已是空空荡荡，只有几十辆公共汽车停在雨中。迅猛的雨点敲击着车窗的玻璃和公共汽车的铁皮外壳，发出“叮叮咚咚”的声响。挟着阵阵闪电的威风，雷声越来越响，好像就在头顶炸裂开来。

“好大的雨，看来老天爷发怒了！”杨侃说。

“向谁发怒？向我们，还是向他们？”刘伟问。

“这还用说吗？当然是向他们。”杨侃说。

沈鸿看着窗外的大雨，却有种昏昏欲睡的感觉。毕竟五天没吃过食物了，刚才搬东西又出了身汗，身体更是虚弱，好像就要虚脱了似的，他略微定了定神，努力支撑着自己。没过一会儿，眼皮却有些沉重，神志也开始有些模糊。恍惚中好像听到刘伟又在同杨侃争论什么，耳朵里听得到他们说话，却不明白话里的意思。又过一会儿，那声音也消逝了……他好像看到自己躺在医院走廊的病床上，整个走廊里都被那白色的病床占满了，过道上穿行的都是穿着白大褂的医生和护士……睁开眼睛，看到自己手臂上接着黄色的皮管，不由得感到困惑起来，什么时候我又到医院来了？正想着，看到几个人来到自己的病床前面，其中有刘伟、杨侃，还有郭振清，阴沉着脸，用古怪的眼光看着他。他大声叫他们的名字，他们却好像没听到……一个穿白褂的医生走过来，用床单把他的脸盖住。他觉得透不过气来，想用手把床单掀掉，那手却怎么也抬不起来，他感到一阵恐惧，慌忙大叫：“刘伟，杨侃，快帮我一把！”

“沈鸿，你快醒醒！”他仿佛听到杨侃的声音，睁开眼睛时看到杨侃和刘伟都在眼前看着自己，杨侃的手还放在自己肩膀上。他茫然地看着他们，定定神，才意识到刚才是在做梦。

“沈鸿，你怎么啦？”杨侃关切地问。

“没什么，只是做了个梦！”沈鸿笑了笑，掩饰说。

杨侃叹口气，说：“我看你是太累了，该好好休息一下。”

“我这不就在休息吗！”沈鸿说着，用手揉着眼睛。

“趁下雨没事，你睡一觉吧！”杨侃说。

“你睡吧，有事我会叫你的。”刘伟也说。

在他们的关注下，沈鸿反而觉得不好意思，说：“没事，我们好不容易凑到一块，聊聊天也是好的。”

“说的也是，刚才我还对刘伟说，没想到我们还能在这样的场合凑在一起！”杨侃感慨地说。

“加上郭振清，我们这拨人就算凑齐了！”想起当年他们在一起时的情景，沈鸿也不由得感慨起来。

“听说他前段时间出了点事，现在怎么样？”杨侃关切地问。

“那是别人对他的误解！他这人倒想得开，现在负责纠察队的事，还是那样拼命！”刘伟说。

“这样一场大的运动，这样的误解是很难免的！我们当年不也被误解过吗？”杨侃说。

想起那阴雨绵绵的日子，沈鸿神色黯淡，说：“那不是误解，而是被遗弃，被出卖！”

“那时的情景跟现在是没法相比的！那时我们很孤独，如今却有这么多人在支持我们。”刘伟看着雨雾朦朦的广场，说。

“支持和同情是两个不同的概念，你以为到广场上来的人，包括参加绝食的同学在内，真的能够理解我们？”沈鸿看着刘伟，说。

“支持是建立在同情的基础上的，有时候支持不需要理解，至少不需要你说的那种理解。”刘伟争辩说。

“正因为这样，我想这里面有一种非理性的东西作怪！”沈鸿说。

“你什么时候变得这样理性了，要是什么事情都要等想清楚再去干，那就什么事情都干不成。”刘伟讥笑说。

沈鸿感到疲倦，不想同他争论，便说：“我指的不是这个，你根本就没理解我的意思。”说着，扭头看杨侃。

杨侃好像没有听他们的争论，出神地看着窗外，好像在想着什么。

“杨侃，你在想什么？”沈鸿好奇地看着他，问。

杨侃转脸看着沈鸿，叹息着说：“我在想以前的事！”

沈鸿知道他说是当年闹学潮的事，便问：“有什么想法？”

杨侃叹了口气，说：“刚才听着你们的争论，我就想，闹了那么多次学潮，结果为什么总是那样令人沮丧？现在回过头来看，那时候我们的确是很孤独的！过去我们总是责备群众过于麻木，对我们不理解，其实这种不理解也是由我们造成的。我们太不了解群众，不了解现实，所以有时候我们自己也感到盲目。就说‘民主’和‘自由’吧，我们经常把这类词语挂在嘴上，可又有多少人真正理解它们的含义？说是为了民主和自由，这样的口号连我们喊起来都觉得空洞，更不用说普通老百姓了。在社会上混几年我真正感觉到，我们对社会并不了解，也就不能从内心深处感觉到民主自由的意义。对许多人来说，学潮只是提供了宣泄自我的机会，宣泄完了就会感到厌倦，然后心安理得地看着别人成为替罪羊！每次受到处分，我们得到的不是同情，而是无情的嘲笑和奚落！就像生活中的小丑一样，那时我真的感到自己是被出卖了！”

杨侃的话勾起许多不愉快的回忆。雨中的等待……被校卫队带走时那一道道冷漠的眼光……嘲笑的脸……一幅幅画面在沈鸿眼前晃动着，好不容易从那些伤感情境中解脱出来，脸上罩上一层淡淡的愁云，叹息着说：“但愿这次不会发生那样的悲剧！”

“怎么会？不能老是用过去的眼光看问题嘛！我们得不到理解和支援，是因为我们自己工作没做好！再说这次也不一样，老百姓也在变得成熟。你们难道没见昨天百万大游行的场面？不仅知识分子在支持我们，连机关干部和工人也起来了！什么叫人民？这就叫人民！我这才真正知道什么叫人民的力量，在这么多的人民中间，怎么会感到孤独呢？”刘伟说。

沈鸿觉得刘伟说话有些不着边际，又不屑同他争辩，说：“现在是处于高潮，支持的人多并不奇怪，我们那时候不也有过激动人心的场面？孤独并不在于支持的人有多少，真正的孤独是对现实的超越……到目前为止，应该说这场运动是很成功的，可是我总觉得这里面潜伏着某种危险的因素。”

“你指的是什么？”刘伟皱起了眉头，问。

沈鸿淡然一笑，说：“你应该明白我的意思！我总觉得这场运动正在偏离原先预定的轨迹，正在朝着谁也说不清的轨道行驶，在前面走着的人却都是一些没有理性的人……”

“你说的是‘苏格拉底？’”刘伟问。

“也许并不止一个‘苏格拉底’！不信去问一问‘高自联’那些人，这场运动到底要达到什么目的？会有什么样的结果？看他们有几个真正是心里有数的。我真觉得，这不过是一场赌博，至少对某些人来讲是这样，赌注就是这些绝食同学。到底谁赢谁输，都是说不清的。”沈鸿说。

“没想到你会说出这样的话来！”刘伟瞪着沈鸿，不满地说。

杨侃笑了笑，似乎想缓解一下气氛，对沈鸿说：“也许情况并不像你想象的那样糟！就算有些人是怀有个人目的，但他们并不能主宰这场运动。再说现在的情况也和过去不一样。前些年，社会矛盾还没有完全暴露出来，大家总还抱着一些希望，可这些年他们给人的失望太多，你们的绝食又唤醒了社会的良知，我想这场运动很可能发展成一次全民的运动。”

“那又怎么样？再说我更担心那些政客们会利用这场运动达到个

人目的。”沈鸿苦笑着说。

杨侃疑惑地看着沈鸿，问：“你说的是昨天赵紫阳同戈巴契夫的谈话？”

沈鸿点点头，说：“我想，赵紫阳是想趁着这个机会把老邓搞下来，这一来问题就会变得很复杂，结果怎样实在难说。”

“我看赵紫阳是斗不过老邓的，别忘了军队还在老邓手里。”刘伟插嘴说。

“我真担心这样下去真的会发生内战。”沈鸿神情严峻，说。

“或许不至于？”杨侃喃喃自语，一副神情不定的样子。

雨，渐渐变小了。“嘀嗒……嘀嗒……”伴随凄厉的鸣笛声，两辆救护车风驰电掣开进广场，几个头上扎着布条的同学抬着一副担架从对面那辆公共汽车下来，冒雨向着救护车奔驰而去。

“又有人晕倒了！”杨侃感叹着说。

沈鸿没说话，眼睛往外看着。雨水沿着车窗往下流着，清冷的风夹着雨点打在脸上，一股寒意直冲头顶，他不由得打了个冷战。

“这回非给他来个鱼死网破不可！”从胡坤家出来，金哲觉得自己瘦弱的胸脯已被一股怒气胀得鼓鼓的，不发泄一番难以平息。早就怀疑是刘杰在跟自己过不去，原本还有些不敢相信。现如今胡坤亲口证实，还有什么好说的！他既不仁，就不能怪咱不义！再好好跟他谈一次，他要执迷不悟，只好陪他玩玩了，这年头谁怕谁？再说他还有把柄在自己手里攥着哩。

“可是他为什么要这样对待自己呢？”金哲走进校园，心情稍微平息了些，却感到有些困惑。自己是与刘杰没交情，可自己毕竟还是帮过他忙的。他老婆来那回，要不是自己找人给他报信，他同那女人的事早就给发现了。女人给他的信还在自己的手里！可是他为什么要这样干呢？也许麦嘉说的对，他就是在嫉妒自己！说穿了他是个心胸狭隘的人，就是不想别人比他强，不想别人比他活得好！

想到刚才胡坤从自己手里接钱时那贪婪的神态，金哲感到很恶心。八百块，一个党委书记的灵魂，多么低廉的价格！就为了这八百块钱，胡坤把刘杰背后搞鬼的事告诉了自己，还答应在入党问题上尽量给自己方便。早知道这么回事，就没必要走那么多弯路了，无非是花钱的事。这笔钱是妻子不久前寄来的，原想用它给儿子买点药品和衣物回去，这样拱手送人是有些心疼。如果能把事情办好倒也值，再说胡坤给了他两千块钱买书发票，他可以把发票寄给张磊让他拿去报销，这笔钱迟早还收得回来。

想到即将同刘杰进行的较量，金哲心里还是有些紧张。不得不承认这是一个很难对付的角色，别说那一米八的大块头在自己竹竿般瘦弱的身体面前具有一种威慑力，这家伙干起事来也是不择手段的。记得那次他和宋玉打赌的事，宋玉说谁给他叩一个头，他给五块钱。刘杰二话没说，两腿一跪，对着宋玉就叩了三个响头，完了还问：“还来不来？”把宋玉弄得哭笑不得。好在他有把柄在自己手里，不行的话，把他搞情妇的事公之于众，再给他老婆写封信。他不想让自己过得好，他自己也别想过得好！大不了自己回老家去。当然不到万不得已，自己也不会走到那一步，这得看与他谈得怎样，反正自己是做了最坏准备的。

火气闷在心里堵得慌，金哲顾不上回寝室，径直来找刘杰。一进门，便看见刘杰翘着二郎腿坐在暖气管前，手里夹着一支香烟。宋玉则在屋里走来走去，很激动的模样，像在谈论什么。金哲强作镇静，

对俩人笑了笑，便在宋玉对面坐下来。

宋玉瞥了金哲一眼，对刘杰说：“这回我算是知道了什么叫人民群众的汪洋大海！可见他们丧失了人心，失民心者失天下！看他们还有什么说的。”

刘杰笑了笑，吸了口烟，说：“只怕未必！这样下去弄不好真会搞军管，波兰就这样！王震说过，这天下是用几千万条人命换来的，谁想要，拿几千条生命来换！还说学生要闹事，先杀几千人再说！”

“不过说说罢了，我就不信他们还真敢这么做？”宋玉停住脚步，看着刘杰，说。

“有什么不敢的，别忘了他们是干什么的。当年王胡子进军新疆，杀多少人，到现在说王胡子要来，连小孩都吓得不敢放声哭。”刘杰说。

“妈的，这跟法西斯有什么区别！” 宋玉大声说着，又在屋里走起来。

“他们本来就是一群农民领袖，满脑子封建帝王思想，天下是老子打下来的，除了老子和老子的后代，谁也别想染指，这就是他们的逻辑！当年斯大林说主席是游击队司令是农民领袖，不是没有道理！中国需要的是华盛顿，而不是李自成！这几十年来的悲剧就是由此发生的。”刘杰用悲天悯人的语气，说。

金哲本没心思听他们的争论，只想着找个机会把刘杰叫出去。刘杰这番话却引起他的注意，心想刘杰这党支书也实在当得没个样，胡坤听到这话会怎么想？他对中共持这种看法，又何必在自己入党问题上较真？抬抬手让自己过去不就得了，至于闹到你死我活的地步！

刘杰见宋玉没说话，便转过脸问金哲：“你找我有事？”

金哲抬头看那张儒雅的脸，心里有些慌乱，连连点头说：“有点事！”

“什么事，你说吧！”刘杰说着，又吸了口烟。

金哲看看在屋里来回走动的宋玉，勉强笑了笑，说："我想请你到佟园去坐一坐！"

"那又何必？有话就在这里说嘛。"刘杰皱着眉头，似乎在猜测他的用意。

"那里气氛不错，我们可以边吃边聊。"金哲笑了笑，说。

"有吃的怎么不叫我？"宋玉走到金哲跟前，说。

"下回吧！"金哲拍他的肩膀，歉意地笑了笑。

刘杰倒没再说什么，换了鞋子，对金哲说："走吧！"

在寂静的校园里走着，金哲心里也是七上八下的。这场较量对自己来说是至关重要的，结果怎样却很难说。刘杰不是一个好对付的人，不到万不得已，自己也不会同他翻脸。毕竟同学一场，就要毕业了，何必弄得不愉快？要不是关系到自己的前途大事，忍一忍就过去了，事情到了这份上，也只能豁出去了。

餐厅里冷冷清清，除了他们以外再没有别人。金哲请刘杰在餐桌前坐下，微笑着问他："来点什么？"

"随便吧。"刘杰往四周看看，神情有些不自然。

金哲买了两瓶酸奶，边喝边随便聊了几句，想使气氛变得轻松些，心里却想着怎样开始这场较量。

"有话就说吧，我还有别的事！"刘杰有些沉不住气，说。

金哲的心绪被打破了，只好说："我想问你，我入党的事到底怎么样？"

一听这话，刘杰皱起眉头，说："这可难说，现在情况这么复杂，党员们也都到天安门广场去了，想开个支部会也找不到人。再说，这学期能不能发展党员，连我也说不清楚。"

"这，应该是不成问题的！"金哲意味深长地笑了笑，说。

“你怎么这么肯定？”刘杰疑惑地看着他。

金哲故意喘口气，说：“我去找过胡坤，是他说的！”

“他还说什么了？”刘杰板着面孔，问。

金哲看他有些心虚，说：“他说，入党的事关健在支部，只要支部通过了，党委那边是不会有人为难的。”

“他怎么会说这话？”刘杰看着他，似乎并不相信。

金哲觉得自己在出卖胡坤，心里却有一种复仇的快感，冷笑着，对刘杰说：“他还对我说了你的事……”

“他说什么了？”刘杰脸绷得很紧，神情显得紧张。

“他说，你对他谈到过我的事……”金哲故意把话停住，看他脸上的反应。

刘杰脸色铁青，冷笑着说：“有话你都说出来好了！”

金哲觉得他那样子很有些可怕，强作镇静，说：“我要说什么，我想你心里是明白的！”

“你是说我在背后搞你的鬼？”刘杰阴冷地看着金哲。

金哲心跳得厉害，迎着他的目光说：“我认为你的有些做法不合适，至少对我来说是这样。别忘了你是答应过帮我忙的，不能说的一套做的却是另一套！”

“你要这么想我也没办法。说吧，你到底想干什么？”刘杰突然把身子往后一靠，看着金哲说。

金哲觉得自己已经占据上风，笑了笑，说：“我来，只是想求你给我帮帮忙，让我过了这一关！”

“你不是怀疑我在背后搞你鬼，还要我怎么帮你！”刘杰冷笑着说。

金哲看他语气强硬，知道他心里痛恨自己，便说：“我不想与你为难，我们毕竟同学一场，并不想闹一个鱼死网破的下场。”

“你是想威胁我？”刘杰眯着眼睛，轻蔑地看着金哲。

“我没这个意思！我这人轻易不跟人过不去，不过惹急了也是什么事情都干得出来。”金哲觉得自己脑袋皮层绷得很紧，说话语气也很生硬。

“你以为我会怕你？”刘杰眼睛冒着火，像要把他熔化了似的。

金哲有些心虚，硬着头皮说：“你当然不怕我！不过你知道，要是入党没戏，我就没别的指望了，你说过，光脚的不怕穿鞋的。”

“你，什么意思？”刘杰讥讽地笑着。

“别忘了你有把柄攥在我手里！”金哲冷冷地说。

刘杰好像想起什么，脸上的笑意突然僵住，紧盯住金哲，问：“你说的是那些信？你想怎样？”

“我不想怎样，只不过希望你不要再为难我，可能的话帮我一把，这对你并没有什么损失！”金哲微笑着说，心情有些松驰。

刘杰冷冷地看着金哲，好像想着什么，过了好一会儿才说：“我并不是怕你！不管你怎么想，我告诉你，我对你并没有什么恶意。”

“我也一样！”金哲淡然一笑，说。

刘杰把酸奶放在一边，看着金哲，说：“我说过我会帮你的忙，不过有些事情并不是我一个人说了算的。你这件事也确实很不好办，到时候事情办不好，你不要怪我就是。”

“也许是我误解了你，有你这句话我也没什么可说的了。”金哲用缓和的语气说。

“没别的事，我先走了！”刘杰说着，便站了起来。

“我再坐一会儿！”金哲说着，站起来送他。

刘杰没说话，转身便往外走。金哲看他走出餐厅，抬手摸摸额头上的汗水，舒了口气，苦笑起来。

第十八章

五月二十日　星期六　晴有时多云

车厢内一片漆黑，除了几张僵硬的面孔，什么也看不见。向那阴森森的黑暗瞥去一眼，麦嘉看见几十双冷酷的眼睛正虎视眈眈地看着自己，几十只乌黑的枪口正对准自己的脸面，随时都可能发出蓝色的火光，一阵寒意袭来，不由得浑身直打哆嗦。

借助路灯的光亮，总算看清楚几个士兵的脸。他们都是那么年轻，看上去也就二十刚出头，脸上绷得很紧，眼睛不敢斜视，似乎对所有人抱有很深的戒备和敌意。刚才听人议论，说这些士兵都是从很远的山沟里来的，来以前对他们封锁任何消息，不准看报纸也不让看电视，所受的教育只是培养他们对学生和市民的仇恨和军人服从命令的天职。

看着那些冰冷的面孔，麦嘉很想对他们说些什么，却又不知道说什么好。从年龄上说他或许比他们大上几岁，却也是同时代的人，在这种情境下他们之间却有着一道难以逾越的屏障。没准什么时候那些竖立的枪口就会转过来对准自己，几分钟内就能把自己连同周围所有的人一起化为灰烬。那预想的惨烈使他对这些冰冷的士兵带着很深的戒备，却又从内心里怜悯他们。

“你们怎么能把枪口对准人民呢？你们看看周围这些人，无论学生也好，老百姓也好，哪里有像搞暴乱的？我跟您说，你们肯定受骗了，你们可以不相信我，把我看作阶级敌人都可以，可总不能不相信报纸吧？你瞧瞧，这党报上是怎么说的……”

说话的是一个身体肥胖的中年人，穿着一件白色的圆领汗衫，肚子挺得老高，看不清他的脸。听他说话的腔调就知道是典型的北京人，这样的人平时大街上甚至在学校门口的西瓜摊上随时可以见到。麦嘉对北京“侃爷”本没好印象，现在听着却觉得很顺耳。

“你们用脑子好好想想，人家大学生好好的干吗要绝食？还不为了这个国家好嘛！你们知不知道这个国家都让那些贪官污吏给糟踏完了，那腐败的程度你都没法想象。说吧，你们一个月拿多少钱？撑死了也就几十块吧？就这档次，就是你们所有当兵的津贴全加上，也不够人家一人贪污的……你们没听说吗，他们的底儿都叫老外给兜出来了，光老邓一家在国外的存款就有四十多亿美元！四十多亿，还是美元，你想想那是什么概念？就这么说吧，把这笔钱没收了，就够你们四百万军队过上几年的！大学生绝食就是要反对他们搞腐败？要他们把贪了的钱都给吐出来，他们不甘心，就派你们来打大学生，说穿了就是这么回事！你们真要听了他们的，让他们当枪使，那你们肯定要成为千古罪人而且还什么好处也得不到……”

北京“侃爷”说得口沫横飞，竟也很动情。士兵们却只是绷着脸坐着，眼睛都不眨一下。

汽车四周围满了人，有学生，也有市民，见士兵们不为所动，有些沮丧，纷纷议论起来。

“别跟他们废话了，他们是当兵的，只知道服从命令，还是去找当官的谈吧！”一位理着板寸头的年轻人说。

“我当过兵我知道，这些人中毒太深，跟他们说什么都没用的。”另一位戴着眼镜的中年人说。

“可是当官的在哪呢？”胖胖的中年人说着，往四处看了看。

“后面的车上有个大校，我们先去找他谈谈！”理着板寸头的年轻人说。

“我们还是推举出几个代表来，这样好一些！”戴眼睛的中年人说。

“只怕没用……”胖胖的中年人说。

正议论着，前面人群中传来一阵掌声，有人大声喊着口号：“解放军万岁！”“人民军队人民爱！”“人民军队爱人民！”

麦嘉随着人流往前走着，看见一队荷枪实弹的士兵排着队从人群中走出来，人群中一阵骚动，纷纷鼓掌，有人还激动地叫起来。

士兵们闷着脑袋，往旁边的厕所走去。

“妈的，他们是要上厕所！”有人醒悟了，说了一句。

“早知道这样，干脆不准他们下来，让他们把屎拉到裤子里！”有人恨声骂了起来。

果然没过一会儿，那一队士兵又排着队走了回来。

“这些当兵的，真是没治！”有人苦笑着说。

麦嘉一旁看着，觉得有些滑稽，紧绷的心也松驰下来。这几天的经历就像做梦一样，昨天他还是在天安门广场，突然广播里说要戒严了，军队要进城了，要同学们去拦军车，于是他跟着人坐了车来到了这个地方，果然这里停了几十辆军车，每辆军车里都坐满了荷枪实弹的士兵，而军车的四周围了许多市民和学生，还有些学生则坐在车轮前面，似乎是要用血肉之躯阻拦住军车。麦嘉原先也是坐在车轮底下的，他知道他们的身躯抵挡不住那钢铁巨兽，那巨兽倘若真发了狂，瞬间就可将他们碾成肉泥，但他并不畏惧，死就死了吧！他这么想着，突然觉得有种视死如归的悲壮。

麦嘉沿着路边往前走着，看着那一辆辆军车，每辆军车上都隐藏着荷枪实弹的士兵，学生和市民趴在军车的尾部，对着士兵们说着什么。这些天来，在校园里，在广场上，每天都有人说要戒严要军管的事儿，麦嘉并不当真。同学们不过游游行而已，宣泄一下情绪，表达一些诉求，无非是想这个国家能好一点，并没有什么恶意，没想到他们却会上纲上线，说是暴乱，还说要镇压，麦嘉觉得他们实在小题大做，甚至有些可笑。即便发了社论，即便说要戒严，他也没当真，觉得终究不会成为现实，现在他亲眼看到了，还觉得是在做梦，恍惚中还存有侥幸，觉得这些军队也就是起到威慑作用，把人吓走了，也就完了，未必真的就会动真格的。

夜色朦胧，麦嘉慢慢地走着，寒风阵阵，吹在他脸上，他感觉到一阵寒意，浑身颤抖了一下，不由得缩紧了身体。这里是郊区，周围黑乎乎的，除了眼前那十几辆军车，什么也看不见。

突然，前面传来汽车启动的声音，有人大声叫起来："他们要走，快到汽车前面去拦住它！"

麦嘉觉得自己的手被人拉住，没等他反应过来，便来到前面的汽车前面站住。借助朦胧的光亮才看清拉住自己手的竟是一个小女孩，看上去十六七岁，像是中学生，表情却很严肃，手是清凉的。

汽车终于没有开动起来，麦嘉却感到有些疲惫，看周围的人有坐下来的，便看看那女孩，说："坐一会儿吧！"并松开她的手。

女孩甜甜一笑，没说什么。麦嘉觉得她笑的样子很像丽华，忍不住多看她一眼。想起丽华，他心里有些焦虑。她现在哪里？在医院还是在广场？前天是在医院里见到她的，她躺在病床上，脸色苍白，看上去很虚弱，没说几句话便气喘吁吁直冒冷汗。后来才知道她也是第二次晕倒了！幸亏没让导师去，不然看丽华那样子一定很难过。

在车轮底下坐着，冷眼看着面前黑色的庞大物体，却觉出了自身的渺小。那阴冷的车轮仿佛随时就会向着自己和四周的人群压过来，把一个个鲜活的生命压成肉浆，凄厉的惨叫声撕破了夜空的沉静……他感到一阵恐惧，只觉得四周无尽的黑暗向着自己压过来，转眼就要把自己吞噬掉。“不，不会发生那样的事！”眼睛往四处看着，见到四周密密麻麻的人影，悬着的心才放下来。摸摸额头，却满是阴凉的汗水。

“你说我们能把他们拦住吗？”问话的是旁边坐着的女孩。

麦嘉转过脸，见她正看着自己，不知道说什么好。从女孩的眼神知道她与自己抱着同样的心境，可是人的血肉之躯怎么能同汽车和坦克抗衡？手无寸铁的老百姓又怎么能够与武装到牙齿的军队对抗？何况他们代表着国家机器，是国家权力！此时此刻好像所有人的命运都掌握在这些荷枪实弹的士兵手里，他们才是这个世界的主宰，在他们面前所有的人都是虚弱的渺小的。

“我看没问题！”旁边坐着的男孩说：“我们有这么多人，怎么也能把他们拦住，他们还能从人身上压过去？”

麦嘉觉得这男孩太天真，苦笑着，没说话。

“他们干吗要派这么多军队来呢？”女孩脸上显出困惑的神色，看着麦嘉，似乎想从他这里找到答案。

“那还用说，当然是要镇压大学生！”那男孩抢着回答。

女孩叹了口气，不再说话。

麦嘉仿佛看见她眼中忧郁的神色，心思不由转到丽华身上。不知为什么他总觉得丽华是在广场上。听说“高自联”已宣布结束绝食，改为静坐，情况怎么样并不清楚。

“就是去死，也不能让他们进到广场！”麦嘉想着，顿时觉得一股豪气在胸中激荡。他意识到自己是在保卫丽华也在保卫着广场上的同学，自身的力量也许是渺小的，但有这么多人站在一起，有什么可怕的！

人群中传来一阵欢呼声，周围的人纷纷站起来。麦嘉抬头看时，只见前面停着一辆大客车，顶上站着几个人，其中有一个是穿着军装的男子，一道耀眼的灯光照在他们身上。

一片欢呼声中，站在军人身边那个学生模样的人往前走了几步，对着下面的人群挥挥手，大声说：“我是刘洪涛，现在我代表全国高校自治联合会和广场绝食指挥部，告诉大家，在北京市民的大力支持下，我们已经在各个路口阻止了军队……，天安门广场仍然掌握我们手里！”

人们欢呼雀跃，响起一阵热烈的掌声。仰头看着车上站着的刘洪涛，麦嘉的心也受到感染。从那天逸夫说了在医院见到的情景，他对这个声名鹊起的学运领袖很有些不以为然，却不能不承认这是一个很有号召力的人物。

“……我要代表首都大学生和市民对解放军同志们说几句话！官兵同志们，我相信，你们是抱着对祖国和人民的忠诚到这里来的……可是我要说，你们受骗了！军队是人民的军队，是共和国的军队，她不姓杨，也不姓邓，她不属于某些家族或个人，而是属于人民！一小撮党内当权分子，为了保卫他们个人的利益，置全党全国人民的利益于不顾，冒天下之大不韪，公然与人民为敌，把人民的军队当作个人的私有财产，当作实现个人野心的工具，妄想用人民的军队镇压人民，这是办不到的！首都的市民和学生已经用行动对他们作了很好回答！官兵同志们，你们面前有两条路，一条是心甘情愿地做党内野心家的走狗，把枪口对准手无寸铁的学生和市民；另一条则是站在人民这边，

把枪口对准与人民为敌的野心家，这是一条光明的道路！事实上，已经有人这样做了。下面我要请你们听听一个真正的共和国军人的声音……”

刘洪涛说着，用手指着身后那位穿着军服的中年人。人群中顿时掌声雷动，所有人都把眼光集中在那军人身上。

军人往前走了几步，举手对着下面的人群行了一个军礼，大声说：“战友们，同志们，和你们一样，我也是一名共和国的军人！有幸的是，我比你们更早来到北京，亲身经历了这场由大学生发动起来的爱国运动。大学生们无私无畏，为祖国奋不顾身的行为深深地打动了我，使我看清楚了反动野心家的真实面目。当我知道他们要派军队来镇压学生运动之后，我感到痛心，感到羞耻！军人以服从命令为天职，可是我想，军人最高贵的品质应该是对人民的忠诚！刚才那位同学说得对，军队是人民的军队，不是某些个人的私有财产！是人民养育了我们，人民是军队的母亲！现在却有人要我们把枪口对准人民，对准自己的母亲！作为有良知的军人，我们怎么能这样做呢？”

“不能！”台下异口同声地叫起来。

“是的，我们不能这样做！在这种时候，我们所能做的是向人民投降，同人民站在一起！我已经做出了选择。我相信，每一个真正的军人都会做出这样的选择！亲爱的战友们，首都一千多万人民在期待着你们！”

嘶哑的喊叫声传过来，麦嘉置身于人群当中，情绪有些激昂，转眼向停在附近的军车看过去，却不见任何动静。

“这当兵还真能说，大概是部队搞政工的！”

“这回要不成功，这人就死定了！”

“敢这么做，说明这人还是很了不起……”

麦嘉在人群中行走着，听着各种各样的议论，心里有一种悲凉的感觉。一阵欢呼过后，那辆大客车开走了，带走了反叛的军人，也带走了出尽风头的学运领袖，留下来的是依旧激动的人群和在军车里保持沉默的士兵。

“这一切到底为了什么？”走出人群，看着夜幕下被人群包裹着的军车，麦嘉突然感到一片茫然。深沉的夜晚，浓浓的夜色从四周围过来，仿佛要把他熔化在里面，他的脚步越来越沉重……

朦胧的夜光下，手表指针对着 3 点 20 分。沈鸿轻叹了口气，真希望这可怕的夜晚尽快过去！黑暗掩盖着罪恶，到了白天，一切都暴露在光天化日之下，军队更不容易进到城里来，何况整个北京城里的百姓都站到了我们一边！

恐怖的气氛笼罩着整个广场，绝食圈被重重叠叠的人影包围住，喧哗声从四面八方传过来。沈鸿听着自己脑袋里嗡嗡的响声，恍惚中眼前的一切似乎都变得模糊变得遥远变得不真实。

“是他们太愚蠢，还是我们太天真？”看着绝食圈里的同学，沈鸿感到有些悲哀。军队进城的事早有人说过，沈鸿觉得有些危言耸听。沈鸿心里很清楚，同学们再怎么闹，心里还是存着念想的，就如同受父母宠爱的孩子，再怎样胡闹，也无非是在父亲面前撒撒娇，从父母那里找回更多的爱来。即便那篇社论把运动定性为暴乱以后，不还是有同学打出“妈妈，我们没错！”那还不是孩子对母亲的乞求吗？他们不也总是以人民的母亲自居吗，怎么就能够狠下心来对孩子下这样的毒手呢？

“多么无聊！”沈鸿冷笑着，想起那些出去围堵军车的同学，心

里很有些不安。听说军队已经到了城外，高自联号召学生和市民去堵拦军队进城，很多人都去了，他没有去，他的任务是和绝食的同学在一起，保卫天安门广场，保卫绝食同学，这是他的责任。可是他知道，军队真要进来，没有人能拦得住，他也没有能力保卫广场，保卫别人，到时候，除了死，他还能做什么？听说军队都已经被市民拦在城外了，但沈鸿知道，仅凭血肉之躯是拦不住那些如狼似虎武装到牙齿的军人，也许很快，他们就会到天安门广场，说不定他们真敢用坦克压过来，把所有的人都碾成肉泥！

“嘀嗒……嘀嗒……”听到救护车的鸣笛声，他的心又紧缩起来。已经有八千多人晕倒在广场上，自己也两次被送到医院抢救。宣布戒严令后，绝食改成静坐，绝食的同学可以吃东西，可身体仍然虚弱，要是军队真的进了广场，他们连跑的力气都没有！真到那一步会怎么样，那些当兵的，他们真的会开枪吗？哦，他们会的，一定会的，不然为什么要派军队来！不能再抱有任何幻想！斗争从来都是残酷的，共产党的哲学就是斗争的哲学，这句话好像是毛泽东说的。所谓革命其实就是杀人，历来如此！说是为了人民，为了劳苦大众，其实是利用着弱者的报复心理，挑动阶级对立和阶级斗争，以达到夺取政权的目的。同时他们内部的斗争也从来没有停止过！刘少奇也好，彭德怀也好，都是这种斗争哲学的牺牲品，而他们自己其实也是信奉这样的哲学的，他们的悲剧在于他们自己的力量不够强大，手段不够狠毒，终于成了失败者。为了所谓的阶级利益，他们残酷无情，六亲不认！难怪说共产党人都是用特殊材料制成的！他的那个所谓的父亲也是这样的人，倘若他知道自己此刻就在广场，一定会暴跳如雷，恨不得将他打死，倘若哪一天他真被打死了，他肯定也不会为他流下一滴眼泪，甚至不会来为他收尸，没准还会绝然地宣布和他这暴乱分子脱离关系，而父亲这样做绝不是为了什么狗屁的信仰或者正义，而是要尽力保住头上那顶乌纱帽！

“吃块面包吧！”播音员龚雪不知什么时候站在他面前，把一块面包递到他手上。

面包的香味刺激着食欲，沈鸿接过面包，只觉得胃部一阵痉挛，剧烈的疼痛直冲头顶，不由得皱起眉头，用手把腹部按住。

“你怎么啦？”龚雪慌忙拉住他的手，惊慌地问。

“没什么！”他勉强笑了笑，把面包送到嘴里轻轻咬了一小口，慢慢地嚼着，等着肚里的反应。

“你没事吧？”龚雪看着他，神色不安。

他摇摇头，笑着说：“没事！”用手擦着额头上的汗水。

高音喇叭里传来了“苏格拉底”那声嘶力竭的喊叫声：“市民们！同学们！李鹏政府终于撕下伪善的面具，露出了狰狞的面孔。他们调集几十万军队，想要镇压手无寸铁的学生和市民，面对着法西斯的残暴，我们的口号是：以血还血，以牙还牙！我们要武装起来，决不屈服于法西斯的淫威之下！同学们，市民们，让我们紧紧地团结在一起，让反动派淹没在人民群众的汪洋大海之中……”

“这女人，到底要干什么？”沈鸿皱起了眉头，自言自语地说。

“她是广场总指挥，要干什么谁还拦得住她！”龚雪噘着嘴说。

沈鸿不由得苦笑起来，没想到“苏格拉底”这样的女人居然会成为这场运动的领导者，而且名声越来越大，权势越来越高。在沈鸿看来，这女人实在很变态，她居然提出要让所有的市民和学生都武装起来，与军队决一死战，可用什么来武装呢？木棒？菜刀？这不是要把人往死路上推？还说要誓死保卫天安门广场，要以同学们的鲜血来唤醒百姓，这也太疯狂了！沈鸿想起曾经看过的一本书，书上说很多政

治家都是心理变态的，有的出身卑微，有的受过挫折，心理不平衡，乃至心理变态，或因自卑而欲望膨胀，或因受伤害而生出仇恨，他们比任何人更迷恋金钱和权力，一旦登上权力的顶峰，便可能无限膨胀，疯狂地报复社会和所有的人，斯大林、毛泽东等等都是这样的人。在沈鸿看来，“苏格拉底”也属于这样的人，这女人长得太丑，不被男人待见，也没人爱过，她骨子里恨男人，也恨女人，如今终于有机会当上了领袖人物，万人瞩目，还能不膨胀不变态？沈鸿在会上听过她几次发言，她的观点越来越激进，行为也越来越极端，尽管她脸上的表情很严肃，很绝决，但在沈鸿看来却很不自然，甚至有些诡异，很明显，她的观点也好，做派也好，并不完全发自内心，而是在迎合什么。她是个演员，扮演的角色，也是别人希望她扮演的。

沈鸿站起身来，四处看了看，决定去找张锋谈谈。张锋现在是“高自联”的主要负责人，上次谈话过后，沈鸿对他的印象好了许多。“高自联”的那些人都在疯狂，都在膨胀，据说还有内讧，各种小道消息四处流传，有人说刘洪涛在宾馆包了房间，还专门给自己配了秘书和保镖，享受着特权，“苏格拉底”的种种过激行为也经常遭人非议。相对而言，张锋的低调和务实更显得难可贵，他在学生和市民中的威望也越来越高，俨然成为运动中的一面旗帜。

远远看去，广场指挥部专用的那座帐篷前有几个人影在来回走动，沈鸿知道那是临时担任保卫工作的特纠队员，也就是外面传说的“敢死队”，据说都是学过武术的同学。看到那一张张肃穆的脸，沈鸿觉得有些悲壮，想到他们要用自己的拳头去面对坦克和武装的士兵，心里更有些哀伤。

还没等走近帐篷，四条人影横在他的面前，将他拦住。沈鸿看不清楚他们的脸，却觉得几双锐利的眼睛盯在自己脸上，他正想说什么，看见刘伟从帐篷里走出来，便挥手打了个招呼。

刘伟一见沈鸿，笑了笑，迎上来拉住他的手，说：“你来的正好，我正要找你去！”

沈鸿笑了笑，问：“有事？”

“进去再说！”刘伟对特纠队员点了点头，拉着沈鸿的手，转身开门帘，让他进去。

沈鸿走进帐篷，才发现里面有很多人，还有人在说话，他知道他们是在开会，有些尴尬，想退出去。刘伟上来，拍拍他的肩膀，低声说：“没关系，找地方坐吧！”

沈鸿还在犹豫，郭振清看见了他，向他招了招手，说：“坐这里来！”说着，身体往旁边一挪，腾出一个空位来。

沈鸿走到郭振清旁边坐下，郭振清对他笑了笑，示意了一下，转脸去看那说话的人。

沈鸿顺着他的眼光看过去，只见前面的长条桌上周围坐着许多人，桌子上摆放着几支蜡烛，烛光闪烁，映照着一张张严肃而悲壮的脸，有熟悉的，也有陌生的，年轻的是学生，有张锋、刘洪涛、“苏格拉底多”这些“高自联”头头，多扎着白布条，像刚从医院出来的伤病员，显得很悲壮。还有几个年纪大的，戴着眼镜，像学者，科龙老板王铁军，大名鼎鼎的民主人士向云天也都在。从他们脸上凝重的表情看得出来，这是一次很重要的会议。

正在发言的是一位戴着眼镜的中年人，他坐在向云天和王铁军中间，中等个头，长脸，脑门宽阔，高鼻梁，看上去温文尔雅，像个学者。沈鸿仔细打量他，觉得有些熟悉，却又想不起来，便低声问旁边的郭振清：“他是谁！”郭振清瞪了他一眼，说：“徐维民，徐老师！”沈鸿这才想起来，原来他竟是徐维民，《首脑论》和《文化大革命十年

史》的作者，社科院政治学研究所的研究员，还是中南海赵紫阳的智囊团的重要人物，难怪这里所有的人都那么尊重他。

徐维民抬手推了推眼镜，看了看周围，说："同学们，同志们，这两天我一直在想办法与紫阳同志取得联系，可是一直没联系上，我想紫阳同志已经被他们控制了，据说还有胡启立和阎明复同志……都是党内的改革派，恐怕都被他们控制了。看来，现在对于我们的国家，对于我们的改革大业，当然还有我们每一个人来说，都到了生死悠关的时候！军队进了城，我们将再一次在独裁者的刺刀下苛且偷生，中国十来年的改革成果将毁于一旦……"

沈鸿看着徐维民，觉得呼吸有些急促。

徐维民看了看旁边的王铁军和向云天，继续说："眼下最重要的是要阻止军队进城！对这个问题，来以前我和王铁军同志，还有向云天先生和刘芸女士交换过意见，我们的看法是，一方面要继续发动群众，在各个路口阻拦军车，同时做好宣传鼓动工作，让士兵们了解事情的真相，了解老百姓的意愿，还要通过各种媒体向全国人民揭露他们的阴谋。另一方面，我们也希望同学们暂时撤离广场！很明显，这次军队是对着同学们来的，只要我们撤离广场，表明社会秩序是井然有序的，军队也就失去了进城的理由！从另一个角度说，绝食本来就是和平请愿，现在情况起了变化，他们要用军队来镇压我们，这样，我们的同学也没有理由去做无谓的牺牲！"

沈鸿听着，屏住了呼吸。他知道，今天的会议将决定这场运动的前途和命运。很显然，徐维民、向云天和王铁军这些人都是早有默契的，他们来广场，就是想劝说那些激进的学生领袖，想让他们撤离广场。从内心说，沈鸿是同意他们的观点的，军队都要进城了！很显然，他们只是在乎他们的政权，学生的死活，他们是不会在乎的！眼下，之所以还有人敢阻拦军车和坦克，心里还是抱有幻想的，以为军人毕竟还是人，军队毕竟还是人民的军队，总不至于会泯灭人性，朝着人群碾压过来。也难怪，所有的人，无论学生还是市民，说是要反腐败，要求民主自由，但并没有说要反党反政府嘛，他们总觉得自己是出于好心，不过想让这个党这个政府变得好一点，尤其对老百姓好一点，不要那么腐败，可是人家不听这个，直接开着坦克要你命来了，于是大家都有种幻灭感，随之而来的是悲愤和绝望，事到如今，又能怎么样呢？难道还能孤注一掷，与他们对抗下去？这样他们真的会把所有的人都杀死，就算他们都不怕死，可是这样的死，有价值吗？

“我，我反对撤离广场！”“苏格拉底”站了起来，她头上扎着白布条，脸色苍白，显得很虚弱，说话声音嘶哑，语气却很坚定：“这个时候撤离广场就意味着这场运动的失败！其实我们心里都很清楚，只有占领广场，这场运动才可能延续下去！这是一种象征，一种凝聚力！所以，广场的红旗不能倒！这也是广场上所有同学的意愿……现在大多数北京市民都在拦截军车，为的是什么？不就是为了保卫广场保卫我们这些人吗？而我们却要在这个时候撤离广场……作为广场总指挥，我怎么向广场上的同学们交代，又怎么向那些保卫我们的市民们交代？不管怎么说，我是不会离开广场的，哪怕就剩我一个人……我也要……坚持战斗下去……”

沈鸿看着“苏格拉底”，突然觉得这女人有些陌生。她到底想干什么？坚守广场？就凭她，守得住吗？刘伟说得对，她真是疯了！这样的运动，居然由这样一个疯女人主宰着，真是可悲！她会把这场运动引到什么地方去？难道她真的想让这广场血流成河？

周围一片沉寂。沈鸿低下头，没敢去看正掩面哭泣的“苏格拉底”，心情却有些沉重，他知道“苏格拉底”的话其实代表着很多人的意志。

在这个时候，退却就意味着失败！他们可是领袖，是英雄，万人瞩目，既然被推到这个位置，又怎么可能轻易退却？

“刘芸老师，请您发表一下您的看法！”听到张锋的声音，沈鸿抬起头来，往刘芸教授看过去，对这位优雅的女教授，他还是充满期待的。

刘芸教授坐在丈夫向云天身旁，对张锋点了点头，站起来说：“同学们的心情，我们都能理解。事情发展到这一步，我们都很难过……可是，我们要从大局着想。情况越紧急，越需要理智！在座的都是这场运动的组织者和领导者,在很大程度决定着这场运动的前途和命运！我们要对所有同学负责……现在市民们已经起来，而且站到了斗争的最前列，保卫着我们，保卫着广场。正因为这样，我们更要珍惜自己，珍惜这场斗争所取得的成果！可以这么说，现在留在广场的人都是运动的骨干，是中国民主运动的种子，也是未来中国的希望！保住了他们，就是保住了运动的成果……留得青山在，不怕没柴烧！我们不能指望这样一场运动就能成功，就能解决中国所有的问题，所以，眼下对于我们来说，最重要的是要把火种留下来！不能做无谓的牺牲。”

“这不是无谓的牺牲！我们要以鲜血和生命使全国人民看到政府的残暴，使他们从麻木中觉醒过来！”“苏格拉底”突然站起身，歇斯底里地叫着。

刘芸教授怔住，神情有些尴尬，皱起眉头，有些恼火，她身边的向云天拉了她一下。她看了看丈夫，无奈地叹了口气，看了眼“苏格拉底”，默默地坐下。

沈鸿一旁看着，觉得有些难受。“苏格拉底”看上去大义凛然，视死如归，但他觉得有些不真实，看着也很别扭，像个蹩脚的演员。

坐在他身边的郭振清似乎也看不下去了，站起来说：“我同意两位老师的意见！眼下最重要的是要阻止军队进城，粉碎这场由个别人发动的军事政变。在这方面两位老师比我们想得更远。按照我个人的理解，撤离广场，一方面是保存力量，另一方面也可以说是以退为进……”

“我不同意这个观点！”郭焱站了起来，大声地说：“不管怎么说，撤离广场就意味着失败！即使我们作出这样的决定，广场上的同学也不会答应的。从到广场绝食那天起，我们就做好了死的准备，难道不是这样吗？宣布戒严以后，很多同学都写了遗嘱，抱定了要死的信念！在独裁者的屠刀面前，我们为什么要退让呢？他们派来这么多军队，不就是要杀人吗？就让他们来杀好了……我们就是要让他们知道中国还有这样一群不怕死的知识分子！”

沈鸿看着郭焱，心里有一种说不出的滋味。这个看上去很腼腆的小男人不知什么时候起竟被人看成一个不怕死的硬汉子，他的行为似乎也在有意无意地为自己维护和制造这样的形象。死亡这个可怕的字眼不断地从他嘴里冒出来，而且带上了一种蔑视的意味。沈鸿早从他的老乡麦嘉那里知道他的底细，怎么看都觉得他的勇敢和激进并不真正出于他的本性。

争论越来越激烈。除了沈鸿以外，保持沉默的还有刘洪涛、张锋和王铁军三人。沈鸿能够感觉得到，这三个人才是这次会议的中心人物，他们的意志在这里起着举足轻重的作用。沉默本身就是意志力的体现！借助忽明忽暗的烛光，沈鸿观察着这三个人。头发鬈曲的刘洪涛总是皱着眉头，有些故作老成，浓眉底下一双黑亮的眼睛一动不动地盯着说话的人，两只手在不停地扭动着，一副神情不安的模样。张锋则用手扶着下巴，眼睛只是看着前面的那几根燃烧的蜡烛，偶尔也会抬头看一眼说话的人，一脸严肃的表情却显得很自信。王铁军面带

着微笑，冷眼看着每个说话的人，胸有成竹的样子，给人以不怒而威的感觉。

一场没有结果的争论过后，人们把眼睛集中在这三个人身上。刘洪涛果然有些沉不住气，他看了看张锋和王铁军，用作总结报告的口吻说：“听了大家的意见，我在想，在当前的形势下，撤离广场是必要的，这不是退让，是战场的转移，是把被动化为主动的一种战略战术。在这一点上我完全同意刚才两位老师的意见。我认为，广场可以撤离，可是我们的队伍不能散，人心不能散！我的想法是，把我们队伍拉到使馆区去……这样我们既可以避免流血，又可以坚守阵地！只要我们手中的旗帜不倒，这场斗争就不会结束……”

中国人的事情，把外国人扯进来干什么？沈鸿皱起眉头，看刘洪涛那洋洋得意的样子，心里有说不出的厌恶。

“我反对！”刘伟站起来，说：“这是中国人自己的事情，为什么要在外国人面前出丑呢？再怎么说，我们还应该维护一下自己的国格和人格。再说，即使到了使馆区，也未必就安全。他们是一群疯子，什么事都干得出来的。”

“都这种时候了，还讲什么国格不国格的！要说这是一件丢脸的事，那也是丢他们的脸！让全世界都看到他们的真实嘴脸，这又有什么不好呢？”“苏格拉底”泼妇似的对着刘伟嚷起来。

刘伟正想起来反驳，张锋却对他摆摆手，说：“不用再争论了，时间对于我们来说是宝贵的！我们还是听听王老师的意见吧。”说着，看着王铁军微笑了笑。

所有的眼睛都集中在那赫赫有名的私营企业老板身上。

王铁军对张锋微笑着点点头，又看看周围的人，说：“形势的确很紧急！大家心里都很清楚，军队随时都有可能进入广场。在这种时候，我们不应该抱有任何幻想，或者侥幸的心理！听到戒严令的时候，我正好同一位老将军在一起，这位老将军参加过解放北平的战斗，据他说当年解放军进城的时候也没放一枪一炮，可是现在他们却要用坦克来对付学生和市民，老实说，这样的事情，我没有想到，那位老将军更没有想到！可是这已经成为了现实！其实仔细想想也不奇怪，十几年以前，这里就发生过一场镇压群众运动的惨案，那就是我们知道的五四运动！当年我曾参加了那场运动……可悲的是，这样的历史悲剧又要重演了！”

四周一片寂静，沈鸿听到自己沉重的呼吸声，眼前出现一幅可怕的场面：四处飞舞着的棍棒，抱头奔跑的人群，不绝于耳的惨叫声，被鲜血染红了的水泥地……一股冰冷的寒意直冲头顶，不由得浑身打着冷战。

“……独裁者的本性是残忍的，为了手中的权力，他们什么事情都干得出来，必须充分认识这一点！据说王震已经放出话来：学生要闹事，先杀几千人再说。不要以为这话只是说说而已，这些人本来是靠杀人起家的，对他们来说，权力比什么都重要，丧失权力就意味着丧失一切。……刚才听了诸位同学的发言，我觉得许多同学在骨子里对他们还是抱有幻想。也难怪，军队是人民军队——多少年来他们就是这样向我们灌输的！可是在独裁者的眼里，军队只不过是维护他们手中权力和既得利益的工具而已……这样的事情以前发生过，将来还会发生！我想，从戒严令发布的那刻起，这场斗争的性质已经发生变化，我们所面对的不再是一个合法的政府，而是一群发动军事政变的个人野心家，一群丧失理智的疯子！在这里，没有任何妥协和调和的余地，我们也不应该再抱任何幻想！同时我们也应该看到，我们所面对的敌人是十分强大的，几十万大兵压境，咄咄逼人，还有他们掌握

的各种舆论工具……在这种情况下，更需要理智和智慧，对在场的同学来说，更是如此！任何暴力对抗都是没有用的，只会带来更大的牺牲！我同意刚才各位的意见，要尽量保证广场同学的安全，保住了他们，就是保住了这场运动的成果！眼下最重要的是要想方设法阻止军队进城，粉碎他们军事政变的阴谋……我们的同学和市民都在各个路口拦截军车，我也让手下的人在一些人大常委那里活动，希望能召开人大特别会议，废除戒严令，罢免李鹏。可是，我们都不能抱太大的希望，必须做好最坏的准备……"

"是不是撤离广场的问题，我想，从目前情况来看，即便我们撤出去，军队也还是要进城的。而失去了这块阵地，就会动摇大家的意志，失去一种强大的凝聚力。所以，我个人的意见是，同学们可以暂时留在广场，适当的时候再撤离！不过要绝对保证所有同学的安全，身体虚弱的要先撤出去，同时，还要特别注意，在任何情况下都不要以暴力同军队对抗，要做到打不还手，骂不还口！在这方面，希望各位回去以后多做工作……"

王铁军说话时那不容置辩的语气，就好像在办公室给手下的员工布置工作，却没有人起来与他争辩，连向来目空一切的"苏格拉底"也说不出什么来，似乎他的话就是结论。从他身上沈鸿再一次感觉到了那种逼人的气势，而这正是别人所缺少的。徐维民的名气和影响比他更大，但只是一个富于思想的学者。而王铁军则是一个更富于行动的人，是一个天生的组织者，何况在他身后还有强大的经济基础作为后盾，这也许是别人对他肃然起敬的原因。

从帐篷里走出来，天已朦朦发亮。沈鸿抬头看看天空，又看看四周的人群，长长地舒了口气，恐怖的夜晚就要过去，可是白天等待着的又是什么？他叹息一声，拖着疲惫的身子往前走着。

抬头看着天空中盘旋着的两架军用直升机，逸夫心里一片茫然。那绿色的怪物看上去像一只巨大的蜻蜓，螺旋桨在飞快地旋转着，发着嗡嗡声响。它飞得不高，从底下看得到机舱里探出的人影。紧盯住那敞开的舱门，似乎觉得随时都有可能从那里倾泻出危险的物体。一种声音在脑海里回荡着，像有吸力似的，瞬间出现一片空白。天空中盘旋着的物体，还有周围躁动的人群顿时都远远地退去了，恍惚中竟有置身于梦中的感觉。

"他们到底要干什么？"逸夫愣愣地站着，眼睛里充满困惑，却是出奇的镇静，没有恐惧，也不感到慌乱，似乎并没有意识到面临的危险。

"快走吧！"听到林琳惊恐的声音，才意识到她的存在，他的手被她紧紧地攥着，手上满是汗水。转过脸来看她，从那慌乱的眼睛里看出她内心的惶恐，不由得怜惜起来，伸过手去搂住那瘦弱的肩膀。

"……同学们，市民们，请大家不要恐慌！保持冷静！……反动政府已经撕下了他们的伪装，对我们爱国的学生和市民伸出了魔爪，他们要用飞机和坦克来镇压这场爱国的民主运动，但他们的企图是不会轻易得逞的，勇敢的学生和市民已经把他们的军队拦截在北京城外……"

在人群中行走着，两边的队伍仍旧井然有序地排列着。大多数人仍然按学校的方队坐在地上。有抬头看空中的飞机的，有的却很漠然，只是低头说着话，似乎对那空中的物体早就习以为常。到处有人在走动，脸上挂着疲惫的神态。

阳光惨淡，天气炎热。逸夫拉住林琳的手，沿着纪念碑东侧的通

道往绝食圈里走着。林琳不时抬头往天空看着，身体不由自主地往他身上靠着，好像在寻求保护似的。他用手擦着脸上的汗水，冷眼却看那空中怪叫着的物体，眼睛里充满着蔑视的神态。

“……同学们请注意，下面播送有关催泪瓦斯的防护知识。催泪瓦斯也叫催泪弹，是一种装填有催泪性毒剂的弹种，爆炸后会强烈地刺激人的眼睛，使人泪流不止……”

“他们真会那样干？”林琳紧贴在逸夫身边，边走边问。

“干什么？” 逸夫好象没明白她的意思，问。

“他们真的会扔催泪弹？”林琳抬头看看天空中的飞机，说。

“也许吧！”逸夫苦笑着，心想：都到这个地步了，还有什么干不出来！

一个戴眼镜的女孩站在红色塑胶桶前给过往的行人分发着毛巾，说是防催泪弹用的，逸夫和林琳各自领到一块。毛巾是湿的，旁边有人解释说，防止催泪瓦斯就得用湿毛巾，这是专家的建议。

“看，风筝！”有人用手指着天空，惊奇地叫起来。

逸夫抬头看去，果然见纪念碑上空有两只风筝在飞舞着。旁边那人解释说，这是专门对付直升机用的，只要风筝搅在飞机螺旋桨上，就可能造成机毁人亡。逸夫听着却不敢相信，实在难以想象那轻飘飘的玩意竟能奈何得了飞机这样庞大的物体。又见那人一双贼溜溜的眼睛总在往林琳脸上看，心里感到厌恶，便不想再搭理他。

没过一会儿，那嗡嗡的怪叫声却渐渐远去。眼看着两架军用直升机飞出广场上空，逸夫不由得舒了口气。

“它们会再来吗？”林琳抬头看着他，担心地问。

“也许吧！”逸夫仍旧只是苦笑。

“怎么能这样对待我们呢？就好像我们真成了他们的敌人……”

林琳眼睛里含着泪水，抬头看他，像受了委屈似的。

逸夫没说什么，心里却为林琳的天真和幼稚而感叹。政治斗争从来都是冷酷无情你死我活，多少年来却被罩上一层美丽而神圣的光环。双手沾满着血腥的政治屠夫们一旦登上权力的顶峰便为自己披上神圣的外衣，慈祥的面孔掩盖着嗜杀的本性。他们贪天下之功为己功，以人民的救星自居，殊不知权力的高峰都是用累累白骨堆积而成！人一旦陷入政治权力斗争的旋涡，便身不由己，在尔虞我诈你死我活的争斗中使自己变得冷酷起来。犹如一个大粪坑，掉下去总难免一身臭味。要保持做人的清白，就得远离政治，远离权力，保持无为的心态。

“我们这样做不也是为了国家好吗？”林琳嗫嚅地说着，越走越慢。

逸夫无话好说，只有苦笑。才没人管你这一套！统治者只关心手中的权力。他们一厢情愿地自我标榜为人民利益的捍卫者和人民的救星，可是多少给人民带来灾难的罪恶正是在“为人民谋福利”及“爱国主义”的旗号下完成的。从历史上看，口号喊得最响亮的年代也是最为黑暗的时代！所有的政治家在一定程度上都是阴谋家和权术家，他们关心的永远是他们自己，人民在他们的眼里不过是可以利用的工具。世界的动荡不安、各种旗号下所进行的战争、民族间无休止的争斗，还有眼下的罢课、绝食，还有戒严……都不是人民所情愿，而是政客们强加在他们头上的。他们为了权力而相互争斗，而人民却无可避免地要成为牺牲品！这是政治的悲剧，也是人类的悲剧！

走进绝食圈，不由得想起刚刚死去的小戈。小戈是听说过的唯一在绝食中死去的人！小戈的遗体至今还在医院的太平房里，昨天还同几个朋友陪着小静还有小戈的年老的父母去看过。在那阴暗的太平房里，小戈静静地躺着，那样孤独那样宁静……他一直在问自己，为什

么死去的偏偏是小戈？在这个充满着邪恶的世界里又一个美好的生命被摧毁了，莫非真是天妒英才！小戈曾经说过，天才往往是短命的。他说这话时肯定没有把自己包括进去，没想到竟会遭受同样的命运。他的死，同海子的死一样，是一个悲剧，一个时代的悲剧！

早听说绝食已经终止，一张张在眼前晃动的脸却是那样憔悴，脏兮兮的，全然没有往日青春的光泽。在一张绿色的帐篷底下，几十个同学挤靠在搭好的木板上，有坐着说话的，也有躺倒的。几个穿着白大褂的人在他们中间来回走动，不时在他们脸上查看着。

逸夫是第一次进到绝食圈里来，没有见到那臆想的惨烈。看着自己的同类，心里充满着悲悯也怀着深深的敬意。他从不怀疑他们的真诚，也敬佩他们的勇气，现在却突然觉得这其中包含着某种闹剧的因素。就好像一个真诚的男子为了自己心爱女人的名誉冒死去同人决斗，临死前却发现这女人本是一个荡妇，本来就要同那人来谋害自己的。

在人民大学的校旗下，终于找到林琳同寝室的文娟。这身体强壮性格开朗的女孩坐在一大群东倒西斜的男孩中间，身旁是那个头比她矮小的博士生男友。见到林琳，苍白的脸上便有了一丝笑意。林琳更拉住她的手问长问短，像久别重逢一样，眼睛里还带着泪花。

逸夫也对那位清华的博士生笑了笑，同他聊起来。听林琳说，这多情的博士是为文娟的缘故才来绝食的。原来逸夫只在林琳的寝室里见过他一次，他的事却听说过很多。这书呆子在林琳她们寝室经常成为笑料，他的迂腐经常使人哭笑不得，对文娟却是一往情深百依百顺。有时候林琳也拿他来作为例子说明逸夫对自己的冷漠和不关心。

文娟热情开朗，一见面就拉着林琳的手说个不停，似乎并没有意识即将面临的危险，林琳看着她，很关切的样子。

“开始那两天真是很难受！你知道，以前我从来没有这么饿过，别说是一个星期，就是一天不吃饭的事也没有过……，你知道我们绝食，除了水和饮料以外是不能吃任何东西的，开始的时候饿了就多喝水，可水喝多了，就要上厕所，在这里上厕所是很麻烦的，所以只能克制自己少喝水，我当时真是饿得两眼发黑，肚子也是痛得不行，我真以为我会死在这里，……还好，总算是熬过来了！”文娟这样说着，长叹了口气。

有人送来了食品，博士生给逸夫和林琳每人领了一份，逸夫本不好意思去接，这食品是专门为这些绝食的同学准备的，他没有资格享用。博士生却格外热情，硬把食品塞到他手里。

博士生细心地嚼着嘴里的面包，告诉逸夫，绝过食的人胃部都已经萎缩，不能一下吃太多的东西，得一点点地吃，一点点让胃部适应过来，否则便对身体有害，甚至会导致生命危险。

吃完食品，博士生便坐着沉思，脸上一副忧郁的神色。逸夫看着他，总觉得他有话要说，默默地等待着。

“你知道，我是学高能物理的，对政治从来不感兴趣，这次参加绝食完全是因为文娟的缘故。可是在这里我经历了许多的事情，也想了许多，我对自己的智商向来是很自信的，这些天来却有一种如在梦中的感觉，我真不明白，在这么短的时间里怎么会发生这么多的事情，许多事情又远远超出我的想象。就说戒严这件事吧，军队说来就来了，不过是某个人一句话的事，给人的感觉就好像这军队是他们家的，可他们以前老是对我们说，这是人民的军队，而我们也是这么认为的。还有那些报纸分明也是睁着眼睛说瞎话！现在我总算明白了，都是他们那套愚民政策害的……我们真是太天真了！”博士生用低沉的语调说着。

“是，我们是太天真了！”逸夫茫然地看着博士生，喃喃地说。

博士生长长地叹了口气，又陷入沉思之中。

天空中又传来嗡嗡的怪叫声，逸夫抬起头，漠然看着天空中飞行的物体，直到完全消失。

路边停着长长一溜军用卡车，不少学生和市民在汽车周围游动着，不时抬头去看车上的士兵。士兵们却一动不动地坐在车篷里，面无表情，似乎对眼前的一切都视而不见，只是偶尔有人抬手用衣袖擦着脸上的汗珠。

“他们坐在车上，不怕热？”美惠子用手往车上一指，用生硬的汉语说。

“怕也没办法，他们不敢下来！”金哲苦笑着说，却也佩服士兵的耐性。

“为什么，怕老百姓打他们？”美惠子眨了眨眼睛，问。

“不，他们是军人，没有命令是不能下车的。”金哲解释说。

美惠子似乎想着什么，不再说话，只是把手轻轻地挽住金哲的臂膀。金哲没在意，带着她往前面走着，抬头去看车上的士兵。

一张张黝黑的脸从眼前晃过，夹在腿间的枪发着黑幽幽的光亮。金哲微眯着小眼看着，似乎觉得那一支支的枪口正移动着，就要对准自己的胸口。可怜的士兵，听说都是从很远的山沟里调来的。来以前完全被封闭，不让读报纸也不让看电视，看他们那土样，还真像！可是为什么要心甘情愿地充当杀人工具？传言说三十八军的军长是徐海东大将的儿子，因为不肯带兵进城镇压学生而被软禁起来，要被送上军事法庭，真是一个有头脑有血性的军人，要是军队里多有几个这样的军人，这场悲剧也许可以避免！

“老人家，您这是干什么！好让他们吃饱了有力气去杀人？”前面人群中有人大声嚷着。

“他们不会去杀学生的，是不是？”一个老太太手里端着大盆馒头，仰头看着车上的士兵。

坐在车上士兵仍旧面无表情，只是喉结上下移动几下，没有说话。

“就这德行，还想吃东西！饿死活该！”一个光膀子的汉子恶狠狠地说。

“让他们吃吧，他们也是受骗的。”一个戴眼镜的女孩说。

“可别同情他们，别忘了他们是来干什么的！”光膀子的汉子厌恶地说。

越往前走，人越稠密。有聚在一堆谈论的，也有四处游走的。每辆车的前面都有几个大学生模样的人站着，有男孩也有女孩。个个神情严峻，带着大义凛然的悲壮。

“就这样，能把军车拦住？”美惠子仰头看着金哲，问。

金哲不知道该说什么好。人的肉体怎么能与强大的汽车对抗？只要士兵把汽车开动起来，那鲜活的肉体倾刻间便会化作血肉模糊的肉浆，这是显而易见的！在一程度上说，这不是力量间的较量，而是人性与兽性的较量。学生和市民都把勇敢建立在自己残存的信念之上，这种信念同样也制约着沉默的士兵。信念的破灭意味着流血和死亡！然而，这样的信念还能保持多久？

车队的前面聚集更多的人群。听到前面一片叫好声，金哲便同美惠子一起走过去。挤进人群，却意外地发现圆脸理着小平头的许由。他正站在一位上校跟前说着话，四周围着大群人，有市民，也有学生，似乎没人认出这个外表平常的年轻人便是当今中国文坛正“火”的侃

爷作家。由于他的存在，金哲便觉出某种喜剧的意味。

许由表情却很严肃，全然没有调侃的意味，对那上校说："我说老总……"

"别这么称呼好不好？我们是解放军，不是国民党军队！"上校皱起眉头，正色地说。

有人笑起来，许由却一本正经，说："我可没那意思！好歹我也是当过兵的，叫你声'首长'怎么样？"

上校笑了笑，没说话。

许由便接着说："我说首长，我说过我是当过兵的。记得在部队的时候老听人对我们说，军队是人民的军队，是保卫老百姓的。我想您平时一定也是这么教育部下的。我倒向您请教一下，您所说的人民到底指的是什么？我们这些人算不算人民？还有，大学生算不算人民？"

"这得看怎么说了？大学生里面也有坏人嘛！"上校嗫嚅地说。

"您当然可以这么想！可您知不知道现在北京市所有的高校都在罢课，几十万学生聚集在天安门广场，还有几百万市民和学生在上街堵拦军车？就算我这人让人看着不顺眼，像阶级敌人什么的，可你总不能说这所有的人都是阶级敌人吧？"许由用手向周围的人指了指，说。

"我可没这么想！"上校板着面孔，说。

许由难得一脸严肃，一本正经地说："您想过没有，为什么会有这么多人拦军车？因为你们现在干的事情是违背老百姓意愿的！谁都知道你们是冲着大学生和北京市民来的，可是大学生有什么错？不错，他们是在搞罢课，闹绝食，可是他们为什么要这样做呢？这年头到处都是腐败，那些贪官污吏都快要把这个国家糟踏光了，而老百姓什么也捞不到……你一个当兵根本想象不到怎么回事！不说别的，光老邓家在美国的存款就有四十一亿美元！大学生就是看不过去，想让政府下决心清除腐败，就为了这个，他们搞绝食，连命都豁出去了！这有什么错，可他们却派你们来对付这些大学生，你想老百姓能答应吗？”

“学生有什么错？他们要进城，得看老百姓答应不答应。”许由话音刚落下，人群中便有人说。

“他们要进城也行，不过先得把城里的老百姓都杀光了。”

“这他妈的是什么世道，当兵的竟和老百姓较上劲了，还他妈的鱼水情呢！”

上校看着周围的人群，挥挥手，说：“同志们，不要误会，我们进城不是要对付学生和市民的。我向你们保证，我们任何时候都不会向学生和市民开枪的！”

“你说你们不是来对付学生的，那你们到北京来干什么？难道是来旅游观光的吗？”人群中马上有人质问说。

上校的脸上显得有些尴尬，嘴唇翕动着，却说不出话来。

许由笑了笑，对上校说：“首长同志，这话恐怕连你自己也不相信！我知道你们也是奉命行事，由不得自己。大家心里都明白，军队不是老邓家，也不是老杨家的，它应该是属于人民，应该永远站在人民一边！现在他们要你们去杀害那些爱国的学生和市民，老百姓反对你们这样做。你们有两种选择：要么听从命令去镇压学生和市民，这样也许会升官发财，最终将成为历史的罪人。要么站在老百姓一边，违抗命令，把军队撤出去，这样也许会被送上军事法庭，但老百姓会永远记住你们！三十八军军长已经为你们做出了榜样，他虽然被撤职了，北京的市民和学生会永远感谢他！”

金哲惊讶地看着许由，觉得有些陌生。印象中许由是一个玩世不

恭的人，只会用嘲笑的眼光来看待一切，用调侃的语气调侃别人也调侃自己，从来没个正经的时候。见他说出这样一番义正辞严的话，不由得肃然起敬。

“说得真好！”美惠子感叹着说。

金哲知道美惠子也爱读许由的小说，故意问：“你知道他是谁？”

“他是谁？你认识他？”美惠子瞪大眼睛看着他。

金哲神秘地笑了笑，说：“等会儿就知道了！”

一堆人把那上校围在中间，七嘴八舌地说着。金哲只是盯住许由，见他从人群中退出来，便向他走过去，微笑着对他说：“许由，您好！”

许由转过脸看着他，也笑了起来：“北大高才生，您好！”并微笑地对美惠子点点头。

“这就是许由，你读过他的小说。”金哲指着许由对美惠子说。

美惠子显出惊讶的神色，欢喜地握住许由的手说：“认识您很高兴，我很喜欢您写的小说。”

“小姐不是中国人吧？”许由说着，用询问的眼光看着金哲。

“她叫美惠子，是日本留学生。”金哲说。

“难怪汉语说不地道！”许由笑着说。

美惠子不好意思地笑了笑，仍用生硬的汉语对许由说：“你的话，说得很好，我很喜欢！”

许由却苦笑起来，说：“别提了，跟这些当兵的打交道，真他妈的不是滋味！费那么多口水，都够当政委了，还是连门都没有！”

“这些人就这样，没办法！”金哲笑了笑，附和说。

美惠子用好奇的眼睛直瞪着许由，用手比画着说：“你这人，很有趣，就像你写的小说一样。”

许由笑了笑，用自嘲的口吻说：“都是瞎写的，小姐您别当真！”

美惠子摇摇头，认真地说：“我觉得，你的小说，有深刻的内涵，那些人物我也喜欢，他们看上去玩世不恭，却很真诚的。你也一样！”

“小姐，您这么说可真是抬举我了！我写小说只是为了混饭吃，没想过要玩深沉！”许由淡淡一笑，说。

正说着人群中传来了一阵欢呼声，接着便听到一阵汽车启动的声音。

“他们要撤了，快把路让开！”有人大声地叫喊着，围在汽车周围的人群纷纷退到道路的两旁，注视着就要开动的军车。

前面的车开动起来，后面的也在缓慢移动。人群像一堵墙拦在通往广场去的道路上，紧张地注视着那启动的军车。

前面那辆军车在路口转了个弯，回头开了过来。

“解放军万岁！”不知是谁领头高喊了一声，人群中顿时响起一片欢呼声。

金哲默默地注视着那一辆辆驶过的军车，眼睛变得模糊起来。

“看来人到底是有良知的，军人也不例外！”许由感叹地说。

“他们还会来吗？”美惠子看了看金哲，问。

金哲看着远去的军车，含糊地说：“但愿不会！”

“他们再来也没什么可怕的，这回咱们北京的老百姓算是同他们较上劲了。他们要想进城去恐怕也不容易。”许由冷笑着说。

金哲见周围的人群松动起来，便问许由：“你一个人来的？”

“我这人就喜欢独往独来，尤其这种时候！”许由笑了笑，说。

“我们还想到天安门广场去看看，你愿意的话，和我们一起走吧。”金哲说。

“许先生，你和我们一起去吧。我想向你请教一些文学方面的问题。”美惠子也说。

“不去了，我刚从天安门广场来的。”许由说着对美惠子笑了笑：“小姐，现在不是谈什么文学的时候，再说，我的确不懂什么文学。”

“广场上的情况怎么样？”金哲看着许由，问。

“气氛很紧张，其实也没事，只是有两架直升飞机老空中飞来飞去，让人觉得讨厌！”许由说。

周围的人都已离去了，马路上一时冷清了许多。金哲也想走了，看着许由，又问一句：“你还打算到什么地方去？”

“听说六里桥那边有坦克车要进来，我想到那边去看看！”许由说。

“你要去堵截坦克？”美惠子惊奇地看着许由。

许由故作轻松地笑了笑，说：“没什么大不了的！谅他们也不敢从我身上压过去！不过要是我真死了的话，你们就是最后见到我的熟人了。真要那样，小姐您可以写一篇怀念我的文章，到日本的刊物上发表，题目就叫‘诀别’，保证会受欢迎的。”

“你这么说，我很难过！”美惠子眼里含着泪花。

许由一见美惠子真的难过起来，反而不好意思，歉意地笑了笑，说：“我是跟你开个玩笑！幸福生活还没享受，我怎么能轻易去死呢？”

美惠子含泪笑起来，说：“许先生，您真幽默！”

金哲握住许由的手，说：“你要保重！”

“我不会有事的，倒是你们自己要小心！”许由看着金哲，郑重地说。

金哲轻轻地点点头，没说话。

第十九章

五月二十二日　星期二　多云转云

恍惚中，麦嘉觉得什么东西在脸上爬动，痒痒的，很舒适。睁开眼睛，看到的是抹在车窗玻璃上那一片淡黄色，揉揉惺忪的睡眼，眼前的景致变得清晰起来。宽阔的公路，树木，还有道路两旁的建筑物……一切都是那样陌生。

麦嘉打了个哈欠，脑袋渐渐有些清晰，记忆的大门慢慢敞开。“石景山区有军队进城！”那时他们还在丰台，刚刚拦下几辆军车，还没来得及休息，听到呼喊声，来不及犹豫，便同黄凯一起爬上一辆大卡车。卡车把他们送到这里，却听说军车已在前面被堵住。神经松懈下来，感受到的是难以支撑的困乏！毕竟两天两晚没睡过觉了，脑袋里晕乎乎的，眼皮无力地往下掉着。好像听到黄凯在耳边说着什么，眼睛合上，便什么也听不见……后来，看到一辆公共汽车横在马路中间，门是开着的，便走了上去，往座位上一坐，什么都不知道了……。

“黄凯呢？”麦嘉举头四顾，见车厢里有五六个人正伏在靠椅上睡着，没有黄凯。记得黄凯也是上了这辆车的，他到什么地方去了？怎么不叫上自己？这两天他们都在一起，从公主坟，到六里桥，到丰台，再到这地方。黄凯是个热情的人，把女朋友撇在学校，同自己一起跑出来拦截军车，还说要到首钢去鼓动工人闹罢工，不行的话就跪在他们面前！

汽车仍旧横在马路中间，过往的车辆只能从人行道上驶过。睡意已经退去，看看手表，已是七点过五分。人行道上骑自行车的人越来越多，大都是上班去的。对这辆横在路上的汽车，却也没人在意。

从车上走下来，一股清冷的晨风迎面扑来。他缩紧了身子，胳膊上泛出许多鸡皮疙瘩来。站在路口茫然四顾，竟不知自己身在何方。除了几辆横在路中间的汽车和被移动过的隔离礅，昨晚拦截军车的情景仿佛已成遥远的梦幻！那些同自己一起拦截军车的人到哪里去了？

强烈的孤独感攫住了他，觉得自己是那样孤立。重要的是要找到同伴，只有在他们当中才能意识自己的力量。想回车上去叫醒那些仍然沉睡的人，又觉得不好意思，只好独自漫无目的地往前走。

远处是一座高大厂房，高高的烟囱冒着灰色的烟雾。“那不是首钢？”麦嘉心里涌出一股莫名的冲动来，黄凯说过，他要到那里去鼓动工人罢工的，还说要跪在地上恳求他们……尽管自己对这想法很有些不以为然，却也佩服他的勇气。没准他真的到了那地方去。

他不再犹豫，朝那高大的厂房走着。原来对这家有名的钢铁企业本没太多印象，到那家公司找过工作以后，便觉得同这个与自己专业和个性格格不入的企业有了某种关联。那公司号称是这家企业的智囊机构，两天前他还给那位郑老师打过电话，他说材料已经上报北京市，很快就能批下来。

在人行道上走着，一辆辆自行车从身边穿过，不时有人回头看他，当中有戴着黄色安全帽的，大概是上班去的工人。黄凯说，首钢是北京市最大的企业，眼下别的企业都眼盯着它，只要这里的工人罢工，就会引发出一场全市乃至全国的工人大罢工，从而必然导致政府的垮台。这说话未免有些夸张，不过绝食以后李鹏的确到首钢来过，听说还给工人们发了许多钱。那天去找郑老师，曾向他打听此事，他未置可否，看来不是没有根据。不过郑老师说罢工的事是不可能的，大学生对中国的产业工人太缺乏了解。

一辆自行车在前面停下，骑车人两脚落地，转过脸来看着麦嘉，微笑着问："你是大学生？"

麦嘉看着这陌生的小伙，微笑着点点头。

"你到哪里去？我带你一段路！"小伙说着，把车推到麦嘉跟前。

麦嘉心里一热，说："我到前面去找我的同学！"

"走吧，我可以带你到厂东门！"小伙没等麦嘉说话，往地上一蹬，脚放在踏板上慢慢蹬起来。

麦嘉并不知道厂东门在什么地方，也没有犹豫，往前走几步，跳着上了自行车后座。

"哪个大学的？"那小伙蹬着车，扭过头来问。

"北大！"麦嘉说。

"北大学生，好样的！"小伙说。

麦嘉抬头看那宽厚的肩膀，问："你在首钢工作？"

"是的。"小伙说。

"你们，没罢工？"麦嘉问。

"没有。"小伙脑袋往回一看，说。

"为什么？听说给你们发了很多钱？"麦嘉又问。

"不是那么回事！你没在工厂呆过，跟你说了也不明白。"小伙叹息着说，似乎有难言之隐。

有什么不明白的？麦嘉有些不服气，不都是人嘛，难道他们连一点同情心都没有？军队就要进城杀人了，他们还能如此冷漠？看这些工人都长得高高大大的，怎么就没了血性？

"广场情况怎么样？"小伙问。

“还在我们手里！军队还没进去。”麦嘉说，想起这些天的经历，眼睛里有些湿润。

“到了，前面好像有你们的同学！”小伙说着，放慢了车速。

麦嘉跳下车，往厂区里看着，眼前是一座高大的雄鹰雕塑，灰蒙蒙的苍穹下，黑色的雄鹰展开宽大的翅膀，遮天敝日，给人压抑的感觉。前面是戒备森严的大门，绵延不断的人流朝着那狭窄的门口涌进去。门旁边聚集着一群人，像有人在演讲，不断有人推车围过去。

“看看去吧，没准你同学就在那里。”小伙说着，推了车往前走去。

来到人群前，厚实的人墙挡住了视线，麦嘉听到一个熟悉的声音。

“……工人同志们，丧心病狂的李鹏政府举起了屠刀，他们调动几十万军队来对付手无寸铁的学生和市民，要用坦克来镇压正义的民主爱国运动，……工人同志们，我们需要你们的支援，你们是真正强大的力量，没有你们的支持，就不可能取得胜利！工人同志们，全市人民都在用期待的目光注视着你们，请拿出你们的良知和勇气，为我们的爱国运动出一份力！我代表北京市民和学生恳求你们……”

麦嘉挤进人群，终于看见黄凯那方正的脸。黄凯站在花坛上面，头上扎着红布条，在人群中显得十分突出，他挥着手，看上去很疲惫，声音有些嘶哑，却充满着激情。

正听着，背后却传来吆喝声：“别停留，快下班去，上班时间到了！再不走可要扣奖金了。”

麦嘉回头看去，只见一个穿着警服的中年人正冲着人群叫喊，身边还有几个穿警服持警棍的年轻人。

“那是我们公安处的人，小心点！”搭麦嘉来的小伙拍了拍他的肩膀，没等那些人到跟前来，骑上车往厂门口去了。

麦嘉看着他的背影，心里有一种说不出的滋味。

“快走，上班去！”那些穿警服的人吆喝着，不时挥舞着手里的警棍。那姿势使人想起在家乡时见到农妇们在田里驱赶鸡鸭时的情景，围观的人却也很驯服，没过多久，厚实的人群便松散开去，不一会儿，孤零零的黄凯便从人群中裸露出来。

“黄凯！”麦嘉轻轻地叫了一声，向他走过去。

黄凯看着麦嘉，凄楚地笑了笑。

那穿警服的中年人走到他们跟前，看看黄凯，又看看麦嘉，问：“你们是大学生？”

麦嘉看着他，心里充满了敌意。

那中年人往旁边看了看，突然叹口气，说：“还是回学校去吧，这样闹下去对你们没有好处。”

“你们想干什么？”黄凯冷笑一声。

“我这么说，是为你们好……有些事情，我们也是无能为力的！”中年人叹息着说。

那些穿着警服的人站在路旁边，好像隔开一道屏障。骑车的人流匆匆涌进那道戒备森严的大门，很少有人再向他们看上一眼。一种悲凉的感觉把麦嘉紧紧笼罩住，屈辱的泪水涌上了眼眶，他克制着自己，不让眼泪流下来。

“走吧！”他轻声地对黄凯说。

“怎么会是这样？”黄凯说着，眼泪止不住流下来。

麦嘉鼻子一酸，把黄凯的手紧紧握住。

逸夫看见若木时，若木也看见了他。若木看上去十分瘦小，穿一

件印有“北京大学”字样的黑色圆领衫，脸色依旧憔悴，身体好像没有完全恢复。

寒暄几句，若木告诉逸夫，他报名参加了南下宣传队，就要到上海去。说话时声音低沉，冷峻的神态令逸夫隐隐感到不安。

逸夫是通过小戈认识若木的，以前有过几次交往，并不投机。若木这人很孤僻，写得几句没人看得懂的诗，便以为可以目中无人。说话也令人费解，明明几句话可以说明白的道理，偏偏要绕出几个大弯子来，言必称海德格尔或者萨特，以哲学家自居。逸夫却觉得他太嫩，连文学或哲学的门槛都没迈进去。每逢他要辩论，也只是随意应付，并不认真对待。小戈的死仿佛使他们贴近了许多，心存的芥蒂也松解开来。

从内心说，逸夫对南下的事并不关心，也不赞成。事到如今，他看不出这类活动还有什么意义。不过他并没有试图劝阻若木，若木性格偏执，根本听不进别人的劝告。

逸夫陪着他默默地走了一段路，忍不住又提起了小戈。若木说，小戈的遗体依旧放在医院的停尸房里，小戈的父母亲总想让儿子的死有个定性，而眼下局势如此令人捉摸不定，小戈单位的领导尽管也表示同情和理解，却也没有胆量给死去的小戈一个明确的定论。

“这些当官的都是臭狗屎，他们只想着自己头上那顶乌纱帽，根本没什么良知和正义可言。”若木说着便激愤起来，眼睛里放着冰冷的光亮。

逸夫却觉得小戈的父母实在多此一举，也过于天真。人都死了，又何必要那几句廉价的评语！盖棺定论不过是官老爷的穷讲究，这些人往往生前没少干坏事，又留不下什么东西给后人，内心觉得空虚，自然在乎那一纸空言。对小戈来说，又有什么必要？他的诗歌难道不是他生命的最好总结?

“我们也都这么说，可人家大小也是个官，在乎这玩意！他们那一代人，想法同我们不一样……再说，也担心受牵连。”若木叹息着说。

“受牵连？”逸夫皱起眉头，问。

“这还不明白，他们给这场运动定性为暴乱，我们这些人当然就是暴徒……所以他父亲不想把小戈的死张扬出去，还说小戈是原来就有病……”

“真可悲！”逸夫叹息着说。

“有什么办法？这年头就这样……”若木嗫嚅着说。

看着要到路口，逸夫不觉放慢了脚步，问若木：“小静，她……怎么样？”

“还那样，这事对她打击太大！”若木露出忧郁的神色，说。

逸夫无奈地叹息着，在路口站住，对若木说要拐道走，到导师家交毕业论文并商量有关论文答辩的事。

“我这一走不知什么时候回来，小戈的事，你就多操点心！”若木握住逸夫的手，眼睛里流露出不舍的神色。

逸夫心里一热，点着头说：“我会的！你自己要多保重。”

“放心吧，不会有事的。”若木笑了笑，说。

同若木分手，逸夫便骑车往导师家去，心情越发郁闷。小戈的死在他心里抹上一道浓重的阴影，至今不能从中摆脱出来。海子死了，小戈也死了，短短两个多月时间里，眼见着两个熟悉的人离开了人世，对死亡的感觉仿佛迫近了许多。他们都那么年轻，与自己关系又那样亲近！尤其是小戈，不久前他们还一起为海子的死而感叹，为他诗歌的出版而操劳！那样鲜活的生命竟这样轻易地在这冷漠的世界上消逝，他从来没有像现在这样感受到生命的脆弱。

想起那天在医院见到的情景，逸夫感到有些厌恶。刘洪涛的表演实在拙劣至极，这家伙不学无术肯定没有读过小戈的诗，更不会为小戈的死感到悲痛。他不过想利用小戈的死大做文章，冠冕堂皇的言词背后隐藏着个人的私欲。如果不是小静出面阻止，小戈也许会被打扮成一个为民请命的英雄，一个无私无畏的殉难者，但同时也是他们手中的工具和赌博的筹码。当年的柴庆丰事件不就是这样？还有什么能比一个绝食者的死更能打动人心？然而现在，死去的小戈只能孤寂地躺在医院停尸房里，除了朋友，没有人去守望他。在刘洪涛们眼里，那不过是一具没有利用价值的尸体！

校园里很清静，行人很少，空气中却弥漫着紧张的气氛。昨天晚上，听说军队要进城，很多同学都出去了，有去广场的，说是要保卫广场，也有四处去拦军车的。逸夫也到了广场，不过没看到军车，也没见着军人，广场绝食的同学还在，但人也少了许多，他在那儿待到半夜，见没什么事儿，有些无聊，就回了。他对军队进城这件事儿，其实并不关注，也没看得有多严重，只是别人都去了，他也就跟了去，不过广场的气氛却很紧张，个个绷紧着脸，有种视死如归的悲壮，他却不以为然，他甚至不相信军队会进城，即便进城了又能怎么样，他们还真能把广场上的同学都杀了？

出了校门，逸夫便不再想广场的事，他今天找导师，还是为了论文答辩的事儿，按原来的计划，论文答辩早就该结束了，没想到这场运动闹得这么大，这么久，眼下这样的局势，实在也不是答辩的好时候。不过他知道，导师是个真正做学问的人，对论文的事极其看重，用他的话说，他们在这儿读三年书，不就是为了写这篇论文嘛，至于学校发生的那些事儿，导师才不会感兴趣！外人都说北大的师生对政治感兴趣，其实很多教授从骨子里都看不起政治，甚至讨厌政治，在他们眼里，做学问才是正经的，只有做不了学问的人才会去钻营政治。所以，搞政治的人，当官的人，多半都是不学无术的。

逸夫对导师的学问人品向来是很敬重的，平时在寝室里，室友们经常谈到导师们的事儿，逸夫却很少谈论。虽然与导师相处快三年，导师是个不苟言笑的人，平时除了学问上的事儿，很少跟他谈论别的，也从来没让干过与学问无关的事儿，这倒符合他的脾性，他与导师的关系也是不远不近。

导师家没装电话，逸夫事先也没法与导师联系，不过他知道，除了上课，导师是很少出去的。到了导师家住的楼门口，他按了门铃，给他开门的果然就是导师，导师见了他，似乎并没感到意外，让他赶紧进去，说正好吴老也在，你可以好好向他请教一些学问上的事儿。

逸夫有些吃惊，同时心里也有些忐忑。吴老，名吴迪，是中文系老教授，逸夫以前并没有见过他，但他的名字早就如雷贯耳。北大中文系中，大牛教授不少，也有很多传奇性人物，而这位吴迪即便不是名气最大的，但绝对称得上是大牛中的大牛，传奇中的传奇。他曾就读于西南联大，在陈纳德将军的飞虎队当过翻译，一生未婚，是北大几个著名的老光棍之一。在中文系教授中，能教文学的教授很多，但能写诗歌小说的很少，懂古文的很多，外文好的却极少。而吴老先生不仅学问做得好，诗歌小说也写得好，还出过好几本诗歌。他的古文在中文系未必是最好的，但他的外文绝对是无人可比，他可以把莎士比亚的戏剧翻译成中文，也曾把中国的《周易》、《论语》、《道德经》翻译成了英文和法文。他性格耿直，为此吃过不少苦，多次死里逃生，如今活到这把子岁数却依然性情不改。即便在北大这种地方，他也称得上是狂人中的狂人，他经常自称汉译英诗方面天下第一，要是看不上谁的学问总是当面指出来，也不怕人难堪，据说有一次在学术讨论

会上，一位著名教授正在讲台上发言，他实在听不下去，便站起来，当面把那位教授损了一通，也正因为他耿直的脾性，他得罪了很多人，在师生中很受争议。逸夫看过他的著作，对他的学问人品都是十分敬重的。

逸夫走进导师的书房，看见一位白发苍苍的老头拄着根拐棍坐在沙发上，穿着件有些褪色的中山装，看上去有七十多岁，古铜色的脸，满是皱纹，胡子眉毛都白了，眼睛却很有神。

逸夫很虔诚地看着老头，笑了笑。

老头看着他，微微点头。

导师给他们作了介绍，又说起论文的事儿，说希望吴老参加他的论文答辩。

吴老瞪着眼睛看着逸夫，皱着眉头，问："你们，怎么样？"

逸夫一愣，看着老头，神情有些茫然。

"你，怎么没去拦军车？"老头教瞪着眼睛看着他，问。

"我……"逸夫看着老头，看了看导师。

"怕什么，说就是了！"老头注意到逸夫的眼神，说话并不客气。

逸夫见导师冲他点头，便说："我，去看了看。"

"什么意思？你，能不能表达清楚一些？"老头皱着眉头，说。

逸夫尴尬地笑着，对这性情古怪的先生，真不知道说什么好。

"他到现场去看了，只是没参加。"郭慎之教授说，像是有意给自己的学生解围。

"那可不一定，人家是当着你这个导师才这么说的。不信你问问，还有哪个学生没去拦过军车的？都这时候了，连这点血性都没有，还是人嘛！就我们这些老家伙还整天坐在书斋里，老而不死的！"老头说着感慨起来。

听着这番话，逸夫感到有些惊讶。印象中这位性情古怪的教授是个钱钟书式的学者，在学问上争强好胜，对政治上的事并不关心。

“你见到有坦克吗？”老头问。

“没有亲眼见，听人说也来了不少，是从丰台那个方向进来的。”逸夫谨慎地说着，生怕老先生又会挑剌。

“来那么多坦克干什么？又不打仗？”导师皱着眉头，满脸疑惑。

老头瞪了导师一眼，很不满意的样子，说：“这个时候了，你怎么还这么糊涂？坦克都开进来了，你说他们还能干什么！”

“我不相信，就算他们真要对付学生，也用不着坦克嘛！坦克是打大仗才用的，学生们手无寸铁……反正我觉得这样做没道理！”郭教授说。

“他们干什么事情有道理了？反右？大跃进？文革？还有这样对付我们的学生？他们本来是一些丧失了理性的人，你却要用理性的方法去看待他们，岂不是荒唐？我是被他们压制了二十多年的，多少次死里逃生，这二十多年的苦难是使我真正看清了这社会的腐败和不可救药……二十多年啦，能写多少部专著？能译多少作品？没有这二十多年的损失，我早就是世界一流的学者了！可笑的是，很多人对那些掠夺我们生命的人还那样感恩戴德……宣布给我平反的会上，他们大概也希望我说一些感恩的话，可我一句也没说！因为我知道，那些给我们平反的人，和当年迫害我们的人并没有什么两样，只是名字不同而已！而真正的罪魁祸首则是我们的制度，只有这样的制度才会产生出那样荒谬的悲剧来！这一点很多人都看出来了，只是不敢说！”老头激动地说着，不时用拐杖撞击着地板。

“吴老，别把话扯得太远了！”导师郭教授说，似乎心有顾虑。

“怕什么，都是黄土埋到脖子上的人了，没准哪一天腿一蹬就完

事！要不是腿不好，我还想跟学生们一起拦军车去。我反正活够了，万一那坦克什么的真要开过来，死我一个老不死的，总比多死一个年轻人强嘛！”老头激愤地说着，咳了几声。

“吴老啊，你是不是太悲观了？难道军队真的会进城？他们真是会把学生们都抓起来？”郭教授看着老头，有些不安。

“这不是军队进不进城的问题，也不是怎样对付学生的问题……我同意学生们的说法，这是一场政变！军队一进城，就会实行军管，学校没准也会进驻军队……这和文化大革命那一套有什么区别？这不是历史的倒退又是什么？这样下去这个国家还能有什么指望？”老头用低沉的声音说，摘下眼镜，用手巾擦擦眼睛，心情显得十分沉重。

“真要那样，可真是一场悲剧！”郭教授叹息着，似乎在想着过去的事情。

“所幸的是，我们已不那么愚昧！我想好了，只要军队一进学校，我就写辞职书！不，我要到校门口，他们要抓我们的学生，就让他们的坦克从我身上轧过去！不管怎么说，我活这么大岁数了，总不能在刺刀底下弯下我的脊梁骨……这样的事，以前有过，以后不应该再有了，至少对我来说是这样！”老头把眼镜重新戴上，仰着头看着墙壁，说。

“但愿这种事不会发生！”郭教授叹息着说。

逸夫听着两位教授的争论，想起广场上绝食的同学，还有在各个路口拦截军车的同学和市民，心里突然有些愧疚。

“你呢，你怎么想？”老头突然看着逸夫，问。

“我想，有这么多的学生，还有市民，不会让他们进来的！”逸夫这样说着，心里有些发虚。

老头摇了摇头，叹了口气，说：“一个国家的军队，居然开着坦克，要镇压手无寸铁的学生，还有老百姓，荒唐，太荒唐了……可是他们干得出来，我知道他们一定能干出来！”

逸夫看着老头，心里很难过，不知道该说什么。

老远看见刘伟领着李娜和一个高个子老外朝这边走过来，沈鸿心里“咯噔”一下，神情却有些漠然。绝食到现在，还是第一次见到她。她的绰约风姿在人群中依旧显得很出众，他却找不到以往的感觉。不久以前，他的确渴望见到她。在广场绝食的时候，躺在医院的病房里，忙碌后的闲暇中，他都想过她，希望她能突然在自己眼前，能够跟自己始终站在一起。他自认不是个脆弱的人，无论怎样艰难的处境都能自己扛过去，没想依靠任何人。然而在自己同死亡抗争的时候，她却那样漠视，着实很令他寒心。原先他以为她对自己多少还有些感情，现在看来真是自作多情了。

眼见着他们来到跟前，沈鸿板起面孔，漠然地注视着。李娜似乎并没在意，脸上的笑容依旧那样坦然，丝毫没有愧疚和不安。她在他面前站住时，眼睛却没敢在他脸上停留太久。

“你，好吗？”她轻声问了一句。

沈鸿看着她，淡然地笑着，心里却有种凉飕飕的感觉。从她那闪烁不定的目光，他能感觉到他们之间的隔膜。这种隔膜早就存在了，现在却明显拉大了。

“我一直在找你……”她说着，把眼睛从他身上移开去。

她在撒谎！沈鸿紧盯住她的脸，又看看一旁站着的那个老外，嘴角挂着冰冷的笑意，故意问：“这家伙是什么人？”

“这是美国记者亚当斯先生，他想采访几位学生领袖。”李娜指着

那位牛高马大的老外对沈鸿作了介绍。

老外上前来握住他的手，用生硬的中文说："你好！认识你很高兴！"

沈鸿淡然笑着，心里却很不是滋味。真不知她是怎么同这老外勾搭上的，这女人，只要能出国，什么事都肯干！带这老外来采访，无非也是想让老外帮她到美国去，没准他们之间早就有了某种交易。她这人向来善于利用别人来达到自己目的，她想利用老外，也想利用自己，这是显而易见的！便看一眼刘伟，低声对李娜说："这是我们自己的事情，我不希望老外搅进来！"

老外似乎没有听懂话里的意思，摆出采访的架式对沈鸿说："沈先生，作为一个学生运动的领袖，对当前的局势，能不能谈谈个人的看法？"

沈鸿觉得不自在，连忙纠正说："对不起，我不是什么学生领袖，我只是一个普通的学生！"

老外却用手指指李娜，又指指刘伟，说："刚才，这位李小姐，还有这位刘先生，已经把你的情况对我说过。我认为，你是一个很有新闻价值的人物，我本人对你也非常感兴趣，希望同你，好好谈一谈！"

沈鸿扭头去看李娜，见她正对自己微笑，马上明白怎么回事。她把自己抬出来无非是引起老外的兴趣，使老外觉得她是有利用价值的，从而达到自己的目的。也许在她看来自己身上也只有这么一点利用价值了！便冷笑了笑，对老外说："我的确没有什么好说的，而且我们就要撤出广场了，还有很多事情等着我去做！"

"你是说，你们要撤出广场？为什么？"老外瞪大了眼睛，问。

"这是'高自联'在征求了各高校的意见后作出的决定。"沈鸿说，想尽快把这老外摆脱掉。

"撤出天安门广场，是不是就意味着这场运动的失败？"亚当斯却追问道。

“回到校园照样可以坚持斗争，只是斗争方式不同而已。”沈鸿说着，觉得李娜在一旁正看着自己，却故意不去看她。

“北京城里的老百姓都起来支持你们了，你们却要撤出广场，这会不会让他们感到失望？”亚当斯又问。

“我想不会的，北京市民们所做的一切，就是为了保护我们不受伤害。我们这样做，他们应该能够理解。”沈鸿说。

“官方把你们这次运动说成是暴乱，而且派来许多军队，你认为军队进城以后会不会对你们进行镇压？”亚当斯问。

“事情发展很难预料，当初我们都没有预料到会发生这样的事情。他们派出那么多的军队，又摆出要镇压的姿势，……对这一点，我们是有充分准备的，我们不希望发生流血事件，决定撤离广场，也是想避免那样的悲剧发生，我们的愿望是否能够转化为现实，老实说，我个人并不持乐观态度！”沈鸿对自己这番富于外交辞令的回答颇感得意，不由得扭头看看身旁站着的李娜。

“我还想向你个人提一个问题，如果军队对准你开枪，你会怎么样？”亚当斯盯住沈鸿，问。

沈鸿沉吟一下，只觉得无数乌黑的枪口正对准自己，心里凛然一动，摇着头说：“我不知道，不过我想……这种时候总要有人要做出牺牲！如果需要的话，我是不会犹豫的。”他觉得李娜正看着自己，故意把话说得很沉重，心里怀着大义凛然的悲壮感。

李娜却没有任何表示，她正同刘伟低声说着什么，似乎根本没有注意听他说话。沈鸿感到很失望，觉得自己的感情再一次被亵渎了，内心感到一阵揪心的疼痛。

倒是老外亚当斯点着头，微笑地说：“我对你的坦城，很欣赏！”

正说着，刘洪涛走过来了，后面依旧跟着两个形影不离的保镖。沈鸿对他全然没有好感，见他朝着自己走来，不由得皱起眉头。

刘洪涛在沈鸿跟前站住，看看沈鸿，又看看周围的人，板着面孔说:“你们这是干什么？不是说过了吗,不要随便接受外国记者的采访，现在情况很复杂！”

看他那装腔作势的样子，沈鸿感到一阵厌恶，辩解说：“我并没有接受他的采访！”

“那你们在这里干什么？”刘洪涛紧盯住沈鸿，冷笑着问。

沈鸿见他用这种语气对自己说话，深感屈辱，冷冷地说：“我们只是随便聊了几句，说不上什么采访！”

“这位美国记者是我带来的，他想采访几位学生领袖，我们来找沈鸿不过是想请他引荐一下！”李娜上前解释说。

“我是来采访学生领袖的，先生，请问您是高自联的人？”亚当斯也用汉语对刘洪涛说。

刘洪涛瞪着那老外看着，微微一笑，不失风度握过手去，说：“记者先生，您好！我是刘洪涛，北京高校自治联合会的负责人。”

“您就是刘洪涛！真是太好了！我这次采访的主要目的就是想找您谈谈！”亚当斯惊喜地说着，向刘洪涛伸出手去。

刘洪涛同亚当斯握着手，一副受宠若惊的表情，故作矜持地说：“亚当斯先生，谢谢您对我们这场运动的关注，我们也很希望世界人民真正了解这场运动的真相，我们欢迎您来采访。走吧，我们到帐篷里去谈！”

“非常感谢！”亚当斯说着，同沈鸿握手告别。

李娜也要走，刘伟却说：“您在这里待着吧，有我陪着就够了。”说着对沈鸿眨了眨眼睛，示意抓住机会。

沈鸿淡然一笑，看着他们走进帐篷。他知道李娜就在旁边站着，却没有把脸转过去看她。在经历了这么多事件以后，他感受到许多，也看透了许多，他的思想和感情都发生了很大的变化。是变得更冷酷，还是变得更敏感？他说不清楚。对女人的喜怒无常，他早已习以为常，何况李娜本是让人难以把握的。然而他却把她的冷漠看作是一种背叛，并对她的以往的感情产生了怀疑。他们之间离得很近，他却能感觉到他们之间隔着一道难以逾越的高墙。她对他就好像是个陌生人，他没法像过去那样对待她。

“刘伟都对我说了，这些天，你是受了很多苦！”李娜看着他，说。

沈鸿依旧没去看她，语气生硬地说：“那算什么？不是还活着吗？”

李娜叹了口气，说：“我知道你生我的气，怪我没来看你！”

沈鸿冷冷地一笑：“生你的气？我干吗生你的气？我有什么资格生你的气？在你心里我本来就不算什么！”

“你这么说只是想伤害我，报复我，对不对？你知不知道，我是到广场上来找过你的，只是没找到！”李娜做出难过的样子，说。

沈鸿冷“哼”一声，并不相信她的话。

“你并不相信我？”李娜盯住他，一副受委屈的样子。

沈鸿叹了口气，眼睛转到一边，苦笑着说：“相信又怎么样？不相信又怎么样？其实你来不来对我已不是很重要了。”

“什么意思？”李娜用眼睛逼住他，问。

沈鸿眼睛往远处看着，说：“这些天，对于我们之间的事，我想了许多，有些事情总算想明白了。”

“你明白了什么？”李娜疑惑地看着他，问。

沈鸿沉吟一下，缓慢地说：“我在想，也许我们之间的感情本来就是一种虚幻，因为你从来就没有真正爱过我，也许像你这样的女孩本

来就不会去爱别人的，你最爱的只是你自己！”

“你就这样看我的？”李娜冷笑一声，问。

“是的，我是这样看你的！你关心的只是你自己……整天想的是出国的事，除此以外，再没有什么东西能够打动你。有时候我真想问你，是我重要还是你出国重要？如果让你在两者中间作出选择，你会选择什么？其实我这么想，实在太天真了！这是明摆的事，只是我自己不肯相信！也怪我太自作多情了！”沈鸿悲愤地说着，自我解嘲似地笑起来。

李娜只是冷冷地看着他，过了好一会儿才叹口气说：“也许你是对的，我爱的只是我自己！”

沈鸿惊讶地看着她，原以为她会大声反驳自己，甚至和自己闹起来，却没想到她会这么平静。他心里反而有些内疚，觉得自己这样待她并不公平，说到底自己对她也是缺乏真诚的。他并没有像爱杨柳那样去爱过她，同她好的同时又与许多别的女人发生过关系。

天空中传来嗡嗡的怪叫声，沈鸿仰起头来，看见天空中飞过来一架绿色的军用直升机，他没有动弹，却感觉到李娜正向他靠近，接着他自己的手臂被攥住。

突然，从飞机里撒出一把又一把白色的纸片来，漫天飞舞着向地上落下来。广场上顿时出现一阵轻微的骚动，人们从地上捡着纸片。也有几张落到他们脚下，但沈鸿没去理会，李娜却弯腰捡了起来。

“是传单！”李娜展开纸片看起来。

“还能是什么！”沈鸿说，想缓和一下气氛，心里却明白他们之间已经不可能破镜重圆了。

那军用飞机撒完传单后飞走了，沈鸿觉得自己的臂膀变得轻松起来。转脸去看李娜，她脸上已没了惶恐，便对她笑了笑，问：“你没事吧？”

李娜摇摇头，说：“谢谢，我没事！”

刘伟走过来，沈鸿问他：“撤离广场的事怎么还不见动静？”

刘伟叹了口气，说：“我刚刚问过张锋和刘洪涛，他们说暂时先别动，看上去好像又有什么新的情况。”说着对李娜笑了笑。

“亚当斯呢？”李娜似乎有些不自在，问他。

“正在帐篷里谈着呢！”刘伟说。

“我去看看。”李娜说着，很不自然地看着沈鸿。

沈鸿知道她是在向自己告别，便坦然一笑，说：“你去吧！”

李娜又看他一眼，终于转身走了。沈鸿目送着她，心里也有些几分惆怅。

“你们俩谈得怎么样？”刘伟问。

沈鸿淡淡一笑，没说话。

“明天我们就要离开这里了！”一见面，美惠子便走过来，拉住金哲的手，不顾山本在屋里看着。

金哲看着美惠子笑了笑，心里并不感到意外。这几天校园里风声越来越紧，谁都看得出军队终究要进城的。住在勺园的外国留学生都纷纷往大使馆里躲，经常可以看到插着外国旗的使馆汽车在大街上行驶，那情景给人以大祸临头的感觉。金哲本来还没觉出危险来，而今也有些沉不住气。

“是要回日本去吗？”金哲跟着美惠子走进房间，见地上放着几个大箱子，问。

“大使馆的人说，现在中国局势不稳，出于安全考虑，让我们先

到大使馆避一避再说。”美惠子说。

山本正坐在一个木箱上，看着金哲，神情冷淡。金哲没去理会他，对美惠子说：“我来帮你收拾吧！”

美惠子摇摇头，说：“不用，都收拾好了！坐一会儿吧。”

金哲只好坐下，看着对面坐着的山本，点点头。

“金哲君，你对现在的局势怎么看，会不会打内战？”山本看着金哲，问。

金哲对这小日本素无好感，以为他对中国怀有敌意，便说：“当然不会，你难道希望中国打内仗？”

“我只是担心会发生那样的事！事实上很多人都有这样的猜测，所以很多国家的留学生都要离开中国。”山本说。

这些天校园内外流传着各种的说法：有说邓颖超和聂荣臻等人反对镇压学生运动；有说当局已经把北京城里的监狱腾空了准备关押学生的；有说国防部长秦基伟正在调动忠于他们的军队准备与老邓及杨家将决一死战的……然而所有的消息都没有被证实过，以至许多同学也都说“高自联”快成了一架谣言机器。金哲对这类消息向来半信半疑，现在很多人都把希望寄托在官方内部分化上，却没有人希望打内战，也没有人希望发生混乱的局面。而眼下的局势却不能不让人忧心忡忡，昨天晚上同几个同学在一起议论，也都担心打仗的事。难道危言耸听的战争真的离得很近了吗？

“即使不发生内战，军队进城后会怎么样？他们会开枪镇压学生吗？”山本又问。

“大概不会吧，我想。”金哲看着美惠子，似乎对自己的判断并没有信心。说话的语调连自己也感到陌生，全然没有往日的自信和武断。

“可是，他们把坦克都开来了！金哲君，你还是想办法躲一躲吧。”

美惠子关切地看着金哲，说。

“能躲到什么地方去？你们可以回日本,可我是中国人！”金哲说。

“你可以先回老家去呀，等危险过后再回来就是。”美惠子说。

金哲苦笑着说：“还没到那地步！”

山本长叹了口气，说：“我真不愿意在这个时候离开北大，离开中国！金哲君，你知道我是研究中国历史和文化的，我的直觉告诉我，你们国家正在经历一次伟大的事件！不管结果怎样，它肯定会成为中国历史上重要的一页！”

金哲没想到会从山本嘴里冒出这样一番感慨，便看着他，听他说下去。

山本看了看金哲，继续说：“坦率地说，我原来是看不起中国人的。记得你说过我有狭隘的民族心理，那时我是不服气！来中国以前，我对中国的历史就做过研究，感到中国的文化的确博大精深，那里面包含着无穷无尽的智慧！可是，中国作为一个民族却是羸弱的，所以才会被欺凌！拿二次大战来说，你们总说是我们侵略了你们的国家，给你们的国家带来了无穷的灾难……可是你们想过没有，发生在我们国家之间的战争有大半是你们中国人自己在打自己！在那场战争中，如果没有那么多你们所说的汉奸，我们根本支持不了八年，或许连三五年也打不到……这不能不说是你们这个民族的最大悲剧！”

听着山本的话，金哲心里很不是滋味。从理性上说，山本的话不是没有道理，更过激的话他自己也说过。可这话从这小日本嘴里说出来，却令人难以接受。

山本好像知道他要反驳，对他摆摆手，说：“金哲君，你先别反驳我，听我把话说完！”

金哲淡然一笑，听他说下去。

山本喝了口饮料，接着说：“你也许会说，那是过去，现在的中国早就不那样了！原来我也这么想，可是到中国来以后，却更加失望！表面上看，现在中国很强大，老百姓生活也比过去好多了……然而可怕的是，这个民族正在丧失那种强大的凝聚力！老百姓整天谈的是赚钱，为了钱，什么事都敢干！有了钱就花天酒地搞赌博，年轻人想的是考托福出国，好像把自己的国家看成一种累赘一种推脱不掉的负担……就连北大也这样！”

金哲默默地看着山本，竟没想到要反驳他。平时在寝室里和同学谈论时事，总要大发一番感慨，以为时下是最无廉耻的时代，前些天看一部关于艾滋病患者的电影，里面几个被感染上病毒的女人个个死而不悔，不能忘情于那给她们带来死亡的老外，因为他曾给她们带来前所未有的幸福和满足，好像中国男人的鸡巴就不能给中国的女人们带来满足。谈到此事，大家难免愤愤不平，难怪有人说对中国这个人种失去信心，扬言要进行人种改良。

“这次事件，对我来说是一个很大的触动！就像做梦一样，一觉醒来，那些看上去懒懒散散没有个性也没有生气的中国人都变样了。游行、绝食，拦军车……我从来没有见过中国人这么团结，这么勇敢过！像那百万人大游行的场面，别说在日本见不到，在世界上任何一个国家也见不到！我想我一辈子不会忘记！也许正是从这里，我才认识到真正的中国人！”山本说。

金哲看着这矮小的日本男人，心底里泛出一股苦涩的悲凉来。山本这样的小日本尚且能看到这场运动的价值和意义，政府却要用军队和坦克来扼杀它。关于国民性的问题，以前他不止一次同这小日本论争论过，每次都能占据上风，可现在还能有什么可说的？

“我真不愿意离开中国……”美惠子叹息着，眼睛看着地上的包裹和衣箱。

“谁愿意呢？再过一年，我就要拿到学位了。这样回去，算什么？”山本沮丧地低下头去。

“金哲君，你说，我要不走的话，真的会有危险？”美惠子看着金哲，问。

金哲看着美惠子，叹了口气，说：“你还是走吧，以后，可以再回来！”

“真希望我还能回北大来！”美惠子说。

又坐了一会儿，金哲见时间不早，便起身告辞。山本起来同他握着手，用日语说：“希望我们还能见面！”眼睛里竟有不舍之意。

“我送你下楼去！”美惠子说。

金哲觉得美惠子举动有些异常，却也不好说什么。

走出楼外，金哲站住，对美惠子说：“回去吧，明天我来送你！”

美惠子站着没动，说：“我想到校园里走一走，你陪陪我吧！”

看着那双充满依恋的眼睛，金哲也觉得难舍，微微点头。

美惠子微笑起来，走到他身旁。

天空阴沉沉的，校园里气氛也很沉闷。路上很少行人，树木也显得格外苍劲，似乎被蒙上一层悲剧的色彩。金哲同美惠子并肩走着，心情格外沉重。现在他们还能这样平静地呆在一起，可是不久的将来，谁知道会发生什么事？

“这次离开，不知还能不能回来。”美惠子说话了，语气是那样沉重，全然不像是从那个快乐的日本女孩嘴里说出来的。

“放心吧，这一切会很快过去的。”金哲说这话既是在安慰美惠子，也是在安慰着自己。

静静地走着，金哲感到自己的臂膀被她挽住，一股潜流在身体里

激荡着。他没有动弹，也没有回过头去看她，只是机械地走着，却能感受到她的身体贴得很近，而且越贴越近。她的脸好像贴在他的臂膀上，他不由浑身颤栗着。

未名湖畔更是一片宁静，湖光水色显得有些暗淡，远处的高塔，湖边的柳树也像被蒙上一层薄薄的雾气，失去了往日的色彩。

“坐一会儿吧。”美惠子指着旁子的长椅，用日语说。

金哲看着她，见她正用灼人的眼光盯住自己，不自然地笑了笑。

“你看，真美！”美惠子感叹着，脑袋一歪，靠在他的肩膀上。

金哲挺直身体坐着，一动不动，附和说：“是的，是很美！”

“这么好的地方！我真担心，这一走再也回不来了。”美惠子轻声地说。

“怎么会呢？等局势稳定下来，你还可以回来上学的。再说，你也未必会离开中国！”金哲说。

美惠子却叹了口气，说：“我也希望这样！可是，就算我还能回来，那时你也离开学校了，对吗？”说着，仰头看着他的脸。

“那有什么关系？只要你在北京，我就能来看你！”金哲说着，心里却有些慌乱。

“我们真的还能见面？”美惠子眨了眨眼睛，看着他问。

“当然能！”金哲微笑着点点头。

美惠子眼睛里闪亮了一下，随即又暗淡下去，摇摇头，对金哲说：“不，你不会来看我的！我知道，我对你算不了什么！……可是对我却是另外一回事了，你知道吗，我真的不想离开你……”

看着那脉脉含情的目光，金哲心里一动，却故作平淡地说：“我也不想离开你，跟你在一起，我也感到很愉快！”

“不，你什么都不明白！”美惠子痛苦地看着他。

金哲却把眼睛移开，看着远处的高塔，好久没有说话。

第二十章

六月一日　星期四　多云转阴

走出宿舍楼，金哲仍能感觉到同学的目光在背后注视着自己。当秘书的张磊素来八面玲珑，此时也有些不自在。他现在的身份是戒严部队的少校，随着首长到北京来镇压这场运动。虽然穿的是便装，室友们都知道他的身份。张磊肯定也意识到这一点，没敢在寝室里久留，便把金哲叫了出来。

宿舍楼前停着一辆黑色小轿车，挂的也是地方的车牌。张磊说他是自己开车来的，路上还捎带了两个刚从天安门广场回来的北大学生，要不是他们，没准还进不了北大的门。

金哲觉出张磊的话里含着某种炫耀的意味，似乎想以这种方式消除他们之间的隔阂。毕竟处在对立的位置上，他们之间的关系好像变得有些不自然。金哲也竭力想在心里忽视他们之间的这种障碍，却也无济于事。

“找个地方谈谈，怎么样？”张磊在车旁站着，看着金哲，问。

金哲稍微迟疑一下，说：“那就到校园里走走吧！”

“还是到外面找个地方坐坐吧！”张磊说。

金哲知道他不愿在校园里久留，便点点头，说：“也好！”

汽车在校园里行驶着，张磊转过脸问金哲：“附近有好一点的饭店吗？”

金哲知道他又要请自己到外面吃饭，心里很不自在，说：“我……不是很清楚。我平时很少到这种地方去。”

张磊想了想，说：“前面就有一家饭店，里面有个咖啡厅，环境不错，也清静，就到那里坐一会儿，顺便吃点东西。”

“也好！”金哲说，眼睛看着窗外，透过车窗玻璃，看见横在路中央的隔离礅和散落在路上的碎砖石。

“都乱套了……现在老百姓见当兵的就打，幸亏我没穿军装，不然也不敢来找你了。”张磊苦笑着说。

“这不能怪老百姓，一下来那么多军队，他们也是急了眼……再说，也不像说的那样可怕！”金哲辩解说。

“这我知道，来以前看过香港的电视，这些，当兵的看不到，可我们能看到……知道怎么回事！所以，没人愿意到这里来……我，也是没办法！”张磊说。

金哲看着张磊，猜不透他说的是心里话还是在迎合自己。不过，张磊倒是个明白人，好坏还分得出来。既然知道是罪恶，为什么还要去做?

到那家饭店门口下了车，跟着张磊往里走，金哲心里却有些忐忑不安。咖啡厅内果然很清静，除了他们以外没有别的客人。他们选一个靠着窗的座位坐下，便有一位漂亮的服务小姐走过来。

“来点什么?”张磊从小姐手里接过本子递给金哲，以主人的身份说。

金哲觉得不好意思，说：“就来杯咖啡好了！”

“那就先来两杯咖啡吧！”张磊说着，把本子还给服务小姐。

金哲往四处看了看，问张磊：“你来几天了?”

“十来天吧，我们比部队先到一天！”张磊说。

“你们没和部队在一起？”话刚出口，金哲便有些懊悔，以为犯了禁忌，有刺探军情的嫌疑。

张磊似乎并不在意，摇摇头，说：“没有，我们早就进到城里来了，是坐地方上的车进来的。”

金哲有些吃惊，闹了半天还是有军队进城来了。一种危机感顿时涌上来，似乎看到汹涌的洪水冲倒了大坝，怒吼着正向眼前奔涌而来，转眼就要把自己卷走。他感到一阵恐惧。

“来以前，你见钱丽了吗？”他把话题转移开来，想让自己平静下来。

“见了，她还是关心你分配的事！”张磊说。

“关不关心都那么回事，反正我是要回去了！”金哲沮丧地说。

“不是说中宣部要你吗？”张磊不解地看着他。

金哲觉得他话里有种幸灾乐祸的意味，心里一阵厌恶，叹息着说：“现在他们也没说不要我，前提是我得在毕业以前把入党的事情解决掉。可眼下这情况，谁还会想着入党的事？”

“你可以找中宣部的人谈一谈，看能不能通融一下？情况特殊嘛，他们又不是不知道！可惜不是在军队，不然的话，我倒可以给你找找人。”张磊说。

金哲看不惯他那自以为是的神态，好像世界上没有他办不到的事。就算他有那号本事，自己也没想求他帮忙。要是什么事情都要依赖他，那自己成什么了？便故意以轻描淡写的语气说：“用不着，回去也没什么不好的！”

张磊听他这么说，也附和着点点头，说：“说的也是！到哪里还不得过日子，回去还能顾得住家庭这一头。”

金哲觉得他话里有话，便警觉地看着他，问：“钱丽又说什么了？”

“没说什么，她的意思也是希望你能回去。女人嘛，只是想把日子过好，再说她这三年确实也过得不容易！”张磊说。

服务小姐把咖啡送上来。金哲喝了一口，盯住张磊问：“这回，你们来了很多人？”

张磊抬头往四周看了看，低声说：“也就两个军吧！”

“专门是为这事来的？”金哲又问。

“还能为什么？”张磊说。

“真是荒唐！原来，我以为他们内部有什么情况！真要对付学生，又何必这样大动干戈？就是军队不来，自己也快散了！”金哲说着，悲愤起来。

“对这件事，我的态度是很明确的！真要发生流血事件，我们都将成为千古罪人。可是有什么办法呢？我是个军人，身不由己嘛！”张磊低沉地说。

“你是说……会开枪？”金哲看着张磊，惊恐地问。

“说不准的事！可眼下这情况，得往最坏处去想。”张磊说。

军队会不会开枪的事，寝室里也议论过，这话从张磊的嘴里说出来却给人另一种感觉。谈到与军队有关的事，张磊向来十分谨慎，能把话说到这一步，说明形势的确很严峻。金哲似乎意识到自己所面临的危险境地，深吸了口凉气，又问：“会打内战吗？”

“从现在的情况看，没有这种可能！”张磊说。

金哲舒了口气，说：“那就好！”

“你没有卷进去吧？”张磊担心地问。

金哲苦笑着摇摇头，说：“怎么会？你知道我这人对政治并不感兴趣。”

张磊微微点头，说：“这就好！就要毕业了，为这种事，把自己前程耽误了，不划算！”

金哲觉得他把自己看得于过世故，说：“这个我倒不怕，该做的事情还是要去做的。”

“还是不要卷进去的好！或许你以为你们是代表正义的，可政治上的事谁说得清？”张磊用告诫的语气说。

金哲不想同他争论，说：“放心吧，我不会有事的。”

“还是小心点好！昨天我给家里打电话，正好钱丽也在，她对你很担心，让我告诉你，千万别卷进去！”张磊喝着咖啡，说。

金哲听着有些恼火，讥讽地反问：“你不是也卷进来了吗？”

“我是身不由己，可你情况不一样！你完全没有必要卷进来。”张磊说。

金哲看着手中的杯子，没说话。

“你还是回家去好，反正学校也没上课，趁这机会回去好好找个工作，有备无患嘛。”张磊说。

“看看再说吧。”金哲敷衍着，眼睛转向窗外。

“再来点什么？”张磊问。

“不用，谢谢！”金哲客气地摆摆手。

张磊看看手表，对他说：“我得走了，跟首长说好中午要回去的。”

服务小姐送来账单，金哲掏出钱想要付账，却被张磊挡了回去。金哲知道他不会让自己掏腰包，便也没有强求。

走出饭店，张磊打开车门，对金哲说：“上车吧，我先送你回学校。”

金哲却摇摇头，说：“不用，这里离学校不远，我自己能走回去！”

张磊歉意地笑了笑，说：“这些日子估计我不会有时间再来看你了！”

金哲淡然一笑，说：“不用，你忙你的就是。”

张磊正想上车，又转过脸来对他说：“这些日子你千万要小心，没事最好不要离开学校！”

金哲点点头，说：“我知道！”

抬头看着眼前的这座高大的塑像，麦嘉心里说不出是什么滋味。这座命名为“民主女神”的塑像与美国的自由女神像相似，只是那张脸带有明显东方人的特征。手里擎着一把燃烧的火炬，头上也像绝食同学一样扎着宽大的布条。据说塑像是昨天才安装完的，是美术学院师生的作品。原以为是用石膏做的，后来才知道用一种特殊的泡沫做成，难怪看上去不够稳固，做工也略嫌粗糙。

女神像耸立在天安门广场北面，离升国旗的地方不远。背后是人民英雄纪念碑和毛泽东纪念堂，前面正对着天安门城楼。这布局显然带着某种戏弄的意味，难怪报纸上要连篇累牍地在这件事情上大做文章。

这件事从头到尾给人一种恶作剧的感觉，或许这正符合眼下人们的心态。在军队和坦克面前，多年形成的信念已经崩溃，偶像已经倒塌。被欺骗和被亵渎的感觉造就了人们强烈的报复心理，一时又找不到渲泄的时机，便摆出一副死猪不怕烫的无赖相，想方设法找机会挑起事端。

谁都看得出，即便军队不进城，这场运动也到了强弩之末。拦军车也好，坚守广场也好，靠的是一时的激情和勇气，而激情和勇气都不可能保持长久。与军队十天的相持已使学生和市民精疲力竭，出来

拦军车的人越来越少，只有到晚上才能看到路口聚集的人群。广场上散布着几十座帐篷，每个帐篷顶上都立一面写着校名的红旗。然而真正留守在这里的却主要是外地来的同学，除了广场以外，他们也没处可去。本市高校的同学白天回学校休息，到晚上才到广场上来看看，或者在帐篷里睡上一觉，像临时来值个班似的。

对塑像的事，麦嘉向来不以为然，塑像的揭幕仪式也没参加。他想，要是官方对这件事依旧保持沉默，而不是如临大敌地大做文章。学生和市民反而会感到索然寡味，事情也就不了了之了。官方的干预无异于给茫然无措百无聊赖的同学和市民打了一针强心剂，来广场看塑像的人反而一天比一天多起来。

“真冷清，好像真要结束了！”看着广场上的零零落落的帐篷和稀稀拉拉的人影，丽华感叹着说。

麦嘉看着身边的丽华，心里一阵感慨。他是为了她才到这里来的，从上次和导师一起来广场看过她以后，还是第一次见面。后来才知道，她曾经在广场晕倒过两次，被送进医院才抢救过来的。刚才她还对他说到绝食的事。据她说，当初报名参加绝食也是一时冲动，觉得这样做对国家有利，想用自己的行动为国家做点事情。可是绝食那滋味实在不好受，尤其开始那两天，真饿得受不了，肠胃像被什么东西绞住了似的，一阵阵钻心般的疼痛。到后来，身体好像麻木了，没有了饿的感觉，眼前的一切却变得模糊起来，以后便什么也不知道了。醒来却发现自己是躺在医院的病床上。

“那时，我真的以为自己会死去，周围气氛也那样！好像都抱了要死的决心，还有写了遗书放在衣袋里的。”丽华扶着铁栏杆站住，往远处看着，神情凝重。

麦嘉听着，用怜惜的目光看她那纯净的脸，心里有些难受。在过去十来天里，他一直在为她担忧着。为了她的缘故，他后悔当初没有参加绝食。当她在同死亡抗争的时候，他竟没能同她在一起！

“你是不是觉得我们那样做很可笑？”丽华突然转过脸看着他，问。

麦嘉摇摇头，说：“一点也不，在那种时候，很多人都会那样去做的！”

丽华叹了口气，说：“可回过头来看，事情都不像我们想象的那样！说实在的，我们对许多事情并不了解，只是从大字报看到什么官倒啦、裙带关系啦，还有通货膨胀什么的，觉得很气愤。想引起政府的注意，使他们能够痛下决心改变现状……为了这个目的，就算我们自己受点苦，哪怕真的要死，也是值得的。当初我真就是这样想的！可谁能想到他们竟会派这么多军队来对付我们？我是在医院里听到戒严消息的，当时就哭了，在场的许多人都哭了，还有人闹着到广场来，说是要死在这里。我想他们是绝望才那么说的，我自己也那么想过！许多人都是那样的心情……”

听着丽华的话，麦嘉不由得回想起当时的情景，说：“那时我正好在学校，听到李鹏和杨尚昆杀气腾腾的讲话，我惊呆了！军管的事早有人说过，可事情到了眼前，还是难以置信！我想我们是太善良太天真了，根本不了解政治斗争的残酷性！但更可悲的是我们自身的愚昧……我有这样一种感觉，对许多人来说，大脑固然长在自己颈脖上面，里面的思想却都是别人强加给我们的。就说我自己吧，上研究生以前从来没有怀疑过报纸上的观点，更不用说中央领导人的讲话了！说到底我们是这个时代的产物，记得小时候学会的第一句话就是‘毛主席万岁！’‘共产党万岁！’……受了十几年的教育，也就受了十几年的欺骗和蒙蔽，使我们形成一种固有的思维模式……这种影响对我们

这代人说来是根深蒂固的，所以直到现在，很多人都抱着幻想！知识分子总是以社会的启蒙者自居，却不知道我们自己就生活在虚假之中，也是愚昧的，这或许就是悲剧所在！”

“说到这个问题，我也有同感！说实在的，到现在我还不相信那些军队是对着我们来的。”丽华说。

“何止是你，很多人都不相信，不然就不会有那么多人去拦军车了！用野战部队来镇压学生运动，这种事大概在人类历史上也不曾有过，他们却干出来了！说实在的，到这份上他们再干出什么冒天下之大不韪的事来我都不会感到奇怪！”麦嘉冷笑着说。

“你说，他们真的会对我们开枪？”丽华不安地看着他，问。

“但愿不会发生那样的悲剧，可我实在不敢再抱什么幻想！”麦嘉低沉地说，抬头去看那座女神像，心情格外沉重。

“真没想到会这样，要是早知道……”丽华叹了口气，说。

“这没什么！我想，无论这场运动结果怎样，也不管后人怎么评价，对于我们来说，最重要的是曾经为它献出一片真诚，也从中体验到了一种崇高而神圣的情感……人一生能够经历一次这样的事件，也算难得了！”麦嘉说着，心里有些苍凉。

“经历这么多的事，想不去思考也不行！到现在我才觉得自己真正长大了，成熟了……”丽华说。

女神像四周围观的人比先前多了些，还有站在塑像前拍照的。麦嘉手触摸到挂在胸前的相机，对丽华说：“给你照张相吧？”

“有什么可照的？”丽华说。

“就算留个纪念吧，好歹也是我们自己的一段历史……现在不照的话，只怕再没有机会了！”麦嘉说。

“那好吧！”丽华说，走到塑像前站下。

麦嘉对好镜头，按下快门。

“我们一起照一张吧！”丽华走过来，对他说。

麦嘉一阵慌乱，摆着手说：“算了吧，我不喜欢照相！”

“来吧，就算是毕业纪念嘛！”丽华恳切地说。

麦嘉见丽华正微笑地看着自己，只好点头。

丽华回到塑像前站好，麦嘉取好景，叫旁边一个瘦高个年轻人过来帮忙。

“快过来！”丽华招招手，说。

麦嘉犹豫着，走到丽华旁边站下，却有意同这比自己高的姑娘保持一段距离。

“站过来一点嘛！”丽华伸手拉拉他的衣袖。

麦嘉脸一红，正犹豫着，却见丽华向自己移动一步，靠着自己的臂膀站下。那瘦高个年轻人正好按下快门。

“天气真是闷热，大概又要下雨了！”麦嘉抬头看着天空，似乎掩饰着什么。

“到那边看看去。”丽华用手往前面的纪念碑一指，说。

高大的纪念碑耸立在乌云密布的苍穹底下，犹如饱经沧桑的迟暮老人。在空寂的广场上漫步走着，麦嘉心里像压了块铅似的。大风扬起地上的尘土和白色的纸片，两旁的帐篷被吹得“呼呼”直响，顶上的旗杆也在不停地颤动。

想起几天前的情景，麦嘉心里有一种苍凉的感觉。那万头攒动的场面，震耳欲聋的口号声，使人焦虑不安的救护车鸣笛声和无数催人泪下的情景……所有这一切仿佛都成为遥远的梦幻，只能从散落在地上的破报纸和罐头瓶及四周的帐篷里找到一点残留的记忆。从眼前这一片沉寂中，他好像闻到一股悲剧的气息。说不清这场悲剧会以怎样

的方式结束，也不知道等待他们的是什么，然而这一切终将结束，也许是今天，也许是明天，这一天不会太远！他叹息着，向这令自己洒下过真诚泪水的广场也向过去的自己默默告别！

在坚立着“北京大学”校旗的那顶帐篷旁边，意外地见到了面容憔悴的沈鸿。他正被五六个妇女包围着，她们七嘴八舌地对他数落着什么，他苦着脸听着，嘴里说着息事宁人的话。见到他们，只是苦笑了笑，却没有办法脱出身来。

见到沈鸿那一刻，麦嘉心里一阵激动。从绝食以来，还是第一次见到他。好几次寝室里的同学约好要到广场来看他，却都没有成行。面对着离别多日的室友，他深感愧疚。想上前去叙说一阵，又没法突进女人的包围圈。

“你是这里负责的，这件事总得给我们一个说法……”女人缠住了沈鸿，不饶不依地说着。

“请你们相信，我会处理好这件事的！”沈鸿耐心地说，脸上一副无可奈何的神色。

看着受到女人们围攻的沈鸿，麦嘉感到一阵悲凉。不久以前，市民们还把大学生当作宝贝似的，不仅参加游行支持学生，还从家里带来食品和衣物支援学生，尤其戒严以后，北京市民更成了拦截军车阻止军队进城的主力。他曾经不止一次为那样激动人心的场面流下过热泪，眼前的情景却这样令人沮丧，好像所有的一切都发生着变化，变得让人不可思议！

看着沈鸿把那些女人送走了，麦嘉走过去情不自禁地握住了他的手，叹息着问一句：“怎么样，还行吧？”

“我很好，没事！”沈鸿说着，微笑地同丽华打着招呼。

“那些女人找你，到底为了什么事？”丽华看着沈鸿，好奇地问。

“没什么，是我们的同学说话不注意，把她们给得罪了……”沈鸿勉强笑着，似乎不想多说。

“那几个女人看上去真厉害！”丽华说。

“没事，好在都过去了！”沈鸿淡然一笑，说。

“情况怎么样？”麦嘉看着他，关切地问。

沈鸿用手往四周一指，苦笑着说：“还能怎么样，这情形你不都看见了？”

麦嘉觉得他话里有股辛酸的意味，想安慰他几句，便说：“现在是处于低潮时期……”

沈鸿摇摇头，说：“不，其实大家心里都明白，这场运动已经接近尾声！只是没想到会以这样的方式……”

麦嘉听着也觉得怅然，沉默一阵，问他：“你打算怎么办？”

沈鸿淡然一笑，说：“我能有什么打算？反正是豁出去了，到时候听天由命就是了！”

“他们不会把你怎么样的，也许？”丽华看着沈鸿，说。

“问题不在这里……”沈鸿欲言又止。

“不行的话，撤回学校去再说，反正这里的情况也就这样了！”麦嘉说。

“我会回去的。但现在，还不是时候！”沈鸿说。

麦嘉看他脸色暗淡，心里有一种不祥的预感，不由得动情地握住他的手，恳切地说：“你要保重！”

“放心吧，不会有事的！”沈鸿说。

吃完午饭，逸夫脱去外衣准备上床。宋玉一见便说：“你小子怎么

回事，都这个时候了，还整天想着睡觉！"

"不睡觉干吗？"逸夫说着，撩开那块"遮羞布"，半截身子钻进去。

"你小子真是没劲！"宋玉说。

躺在床上，逸夫却也没法入睡。床边挂着的大花布只是遮住了视线，却没法把他同外面的学友隔绝开来。

"看过昨晚的电视没有？咱们的农民兄弟游行就像当年公社社员出工一样，有气没力的……"宋玉用嘲讽的语气说。

"听说他们给每个参加游行的人发了十块钱，还有一顶草帽和一瓶可乐。"黄凯说。

"挑动群众斗群众，这是中共惯用的伎俩！"这是刘杰的声音。

"这纯粹是强奸民意！说起来咱们的农民兄弟也真是可怜，这年头也就能把他们拿来寻开心。"宋玉说。

"没想到他们竟能干出这种事来，真是太可笑了！"黄凯说。

"政治嘛，本来就是可笑的！"高歌声音软绵绵的。

"听说这两天要在广场上搞狂欢活动，然后就要从广场上撤离了……"刚从外面进来的金哲说。

"早该撤离了，这样闹下去也实在没什么意思！"高歌说。

"我看校园里有好些人都剃了光头，说是要抗议政府。"金哲说。

"剃光头，这算什么意思呢？"高歌问。

"谁知道呢？我也闹不清楚。"金哲说。

学友们的议论驱散了逸夫的睡意，他的思绪涌动着。这些天发生的事如同梦幻一般，想起来却是无聊之极。戒严、拦截军车、坚守广场……所有这一切都是政治游戏。激情消退过后，人们已经逐渐看到政治的冷酷和淫荡。政客之间的权力斗争却要以人民的苦难作为代价！

绝食也好，戒严也好，全球华人大游行也好，都是由政府和学生中的政客炒起来的。无事生非，这正是政客的本性！因为只有在动荡中才更显出他们存在的价值和意义,也只有在这种时候他们才能浑水摸鱼，达到个人的野心，所以他们总是怀着一种唯恐天下不乱的潜意识。受愚弄的总是老百姓，在每次政治运动中，他们都被利用，付出的代价最为沉重，最终被掠夺的也是他们。政客们在夺取权力的过程中总要把自己打扮成人民的代言人或正义化身，取得政权以后却走到人民的对立面去。统治者和被统治者之间的矛盾是永远存在的，任何统治者都很难牺牲自身的利益服从大众的利益，共产党更没有走出这样的怪圈。共产党完全是打着为人民的旗号上台的，这个政权的建立以几千万人的生命作为代价，在建立政权以后的四十年里带给人民的却是饥饿、贫穷、苦难和无休止的阶级斗争，还有几千万的冤魂和十几亿被扭曲的灵魂！漂亮的政治口号里隐藏着恶性膨胀着的人类私欲！虽然有时候统治者也会给人民一些利益，但他们这样做与其说是为了老百姓的利益，不如说是为了维护他们的统治。当他们的权力受到威胁的时候，就会翻脸不认人，撕下伪善的面具……这就是残酷的政治游戏！

从学友们玩世不恭的腔调和自我解嘲的嬉笑怒骂中，逸夫似乎感觉到绝望过后的颓废情绪，这种情绪在大多数人中间蔓延着。或许从开始对这场政治游戏就没抱什么希望，也没有投入太多的热情，他自己体验到的只是淡淡的忧郁和哀愁。在大兵压境的状况下，他同样感到茫然和无奈。

“妈的，真是没劲！”宋玉叹息着说。

“本来就没劲！”

学友们长吁短叹一番，终于离去。过一会儿，寝室完全归于寂静。逸夫仰面躺着，心情却一时难以平静。尽管他一直在努力迫使自己以

冷漠的心境来对待这场运动,许多意想不到的事情还是震撼了他的心。说到底他对政治和政客们的理解和厌恶都只是来自本能情感和理性演绎，并没有太多个人的体验。这种情感和理念本身似乎包含着某种虚妄和夸张的成份，而这些天来所发生的事情却在证实着这种理念和情感的真实性，其残酷性远远超出他原有的想象，使他感到恐惧和不安。同时一种潜在的危险日见临近，仿佛就要直逼眼前。“谁知道会发生什么事！”他想着，突然觉得厌倦起来。

浓浓的睡意逼上来，只觉得脑袋里晕乎乎的，闭上眼睛，却仿佛看见无数全副武装的士兵正向着自己走过来，乌黑的枪口正对着自己胸口，就像要喷出可怕的火焰来……不知过了多久，却看到自己和林琳孤零零地坐在人民英雄纪念碑底座的台阶上，眼望着空荡荡广场一片狼藉的景象，心里一片茫然。林琳眼睛里流露着惊恐的神色，往他怀里靠着，问:“人都到哪里去了？”他摇头苦笑着，眼睛在沉寂的广场搜寻着……突然天空传来嗡嗡的怪叫声，像一群苍蝇在鸣叫，声音越来越近，越来越响。“看，飞机！”林琳指着天空惊叫起来。抬头看时，天空中飞来一大群青蜓式的绿色直升机，转眼间把整个广场上空完全遮盖住，广场上顿时天昏地暗，嗡嗡的怪叫声响成一片，振耳欲聋……他拉住林琳的手奔跑着,只觉得黑压压的怪物正向自己逼过来,怎么也摆脱不了它们的追踪……突然觉得被什么东西绊一下，眼前一黑，身体轻飘飘向无底深渊坠落……

睁开眼睛，看见的却是头上蒙着纱布的姜涛，心里正感到奇怪，姜涛却笑着问:“你在做梦？”

“做梦，做什么梦？”他茫然地看着姜涛，却感觉到自己的心在狂跳。

“我刚才好像听到你在说梦话！”姜涛说。

“我说什么了？”他奇怪地问，用手摸摸额头，湿漉漉的。

“听不清，却很恐怖！我想，你是在做噩梦……”姜涛犹豫着说。

他静静地看着姜涛，好像回到了现实之中，问：“你头上怎么啦？”说着，从床上坐起来。

姜涛把布撩上去，说：“让当兵的打的！”抬手理理头上的乱发。

“怎么回事？”逸夫吃惊地看着他，问。

姜涛退到旁边的凳子旁坐下，说：“在丰台拦军车的时候，同当兵的发生了冲突，被砖头砸了一下……真他妈倒霉！”

逸夫看他一身脏乎乎的，面容憔悴，问：“你们真的同当兵的打起来了？”

“还能怎么着？那些当兵的真像是吃了秤砣似的，怎么说也没用，有人憋不住，就指着他们的鼻子骂起来，后来也不知怎么着就动起手来……”姜涛说。

逸夫似乎还有些不相信，问：“当兵的也动手了？”

姜涛眼睛一瞪，说：“不动手怎么着，还往人群里扔砖头哩！要不我怎么会受伤？”

“受伤的人多吗？”逸夫又问。

“这倒说不好，当时那么乱，也看不清楚……”姜涛苦笑着说。

逸夫看那纱布上有血迹，便关切地问：“你的伤，不要紧吧？”

“脑袋上开了个口子，流了血，到医院缝了七针……不过现在好多了。”姜涛满不乎地说。

逸夫却觉得有些愧疚，那天在广场分手以后还是第一次见面，从那疲惫的脸上看出他这些天有着不同寻常的经历，便问：“这些天，你是怎么过来的？”

“先是在广场上参加了纠察队，负责维护那条生命线。戒严以后

就去拦军车，哪里有军队就到哪里去，倒是跑了不少地方。”姜涛说。

想着这牛高马大一头长发胡子拉碴的老兄夹在一群年轻大学生当中拦截军车的情景，逸夫不由得苦笑起来。难得他这样岁数的人还有这么高的热情，自己比他小八九岁，却显得如此世故，好像什么都看得很透，似乎世界上很少有什么东西能让自己激动，真是可悲！

“……开始也没想到那么容易就能把军车拦下来，几个人在汽车前面一站，那车就停下来了，然后就是一群人围上去跟他们讲道理。在这方面，大学生就明显不如那些市民，他们只会照着报纸念，边念边哭，那场面倒也感人……”姜涛说。

逸夫默默默地听着，心里却想：这一切到底是为了什么？到底是什么东西促使这么多人如此狂热地投入到场运动中来？是“民主”“自由”之类的抽象字眼，还是自我保护的本能？是为理想而奋不顾身的崇高情感，还是出于同情和怜悯？

“我是个画画的，只想着把画画好，对政治那玩意实在没有兴趣。从乡下来的时候只是想这样的场面不来看一看真是可惜……可到了现场，感觉就不一样了！不瞒你说，从懂事以后我就没流过泪，可这次我实在忍不住了……看到那样的场面，我要是还能无动于衷，那还是人吗？……所以我想，我也得干点事情，为这个国家，为所有的人，只有这样我才对得起自己的良心也对得起这个国家，当时我就是这么想的……”姜涛说着，疲惫的脸上放出光亮来。

逸夫不由得暗自惭愧，觉得姜涛的话正是对自己说的。即便不能说自己对这场运动完全无动于衷，却不能不承认自己缺少热情。虽然置身于这场运动的旋涡中心，却自始至终是冷漠的旁观者。只会用自己的头脑思考，却很少付诸于行动。

“一拖就是十来天，我看是顶不住了！我刚从广场回来的，留在那里的人已经很少，大多数是外地来的学生。军队真要进来，我看是挡不住的！”姜涛说着，脸上流露出忧郁的神色。

“人多又怎么样，他们真要进来的话，谁又拦得住？”逸夫说。

“话可不能这么说，要是大家伙齐心不怕死，就在路上挡着，他们还能用坦克压过来？我看他们是没那个胆量的！”姜涛说。

“这可说不准！”想起刚才的梦境，逸夫不由得打了个寒噤。

“他们真要那么干，那就干好了，我可不怕，大不了也就一个死字！……对他们而言，就是自掘坟墓！”姜涛激愤地说着，一副大义凛然的神态。

逸夫觉得有些阴冷，默默地看着姜涛，不知说什么好。

沈鸿用两根手指按住茶杯盖，眼睛往四周看着，心里觉得很不自在。这里坐着的不是社会名流，就是这场运动中涌现出来的学生领袖，唯有自己什么都不是，难怪“苏格拉底”和刘洪涛刚进门就向自己瞪眼睛。

沈鸿并不知道今天开会的内容，刘伟通知他来开会时也没有提到过，但从参加会议的人员和他们脸上凝重的神色看，这无疑是一次不同寻常的会议。

这是一间小会议室，窗户被红色的窗帘掩盖得很严实，室内光线暗淡。十几个人围着椭园形会议桌坐着，神态各异。有低声交谈的，也有人在凝神沉思。气氛显得有些沉闷。

“怎么还没到，该不会出事吧？”徐维民教授看着私营老板王铁军，脸上露出焦虑的神色。

“我想不会！”王铁军手里摆弄着一只铅笔，说。

“现在到处都是密探，对他们又盯得特别紧……”

“放心吧，不会有事的。我派去接他们的人很可靠，又在部队当过侦察兵，这种事情应该还能对付！”王铁军看看周围的人，说。

“我到外面等等他们。”张锋用询问的眼光看着王铁军，说。

王铁军点点头，说：“也好！”

沈鸿看着张锋起身离去，转过脸来，见王铁军眼睛正对着自己，便对他笑了笑。从那次谈话以后，他们已经见过好几次面。这位腰缠万贯的大老板给人的感觉好像是这场运动强有力的后盾，绝食期间他和他的公司从人力和物力上给予了很大的支持，今天开会的地方也是他提供的。在这方面他似乎比那些只会夸夸其谈的学者更有力量，这也是他能得到许多人拥戴的主要原因。沈鸿对自己未来的老板也怀有很深的敬意，在中国除了官方及其傀儡以外任何想染指于政治的人都不可能有好下场，像他这样有钱又有名的人竟能如此投入，实在难能可贵。到现在他才真正理解了那次谈话的含义，对这个人本身也有了更深的理解。

沈鸿看看表，心里有些焦躁，便问坐在旁边的文学博士江波：“在等谁？”

江波手里拿着一支笔，正想着什么，听见沈鸿的话，便转过脸来，说：“我也不很清楚，好像是向云天夫妇。”

听到“向云天”的名字，沈鸿倒也没话可说。他对这个大名鼎鼎的物理学家仍旧怀有很深的敬意，据他所知这些日子向云天从来没有抛头露面过，倒是他的夫人刘芸教授频频出现在各种场合，他的影响却也时时能够感受到。他在今天这样的场合出现倒也不令人奇怪。

门外传来了匆匆的脚步声。沈鸿刚把脸转过去，门便被推开了，先出现的是张锋，接着便是向云天和他的夫人刘芸教授。

几乎所有的人都站起来，王铁军走过去同他们握着手，说："来得正好，大家都在为你们担心！"

"没什么，只是路上不好走，到处都是路障，又担心后面有尾巴，多绕了几个圈子。"向云天微笑地说，同徐维民等人握着手。

王铁军把向云天引到自己旁边坐下，其余的人也在座位上坐下来。沈鸿往四周一看，心想：这场运动的精英分子都在这里了！

王铁军同向云天低声交谈了几句，便以会议召集人的身份对大家说："今天的会议很重要！鉴于目前的复杂形势，为了安全起见，请不要作记录，也不要录音！"

沈鸿本没想过作记录的事，见有几个人都把手中的笔放在桌上，心里不由得一阵凛然。

王铁军冷峻地看着大家，说："目前的形势是很严峻的，这一点，大家都很清楚！我们召集这次会议，就是要研究目前的局势以及下一步的对策。可以说，这次会议将决定这场运动的前途乃至整个中国民主事业的命运，希望大家各抒己见！首先还是请徐维民教授把有关情况给大家介绍一下！"

徐维民教授清了清嗓子，两手握着放在桌子上，说："我们已经得到了确切的消息，紫阳同志因为不同意他们对学生的镇压，已经被免职了！胡启立同志，还有阎明复同志也都被软禁起来……从现在的形势来看，军队迟早是要进城的，光凭手无寸铁的学生和市民根本没法阻止他们。况且大家都感到疲惫，人心也在松散……军队一进城，肯定要对学生进行镇压，也会对改革派进行一次大的清洗，党内的保守势力正在蠢蠢欲动，大有重新上台的势头。中国面临着倒退，十几年的改革成果也面临着毁于一旦的危险……"

"徐老师，您是不是说这场运动已经失败了？"江波打断徐新民

的话，问。

徐维民停顿一下，看看江波，说：“我并不这样认为。的确，他们会把这场运动镇压下去，但这并不等于我们失败。这场运动发展到今天，已经远远超出原来的设想。就我自己来说，有两点是没想到的，一是没想到这场运动会有这么大的声势，可以说，它影响了我们整个国家，甚至也影响了世界，像这样几百万人上街游行的场面在世界上也是少有的，而直接参加这场运动的又何止这几百万人！二是没想到这场运动会持续这么长的时间……毫无疑问，这是一场伟大的思想启蒙运动！”

听着徐维民这番话，沈鸿感到有些失望。眼下需要的是切实的步骤和行动，这些空洞的议论有什么意义？扭头去看江波，这位出名的“文坛狂人”却也没说话。

王铁军同旁边的向云天交换了一下眼色，说：“我同意刚才徐教授对这场运动的分析和评价，但这并不是我们今天要讨论的问题……时间是宝贵的！根据我们掌握的情况，当局已经炮制了一份黑名单，今天在座的各位都有幸名列其中，其他也都是著名的学者和这场运动中的骨干……就等着下手了！”

“他们能把我们怎么样？坐牢？还是枪毙？”江波冷笑着说。

向云天皱起眉头，似乎对江波的话很不满意，说：“王总的话是有根据的！对于当局，我们不应该再抱有任何幻想！对目前的局势，我们要往最好的方向努力，也要做最坏的准备……”

“您说的最坏准备是什么？”江波看着向云天，问。

向云天淡然一笑，说：“种种迹像表明，这一回他们是要大开杀戒了！当然，我们都不希望流血，可从眼下的情况来看，这场流血冲突是没法避免了……在这方面，我们的确做过许多努力，却无济于事。

现在我们能做到的是尽量减少损失，保护好这场运动的成果！"

徐维民教授抬手扶了扶眼镜，说："我们认为，这场运动的成果主要体现在两个方面：一是唤醒了全民族的民主意识，使全国人民看清楚了专制制度的丑恶面目。二是造就了一大批民主运动的骨干，他们是中国民主事业的希望所在……保护了他们，也就是保护了这场运动的成果！"

"可是，怎样才能保护呢？"刘洪涛看着徐维民教授，问。

"这正是我们今天要讨论的问题！"王铁军同向云天交换一下眼色，对大家说："根据我们掌握的情况来看，军队一进城就会发出通缉令，逮捕黑名单上的人。所以，在国内是待不住了，唯一的办法就是想办法出国去……"

"这么多人，怎么出去？"刘洪涛满脸疑虑，问。

向云天说："我已经同美国大使馆联系过，他们明确表示愿意帮助我们。凡是有护照的，都可以到美国大使馆去办理签证，争取在军队进城以前出国。没有护照的人，只能先到南方去，想办法从那边出境！"

"我也同香港的一些朋友联系过，他们准备组织专门的救援队，在海上接应我们……"王铁军说着停顿下来，看看周围的人。

室内一片沉寂，空气也有些凝重。沈鸿心里像被什么东西堵住了似的，感觉很不舒畅。很显然，这一切都是他们三人事先策划好的。多么冠冕堂皇的理由！多么无奈的选择！说来说去，无非是要逃跑，而且是要逃到外国去！从理智上说，他们列举的理由的确无懈可击，可是在感情上却绝对让人难以接受。闹了半天，难道就是为了这样的结果？为什么总要把老外拉扯进来？这是什么样的心态？

难耐的沉寂，难耐的等待。沈鸿转过脸去看刘洪涛和坐在他身旁的"苏格拉底"，这两位激进派人物似乎是最有理由也最有勇气出来反

对这项计划的，此时却出人意料地保持着沉默。刘洪涛面带着微笑，溜溜的眼珠在那三人身上来回转动。“苏格拉底”则垂下眼睑，摆弄着手中钢笔。

沈鸿憋着一股气，正想说话，旁边坐着的江波却抢了先，他看看向云天，又看看王铁军，用讥讽的口吻说：“如果我没有理解错的话，诸位老师的意思是不是说，现在是到了为我们自己考虑后路的时候了？”

向云天顿时板起了面孔，脸色阴沉下来，眼睛看在了桌面上。王铁军则不动声色，定睛看着江波。

江波看看大家，接着说：“大家都知道，我是特意从国外赶回来参加这场运动的，没想到事隔没几天，我们就会在这里讨论出国的事！不错，我们很多人，都出过国，有护照，又有美国人的关照，出国的事，估计不会有什么问题。可是你们想过没有，那些没有护照出不了国的怎么办？还有那些坚守在广场以及在各个路口拦截军车的人怎么办？难道我们就这样把他们抛弃吗？”

“江博士，我想，你是误解了我们的意思！出国并不是一种逃避，而是在目前形势下的一种无奈选择！即使到了国外，我们也不会放弃斗争的，只是斗争的地点和方式会发生改变。”徐维民教授说。

江波冷冷一笑，说：“我理解您的意思！可是我要问的是，到了国外，我们又能干什么？这半年多在美国，我同许多民运人士有过接触，他们在那边的确也做过一些工作，可给我的感觉是，在别人的土地上搞民主运动，纯粹瞎掰的事！在别人的土地上，没有了根基，也没有了对象，请问，除了在外国人面前骂骂中共以外还能干什么？搞民主运动毕竟是中国人自己的事，我们的根在这里，离开了这块土地，我们什么都不是！这也正是我专程从美国赶回来的原因。不错，我们这场运动的确是到了生死存亡的关头，可正因为这样，我们更应该挺身而出，而不是临阵脱逃！”

听着这番话，沈鸿憋在心里的那股气也被消解掉了。看着江波，他觉得自己在思想和感情都同他靠得很近，并为有这样一个精神上的同盟者而感到欣慰。

一片沉默。

向云天见众人都不说话，笑了笑，对江波说：“江博士，你应该明白，我们并不是要抛弃这场运动，不是要抛弃学生和市民，更不是像你所说的那样临阵脱逃！现在，我们要考虑的不只是这场运动，而是中国整个的民主事业！我们的想法正是建立在这样的基础上的。我们可以不爱惜自己的生命，可是作为师长，我们没有理由让我们学生去做无谓的牺牲！你也是当老师的，我想你应该明白我们此时的心情……至于我自己，请放心，我是不会离开这个国家的！”

“不，向老师，最应该离开的是您！您的目标太大，他们肯定不会放过您的。”刘洪涛看着向云天，急切地说。

“向老师，您还是走吧！国内的事留下我们几个人就够了，要说牺牲也应该我们年轻去才是。”张锋也说。

向云天摆摆手，说：“不用说了！你们都很年轻，将来的路还很长，中国有很多事情需要你们去做。在你们面前，我真是觉得自己老了！你们不用为我担心，我会有对付他们的办法的，再说，他们也未必敢把我怎么样！”

“你们放心吧，我们不会有事的！”刘芸教授也说。

没想到江波的话竟会引发这样的结果，沈鸿心里有些愧疚。要说真有危险的话，最应该离开的自然是向云天。在政府眼里他总是最危险的人物，只要发生学生运动，他总是理所当然的幕后黑手，少不了

要挨整的，这场运动闹到这个地步，他们不会放过他的。

“江博士，你还有什么意见？”王铁军转脸看着江波，问。

江波双手一摊开，说：“既然大家都不反对，我只能保留我的意见！不过我想声明一下，我是不会在这个时候出国的！这些天来我一直在想，为什么这场运动会落到如此惨烈的地步？其中有一个很重要的原因就是我们太软弱，没有从开始就同学生们站在一起！有人说，中国知识分子都得了软骨症，看来我们都有这样的毛病。现在形势是很危急，可正因为这样才需要我们站出来！我们不能再退让了……他们不是老把我们这些人说成是幕后操纵者吗？他们之所以敢这么说，就是欺负我们得了软骨症，不敢站出来！个人的力量总是渺小的，可我还是想尽一份心，尽一分力，为这场运动，也为这个灾难深重的国家！我宣布，从明天下午起，我将到天安门广场绝食，没人响应，就一个人去！我就是要让他们看一看，中国的知识分子并不都是软骨头！”

听着这番话，沈鸿心情又激荡起来。他没去看江波的脸，却感受到他心中那股激情。很显然，这个时候到广场绝食并不能扭转目前的局势，可是他表现出来的勇气却使在场所有的人黯然失色。

“我很佩服江博士的勇气，可是现在更需要理智！别的人还有什么意见？”王铁军面带微笑，他的话却给人一种阴冷的感觉。

张锋看着王铁军，说：“我赞同各位老师的意见。可是我认为，广场上的斗争也应该坚持下去，不能让那些和我们一起战斗过的同学和市民失望！我个人从来没有想过要到国外去，所以我想和江波老师一起留下来！”

王铁军微微点头，说：“广场上的斗争当然不能放弃，这正是我们下一步要讨论的问题。刘洪涛，你对这个问题有什么想法？”

“我完全赞同您和向老师的意见，至于我个人嘛……完全服从大局的需要！”刘洪涛含糊其辞地说着，完全没有了往日的那种气派。

“沈鸿，你怎么样？”王铁军把眼睛转到沈鸿脸上，问。

沈鸿淡然一笑，说：“我决定留下来！”

王铁军对他的回答并不感到意外，说：“也好！不管留下来，还是到国外去，都是斗争的需要！留在国内是为了把这场运动延续下去，到国外去是要保护这场运动的成果，给未来的民主运动培养骨干！”

会议又延续了一个多小时。会议结束以前，王铁军对大家说：“这是最后一次会议！现在的情况是这样险恶，走出这间会议室，很难说等待我们的是什么，也许是共产党的监狱，也许是他们的子弹！也许……不管怎么说，我们应该坚信，我们现在所做的一切，对国家和民族是有益的，我们从事的是一项正义的事业！有了这样的信念在支持着我们，还什么可怕的！分别只是暂时的，在不久的将来我们还会相聚的，这一天肯定不会太远的！”

室内空气好像凝结起来。在短暂的沉默中，沈鸿感觉到一种悲剧的意味。看大家都在默默地相互握手告别，不由得产生出生离死别的苍凉感。

第二十一章

六月三日夜至六月四日晨　多云间阴

黑暗伴随行走的脚步向前延伸着，四周的夜色变得更为浓重。长安街两旁粉红色的灯光在黑夜的包围中显得那样孤寂和无奈，阴森森的感觉使麦嘉想起小时候在别人家里看到的棺材底下的小油灯。

微弱的夜风轻轻吹拂着，如同怨妇在低声哀泣，空气中仿佛有了一种阴冷肃杀的意味。想起小时候走过后山坟场的感觉，心里冷馊馊透着空气的阴凉。

死亡的意象困扰着麦嘉，他的灵魂仿佛在黑色的气流中漂游。前面影影绰绰的人群也如同鬼魅一般游动着，向着他和丽华漂浮过来，转眼间就要把他们包裹住。

一场可怕的灾难就要发生！听到满含着杀气的《紧急通知》时他第一个感觉就是这个。面对着迫在眉睫的危难，他感受到一种麻木的冷漠。

世事难料！如果不发生昨晚的车祸，或许军队已经悄然进城。尽管这样的结果同样令人沮丧，却可以避免流血冲突。官方把这次车祸解释为与戒严行动无关的偶然事故，流血和死亡却引发了人们不可抑制的愤怒，唤醒了那些在疲惫的拖累中日渐冷却和麻木的心灵，复仇的烈火已经在燃烧！

行进在躁动的人群中，处处感受到那交织着恐惧和愤怒的兴奋。

愤怒的喧哗声不绝于耳，刺激着麦嘉懒散的心灵，他的脸色变得更为冷峻，心被淡淡的悲愁牢牢拴住，在冰凉的懒散中寻求消解。

想到身边走着的丽华，麦嘉心中隐隐感到不安。他没转脸去看她，却能从眼角的余光中看到那浮动着的身影。那星星般晶亮的眼睛在黑暗中闪烁着，带着困惑和迷茫。

“你说，会怎么样？他们真的会开枪？”丽华扭头看着他，轻声问道。

“谁知道呢？现在的事情，谁说得准？”麦嘉轻声叹息着，既无奈又不安。

“为什么？只有疯子才会那么干！”丽华想了想，说。

麦嘉看着四周纷乱的人群，苦笑着说：“发疯的岂止是他们，我看所有人都要发疯了！”

“怎么会变成这样？”丽华茫然地看着前面的人群，说

麦嘉看着这可爱的女孩，一种不祥的预感从心底里浮上来，不由得凛然一动，对她说：“要不，我们回学校去吧？”

“为什么？”丽华转过脸看着他。

在那晶亮的眼睛注视下，麦嘉感到有些不自在，勉强笑着说：“军队就要过来了，这地方很危险！”

“怕什么，不是有这么多人在一起吗？”丽华说。

人多有什么用！麦嘉苦笑着，知道没法劝她。心想，无论如何要保护好她！要是真有什么危险，那就让自己来承担好了，好歹自己还是个男子汉！

“我知道你是在为我担心，可我并不害怕！”丽华反过来安慰着他。

麦嘉心里一动，只觉得一股暖流从心底里涌上来，却不知说什么

好。

“打死他！打死这些当兵的！”前面有人大声叫喊着，人群纷纷向前涌去。

“发生了什么事？过去看看！”丽华拉住麦嘉的手，说。

麦嘉点点头，握住她的手随着人群往前走。

“他们有枪！”有人大声叫着，前面的人纷纷后退。

麦嘉心里一阵惶恐，赶忙往旁边一闪，并把丽华拉到自己身旁，用身体把她挡住。

“过去把他们的枪缴了，他们不敢开枪的！”有人用嘶哑的声音叫着，人群又开始向前移动。

“别过来，再过来，我们就开枪了！”随着一阵拉枪栓的声音，人群又纷纷往后退着。

一阵混乱中，他们被拱到人群的前面，终于看见那两个被包围着的士兵。他们手里都端着枪，枪口都朝着天，惊慌地看着四周逼近的人群。

“求求你们，别过来！”士兵对着人群大声叫喊着，声音在颤动。

“他们不敢开枪，快冲过去！”后面有人大声叫着。人群中又是一阵骚动，麦嘉感觉到后面的压力在加剧，不由自主地移动着脚步，向那两个士兵靠近。

“别过来，求求你们了！不然的话，我们真的要开枪了！”士兵惊恐地看着走近的人群，枪口不由自主地往下移着，对准人群。

面对着黑洞洞的枪口，麦嘉的心提到了喉咙口，伸手把丽华拦在身后，仿佛看到士兵那狂乱的眼光，感到一场悲剧就要来临。这时，却觉得自己的手被推开，没等他明白怎么回事，就看到丽华几步走到前面，张开双手，对着人群大声说：“同学们，市民们，不要这样！

要冷静，不要这样……”

麦嘉没想到会发生这样的事，赶忙走过去同她站在一起，惶恐不安地面对着眼前那骚动不安的人群。

“打死活该！都这个时候了，还护着他们干什么？”人群中有人大声说。

“快躲开，不然连你们一块打！”有人恶狠狠地冲过来。

看着逼过来的人群，麦嘉把丽华推到自己身后，大声地说：“请大家冷静，听我说，这事不能怪他们，他们也是被利用的……”

“别费话了，快躲开！”一个留黑胡子的大块头男子冲上前来，一把抓住他的衣领把他推到一边。狂乱的人群涌过去，他来不及说话，已被席卷而来的人群完全裹住，身体好像被什么东西托着往前走着。

“打死他们！”疯狂的喊打声淹没周围的一切，其中夹杂着几声惨痛的哭叫。

想起失散的丽华，麦嘉心里一沉，在人群中挣扎着，不顾一切地大叫起来：“丽华！”声音却被四周的喧哗声完全盖住。

“啪啪，啪啪啪！”远处传来一阵枪响，麦嘉心猛抽一阵，听到旁边有人喊：“军车开过来了！”

人群顿时松散开来。麦嘉正想跑，却被人推一下，摔倒在地。

“哒哒，哒哒哒……”枪声响成一片，接着便听到一阵隆隆的汽车声。人群四处奔跑着。麦嘉刚要从地上爬起来，却又被人推倒，几只脚从他身上踩过。

枪声刚停，麦嘉挣扎着从地上爬起来，发现前面地铁站旁边有好几个人贴墙躲着，便跑过去。

“快过来！”有人拉了一下他的手，急促地说。

麦嘉脑袋在墙上碰了一下，挨着墙根蹲下来。

“这帮狗娘养的，还真开枪了！”有人哭叫着。

“用的是橡皮子弹吧？”有人似乎不相信，问。

“什么橡皮子弹，都有人被打伤了！”旁边有人反驳说。

“妈的，竟敢对老百姓开枪，跟他们拼了！”有人操起砖头冲过去。

“装甲车开过来了！”有人大声叫起来，人群中出现一阵骚动。

“上去拦住，不能让他们进城！”有人喊着冲过去。

麦嘉站起身来，只见一辆辆黑色装甲车正从前面路上开过来，它的两旁走着两队士兵，胸前挎着冲锋枪，手里操着长长的木棍，气势汹汹地走过来。

“快扔砖头，揍丫挺的！”有人狂叫着，人群中飞出一块块砖头。

“跟他们拼了！”有人举着红旗冲过去，后面一大群人跟着涌过去。麦嘉咬咬牙，顺手捡起一块砖头跟在后面。

“打呀！”前面有人叫起来。

麦嘉刚把砖头扔出去，就听见“哒哒哒哒……”一阵枪响，前面的人纷纷倒在地上。没等反应过来，听到旁边有人叫：“快卧倒！”便被人按倒在地。

“哒哒哒哒哒……”枪声一阵比一阵紧密。麦嘉一动不动地趴在地上，耳边不时传来惨叫声，身体刚一晃动，就听见有人说：“别动，不要命了！”

不知过了多久，枪声停下来。麦嘉觉得身体轻松了些，耳边有人说：“起来吧，他们过去了！”

麦嘉从地上站起来，正见跟前站着一个浓眉大眼的中年人，知道刚才是他救了自己，便感激地说：“谢谢您！”

中年人叹了口气，说：“没什么，我也没想到他们真会对着人群开枪，真是发疯了！”说完，便拍拍手往前面去了。

“有人被打死了！”有人哭喊着叫起来。

麦嘉心猛往下一沉，向前面的一堆人群跑去。挤进人群，看见一个女孩抱着一个男孩的身体大声哭喊着。借着微弱的光亮，看见的是一张血肉模糊的脸，眼睛紧闭着，看上去那么年轻，顶多也就二十来岁。一颗子弹从额头上穿过去，鲜血正从血洞里流出来。

“活不了了！”有人摇头叹息。

“他们简直不是人，是一群疯子！”有人大声咒骂。

“国华，你醒醒！”那女孩对着怀里的男孩大声地叫着，仿佛不相信他已经死去。

从人群中走出来，麦嘉心里沉甸甸的，仿佛刚刚经历了一场噩梦。“丽华！”他轻轻地呼唤一声，突然被一种可怕的预感攫住。

“丽华！”他大声叫着，在人群中寻找起来。

人群重新汇集起来，到处是痛苦地呻吟、声嘶力竭的喊叫声和惨痛的哭声。麦嘉在人群中行走着，一个个血淋淋的场面在眼前晃动，给人的感觉好像世界的末日就要来临。

“丽华！”他边走边用眼睛在人群中搜寻，心里越来越慌乱。

“快去找辆车过来，这里有个女孩受伤了！”前面有人大声叫着。

麦嘉感到一种莫名的恐惧，连忙冲过去抓住那说话的人，问：“她在哪？”

“就在这！”那人往旁边一指，说。

一个中年妇女双手抱着一个女孩走过来。一见女孩身上穿的那件红色外套，麦嘉脑袋里顿时出现一阵空白。“丽华！”他惨叫着奔过去。

“她受伤了，得马上送医院！”那妇女说。

麦嘉什么也没听到，只是把丽华从那妇女手里接过来，痛苦地叫

着：“丽华，你醒醒！”

丽华在他手里一动不动，旁边的妇女帮着把头发拨下来，露出一张惨白的脸。

看着紧闭双眼一动不动的丽华，麦嘉的心颤抖着：“丽华，你这是怎么啦？”

“被坦克压了……流血太多，晕过去了！”那妇女叹息着说。

麦嘉突然觉得手上黏糊糊，脑袋里顿时一阵晕眩，双腿软了下去。

“车来了，快上车！”那妇女把丽华从他手里接过去，对他说。

看一辆三轮车到了跟前，他赶忙爬上去坐下，那妇女又把丽华递到他怀里，嘱咐说：“抱住她，别摔下来！”

他慌乱地点着头，小心地抱住丽华，对前面的人说：“快，快到医院！”

几十辆坦克呼啸着开过来，“自由女神”像缓缓倒了下去，仿佛听到了落到地上破碎时沉闷的响声。沈鸿心往下一沉着，只觉得死亡在向自己逼近。

枪声更为稠密，子弹仿佛在头顶呼啸。坦克在缓缓逼近着，一座又一座帐篷被推倒下去，颤动着的履带仿佛要把一切都吞噬在自己的血盆大口里，它经过的地方都化作了平地，乌黑的炮口对准了纪念碑下的人群。

面对着紧逼而来的坦克，沈鸿嘴角挂着冰冷的嘲笑。幻想已经破灭，危险迫在眉睫，沈鸿并不感到怎样的恐惧。在绝望的愤怒中，一切都淡漠下去。一种自我毁灭的欲望却在冰冷的淡漠中升腾着，燃烧着。

“来吧！”他对着迎面而来的坦克阴冷地笑着，内心泛起莫名的兴奋，身体却在微微颤抖着。

广场上的灯光突然熄灭，周围顿时一片寂静。沈鸿一下屏住了呼吸，只觉得四周鬼魅般的黑影向自己涌来，一种可怕的声音在脑袋深处“哇哇”叫着，像死神在摄取他的魂魄。

他在黑暗中等待着。枪声不断，子弹在头顶上呼啸。子弹打在纪念碑顶上，发出道道火光。周围人群中出现一阵轻微的骚动，有人惊叫一声，接着又是一阵低沉的哭泣声。他的手猛然被人紧紧抓住，好像有什么东西贴靠在自己的臂膀上。他一动不动地坐着，好像时间已经凝固，只觉得无数黑影如同鬼魅一般在眼前晃动。死神在一步步逼近，他的灵魂和肉体仿佛也在凝固。

时间随着沉重的心跳在缓慢地流逝着，除了广场四周偶尔传来几句吆喝声，预想的灾难还没有发生。无数鬼魅般的阴影在广场四周游动着，时而聚在一起，时而分散开来。浓重的黑暗中仿佛隐藏着无数的张牙舞爪的鬼怪，随时有可能迎面扑过来。在充满煎熬的等待中，沈鸿的呼吸也变得沉重起来。

不知过了多久，广场上的灯光突然亮起来。展现在眼前的却是另外的情景：数以万计的士兵如同稻草人一般排列在广场四周，把整个广场团团围住。广场上，几十挺机关机架在离纪念碑几十步远的地上，枪口对准了纪念碑下的人群。前面却是数千名匍匐在地的士兵，手里托着冲锋枪，如同癞蛤蟆似的向前爬动着。

看着眼前的情景，沈鸿嘴角露出讥讽的苦笑。多么滑稽！多么可悲！这些号称无往而不胜的军队，这些武装到牙齿的士兵，竟会在数千名手无寸铁手无缚鸡之力的学生面前摆出这样如临大敌的架势！

沈鸿正想着，突然觉得手上有些疼痛。扭头看时，发现握住自己

手的竟是一位漂亮女孩。她正瞪大眼睛看着那些从地上爬过来的士兵，犹如受惊的小鸟。沈鸿微笑着，心里充满了怜爱，不忍心把手抽出来。

高音喇叭里传来了江波的声音："同学们请镇静，不要惊慌！不论发生什么事，请不要反抗，做到骂不还口，打不还手……"

"哒哒哒……"子弹在空中呼啸着向纪念碑飞去，喇叭声哑了。

沈鸿预感到要发生什么事，瞪大眼睛往下看着。只见一队穿着迷彩服的士兵端着冲锋枪向着纪念碑冲过来，快接近人群时，前面的几个士兵突然对着地上开起枪来，地面飞溅起无数的火花。下面阶梯上坐着的同学惊叫着纷纷起身往后退，开枪的士兵跟随着地上的火花冲进人群……

"哒哒哒……"又一阵枪响过后，突然平静下来。在这死一般的沉寂中，沈鸿好像掉进了冰窟窿里，身体和灵魂都骤然凉下去。

过了好一会儿才听见有人低声问："怎么回事？"

"是朝广播站开的枪，设备都让他们打坏了！"那边有人走过来，听声音好像是郭焱。

"这帮狗娘养的！"有人低声骂起来。

从这说话声中，沈鸿再一次感受到生命的力量。预想的悲剧总算没有发生，他，还有周围所有的人都还活着！怀着侥幸的心理，麻木的灵魂正在复苏，身体也渐渐在变暖，一种求生的本能在内心深处呼唤着。活着多好，生命多么宝贵！然而在这样的时候，生命却又是那样脆弱！眼前无数乌黑的枪口正虎视眈眈地对准着这里的每一个人，随时都可能射出罪恶的子弹。除了坐以待毙，没有任何选择的余地。

飘忽的灵魂暂时回到空荡荡的躯壳，沈鸿总算得到了短暂的喘息时机。然而危险仍然迫在眉睫，对生命的依恋使他想起自己的亲人和朋友。首先想到的是母亲，母亲那忧郁的眼睛仿佛正看着他。从绝食那天母亲来学校看过自己以后再没见过面，现在想起来当时对母亲的态度实在太不耐烦。多少年来母亲把全部的爱都给了自己，知道自己死去的消息，肯定经受不住！……想到父亲，心里充满着恶意的快感。他是不会为自己的死感到难过的。为了表示他的清白，或许还会摆出一副大义灭亲的姿态公开同自己这“暴徒”脱离父子关系。其实这种父子关系很多年以前就已经名存实亡，自己对他也从没有体验到那种与生俱来的亲情关系。可惜那天没能逼着母亲说出这其中的秘密，以后恐怕再也没有机会了！还有李娜，从上次在广场上见面以后，他便感到他们之间的裂痕已经到了难以弥合的地步，但真正改变的不是她而是自己。虽然他对这个聪明而性感的女孩依然十分留恋，但他们毕竟不是同一种类型的人。早知道她不是自己要寻找的女人，可几年来宁可自欺欺人也不愿意面对现实。一种相互需要的关系把他们维系在一起，这种关系已经不存在，他们的关系也就结束了！对自己的死，或许她会惋惜地哀叹几声，但不久就会把自己忘得一干二净！还有那使自己丧失童贞的外语老师，他曾把最纯洁的初恋献给这个刚刚离过婚的漂亮女人。看到她同那个秃顶的中学校长睡在一起那丑恶的一幕时，他陷入了绝望的境地。那种幻灭的感觉差点毁灭了他，也在他心里埋下了对女人的憎恨。当他把女人们压倒在自己身体底下时脑海里总会浮现那丑恶的一幕，对女人的报复心理常常使他进入疯狂的境地，恨不能把那肮脏的肉体碾成齑粉！后来才知道她是为了出国才屈从了那好色校长的淫威，以后又以自己的方式进行了报复……出国后她曾写信对他解释过一切，并为对他造成的伤害表示歉意。他却不能原谅她对自己感情的玩弄！在这死亡迫近之时，他却不由自主想起这使自己成为真正男人的女人！得知自己死去的消息，远在海外的她肯

定也会难过的！……杨柳，这自己真正爱恋的女人！想到她，心里便有一股暖流在滚动着。虽然她从来不属于自己，对她那种刻骨铭心的爱却永远不会削减！自己的死也肯定会使她难过，遗憾的是那天没去机场同她作最后的诀别！

“应该撤出去！”刘伟的声音如同一阵凉风吹到耳边，这矮壮的朋友不知什么时候来到他的身旁。

“撤出去？”沈鸿看着他，仿佛不解其意。

“是的，撤出去！都到这个份上了，还有什么必要坐在这里？”刘伟的眼睛在黑暗中放着冷涩的光亮。

沈鸿觉得身体轻飘飘的，仿佛还没有完全回到现实中来，看着下面成战斗队形排列着的士兵，轻叹了口气，喃喃地说：“撤出去又怎么样？”

“他们杀人了，杀了许多人！我刚从木樨地那边回来，那里死了很多人，地上到处是鲜血……既然已经杀了人，杀多杀少，已经没有区别！他们是不会放过我们的！”刘伟冷静地说。

沈鸿却有些麻木，用迷茫的眼光看着刘伟，心里并不感到怎样的恐惧。那震耳欲聋的枪声、鲜血淋漓的场面，还有眼前无数乌黑的枪口都在这麻木中淡化出去，灵魂在无底的黑暗中悠悠地飘荡着，身体也好像失去了重心。

人群里传来了江波的声音，他呼吁同学们撤出广场，避免不必要的伤亡！并要求全体同学对撤离广场的事作出表决。那嘶哑的声音传到沈鸿的耳朵里，麻木的心灵似乎有了些知觉。这狂妄的博士此时俨然已成为广场上的主心骨和最有号召力的人物，从他到广场绝食以后，沈鸿经常同他在一起。几次倾心的交谈增加了彼此之间的理解，沈鸿甚至把他当作自己的朋友。这个时候听到他的声音，心里便有一种亲切的感觉。

根据江波的提议，表决的方式是以声音的大小来作为评判的标准。结果，同意撤离人的声音压倒了坚持留守广场的人群。这样的结果本也是沈鸿所希望的，然而结果出来以后心里却有一种说不出的失望。

“他们能让我们撤离吗？”旁边那女孩扭头看着沈鸿，声音里似乎隐含着深深的忧虑和不安。

沈鸿看着这惊恐的女孩，用安慰的口吻对她说：“我想会的！”

两个人影从纪念碑下走出去，向不远处成队排列着的士兵挥着手，大声叫着：“我们是学生代表，来找你们谈判的，请不要开枪！”

是江波！沈鸿的心一下又提了上去，眼睛直盯住那两个在人群前面挺立着的人影。无数支黑洞洞的枪口正对着他们，仿佛能看见那一张张冷酷无情的面孔。

“把手举在头上，走过来！”持枪的人群中终于有人吆喝了一句。

两个人影互相对看一眼，终于缓缓地把手举过头顶，然后缓缓地迈开脚步向着那黑洞洞的枪口走过去。

沈鸿目送着那向着枪口走去的人影，心再一次提到嗓子眼上。两个人影走到那列队的士兵前站下，队列中走出来两个戴钢盔的士兵，对他们说着什么。士兵的队列中闪开一道口子，两人在士兵的引导下走进持枪的人群。

“你说，他们会怎么样？”身边的女孩不安地问。

沈鸿对这单纯的女孩很有好感，不忍让她受到惊吓，便淡然一笑，说：“不会有事的，我想。”

“要是他们不同意我们撤离，怎么办？”女孩扭过脸来看着他，像是要从他这里找到答案。

沈鸿用怜爱的目光看着女孩，叹息着说："他们会答应的，除非他们真的发疯了。"

女孩沉着脸，好像在想着什么，过了一会儿又问："要是我们不能从广场上撤出去，他们真的会向我们开枪？"

沈鸿凝视这满脸稚气的女孩，苦笑了笑，问："你害怕吗？"

"是的，我害怕！你呢？"女孩瞪着眼睛看着他。

沈鸿故作轻松地笑了笑，说："也怕，不过没你那么怕！"

女孩幽幽地叹口气，用忧郁的语气说："是的，我不想去死，我还这么年轻！家里又有父亲、母亲、奶奶和弟弟，他们都是那样的爱我！我要是死了，他们一定都会很难过的……"说着，眼睛里好像有晶莹的泪珠在闪动着。

沈鸿觉得眼睛里也有些湿润，发誓似的对女孩说："你不会死的！我不会让你去死！"

"那你呢？你也不会死，我们所有的人都不会死，对吗？"女孩一把抓住沈鸿的手，急切地问。

沈鸿不忍心让她失望，只好点点头，喃喃地说："是的，我们都不会死！"说着心里却掠过一道沉重的阴影。

在熬心的等待中，终于看到两条人影从那排列的士兵中走过来。是江波他们！沈鸿情不自禁地随着周围的人群站起来，像迎接希望一样迎接他们归来。

"他们同意我们撤离吗？"有人高声地问。

江波的身影出现在纪念碑的底座的最上层，手持半导体扩音器对着人群大声宣布："经过谈判，部队方面同意我们和平撤离，并在广场东南角给我们留下一条通道，请同学们做好撤离的准备……"

这个结果并不令人感到意外，沈鸿心里却有一种说不出来的滋味。这个结果原本是他所希望的，事到如今却好像有些失望，他自己说不清是为了什么。

“还有一部分同学坚持要留在广场，我没法说服他们！你看，怎么办？”一见从人群中走过来的沈鸿，江波便问。

“为什么？”沈鸿皱着眉头，问。

江波苦笑了笑，说：“大概是不肯接受这样的现实吧，我想！”

沈鸿想了想，说：“不能扔下他们不管！不然，他们肯定会被杀死的。”

“有什么办法呢？又没人能够说服他们！”江波为难地说。

沈鸿朝周围的人群看着，转过脸来说：“不行的话，我同他们一起留下来！”

“不，你没有必要这样做！”江波惊讶地看着他，说。

“这个时候，我应该同他们在一起！”沈鸿叹了口气，神情更为坚定。

“现在开始清场，请同学们尽快集合队伍从东南角方向撤离广场……”广场上空响起阴森森的吼叫声。

“沈鸿，还是一起走吧！”江波仍然在劝说。

“你这是何必呢？走吧！”刘伟推着他的肩膀，说。

沈鸿看着那越来越近的人影，转过脸对他们说：“别管我，你们快走吧！”

“也好，我们走了，你一定要保重！”江波紧紧握住他的手，用低沉的语调说。

“放心吧，我不会有事的！”沈鸿看着江波，故作轻松地笑了笑。

“希望我们还能见面！”刘伟拍拍他的肩膀，突然低下头去。

“放心，我们很快会见面的！”沈鸿觉得眼睛里有些潮湿，努力

控制着自己的感情。

队伍开始撤离。同学们互相搀扶着，排成长长的队列，向着纪念碑的东南方向延伸着，走在两旁的纠察队员手拉着手，护卫着中间这支残缺的队伍。几面红色的旗帜在队伍上空无力地飘动着，给人一种悲壮的感觉。沈鸿一动不动地站在白色的大理石围栏后面，看着这样的情景，只觉得心里一阵发酸，直想放声痛哭一场。

“怎么会这样？这到底是为什么？”背后传来低沉的哭泣声，沈鸿没有回头去看，他知道这里的每一个人都想哭上一场。每个人都清楚等待他们的是什么，他们本来就是因为绝望才留下的！他心里突然有一种被遗弃的感觉，但到底被谁遗弃却又说不清楚。

眼见那残败的队伍沿着黑压压的人群中间的狭小通道向着广场边沿走去，人群中却突然响动一阵骚动。从一片黑色发亮的钢盔上面冒出无数白骨似的棍棒，黑压压的人影向着那残败的队伍涌过去，人群中顿时传来无数惨叫声。

“你们这帮强盗！”沈鸿大声叫着，奋不顾身地冲上去。刚走几步，只觉得那白骨似的棍棒在眼前一晃，头脑一阵眩晕，四周无边的黑暗向自己涌过来……

枪声渐渐稀薄，青幽幽的灯光下，宽阔的长安大道死一般寂静，仿佛生命停止了运动。脚步声越来越缓慢也越来越沉重，给周围增添了阴森恐怖的气氛。

逸夫拖着脚步机械地往前走着，双手被紧紧地绑在身后。熊熊燃烧的军车、疯狂围攻上去的群众，震人心魄的枪声和惨叫声……可怕的情景在眼前时隐时现，似乎到现在还不能肯定到底是梦境还是现实！一切都发生得那样突然，看到愤怒的群众把两个士兵从驾驶室里拖出来，他的心便被提了上来，汽车上燃起的烈火和士兵的惨叫声使他感到恐惧和绝望。

“快走！”乌黑的枪口从身后探出来，嘶哑的声音里充满着憎恶。逸夫感到一阵心悸，不由得加快了脚步。正是这支枪对准了那向远处奔逃的人影，几声枪响过后，他亲眼看见两个人影倒在地上再也没有爬起来！这是他第一次看到鲜活的生命在眼前消逝。生命原来竟是如此脆弱，一阵风过后什么都不存在了！而人们对生命也是那样蔑视，几个士兵端着枪走过去，用脚在倒下的躯体上踢了几脚，蹲下去看了看，说一句“死了！”并往尸体上啐了一口，发泄着内心的仇恨！

“磨蹭什么，快走！”逸夫觉得后背被人推了一把，扭过头去，看见的是一张凶恶的脸，头上扎着白色的绷带。这张脸逸夫早就熟悉，刚才把自己按倒在地捆绑起来的人当中就有他一个。也是他把自己打得牙齿出血的，同自己一起被捕的这几个人当中几乎没有人没挨过他的拳头，那张被扭曲得变了形的脸好像对所有的人都充满着仇恨。当他肆无忌惮地对所有的人发泄仇恨的时候，却没人上前来阻止他。

“看什么看，快走！”逸夫又被狠狠地推了一把，身体踉跄一下，脑袋差点撞在前面那人的后背上。好容易站稳脚步。回头再看那士兵，脸上竟带着怜悯的笑意。

“笑什么笑？还不快走，老子毙了你！”也许是他的笑激怒了士兵，那张扭曲的脸变得更为凶狠了。

“小杨，你在干什么？”好像有人从后面走上来。

“报告排长，这家伙磨磨蹭蹭，不肯快走。说他他还敢笑我！”士兵对那刚刚上来的人报告说。

那人走到逸夫跟前，锐利的眼睛盯住他。逸夫神情淡漠，脸上依

旧带着怜悯的笑意。

“走不动就慢点走！”那人叹了口气，对逸夫说。

逸夫有些意外，却从他的脸上看出了诚意。这是一张敦厚朴实的脸，上面没有隐含着仇恨，于是淡漠地笑了笑，转身继续往前走着。

“排长，你怎么……”士兵不满地说。

“别说了，到后面去！”军官的声音伴随着一阵轻柔的风吹进逸夫的耳朵，他心里有一种奇特的感觉。

天空黑沉沉，清凉的风吹在脸上，冷飕飕的，逸夫不由得打了个寒噤。清幽幽的灯光，满是碎石的道路，阴森森的树影……一切都那么阴森恐怖！低头看着地上伴随着脚步往前移动着的阴影，一种孤独的感觉袭上心头。

几辆满载士兵的军车开过去，一排排乌黑的枪口从眼前闪过。越往前走，心越往下沉，仿佛不是在走向广场，而是在走向死亡！

古老的新华门前排列着一队挎枪的士兵，绿色的钢盔在幽幽的灯光下闪着黑色的光亮。昨天，这里还聚集着一大群激愤的学生和市民，而今却是冷清清的，就像什么都没发生过。

再往前走就到广场了，逸夫的心又提了起来。远远看见乌蓝的天幕底下那座高大城楼的轮廓，这万众景仰的圣地如今却给人阴森可怖的感觉。在它对面的广场上此时正发生怎样可怕的事情？那一辆辆穷凶极恶的坦克和装甲车、一辆辆满载着士兵的军车以及一张张被仇恨扭曲的脸给予了回答。一幅幅惨烈的画面在眼前浮现出来：无数枪口对准纪念碑下的人群开火，纪念碑上火花飞溅，坦克狂叫着向人群压过去，惨叫声震撼着大地，血肉横飞，殷红的鲜血在地上流淌……他不敢去想，也不敢去面对，只好把眼睛闭上。

又有几辆装甲车开过去，前面出现大片黑压压的人影，人影的后面则是一排排张着炮口的坦克。充满着罪恶的广场被大会堂的高大建筑掩盖着，看不到那里面发生的事情，只看到无数人影幽灵般在广场北部的角落里游弋着。

没有听到枪声，出奇的宁静却给人一种毛骨悚然的感觉。“他们真的把留在广场上的同学都杀死了？”可怕的念头在脑海里一闪现，逸夫心里一阵冰凉，恍惚中觉得自己正在走进一个鬼魅的世界。

“什么人？站住！”远处传来一阵吆喝，接着是拉枪栓的声音。

逸夫吃了一惊，却不感到恐惧。在绝望中生和死的界线反而变得模糊，情感和肉体也变得麻木起来。

“是王排长吗？”几个人影从对面匆匆走过来。

在逸夫身边走着的军官迎上去，在几个人影前站住，行了一个军礼，说：“报告指导员，我们回来了！”

“情况怎么样？”站在王排长对面那人握住他的手，急切地问。

王排长低下头，缓慢地说：“张伟国同志牺牲了，李志远同志负了重伤，已经派人送到医院去了……”

逸夫心一沉，那可怕的画面在眼前浮现着：疯狂的群众，被围攻的士兵，一张张被仇恨扭曲的脸……到现在才知道那两个被围攻士兵的名字，心里不由得有些愧疚。

沉默了一阵，才听到那指导员的声音：“这些人，都是在现场抓到的？”

“是的！”

话音刚落，一条高大的黑影冲了过来。逸夫还没明白怎么回事，衣领已经一只有力的大手使劲抓住，脸上像被什么东西猛击一下，身体不由自主地往下退着，终于倒在地上。

“这帮狗娘养的大学生，打死你们！”那猛扑过来的黑影咬牙切

齿地叫着，抬腿踢过来。

逸夫挣扎着抬起身子，胸口却被狠狠地踹了一脚，仰面一躺，脑袋重重地撞在地面上，接着腿上和脑袋上又被踹了几脚。他感到一阵钻心般的疼痛，却咬着牙没出声。

“这狗娘养的大学生……”这一脚踹在逸夫肚子上，他的身体在地上翻了个滚，仰面躺倒在地。扭头看时，那张变了形的脸又向自己压过来，他感到一阵恐惧，绝望地闭上了眼睛。

“冷静一下，赵铁牛同志！”这是那位指导员的声音。好像有人上去把那疯狂的士兵抱住。

“别拦我，打死他们，我来偿命！”士兵挣扎着，声音已经嘶哑。

“快把他带走！”那位姓王的排长大声叫着。

一阵杂乱的脚步声过后，那可怕的嚎叫声渐渐远去。逸夫睁开眼睛，看见几条黑影正消融在远处的黑暗中。

“扶他起来吧！”那指导员叹了口气，冷冷地说。

逸夫挣扎着想自己站起来，刚一使劲，却感到浑身疼痛。有人走过来，一把抓住他的胳膊，把他从地上拉起来。

“你过来！”那指导员用手指着他，用命令的口吻说。

逸夫抬起头来，双腿哆嗦着，忍住浑身的疼痛，向前迈出两步，终于站在这刚刚阻止部下向自己行凶的军官面前。

“你是大学生？”那戴着钢盔的军官打量着他，问。

逸夫茫然地看着这身材高大的军人，只觉得什么东西在脸颊上面爬动着。没过一会儿，一股黏糊糊带着咸味的液体流进嘴里。

“是你，打死了我们的战士？”指导员用逼人的口语气问。

逸夫摇摇头，却不想开口为自己分辨。

“他们，都是凶手？”指导员用手指指逸夫，又指指身后那些被捆绑的人，问旁边站着的那位王排长。

王排长似乎犹豫一下，说：“出事的时候，他们都在现场……”

指导员冷眼看着他们，想了想，终于挥挥手说：“把他们都带走！”

逸夫意识到自己再次从死亡中逃脱了出来，心里却不轻松。当他同背后那几双眼睛对望的时候，似乎感觉到对自己的关切，心里一热，眼泪止不住流下来……。

恍惚之中金哲看到自己来到纪念碑的底座下面，举目四顾，静悄悄见不到一个人影，夜色如同黑色的巨网笼罩着空荡荡的广场，纪念碑如同一座高大的墓碑给人阴森森的感觉。没有灯光，听不到生命的气息。“人都到哪去了？”他想着，心不由得提了起来。昨天离开时还有近万人聚在纪念碑底座周围，而今这里却如同杳无人烟的荒漠！沿着阶梯登上纪念碑的底座，茫然四顾，可怕的预感在脑海里掠过。……“啪啪”两声枪响，四周燃起许多幽幽的鬼火，黑压压的人影轻飘飘从四面八方涌过来。随着凄厉的哭叫，黑影里举出无数白色的骷髅，一个个黑洞里吐着蓝色的火苗……看着那可怕骷髅飞舞着向自己逼来，他惊出一身冷汗，不由自主地往后退着，突然觉得有人抓住自己的肩膀，回头一看，竟是张磊！他穿着军装，戴着钢盔，手里举着根白色的木棍，上面挂着一个骷髅，目光呆滞，面无表情。金哲一把抓住他的手臂就像抓住一根救命的稻草，全然不顾平日的隔阂，请求他救自己一把。张磊却冷笑着，责怪他不听话，落到今天这样的地步完全是咎由自取！金哲连忙解释说自己是到广场来找同学的，寝室里的三个学友到现在还没回去，也不知出了什么事。张磊冷笑着说，

他们都死了，还怎么回去？金哲表示不相信，张磊便说，你跟我去看看就知道了！说着便往下走，金哲一看四周的骷髅便感到害怕，还是硬着头皮跟上去……颤巍巍走在吐着蓝色火苗的骷髅中间，深一脚浅一脚把握不住自己。张磊在前面立住脚步，用手往旁边一指，对他说，就在这！他走过去，发现前面有一个大坑，足有两个篮球场那样大，黑幽幽见不到底。心里正疑惑广场上怎么会有这么一个大坑，就听到一阵狂呼声，四周亮起无数鬼火般的蜡烛，映照着一张张僵尸般的脸。阵阵凄厉的惨叫声从大坑深处传上来，金哲再探头往下看时，只见坑下面密密麻麻站满了人，一双双眼睛惊恐地看着自己。沈鸿、麦嘉、逸夫、刘杰……一张张熟悉的面孔从眼前晃过。他正想怎么救他们上来，突然枪声四起，乌黑的机枪枪口吐出蓝色的火焰，黑压压的人群一片片倒下去，血肉横飞，惨声不绝……他惊呆了，正想请张磊出面制止这场屠杀，却听见几声狞笑，没等回过头去。后背被人猛推了一把，身体往前一扑，向着无底的深渊坠落着，他意识到自己就要走到生命的尽头，惨叫着，听到的却是狼一般的嚎叫……

睁开双眼，眼前却是一片光亮。鬼火，骷髅，埋人的大坑，鬼哭狼嚎，还有冰冷的张磊，都消失得无影无踪！摸摸大汗淋漓的额头，意识到刚才是在梦境之中，仿佛生命又回到了空虚的躯壳，不由得长舒口气。

静静地躺在床上，心却在“砰砰”狂跳，神志依旧被那可怕的噩梦困扰着，耳朵里发出一阵阵嗡嗡地声响。银白色的日光灯把整个寝室照得通亮，冰冷的寂静给人以阴森恐怖的感觉。

从枕头边摸到眼镜戴上，眼前变得清晰起来。麦嘉和逸夫的床上都没有人，下边的沈鸿从绝食以后就没有回来过。这个时候他们都在什么地方？麦嘉和逸夫都是昨晚上出去的，说是去阻拦军车进城，同去的还有刘杰和宋玉。都这个时候了，怎么还没回来？想起刚才那场噩梦，不祥的预感从脑海掠过，一阵阴风吹进心坎里。

清幽幽的灯光照亮着整个寝室，四周的宁静却使金哲感到孤寂。多么可怕的寂静！这不同寻常的寂静里似乎隐含着阴森可怖的意味，仿佛一切都被静止，没有一丝生命的气息。他感到心神不定，甚至后悔昨晚没有同麦嘉他们一起出去。听到走廊里传来杂乱的脚步声，他感到一阵欣慰。

“咣”的一声，门被猛然推开，宋玉冲进来，大口喘着气，一见躺在床上的金哲劈头便问：“你们寝室里的人都回来没有？”

金哲赶忙抬起身子，一看宋玉那神情慌乱的样子，说：“没有，怎么啦，发生什么事了？”

“妈的，这帮王八蛋，他们开枪了！”宋玉急匆匆在寝室里来回走着，大声叫起来。

金哲只觉得心猛一沉，心口好像被什么东西堵了一下，看着宋玉问：“你，都亲眼看见了？”

“不看见怎么着！这帮狗娘养的，还真敢对人开枪，还说是人民的军队……”宋玉说着，大骂起来。

“死人了？”金哲看着在床下来回走着的宋玉，轻声地问。

“就这样用枪对着人群扫射，能不死人吗？”宋玉用手比画着，说。

金哲感到一阵恶心，心底里却依然不敢相信，便又问：“你真的看见有人死去？”

“那还有假？我周围就有很多人倒下去……我旁边有个人脑浆都被打出来，还有肚子被打破的，里面的肠子都流了出来，人没死，身体还在抽搐……那样子真是惨不忍睹！”宋玉悲愤地说着，声音低沉

下来。

金哲不说话了，那可怕的梦境在眼前闪现着，却带着一丝侥幸心理，要是他在现场，没准也回不来了。

“死了多少人？”他忍不住又问。

“不知道，我们是在木樨地附近，那里走几步就有一大摊血，有的死了，有的只是受了伤……”

“广场上，情况怎么样？”金哲悬着心，又问。

“还不清楚，部队都已经进去了，听人说，广场上的人都没撤出来，都被他们开枪打死了……”

正说着，刘杰、黄凯、高歌匆匆走进来，个个神情激动，一进门便大声叫嚷起来。

“妈的，真是一群法西斯！……开始我还以为他们用的是橡皮子弹，后来看到有很多人倒下去，才知道他们动了真格的……”高歌瞪大眼睛说着，一副惊魂不定的样子。

“我倒不那么想，昨晚上听到戒严部队那份紧急通知，就知道要出事……原以为最多也就对着天开几枪，把人吓跑就完了，没想到他们还敢对着人群开枪！”刘杰说。

“当兵的打人那样子真可怕，个个龇牙咧嘴，像要吃人似的，抡起棍棒朝着人群往死里打……”黄凯说。

“怎么，还有棍棒？”金哲感到吃惊，忍不住又问。

“那还用说！那棍棒还是特制的，一头圆一头扁，像一把船浆，打人的时候就用扁的那头往人身上砸！有些当兵的还特狠，抡圆了才打，好像与我们有八辈子仇似的……”黄凯说。

“前面是坦克开道，中间是装着士兵的军车，两边是挎着冲锋枪操着棍棒的大兵……那情形就像当年鬼子进村一样！开始还以为他们不敢开枪，很多人上前想把他们拦住，航天大学的同学还举着一面红旗冲在最前面同他们对峙，高喊着‘敌进我进，敌退我退’的口号，当兵的就抡着棍棒向人砸过来……听到枪响，人群也就散开了……”刘杰说。

“我听到枪声，便赶紧爬在地上，枪响过后，就有人把我扶起来，问我受伤没有，我上下摸摸，没什么感觉，当时真是感到侥幸……”高歌说。

“听说那些当兵的都是打过兴奋剂的，打起人来也是特疯狂……”宋玉说。

“看那样子还真没准！”黄凯说。

“什么准不准的，根本就是这么回事！这帮狗杂种，还有什么事干不出来的！”宋玉瞪着眼睛，像要同人吵架似的。

“听说他们还用了开花子弹，听说有人连脑袋都被打没了……”高歌说，一副心有余悸的样子。

金哲呆呆地坐在床上，眼前浮现着一幅幅可怕的画面：疯狂的士兵……向人群压过来的坦克……惨痛的哭叫声……淋漓的鲜血！只觉得脑袋里晕乎乎的，肉体和灵魂好像都变得轻飘飘的，眼前的情景也时远时近，如刚才的梦境一般。

寝室里突然沉寂下来，每个人的脸上都好像罩上一层浓霜，在幽幽的灯光下更显得神色黯淡。

刘杰看看手表，突然说：“都快天亮了，麦嘉和逸夫怎么还没回来？不会有什么事吧？”

“这可难说，在那种情况下，什么情况都可能发生的！”黄凯叹息着说。

金哲心往上提着，说：“还有沈鸿，他从绝食以后就没回来过。

听说一直待在广场……”

“真要那样，只怕凶多吉少！再说又是上了黑名单的，他们肯定不能放过他……”宋玉说着，又在寝室里走起来。

“但愿不要发生那样可怕的事情！”刘杰也叹息起来。

“他们是不会放过我们的，听说戒严部队一进城，肯定也要进到学校，可能会实行军管，那就惨了！”黄凯悲愤地说。

“让他们来好了，有本事把我们所有的人都杀死！”宋玉停住脚步，恨恨地说。

“我们得做好最坏的准备，在这种时候，什么事情都可能发生！”刘杰说。

“妈的，我看他们真是发疯了！”黄凯说。

“总有一天，我们都会发疯的！”刘杰苦笑着说。

第二十二章

六月六日　星期二　多云转阴有小雨

滚滚黑烟从烟囱顶上冒出来，袅袅上升，融入阴沉欲雨的天空中去。金哲叹息着：这一天下来不知要有多少躯体随着那消逝的黑烟化作了灰烬！

听到沈鸿母亲的哭泣声，金哲有些心酸，他没有勇气去面对那张悲痛欲绝的脸，更没有勇气去看静静躺在地上的沈鸿。

沈鸿的脸被那块血迹斑斑的白布覆盖着，显出清晰的轮廓。在医院的太平房里看到那张血肉模糊的脸，简直不相信那竟是有“美男子”之称的沈鸿！陪同的医生告诉他们，沈鸿的胸口和脑袋都中了子弹，肠子流了出来，半边脸也被打掉了。他母亲看到那张脸，当场晕了过去。

“这是为什么？”沈鸿母亲的声音已经完全嘶哑，眼光呆滞，欲哭无泪的样子令人不忍目睹。

金哲的心在颤栗，面对永远沉默的沈鸿，他感到有些懊悔。最后一次见到沈鸿是在给绝食同学送行的时候，那场面虽然也悲壮，却很少有人相信他们真的会死去。对于绝食中的沈鸿，他也一直很淡漠。有时也想过要约几个同学到广场上去看看，可每一次都被一些并不可靠的理由所耽搁。而今生死两茫茫，才知道自己付出了怎样的代价！

沈鸿静静地躺在血迹斑斑的白布下，好像在沉睡。不知为什么，

金哲总觉得他并没有死去，好像随时都可能坐起来，用懒散的微笑对着所有人，为自己的恶作剧而得意洋洋。

金哲并不是第一次面对死亡，可到今天才真正理解“死亡”这个词的涵义，一个鲜活的生命就这样消失了！不久以前，他们还住在同一个寝室里，在一起吃饭睡觉，聊天争论，而今这一切已经成为过去，不用多久，沈鸿的遗体就要被送进熊熊燃烧的火炉之中化作灰烬！世界上再不会有沈鸿了！死亡仿佛把一切都化为虚无，金哲这样想着，脑袋里也是一片空白。

生活突然变得如此严酷，好像在做梦。梦中醒来，世界仿佛完全变了模样！如果不是眼前摆着这么多血迹斑斑的尸体，谁又能相信会发生这样的事！这么多可怕的事情就发生在自己身边，除了死去的沈鸿，麦嘉和逸夫至今还没有下落！他们到底怎么样了？他不敢去想，也不愿去想……子弹是不长眼睛的，如果自己当时也在现场，没准也会遭受同样的命运！

看看旁边站着的几个同学，金哲心想，沈鸿死的时候一定感到很孤独。没有人知道他是怎么死的，很多人说他根本没有撤出广场，他的尸体却是在六部口发现的。医生说，别人把他抬到医院时已经死去，却依旧瞪大眼睛，那模样甚至令整天与死亡搏斗的大夫们感到恐惧，内心祈祷着为他合上了双眼！他一定是在惊恐中死去的，而且死得很惨！那时候他是否想到过寝室里这几个朝夕相处三年的哥儿们？

“沈鸿父亲怎么没来？”高歌在耳边小声嘀咕着。的确，从在医院里找到沈鸿的尸体到现在，沈鸿父亲还没露过面。沈鸿生前从没对人提到自己的父亲，据说他父亲还是个很有权势的人。原以为是沈鸿不愿炫耀，后来才知道他与父亲的关系素不融洽，为参加学潮的事，他父亲曾扬言要同他脱离父子关系。可不管怎么样，到底是父子，这种血缘关系是不能改变的。儿子死了，难道做父亲的还不能来看最后一眼？就因为这做儿子的是他眼中的“暴徒”？

看着沈鸿母亲那欲哭无泪的神情，怜悯之情油然而生。不久前在寝室里见到她，给人的感觉是一个雍容华贵养尊处优的妇人，而今目光呆滞地守在自己死去了的儿子身旁，孤独而无望！她那次肯定是为绝食的事来找沈鸿的，她对自己那不甘寂寞的儿子了解太多，心里实在放心不下。沈鸿显然知道母亲的来意，见到母亲时一脸厌倦。那一天到现在不过二十天，一意孤行的沈鸿却长眠在母亲的跟前。这样的结果做母亲的想不到，沈鸿更没想到！

另一张母亲的脸在眼前浮现出来，那女人比沈鸿母亲年轻许多，她怀里抱着一个十几岁的男孩。稚嫩的脸犹如一张白纸一样苍白，身上的衣服被血迹染成了紫红色。年轻的母亲埋头悲号，旁边一个男子用沉痛的语调诉说着：男孩身上中了七颗子弹，从前胸一直穿到后腰……

“这么多人，得烧多长时间？”旁边一个中年人叹息着说。

“不知道，反正从昨天到现在，这几个炉子都在烧。”回答他的是一个戴眼镜瘦长脸的男人。

“也不知道到底死了多少人！”

“少说也有几千人……”

“恐怕还不止，我有个亲戚在复兴医院，说他们那里的停尸房里都堆满了，好多是外地来的学生，至今没人去认领……”说这话的是一个神情忧郁的年轻人，声音满含着悲愤。

“这些狗娘养的，真下得来狠心！”

“这回，咱北京人也真急眼了，当兵的被打死的也不少，在崇文门，有个当兵的被烧死，尸体还挂在那里。”

“干吗不弄下来？”

“这你就不懂了，他们就是想用这种方式来挑动士兵对老百姓的仇恨，让他们往死里整。”

“真卑鄙！”

“搞政治就这样，你死我活，没办法！”

听着这些议论，金哲心里也是一阵叹息。在这种时候，死亡数字已不是十分重要，重要的是他们动用了几十万正规军对手无寸铁的老百姓开了枪！他们可以杀死几百人，也就可以杀死几千人几万人乃至几百万人！这样的残暴在人类历史上也是从没有过的。

“李娜怎么也没来，你没告诉她？”高歌小声嘀咕着。

金哲感到有些厌倦，他不忍多说话，更不愿意提到李娜的事，为的是怕影响自己的心境和周围的气氛。可高歌这人偏偏不知趣，他只好说：“我到她寝室里去的时候，她不在。不过，我给她留了字条……我想她应该知道这事，除非她已经离开了学校！”

“这女人，我看她对沈鸿也没什么感情，只是在利用他……”高歌说。

金哲苦笑着没作声，这种时候他实在不想谈论这样扫兴的话题，似乎这是对沈鸿的亵渎。

阴云越来越浓厚，天色也更为暗淡，烟囱上冒出的烟也越来越黑越来越浓，仿佛把整个天空都笼罩住。金哲觉得眼前隔着一层淡薄的黑雾，一切都变得模糊不清。

“好像就要下雨了！”高歌看看金哲，不安地说。

金哲走到沈鸿母亲跟前，轻声地说：“可能还要等很久，您找个地方先休息一下？”

沈鸿母亲翻高眼皮看着金哲，过了好一会儿才说：“谢谢，我挺得住！”

正说着，刘杰和黄凯一起匆匆走过来。刘杰手里拿着几张纸，径直来到沈鸿母亲跟前站下，把手上的纸交给她，问：“伯母，您看死亡原因这一栏该怎么填？”

沈鸿母亲没去看手上的表格，呆滞的目光看着刘杰，迷茫地问：“难道不是被他们开枪打死的吗？”

刘杰显得有些为难，解释说：“我们是怕这样填对您会有影响……”

沈鸿母亲一时没说话，似乎在想着什么。

“人家是怎么填的？”金哲忍不住问。

“我问过，大多数人都是填‘病故’，怕的是会落个反革命家属的罪名。”黄凯说。

“我儿子是被他们枪杀的，就这么填！”沈鸿母亲说，脸上显露出毅然决然的神色。

金哲看着这衰弱的女人，突然觉得高大起来。胸中也不由得生出一股豪迈的气概，对刘杰点点头，说：“就这么填吧，有什么事，我们一起担当就是！”

“对，就这么填，他们敢杀人，难道我们连说句真话的勇气都没有吗！”黄凯也说。

刘杰在每人脸上扫了一眼，点点头说：“好吧，我这就去办！”说完又同黄凯一起往前去了。

金哲转过身，却见沈鸿母亲正看着自己，手里攥着一张照片，一副欲言又止的样子，便关切地说：“可能还要等一段时间，您还是先休息一会儿吧！”

她却摇摇头，说：“帮帮我，把这张照片放在小鸿的衣袋里！”

说着，把照片塞到金哲手里。

金哲惊讶地看着她，不由得往照片上看了一眼，那是一位英俊的青年男子，看上去很像沈鸿，难道是沈鸿的父亲？可是他母亲为什么要把这照片放在他的衣口袋里？

“这是他父亲，亲生父亲，不是现在这个！”沈鸿母亲说，嘴角挂着惨淡的笑意。

没想到沈鸿的出身还有这样一个秘密！而这些话从沈鸿母亲嘴里说出来又是那样平淡。金哲默默地看着这神情淡然的妇人，许多谜团似乎都已经化解开来。很显然这个秘密在她心里已经埋藏了许多年，她是积蓄了很大的勇气才吐露出来。

没等金哲说话，沈鸿母亲又说：“是的，这是一个秘密，在我心里埋藏了二十多年。上次到学校，小鸿问过我，我说，以后再告诉他，没想到……”说着，眼泪又流了出来。

金哲低头看着那张照片，本想问一下照片里这男人的下落，却又不忍心。沈鸿母亲的表情告诉他，这里面有着一个悲伤的故事。

黄凯匆匆走了过来，对沈鸿母亲说：“伯母，手续都已经办好了。我们抬进去吧？”说着，又看看金哲。

高歌和旁边的两个同学把担架抬起来，站着不动，默默地看着沈鸿母亲。

金哲走过去轻轻掀开那染着黑色血迹的白布，头上扎着绷带的沈鸿静静地躺在那里，绷带上的血已经成了黑色，紧抿着嘴巴，脸色已成黄色。金哲把手中的照片塞进他那血迹斑斑的衣袋里，心里默默地说：安息吧，沈鸿！然后默默地退到一边去。

沈鸿母亲站在担架前，缓慢地伸出那一只颤抖着的手，在那扎着绷带的脸上轻轻地抚摸着，满脸哀伤。

金哲同黄凯交换一下眼色，走过去把她扶住，轻声地对抬担架的同学说：“抬进去吧！”

沈鸿母亲终于嚎啕痛哭起来，金哲扶着她，跟在担架后面，在四周同情的目光注视下往前走着，眼前变得越来越模糊……。

麦嘉抱着丽华艰难地走着，赤裸的脚趟着冰冷的水“哗哗”响着，打破了四周的沉寂却更使人感到阴森恐怖。黑暗看不到尽头，丽华痛苦地呻吟着，麦嘉觉得有一把火在心中燃烧，唯一的念头就是走出这个黑暗的通道，找到一个能够救治丽华的地方……他大口地喘息着，手越来越沉重，跌跌撞撞，仿佛每走一步都要使出浑身的气力，随时都有可能精疲力竭地倒在地上。“要坚持住！”他对自己说。阴森森的黑暗中仿佛隐藏着意想不到的危险，无尽的黑暗张开了血盆大口，随时有可能把他们吞噬下去。死亡的恐惧使他浑身颤栗，唯有的安慰是能与心爱的丽华死在一起！突然传来一阵可怕的狂笑声，接着变成幽幽的哀号声，那声音在黑暗中久久回荡，他因恐惧而颤栗……一束强烈的光亮照着他的眼睛。睁眼看时，眼前是一个两个篮球场大小的黑洞，四处横七竖八累着血肉模糊的尸体，足有几千具之多。有脑浆炸开的，有肠子流在地上的，剩下的也是缺胳膊少腿……浓烈的血腥味令人作呕，他感到一阵恶心，张嘴呕吐起来。这才发现地上的水竟被染成了红血，自己腿上衣服上到处沾满血迹……他惊恐地后退着，把昏睡着的丽华紧抱在自己怀里，企图同她一起逃离这魔鬼般的世界。刚要拔腿往后跑，却又听到一阵可怕的狂笑，一群似人非人的怪物不知从什么地方闪出来，浑身裹着黑布，露着牛一样血红的眼睛，一步步向自己逼近。他抱住丽华，不顾一切地往后跑，一阵枪声震碎

了他的耳膜，他看到自己抱着丽华一起倒在血泊之中……

可怕的梦幻在眼前消失，抬起头来，看到的是丽华那没有血色的脸。再摸摸狂跳的胸口，才相信自己和丽华侥幸都还活着，于是用手擦去脸上的汗水，喘息着用手抚按着胸口，想让里面狂乱的心平静下去。

回想起那天晚上的情景，依旧有一种如梦如幻的感觉。向人群开来的坦克……端枪向人群扫射的士兵……纷纷倒下去的人群……躺在地上痛苦呻吟着的丽华，这一切似乎都带着梦幻般的色调。如果不是躺在病床上的丽华，他宁愿相信这是一场没有发生过的噩梦！

眼前的情景与刚才的梦境何其相似！在这长长的走道两旁，到处摆放着简易的铁床和担架，上面躺着一个个痛苦的生灵。

有人在痛苦呻吟，有人在低声哭泣，也有人在轻声劝慰。麦嘉心揪得很紧，像是被清冷的水浇过一遍，凉溲溲的。传上头顶，头皮便一阵阵发麻。

丽华紧闭着眼睛躺在床上，脸色纸一样苍白。那张依旧精美的小嘴翕动几下，传出几句呻吟。声音不大，却震撼着麦嘉的心。从那天晚上到现在，她一直处于这样的昏睡状态，能听到的只是她在睡梦中的呻吟。

面对着昏睡的丽华，有的只是愧疚和懊悔。明明知道有危险，为什么偏偏还要带着她去？明明自己是想保护她的，子弹却偏偏打中她而没打中自己？哪怕自己受了伤，心里或许还能好受一些。对丽华，对导师也能有个交代。

想到导师，麦嘉不由感到惶恐起来。导师是否已经知道？昨天他没有让那位校友直接去找导师，而是让他先去通知师妹。以师妹的聪明伶俐，应该知道怎么把这件事情处理好。再说，有她在导师身边陪着，总不会出什么事。可是，自己该怎么面对导师呢？即便导师不责怪自己，自己又怎能心安？这么些年来，导师一直与丽华相依为命，把她看作自己的亲生女儿。现在发生了这样的事情，怎么经受得住？命运对这可敬的老人为什么如此残酷？

昏睡的丽华脸色苍白，形容憔悴，却显得更加圣洁。一绺散乱的头发遮盖在那张秀美的脸上，想伸出手去拨开，却又没有勇气。心想，等师妹来了，一定让她给丽华好好洗个脸。丽华平时是很爱整洁的，醒来看到自己这模样肯定很难过！

"……从广场撤出来，队伍刚到六部口，就看见几辆坦克向我们冲过来，车上还放着黄色的气体，后来听人说那是氯气，属于化学武器，在战争中都是禁止使用的……"一个头上扎着绷带的同学流着眼泪对前来看望他的同学叙说着。

"这帮畜生！"有人狠狠地骂了起来。

"……我们撒腿便跑，队伍很快被冲散了……我亲眼看见坦克从一个女孩身上压了过去……我们赶过去看时，她的腿被压断了，后来才知道她是首都师大的一个女孩……"躺在床上受伤的同学喘息着说。

麦嘉疑神倾听着，呼吸有些沉重。虽不是亲身经历，却能感受到那场面的惨烈和悲壮。联想到自己同丽华在一起的遭遇，心情更不能平静。

"广场上，到底死没死人？"沉默一会儿，站在床边那位理着光头的人沉着脸问。

"我也不知道，当时广场上情况很混乱，我们刚要撤离广场，当兵的就抡着棍棒向我们打过来，队伍被隔断了，后面的情况根本不知道……此外，还有几百人留在广场，他们死没死，更没人知道了！"

想到一直留在广场的沈鸿，麦嘉心里又平添了一层忧虑。那天在广场上偶然与他相遇，心里便有一种不祥的预感。以沈鸿的个性，肯定不会轻易撤出广场的。他很为沈鸿担心，便忍不住凑过脸去，问："我有个同学叫沈鸿的，你认识吗？他，怎么样？"

躺在床上的伤员扭头看他，问："他是干什么的？也是在广场吗？"

麦嘉觉得自己有些唐突，解释说："他是高自联的，好像还是某个方面的负责人，很有些名气，在北大很多人都知道他！"

"对不起，我没听说过！也许，他也撤出来了……"那人说着，歉意地笑笑。

麦嘉觉得很失望，又想起其他的同学。逸夫、刘杰、黄凯、高歌，还有美男子宋玉，那天晚上都是去过现场的，他们都怎么样了？会不会遭受到什么不幸？那样的结果，他不敢去想，也不愿去想。

"她还没醒过？"那位面目清癯的老医生来到丽华的病床前站住，埋头看着紧闭眼睛的丽华，问。

麦嘉摇摇头，焦急地问："她不会有事吧？"

老医生看着麦嘉，叹口气，说："你到我办公室来一趟，我有话对你说。"

麦嘉愣了一下，老医生严肃的表情使他产生出一种不祥的预感。他的心提了起来，机械地跟在老医生后面走着。

"女孩的事，是不是已经通知了她的家长？"老医生在办公桌前坐下，看着麦嘉问。

"昨天我们有个校友回学校去，我让他去通知了。"麦嘉说。

老医生皱起眉头，说："要是这样，到今天应该会来了！"

"可是，他年纪太大了，路上不安全，又没车，只怕……"麦嘉担心地说。

老医生想了想，突然用审视的目光看着麦嘉，问:“你同她是什么关系？她是你女朋友？”

麦嘉脸一红，慌忙摇头说：“不！”却又莫名其妙地点点头。

老医生表情一下又变得冷峻起来，说:“小伙子，我必须先告诉你，得尽快给她做手术，在这以前最好能把她家长叫来。”

“做完手术，她就会没事了，对吗？”麦嘉急切地问。

“她不会有生命危险，但是，可能……”老医生看着麦嘉，似乎不忍心说下去。

“怎么样？”麦嘉似乎从老医生的眼神里看出了什么，忙问。

“她的腿是保不住了，得给她做截肢手术……”老医生叹了口气，终于把话说出来。

“怎么会这样？”麦嘉瞪眼看着老医生，嘴里嘀咕着，似乎不能接受这样残酷的现实。

“她……骨头都被压碎了，没法再接起来。”老医生拍拍他的肩膀，遗憾地说。

麦嘉木然地站着，并没有听清老医生的话。脑袋晕乎乎出现一片空白，眼前一切好像都在转动。猛然拉住老医生的手，恳求说:“医生，你想想办法！她那么年轻，不能没有……”

“很遗憾，我实在无能为力！”老医生叹息着说。

“医生……！”麦嘉死攥住医生的手就像攥住一根救命的稻草，仿佛一放开就会丧失希望和信心，坠入绝望的深渊。

“年轻人，你要冷静！”老医生把他的手掰开，用劝慰的语气说。

正说着，门被打开了，两个穿军装的士兵架着一个头上扎着绷带的伤员慌里慌张从门外走进来，一见老医生便说:“医生，快救救我们！”

老医生眉头一皱，问：“怎么回事？”

“外面有好多老百姓，要打死我们……”左边的士兵警觉地朝门口看一眼，慌忙说。

“是你们开的枪？”老医生冷着脸，问。

“我们没开枪！真的没有！”右边的士兵哭丧着脸，惊恐不安的神色。

老医生用审视的眼光看着他们，没有说话。

麦嘉依旧木然地站着，冷眼看着那落难的士兵。想着就要失去双腿的丽华，眼里就要喷出火来，把他们化作灰烬。

右边的士兵身体一矮，跪倒在地，哭泣着对老医生说：“医生，救救我们吧，我们真的没有杀人！”

“我们真的没有开枪！”左边的士兵扶着伤员一起跪倒在地。

“你们这是干什么，快起来！”老医生有些不知所措，想用手把他们扶起来。

“救救我们吧！”三个士兵泪流满面，乞求地看着老医生。

外面传来一阵噪杂声，纷乱的脚步声在外面走廊里响了起来。

“是找我们的……”士兵惶恐不安地看着老医生，低声说。

老医生用手往里面的房间一指，果断地说：“进去！”

士兵从地上爬起来，迫不及待地躲进那个黑暗的小屋。

老医生走过去把门关上，转脸看着麦嘉。麦嘉明白老医生眼光的意味，嘴角挂着冰冷的笑意，故意把脸转到一边去。

“他们也够可怜的！”老医生走到麦嘉跟前，叹息着说。

麦嘉没说话，复仇的欲望在胸中燃烧着，身体在不停地颤动着。

门被推开了，几个手提棍棒的市民冲进来，一见老医生便问：“医生，有三个当兵的是不是来过？”

“没见着！”老医生摇摇头，表情异常冷静。

一个理着板寸的大汉往房间四周看了看，指着里面的房间问：“里面是干什么的？”

“治疗室，里面放着仪器。”老医生说。

大汉走到麦嘉跟前，瞪着眼问：“你呢？”

麦嘉没去看老医生，嘴角翕动几下，终于说：“确实没人来过！”说着，眼前却闪动着士兵开枪的场面。

那伙人走了出去。老医生走过来，握了握麦嘉的手，什么也没说。

从医生办公室走出来，麦嘉心乱如麻。为什么要救他们？成百上千的同学和市民不都是他们杀的？躺在病床上的那些人不也都是他们造的孽？可爱的丽华就要失去双腿了……可自己却同情那些伤害她的人！或许他们真的没有开过枪，没有杀过人，可他们都是一样的人，是杀人犯！因为他们，才有这天大的灾难！

“丽华知道自己失去双腿会怎样？还有导师……”麦嘉缓慢地走着，如同梦游一般。

远远看见丽华病床旁边站着个颤巍巍的身影，心猛跳起来。教授到底赶来了！满头银发，瘦长的身躯犹如一棵枯老的柏树。被一种愧疚感驱使着，他慌忙走过去。

“老师！”在老教授身旁站下，麦嘉轻轻地喊了一声。

教授转过身来，呆滞的目光看着麦嘉，轻轻地点点头，问：“你，怎么样？”

“我，没事！”看着在床上昏睡着的丽华，麦嘉心里像被什么东西撕扯着，不敢面对教授的目光，愧疚地低下头去。

“没事就好！”教授嗫嚅地说，脸上一副茫然的神色。

“丽华……都怪我！”麦嘉抬头看着教授，自责说。

教授却轻轻地摇着头，说："不，不能怪你！死了那么多人……"说着，似乎整个身体都在颤动。

"老师！"麦嘉惊叫一声，上前把教授扶住。

逸夫靠着墙角坐着，木然地看着对面墙上狭小的窗口。天色灰蒙蒙，贴在窗外的树叶一动不动，仿佛生命已经静止。可怕的平静！令人焦躁令人心悸不安的平静，谁知道外面在发生什么？

四面黑暗的墙壁把这狭窄的小屋与外面的世界隔离开来，一束光线从窗口照进来，在地面印出一片光亮。这小小窗口成了他们与外界的唯一联接，它带来光亮，也带来新鲜的空气。

屋内死一般寂静，眼睛的余光里却显示出几个生灵在幽暗中蠕动。透着凉意的水泥地板上铺着一排草席，有人仰面躺着，也有人默默地坐着。没人说话，也没人叹息，那位昨天挨打的小男孩也停止了呻吟。

不足十平方米的房间容纳着八个含着生命的肉体，彼此都能闻到呼吸声。各人身上的汗臭味交织在一起，融化在暖烘烘的空气之中，使人感到闷热难耐。

那融在黑暗中的面孔依旧显得陌生，从走进牢房到现在，他很少与人说话。即便别人找上来，也只是简单地搭讪几句。看上去他年纪也比别人都大，理应多关照别人。他自己老这么想，却整天懒洋洋的没有心情说话，更没心情去与人交往。除了睡觉以外，只是木然地看着那小小的窗口。

虽是身陷囹圄，逸夫反而觉得心情平淡。恍惚中周围一切都已经离得很远，最终淡化在无尽茫然之中。闭上眼睛，种种凶残的画面却历历在目：向人群压过来的坦克，疯狂的群众和抡着棍棒的军人撕扯在一起，听到的是歇斯底里的哭喊和恐惊的呼叫……还有那一步步向自己逼过来的士兵 那张因仇恨扭曲而变形的脸是他永远不能忘记的。好几次在睡梦中，他看见那士兵冲过来死死掐住自己的脖子，他感到自己要窒息而死……醒来看着四周坚固的墙壁，心情反而释然，竟好像这墙壁也成了一种屏障，把自己保护起来。

除了这黑暗的牢房，他不知道自己身在何处，从被押上军车的那一刻起就好像失去了时间和空间的概念。被人从车上推下来的时候，看到的只是夜空下面几幢建筑物的轮廓。还没来得及看清楚，就被后面的士兵推着来到这黑暗的牢房。

走进这牢屋那一刻，的确有一种安全感。黑暗的牢房使他从那疯狂的世界中解脱出来，从被士兵抓住的那一刻起，他便觉得丧失了对生命的主宰。那个时候人的生命都变得那么脆弱，那么没有价值，仿佛任何人都可以随意拿去，任意地加以摧毁。那疯狂的士兵抓住他死命地用拳头打他用脚踢他的时候，曾经以为自己的生命就要完结！奇怪的是他并没有感到太多的恐惧，似乎所有的感情都已经麻木。被押上军车，他也想过自己可能是要被拉到郊外什么地方去秘密处决，头上那顶“暴乱分子”的大帽子使他不敢有任何乐观的指望。他低着头，没敢去看那几个士兵的脸，却觉得他们正向自己投来仇恨的目光，仿佛随时都会像那个打他的士兵一样扑过来，或射来一梭子弹。

对面墙脚传来“哗啦啦”响声，一股难闻的骚臭味沁入鼻孔，他不由得皱起眉头。那是有人在便溺，角落里放着木桶，屋里人的大小便都要在那里解决。这样的木桶在家时也用过，如今却不习惯。不到万不得已，他是不肯光顾的。每次有人朝那角落走去，便浑身直起鸡皮疙瘩。

把麻木的双腿伸展开去，舒展一下身体，便感到胸口隐隐作痛。

那是疯狂的士兵留下的纪念。如果不是有人阻拦，他肯定会死在那丧失理智的士兵手里。可他为什么要这样对待自己？自己与他无冤无仇，以前从没见过面。他有什么理由仇恨自己？就因为所处的不同政治地位？可是政治与自己，还有那仇视自己的士兵又有什么关系？政客们所做的一切不过要维护自己的权力，灾难却要由那些与他们所谓的政治毫无相干的人来承担！他们在人民中间制造仇恨，却从中浑水摸鱼，扮演人民拯救者的角色。

多么无耻！为了满足他们个人的私欲，不知有多少人在流血。有市民的血，有学生的血，还有士兵的血！所有的人都是受害者，只有暗中操纵的政客才是真正的罪人！这下好了，敢说真话的学生被镇压了，无耻的政客官僚恶棍更可以放心大胆地掠夺国家财产，放心大胆地享受着荒淫糜烂的生活！国家是他们的国家，爱怎么糟蹋就怎糟蹋好了，犯傻去管他们干吗！

逸夫想着，心里滋养着一种对政治和政客们的仇恨，情绪波动起来。想起自己在运动中投入的那份真情，被玩弄被侮辱被亵渎的感觉使他感到愤怒。他在心里嘲笑自己的天真幼稚，这才觉得自己真正的成熟。

惨烈的画面在眼前闪现着，不由得想起自己的学友：麦嘉，金哲，宋玉，高歌……还有沈鸿，他们是否都已经逃脱了这场厄运？还有林琳，要是知道自己被捕的消息肯定会很难过的。昨天来的两个士兵把名字和学校登记了去，没准会去通知学校。那一来，林琳，还有麦嘉他们就会知道自己的下落。可他们除了为自己担忧以外又能做什么呢？何况他们的处境也好不到哪里去，没准军队都已经把学校占领了！不是一直有这样的说法吗？渴望自由的人却不得不在刺刀下苟活着，那是怎样的滋味！可又有什么办法？

“你是哪里被抓的？”终于有人说话，嗓音压得很低，好像怕被人听去。

“公主坟，你呢？”

“广场……”

“那里情况怎么样？是不是真的死了很多人？”

“当时情况很混乱，我也说不清楚，不过，他们开了枪……那些当兵的，打起人来真狠！连女孩也不放过……我就那样被抓的……”

“所有的人都撤出来了？”

“还有些人不肯撤离，就留下了……大概有几百人吧！”

“你看见有人被打死吗？”

“当时真没注意，听说是有……”

叹息一阵，又说：“你说，会把我们怎么样？”

“不知道……”

“可是，我们到底做错了什么？我可是真的什么也没干……”

“他们可不管那个。在他们眼里，我们都是暴徒，这就够了！”

无奈的叹息之后又是难耐的沉默。

逸夫却苦笑起来：怎样的世道，杀人者居然把被自己残害的人说成暴徒！法律何在？公理何在？

天色暗淡下来，窗外的树枝在迎风舞动，一派下雨的征兆。屋里这么闷，也是该来一场大雨了！

沉闷的雷声，如同汽油桶从山顶上滚落下来，接着是一道道蓝色的闪电。雷声越来越响越滚越近，好像在头顶炸开了似的。在眼角的余光中，逸夫似乎看到屋里许多人都缩紧脖子蜷缩着身子坐着。

雨，下得很大，窗外形成一道白色的雨帘，把树的枝叶完全遮盖住了。逸夫坐在那里一动不动，心想，要是能让外面的雨水把这污浊

的身体冲洗干净该有多好！

“这场大雨，会把血迹冲洗掉的。”

“这样也好……”

“那是杀人的罪证！”

“有什么用！”

一道闪电过后，又是一阵振耳欲聋的雷声。真是天怒人怨！大雨会把血迹抹去，却抹不去他们的罪恶。天网恢恢，疏而不漏，作恶者终究会受到惩罚！逸夫想着，嘴角流露出冰冷的笑意。

“你是哪个大学的？”听声音是那个刚才说过自己从广场上被抓的人，他不知什么时候到了逸夫的身旁。

逸夫茫然地看着他，意识到他在对自己说话，心里很有些不乐意，勉强搭上一句：“北大！”

“研究生？”那人又问。

逸夫点点头：“是的。”

“我也是。人大法律系的，叫郑希文！你呢？”那人笑着说。

逸夫只好把自己的名字告诉他。

“我看你一直没说过话，只是看着窗外，到底在想什么呢？”郑希文看着逸夫，问。

逸夫苦笑了笑，说：“没想什么，能有什么好想的？”

郑希文叹口气，说：“能不想就好了！说实在的，我真的没想过会发生那样的事情，现在想起来好像是做了一场噩梦……闭上眼睛，尽是些血淋淋的场面！”

逸夫不想谈论那天晚上的事，便故意把话题岔开，问他：“现在，外面的情况怎么样？”

“不知道，我想，一定死了不少人！”郑希文说。

“军队会进到学校去？”逸夫又问。

“他们进了城，肯定要先拿学生开刀！”郑希文说。

逸夫没说话，眉宇间显出忧郁的神色。

“你知道，这是什么地方？”郑希文问。

“不知道，好像不是监狱，也许是军营吧？”

正说着，门上有响动声。门被打开了，一个佩戴着红袖章的军人走进来，左右看了看，喊道:“快起来，吃饭了！”

一个胡子拉碴的胖子和一个光脑袋的年轻人提着木桶走进来，那木桶与屋角上那个用于便溺的那只并无二致，这联想使逸夫有一种要呕吐的感觉。

“快起来，快点！别慢吞吞的！”那个戴着红袖章的军人瞪着眼睛叫道。

逸夫看了看郑希文，又见其他的人都已经起来，便也站起来向着那两个装着饭菜的木桶走去。

理着光头的小伙弯着腰用小碗从木桶里把饭舀到每个人的碗里，胡子拉碴的胖子则用勺子舀上一勺菜放在饭上面。看他们那副模样逸夫便想起小时候看见邻居家喂猪时的情景，觉得自己也是过着牲口般的生活。从那个胖子手里接过饭盒时不由得看一眼那在旁边监视的军人，见他正用不怀好意的目光盯着自己，好像真和自己有着不共戴天的仇恨，身体不由得颤抖一下，低下头走开了去。

施舍过饭菜，军人带着那两个人走了出去。“咣”的一声，门又被锁上了。

逸夫看着饭盒里的饭菜，没有一点食欲，倒不是饭菜质量太差。看上去今天的菜比昨天强一些，而且自己又是犯人，有吃就不错了，哪有挑选的余地！

“你怎么啦？还不快吃饭，等下他们就要来收饭盒了。”郑希文吃着饭，抬头看着逸夫。

逸夫叹了口气，说：“我实在吃不下去。”

“饭菜太差？”郑希文问。

“不是，就是不想吃。”逸夫说。

“你怎么啦？身体不舒服？”郑希文说。

“没什么，你别管我，自己吃去吧。”逸夫说着把饭盒放在地上。

郑希文看看逸夫的脸色，又看看地上的饭盒，说：“这饭不吃可是很可惜的。”

逸夫明白他的心意，便说：“你能吃就把它也吃完好了。”说着，把饭盒递过去。

“那我就不客气了，他妈的，这两天我还真是没吃饱过！”郑希文说着，便把饭盒端了过去。

逸夫看着郑希文吃饭时那狼吞虎咽的样子，不由得苦笑了笑。

雨，淅淅沥沥地下着。

第二十三章

六月九日　星期五　晴转多云

又梦见沈鸿了！他就站在床边，嘴角同往常一样挂着懒散的笑意，那身影却给人以飘忽不定的感觉。心里正奇怪他怎么还活着，想同他说话。走廊里传来杂乱的脚步声，有人敲门！士兵粗鲁的叫骂声从门外传进来。心里一阵惊慌，用眼睛示意沈鸿找个地方躲一躲。沈鸿却淡然一笑，过去把那条通往阳台的门打开，身体往外一蹩，飘忽的身影融化在无尽黑暗之中……

睁开眼睛，不由自主地往阳台上看着，什么也没见着。还不死心，又翻转了身体去看下面的铺位，看到的也只是折叠整齐的被子。

仰面躺在床上，望着顶上白色的屋顶，不由得一阵叹息。沈鸿死去快一个星期了，他的阴魂似乎还在这空荡荡的屋子里游荡。他的身影无处不在，金哲更是不止一次在梦中与他相见。这经常给他一种错觉：沈鸿还活着！

天色大亮，窗外一片晴朗的阳光。金哲长长地舒了口气，总算又熬过了一个可怕的黑夜！那些耸人听闻的传说终于没有成为现实。很庆幸没听高歌的话到老师家里去躲藏，不然就汪学文那德行，敢不敢收留自己还是个问题。

法律系一个学生前天在火车站被士兵抓了起来，这机警的小伙谎称上厕所，结果却爬到女厕所以后逃回了学校。这件事情在校园里一

传开，种种可怕的猜测在同学中蔓延开来，不少人都觉得军队就要进驻学校对学生进行血腥镇压。想走的都已经走了，留下来的也是惊恐万状，到了晚上便纷纷到老师家躲藏去了。高歌凭着一股义气陪着自己在寝室里住了一晚，到昨晚上却再也没了这份胆量！

尽管还能撑着面子在高歌面前摆出勇敢的模样，高歌一走，独自面对那死一般的沉寂，心里却有些懊悔。他的确不愿在这种时候躲到汪学文家里去，但也不应该为了一时的面子而丢掉了性命，即便汪学文不肯收留自己，也可以去找别的老师。

这一晚总算安然地过来了，回想起来依旧有些后怕。到了晚上八点钟以后，除了自己以外，整个楼里好像都没有了生命，屋里屋外任何一点声音都会使人产生可怕的联想。外面的黑暗中仿佛有许多可怕的阴影在蠕动，他们随时都会踹开寝室的门，用乌黑的枪口对准自己瘦小的胸膛！惊恐中他设想过许多逃跑的方案和路线，却也不能鼓起自己的勇气和信心。后来的感觉便如同一个死囚，在绝望中随时等待着刽子手来把自己的生命拿去。

该回去了！他对自己说，昨晚给李伟打过电话以后便下了决心。他之所以没有逃离只是因为对中宣部的事还抱有一丝希望，可是李伟说，这场运动把梁局长也牵扯了进来，他已经被停职审查。这一来，到中宣部工作的事肯定是要泡汤了！即便梁局长不出事，入党的事也没影。既然如此，还有什么好说的！

梁局长这人真不错，自己与他无亲无故，对自己却这样帮忙！可这年头为什么好人总要遭殃呢？这件事虽然没办好，但这份情还是要记住的。将来有机会一定要来看看他，但愿他不会有事！

可怕的沉寂仿佛预示着生命的凋零，孤寂的感觉如同无数毛毛虫在吞食他的心灵。眼前那一片模糊中，好像有无数可怕的鬼影在晃动，它们张牙舞爪从四面八方向自己涌来。

听到走廊里传来的脚步声，心里猛然掠过一道惊喜，如同听到了生命的回音。他倾听着，等待着，恨不能从床上跳下去，把那生命的希望迎进这沉寂的小屋。

脚步声终于停止，接着便听到敲门声。“来了！”他一下把被子撩开，迫不及待地从床上爬下来，跑过去把门打开。

门外站着的正是高歌，他的到来却使金哲感受到一种从未有过的欣慰，他微笑着把他迎进屋里。

空荡荡的寝室因为增添了一个新的生命而变得有些生气，那种孤寂的感觉也在无形中消解了许多，他便努力在高歌面前保持镇定自若的神态。

高歌脸上却残留着惊恐的神色，进门后便对金哲说：“走进校园的时候，半天没见着一个人，还以为真出了什么事！”

“昨晚上恐怕没几个人敢在学校住的！”金哲把衣服从床上拿下来，边穿着，边说。

“你小子胆子也真够大的，刚才在路上我还在想，要是你不在的话，我可就惨了！”高歌似乎心有余悸，说。

“其实也没什么，他们总不能把所有的人都杀死吧？”金哲看着高歌，说。

“这可难说，我看他们是发疯了，什么事情都干得出来。这样不明不白让他们杀死，太不值得！”高歌说着，用手把床底下的塑胶小凳拉出来，屁股坐上去。

金哲低头看他，问：“昨晚住导师家，怎么样？”

高歌却摇摇头，说：“我到他家去过，看他不是很乐意，就出来了！”

金哲皱起眉头，说：“这老头怎么这样，真没劲！”

“我想，他是害怕了！”高歌苦笑着说。

“这叫患难见人心！谁好谁坏，这个时候一眼就能看出来。”金哲叹息着说。

“我也没想到他会那样，还以为他平时对我还不错，这个时候……”高歌说着有些愤慨。

“那你后来到什么地方去了？”金哲问。

“后来我是到了俄语系一个教授家。”高歌说。

“你认识他？”金哲好奇地看着高歌，问。

“不认识！”高歌摇摇头，说：“那老师人很好，只要拿了学生证就可以到他家住，昨晚上有八九个人住他们家，今天早晨又让他夫人给我们做吃的。”

“看来，这年头什么人都有，坏人和好人！”金哲感叹说。

高歌看看沈鸿的床，又仰头去看金哲，问：“沈鸿的东西，要不要帮他收拾起来？”

金哲想了想，说：“还是等他妈妈来了再说吧！”

“沈鸿死得真惨！”高歌叹了口气，好像想起什么，看着金哲问：“你说，那天沈鸿他妈说那话是真的？”

金哲一时没反应过来，问：“什么话？”

“她不是说，沈鸿还有一个亲爸爸，现在这个不是亲生的？”高歌说。

金哲苦笑了笑，说：“谁知道怎么回事！不过，那照片上的男人倒是和沈鸿很相像。”

“那不就得了，我看沈鸿八成是他妈和那男人的私生子……可是那男人现在在干什么，他怎么不来认沈鸿呢？”高歌说。

“也许，他早就死了！”金哲推测说。

“难怪他现在这父亲对他那么不好，连死了也不来看一看，还说什么脱离父子关系，原来是这么回事！”高歌嘴里嘀咕着。

金哲在屋子里来回走着，若有所思的样子。

“真安静，这层楼好像就剩下咱们俩了！”高歌把眼睛从沈鸿的床上移开，对金哲说。

金哲在高歌面前停住脚步，问：“你打算怎么办？还是不准备回去？”

“我是想走也走不了！京广线没通车，再说我连买车票的钱都没了！”高歌苦笑着说。

金哲同情地看着他，想了想，说：“那你干脆到我家去得了！”

“怎么，你也要回去？”高歌惊讶地看着金哲，问。

金哲点点头，说：“我想今天就走！你知道我家早就来电报催我回去，再说我也没必要再留在这里。”

“你不是后天论文答辩吗？干吗不答辩完了再走？”高歌急切地说。

“我不想再等下去了，我想这就去同汪学文商量一下，把论文答辩的时间往后推一下，反正大家都还没答辩。”

“你一走，就剩我一个人了！”高歌阴沉着脸说。

金哲知道他害怕，有些不忍心，便说：“你还是跟我一起到我家去吧！你一个人待在这里实在很不安全。”

高歌犹豫一阵，说：“那我就同你一起到车站去，要是京广线还没通的话，就到你家去得了。”

正说着，门外又有了脚步声。金哲凝神听着，声音却停顿下来。他同高歌交换一下眼色，走过把门打开，走出去一看，见一个老头站在隔壁房间门前仔细地看着贴在门上留言袋上的姓名。

“您找谁？”金哲看着他，问。

老头回过头，歉意地笑了笑，说：“请问，哲学系有个叫逸夫的研究生住在什么地方？”

金哲认出他是逸夫的导师郭仲衡教授，忙走过去，说：“郭老师，您好！逸夫住在我们寝室。快请进来吧！”

郭教授打量金哲，说：“哦，他在吗？”

金哲看他那急切的样子，一时不知说什么好。

“逸夫呢？他在什么地方？”郭教授走进屋，又问。

金哲把凳子移到跟前，对他说：“郭老师，您坐。”

郭教授没有坐下，看着金哲，担心地问：“他没出什么事吧？”

金哲看看高歌，对教授说：“他那天晚上出去后就没回来，听说是被抓了。”

“怎么会？”郭教授皱着眉头，似乎有些不相信。

“我想，是这样的。”金哲点点头，说。

“他是怎么被抓的？有人看见吗？”郭教授手往前伸着，似乎要去抓金哲的手。

金哲无可奈何地摇摇头，说：“我不知道。”

郭教授并不死心，又问：“你们都没和他在一起？”

“我们是一起离开学校的，后来就分开了，你知道，当时的情况很混乱，什么都顾不上。”金哲说着感到有些内疚，似乎逸夫的事自己也负有责任似的。

郭教授抿着嘴，过一会儿又问：“他不会有什么事？”

金哲安慰他说：“我想不会的。你知道，逸夫素来讨厌政治，更不可能干出什么过激的事情。等他们把事情弄清楚，就会放他出来的。”

“真的会这样？”教授看着金哲，失神的眼睛里闪动了一下。

金哲觉得教授那神态天真得像个小孩，不忍心令他失望，硬着头皮说："肯定是这样的！"

教授舒了口气，似乎放下心来，说："我也这么想。别的人我是不了解，逸夫是我学生还能不知道。他们说的那些事，他怎么也干不来！"

听着这番话，金哲大为感动，心想：同样是北大教授，有汪学文那样没人格的，也有像眼前这位老先生这样的，人跟人真是大不一样。

郭教授看看高歌，又看看金哲，问："其他同学，他们都没事吧？"

"我们寝室，有一个同学被打死了！"金哲神色黯然，说。

"是哪一位？"郭教授问。

"他叫沈鸿，原来就住这张床上！"金哲用手一指，说。

"怎么会这样？"郭教授连声叹息，说："真没想到会发生这样的事。"

"政治斗争本来就是你死我活。"高歌激愤地说。

"怎么能这么说？就算你们的有些做法过激了些，也是为了这个国家好嘛，哪里用得着派那么多军队来？向老百姓开枪就更不对了，这样的事情就是资本主义国家也没有听说过！"郭教授说。

金哲觉得老头实在太天真，说："要是资本主义国家，就不可能有这样的事。人家军队是不能参与国内政治斗争的，派兵更要经过议会批准。哪像我们国家，军队就像某些人家里养的。"

"可悲，真是可悲！"郭教授摇头叹息。

"我看这个国家是没什么希望了。"金哲说。

郭教授沉默了一阵，说："逸夫的毕业论文答辩，本来安排在明天的，没想到会……"

"他会没事的！"金哲劝慰着他。

郭教授起身往外走，到了门口却又停下，回过头来嘱咐说："要是

有逸夫的消息，跑来告诉我一声。万一他回来，让他马上找我。”

金哲点点头，说：“您放心吧！”

逸夫仰头往窗外看着。在阳光沐浴下绿叶反而无精打采，耷拉着，丧失了生命的光彩。逸夫心想，都是因为缺乏水分，要是下上一场雨，又会变得青翠欲滴。都说南方山青水秀，其实也是雨水多土地湿润的缘故。

窗外传来小鸟的叫声，先是“叽叽喳喳”，接着是短促而清脆的鸣叫。是麻雀的叫声！想起小时候同小伙伴一起打麻雀的事，竟有些神往。那鸟，有时在树上，有时在屋檐上面，更多的是在村东的晒谷场上。晒谷场上的鸟最多，一来就是一大群，落到地上便东张西望一番，再伸长颈脖用嘴啄着地上黄灿灿的稻谷。一个石子打过去，场上的鸟全飞了。树上的鸟也不容易打，小小的麻雀躲藏在稠密的树叶丛中，听得到它们的叫声，找到它们却不容易。树枝和树叶都是保护它们的屏障，一弹弓打过去，往往只是落下几片树叶来。记忆中自己好像从来没有过把鸟从树上打下来的纪录……有时也和伙伴们架上楼梯爬到房屋上去掏鸟窝，抓来的小鸟便用一根细线拴住它的小腿，看着它在地上扑腾着，往上一飞又落回地面！他对这可爱的小生命总是充满着怜惜，常常用自己心爱的弹弓铅笔什么的与小伙伴们交换。然后瞒着他们把鸟带到村外，小心解开腿上的细线，让它们飞到自由的天空中去……

“自由”这个字眼在脑海里一闪现，逸夫便不由得苦笑起来。喊了半天自由，自由的躯体却被无端地锁在这黑暗的牢笼里，是讥讽，还是嘲弄?

懒洋洋地靠墙坐着，身上残存的气力似乎已不够支撑这松垮垮下垂着的肉体。这是第六天还是第七天？时间的概念在他心里似乎变得有些模糊，只有忘却才是虚度光阴的最好办法。日子就这样日复一日地过着，没有希望，没有改变，昨天和今天，今天和明天并没有什么两样。要紧的只是把这无聊的时光消磨掉，不让自己在险恶的环境中毁灭。

又有人往便桶里撒尿，难闻的腥臊味顿时弥漫整个房间，逸夫皱了皱眉头，却没像刚来时那样屏住呼吸。过去几天里他对这里的一切都已经习以为常，满屋的臭味也好，劣质的饭菜也好。

传来低沉的哭泣声，惨兮兮的。是那个叫董文强的理工大学本科生，这块头很大的东北男孩似乎有些精神失常。他梦中的惨叫声经常把屋里所有的人都吵醒，醒来时要么无端地哭泣，要么沉默不语。是血淋淋的场面刺激了他那脆弱的神经，还是忍受不了这牢房里的孤独和寂寞？

没有人过去劝慰他，这脆弱的男孩在这几天里把屋里所有人的耐性和同情都消磨尽了，他们的心都变得这样麻木。逸夫从内心里同情这可怜兮兮的男孩，可是他又能做些什么？

难熬的孤独和寂寞。记得茨威格有一部名叫《象棋的故事》的中篇小说，主人公是一个战俘。敌人把他单独关在一间牢房里，想用孤独来摧毁他坚强的意志。他倍受孤独的煎熬，在偶然的机会得到一本棋谱，才使他从中解脱了出来并最终成为一位象棋冠军。

同那部小说中的主人翁相比，屋里的人自然要幸运得多。毕竟还有八个鲜活的生命在一起，闷了也有办法消解。即便自己并没有要说话的欲望，听听别人说话也能得到某种宽慰。

恐怖的感觉并没有消除，几乎每天晚上都有人被噩梦惊醒。除了

自己与郑希文以外，其他的人都是本科生。年龄最大的不过二十一岁，最小的就是那个挨过打的东北男孩董文强。这两天，说话的人越来越少，脸上都是郁郁寡欢的神色，仿佛就要走到世界的末日。郑希文说，这样下去总有人要垮下去。可又有什么办法来解救？

“妈的，什么玩意！”郑希文把手中的报纸扔到一边，恨恨地说。

这张《人民日报》是那戴红袖章的军人送来的，说是让每个人都看一看。尽管这报纸是牢房里唯一可看的文字，逸夫却丝毫没有兴趣。倒是郑希文主动，报纸来了总是抢着先看，而且总能从字里行间分析点什么出来。

“又怎么啦？”逸夫忍不住问。

“你看看，这上面登的都是效忠信，有省里的，也有各民主党派知名人士的。真他妈的无聊！”郑希文把报纸捡起来，递到逸夫手上。

逸夫往报纸上瞄了一眼，说：“有枪在后面顶着，有什么办法？”

“看来他们已经控制了局势，接下来就要收拾我们这些人了。”郑希文叹息着说，一副恐慌的神色。

“你是学法律的，你说，会把我们怎么样？”一个男孩紧张地瞪着郑希文，问。

“从法律上说，他们说不出什么来。可是，中国的法律随意性很大，人为的因素很多，又是特殊时期……我也说不好。”郑希文说。

“不会枪毙吧？”又一个男孩问。

“这个……实在很难说，他们把我们说成是‘暴徒’，得看需要……”郑希文看着逸夫，没再说下去。

“这么说，是没希望了？”男孩恐慌地看着郑希文，问。

郑希文似乎有些不忍心，用安慰的语气说：“也难说，我想，风头过去，就会好的……政治运动嘛，历来都这样。”

“我不想死，我什么也没干……”那叫董文强的男孩叫了几声，哭泣起来。

“哭什么哭，哭有什么用，才不会有人同情我们。”一个男孩咕哝着说。

哭声却更加惨痛，逸夫心里一阵悲凉。也许不等到风头过去，就会有人发疯，有人死亡。多么可悲，所有人的命运不过决定于专制者的一念之间，除了最高统治者以外，没有人能够真正主宰自己！如同地上的蚂蚁，人家只要用脚板往地面一搓，便要一命归西。在一个专制的社会里，与统治者谈什么“自由”“民主”乃至人的尊严和价值，就如同与豺狼谈论“仁慈”和“宽容”一样荒唐可笑。

惊恐的男孩停止了哭泣，屋里死一般沉寂下去。光线暗淡，周围的人影变得模糊起来。可怕的沉默，脸上的惊恐不安如同在等待世界末日的降临。逸夫觉得眼前发黑，飘忽不定的黑影如同死神在游荡。死，是怎样一种感觉？不，死是没有感觉的，就像睡觉时一样。人一睡过去，感觉也就消失了，世界对他来说已不存在，没有了痛苦，也没有了欢乐。不同的是，睡觉只是感觉暂时消失，而死亡则是进入永恒的虚无状态。活着的人总在为名利还有连他们自己也从来没有闹明白过的抽象概念去厮杀去拼搏，可死亡来临之时，一切都显得那么愚蠢可笑。游行，罢课，拦军车，自以为在拯救这个世界，其实连自己都拯救不了。

门上的锁在响动，不祥的预感使他的心猛跳一阵。眼睛死盯住那坚固的铁门，像在等待着什么。

门开了，进来的是那戴红袖章的军人，冷峻的眼光朝着屋里的人打量了一阵，回头对着门外叫了一声：“进来吧！”

话音刚落，门口出现一个瘦长的身影，披着一头长发，女人似的，

腋下挟着一筒草席，左手吊在胸前，像受了伤。高大的身躯把门外的光线遮掩住，看不清楚他的面容。

“这是新来的，住你们这，快给他腾个地方！”军人冲着屋里的人嚷着。

逸夫往旁边一指，说：“就睡这吧！”

郑希文没说什么，只是把自己的草席往旁边挪了挪，腾出一块地方来。

那人站着没动，军人冲他喊：“还站着干什么！”

那人没去看那军人，缓慢地移动着脚步。逸夫看他走路的神态很像姜涛，心不由往上提着，定睛看着。当那张满是胡须的面孔正对着光亮时，便情不自禁地叫了一声：“姜涛！”

那人停住脚步，定睛看着逸夫，问：“逸夫？”

“是我。”逸夫站起身来，伸出手去迎接他。

“真是怪事，在这里还能找到同伙。”那军人阴阳怪气地说。

姜涛瞪了他一眼，没作声。

“放老实点，这里可不准拉帮结派！”军人阴冷地说，把屋里人扫视一遍，转身往外走。

“臭当兵的！”姜涛看着铁门关上，恨恨地骂了一句。

“真没想到会在这里见到你。”逸夫从他手里接过草席，说。

“是嘛，刚才听到你的声音，我简直不敢相信。”姜涛苦笑了笑，说。

逸夫把草席放在地上铺好，拉着姜涛坐下，问他：“你怎么也被抓了？”

“这难道还有什么道理可讲吗？你是怎么被抓进来的，我就是怎么被抓的。”姜涛往四周看了看，说。

逸夫知道他心有疑虑，不肯吐露实情，又问：“你是什么时候进来的？”

“也是那天晚上。已经换过好几个地方，没想到还能在这里同你见面。”姜涛感慨着说。

逸夫看着他吊在胸前的那只胳膊，问：“你是怎么受伤的？严重吗？”

“没什么，手臂上挨了一枪子。还算运气，没伤着骨头，很快会好的。”姜涛抬起手在头上挠着，张嘴打了个哈欠。

逸夫看他脸色憔悴，猜想他受过不少苦，关切地问：“到医院看过吗？”

“没有，只是到监狱的医务室看过，说是没什么事，不用上医院治疗。”姜涛低头看着那只受伤的手，说。

“怎么能这样？不管怎么说，我们还是人嘛。”逸夫皱着眉头，说。

姜涛却冷笑起来，说：“到了这里，你最好不要有什么人的概念，是把自己当成畜生好了，要不你根本就没法活下去。”

逸夫觉得他话里含着冷森森的意味，似乎受过什么大的刺激，又不能同意他的想法，便说：“我可不想那样。”

“谁想那样呢？只怕是由不得自己，你们大概都还没吃上苦头！”姜涛感叹着说，一副饱尝痛苦的模样。

“什么苦头？”逸夫忍不住追问。

“不用我说，到时候你们就会知道的。”姜涛说着，又打了个哈欠。

逸夫不说话，脸色却变得冷峻起来。

下了车，麦嘉往学校南门走着，种种可怕的臆想在脑海里闪现，心不由得往上提着。那个可怕的黑夜以后，还是第一次回学校去。路上见到的情景，与一个多星期以前相比竟好似到了另一个世界。街上到处都是荷枪实弹的士兵，乌黑的枪口发着青幽幽的光亮，好像随时都会射出仇恨的子弹来。士兵的脸色是阴沉沉的，一副如临大敌的神态。市民的表情更是冷漠而麻木，匆匆的脚步好似在逃避什么。

校门口的情景却与往常没什么两样，门口站的也还是穿蓝色制服的年轻人。面孔是陌生的，无精打采的懒散样怎么看也不像受过正规训练的军人。麦嘉摸摸衣袋里的学生证，准备应付他的盘查。他朝麦嘉看了一眼，脸上没有表情。

走进校园，见到的却是冷落的景象。宽阔的林荫大道上没有一个行人，风吹树叶发出的嗽嗽声更给空荡荡的校园增添一种阴森森恐怖的气氛，一种不祥的预感在头脑里掠过，头皮一阵发麻，一股寒流溜上脊背。

到了三角地，麦嘉不由得放慢了脚步。一个星期以前这里还是人群涌动，如今却空荡荡的见不到一个人影。墙上的大字报已经被撕去，只留下一些破碎的小纸片在风中抖动。苍凉的景象使麦嘉心里生出一种说不出的凄凉感。

依旧没见到人影，商店、书店和邮局也都关着门，仿佛整个校园都没有生命的气息。绷紧的脸被和风吹着，破碎的纸片和树叶席卷着尘土在风中飞扬。孤寂的感觉使他感到心虚，脚履也有些沉重。

见到活生生的金哲，麦嘉心里一阵狂喜，差点没上前同他拥抱，那挥之不去的恐惧感也渐渐远离开去。

“怎么回事？校园里都没人了！”麦嘉一把拉住了金哲的手，惊疑地问。

金哲叹了口气，说：“都走了。除了你以外，这层楼就剩我和高歌了。”

“这些天，没再出什么事吧？”麦嘉担忧地问。

金哲摇摇头，说：“事倒没有，却也够吓人的。昨晚上连高歌也没敢在学校住，到一个老师家睡了一晚，早晨才回来。”

“难怪我刚才在校园里没见到一个人，真把我吓一跳，以为又出什么事了。”麦嘉舒了口气，说。

“我看没完，迟早还会有事！”金哲冷笑着说。

麦嘉坐下来，眼睛盯在沈鸿的床上，心里一阵难过，问金哲：“沈鸿，到底是怎么死的？”

“不知道。我们见到他时，他早已经死了。死得很惨，头上，胸口都中了枪，脑浆都出来了……”金哲说着，声音低沉，一副沉痛的样子。

麦嘉眼前出现沈鸿惨死时的模样，心紧缩着，难过地说：“没想到会这样……”

“谁能想得到呢！人民的军队向人民开枪，这样的事件，在人类历史上也不曾有过的，他们竟干得出来。”金哲说。

麦嘉喘了口气，撩开逸夫床上的“遮羞布”看看，转过脸问金哲：“逸夫怎么样？有消息吗？”

“据说是被抓了，真要是这样倒也好，就怕……”金哲叹息着，没有说下去。

“要是能找人打听一下就好了。”麦嘉看着金哲，说。

“外面局势这么乱，找谁打听去？”金哲苦笑着说。

正说着，高歌推门进来，一见麦嘉，脸上现出惊喜的神色，过来

拉住他的手，问：“你没事吧？”

麦嘉微笑着点点头，说：“没事。”

“丽华的事，我们都听说了。她，到底怎么样？”高歌低着头，一副很难过的样子。

提到丽华，麦嘉心像被什么东西撕扯着，过了好一会儿才说：“她的腿被打断了……刚做完截肢手术。”

“截肢？没有了双腿，一个女孩，以后怎么过？”高歌说着，脸上一副悲悯的神态。

麦嘉心像被什么东西猛刺一下，想起丽华醒来得知被截肢的消息后那悲痛的神情，一时默默无语。

“差点忘了，这里有你一封电报，好像是家里来的。”金哲说着走到书桌前，拿起一封电报，递到麦嘉手上。

麦嘉打开一看，果然是家里来的，上面写着“母病重速归”几个字，不由得皱起眉头。母亲得癌症已经好几年了，上次姐夫来还说，母亲病情稳定。时隔不久，不可能突然恶化。这显然不过是家里让自己回去的一个托词，可是在这种时候，他又怎么离得开？

金哲见麦嘉没说话，便问：“你打算怎么办？”

“丽华刚动完手术，需要照顾。导师年纪大了，丽华的事对他刺激很大。我要走了，他们怎么办？”麦嘉叹了口气，说。

金哲点点头，说：“说的也是！可是家里那边总得有个交代才是，不然会以为你出什么事了。”

麦嘉想了想，说：“先拍个电报回去，让他们别担心就是了。”

“也只能这样了。”金哲叹息着说。

麦嘉看看高歌，又看着金哲，问：“你们打算怎么办？”

“我想回家去，高歌也跟我一块走。在学校里呆着实在太危险，眼下这局势，谁知道还会发生什么事情？”金哲说。

“军队不是还没到学校来吗？”麦嘉问。

“那是迟早的事！再说同学都走了，他们进来也干不了什么。校园里的情形你也见了……我想，他们是不会放过我们的。”金哲说。

“我看他们是发疯了，什么事都干得出来！”高歌在屋里来回走着，说。

“我就担心会打内战，那样一来，想跑也跑不了喽。”金哲紧锁眉头，一副忧心忡忡的样子。

麦嘉觉得不可思议，说：“打内战？怎么可能？”

“有什么不可能的？听说三十八军和二十七军在南苑机场打了起来，这回对学生打得最狠的就是二十七军，开枪也主要是他们！”金哲说。

听着这话，麦嘉觉得一股寒流在身体里蔓延。打内战的事以前也听人说过，却从来没有现在这样迫切，仿佛随时都有可能成为现实。战争意味着流血和死亡，一旦成为现实，不知有多少人平白无故地死去。一场学生运动怎么竟会演变成这样的局面！

“分配的事怎么样？有着落了吗？”麦嘉看着金哲，问。

“没有。我就是为分配的事才没走的。昨天给中宣部打过电话，那个梁局长这次也出了问题，正在接受审查。所以，留北京的事肯定没戏了！再说，眼下也管不了那么多，还是逃命要紧！”金哲摘下眼镜，用手擦着镜片。

“那是御用文人们呆的地方，去了也没劲！”高歌说。

“这年头干什么有劲？不都是混饭吃吗？”金哲反驳说。

“那可不一样，到了那种地方，你不得不卖身投靠。打比方说，他们让你写文章说这是一场暴乱，就该镇压，你还能不写？”高歌揶

揄地说。

“妈的，你把我看成什么人了！”金哲眼睛瞪着高歌，很不高兴的样子。

麦嘉看看手表，说：“我还得到导师家去一趟。”

“一起走吧，我也要找汪学文去。”金哲说。

校园里依旧是一派冷落的景象，阳光惨淡，知了的鸣叫声更给空旷的校园平添了冷寂的色调。麦嘉同金哲一起在路上走着，谁都没有心情说话。想到就要到来的离别，麦嘉想说点什么，却又不知道说什么好。

到了分手的路口，麦嘉站住，对金哲说：“我走了！这些天都得到医院照看丽华，不能给你们送行了。”

金哲摆摆手，说：“不用，好歹我们有两个人，还能相互照应。丽华的事，你恐怕得多费心，我们是没法帮她的。”

麦嘉眼睛里有些湿润，拉住他的手说：“没事，我能应付得了。你们一路上要保重，学校方面有什么事，我会想办法通知你们。”

金哲看着麦嘉，动情地说：“你也要保重！”

麦嘉点点头，松开手，不敢再去看他，转身走开去。走出一段路，觉得金哲还在路口目送自己，却没有回头去看。

往导师家走着，心思便转到丽华身上。知道自己失去了双腿，丽华并没有号啕痛哭，只是默默地躺在床上半天不说话，任凭着泪水无声地流在脸颊上。看她那副样子，麦嘉觉得心里说不出的难受，却又不知道怎样去安慰她。只有导师去了，她才会说上几句话，好像成心给老人一些安慰。导师一走，便又沉默寡言。对她说什么，她也听着，却很少说话，神情也很冷漠。麦嘉心想，她是没有从那噩梦般的境遇中解脱出来，那可怕的经历给她的刺激实在过于严酷了。他要尽自己最大的力量去帮助她，使她建立起生活的勇气。

来到导师家门前，麦嘉不禁想起往常丽华给自己开门时的情景。每次见到那清纯的笑脸，心里总有说不出的喜悦。

门开了，见到的是白发苍苍的老教授。他穿着一件灰色衬衫扶着墙壁站着，阴暗的光线下脸色显得有些黯淡。一眼看去，这可敬的老人显得那样瘦弱那样衰老，全然没有过去的威严。

“你来了！”老教授勉强地笑了笑，身体似乎在晃动。

麦嘉一阵心酸，赶忙上前把他扶住，关切地问：“您怎么啦？”

教授摇摇头，说：“我没事。”

麦嘉扶着导师往书房走，只觉得那瘦弱的身体在不停地抖动，心想，老人这些天实在过于劳累了，真不该让他在医院里陪着丽华。可是老人脾气那么倔，谁又能拦得住他！真担心他会垮下去。

没有丽华，书屋里仿佛少了些生气。没有开灯，窗帘掩着严严实实，室内显得暗淡又清冷。麦嘉扶着教授在沙发上坐下来，走过去拉开窗帘。一束阳光从窗口照射进来，屋里顿时亮堂了许多。

“丽华，她怎么样了？”教授喘着气，看着麦嘉问。

麦嘉看着教授，感到有些为难。教授昨天才从医院回来，时隔一天能有什么变化？可他理解老人的心情，用安慰的语气对他说：“好些了！”

“吃饭怎么样？”教授又问。

“还行，比昨天吃得多些。中午把一碗稀饭全吃完了。”麦嘉说。

教授长叹口气，说：“我就担心她受不了这样的打击！”

“丽华是个坚强的女孩，我想她会有勇气来面对现实的。”麦嘉对教授说。

教授眼睛朝窗外看着，缓缓地说：“这样的现实，对她来说实在

太残忍！要知道她的生活才刚刚开始。”

麦嘉心情变得格外沉重，他理解教授话中的深意，也知道等待着丽华的将是怎样严酷的现实。

电话铃响了，教授拿了话筒听着，刚说两句话，脸色变得冷峻起来，说了句：“我有病，去不了！”便把电话挂上。

麦嘉不解地看着教授，心里有一种不祥的预感。

“无耻，简直太无耻了！”教授拍着沙发的扶手，气愤地说着。

“怎么啦？”麦嘉不安地看着教授，轻声问。

“我们的学生被人杀害了，现在却有人要我们这当老师的去慰问那些杀害自己学生的人，我要真去了，那我都成什么了！这不是逼良为娼又是什么！”教授气呼呼说着，仿佛身体也在颤抖。

“那活动，是人大常委会组织的？”麦嘉小心地问。

教授点点头，没好气地说：“还能有谁！”

麦嘉想了想，对教授说：“您还是找个借口推托一下，不然的话，他们肯定会对您……”

教授却摆摆手，说：“他们爱干什么就干什么好了！活到这个岁数了，还能有什么想不开的。古人还讲不为五斗米折腰，我又怎么会在乎区区一个人大常委委员的头衔！再说堂堂一个人大委员，连说话的权力都没有，活着又有什么意义。今天我就写辞呈，从今往后，再不给他们当工具使了。”

麦嘉看着导师，内心感到愧疚。那瘦弱的身体忽然高大了许多，他为自己有这样的导师而感到自豪，却不愿意他去冒那样的风险。

教授用手理着头上的银发，叹息着说：“说实在的，我自己是没什么可担心的，放心不下只是丽华，万一我出什么事……”

“不，您不会出事的！”麦嘉急切地说，想阻止教授说下去。

“谁知道呢？眼下这情况，还有什么事情不能发生。”教授感慨地说，语气中很有些无奈。

“杨老师，您放心，我会尽力照顾好丽华的。”麦嘉心头一热，像表决心似的对教授说。

教授点点头，说：“真是苦了你了！”

第二十四章

六月二十九日　星期四　晴间多云

金哲收拾好桌上的书籍，心里很不是滋味。折腾半天，还是不得不回老家去。早知如此，又何苦来念这三年研究生？那样好的工作扔掉了真是可惜，还有房子……这样灰溜溜地回去，还不知等待自己的是什么。可是有什么办法？谁让自己偏偏碰上这倒霉的年月？

这年头能够活下来就算不错了，相对来说自己还算运气。毕竟没伤一点皮肉，也没像逸夫那样至今还受牢狱之苦。生活固然没给自己格外的恩赐，却也没有过分损害自己。

想到死去的沈鸿和正在监狱备受熬煎的逸夫，却不能不为自己此时的苟且心理而感到愧疚。为什么在这种时候还是总想到自己？对那些死去的人怎么这样冷漠？难道那么多人的血都白流了吗？

空荡荡的寝室那样寂静。沈鸿的床铺依旧保持着原来的模样，他母亲说过要来取走他的遗物的，不知为什么到现在还没来。还有逸夫，他的床像平时一样被那块“遮羞布”掩着，他自己却不知蹲在城里的哪个监狱里。在一间寝室里住了三年，连一张合影都不曾留下来，现在想来真是感到遗憾！

就要离去了，到系里开完了派遣证，意味着自己再也不属于这里。对这样的结果不是没有心理准备，却没有想到自己会在这样的情境下以这样的心境离去。要是有沈鸿，有逸夫，还有麦嘉，自己肯定不会这样悲凉地离去。看着他们的笑脸，看他们不舍的神情，心里总能得到些安慰。

高歌的话也许是对的。就算没有这场运动，就算那位给自己帮忙的梁局长现在还在台上，就算自己能入党，就算自己如愿以偿分配到了中宣部，又有什么意思？到了那地方除了出卖自己的灵魂以外又能做什么？没有这场运动，自己也许还能为生存的需要而苛且偷生，可是到了今天难道还能去用自己的笔为那些杀人的屠夫歌功颂德树碑立传？

想起这些天来的“洗脑”运动，心里便感到恶心。既要当婊子，又要立牌坊，还要逼良为娼，这是他们惯用的伎俩！受害者却不得不弯下自己的脊梁骨向杀人的屠夫低头认罪，这是什么世道！虽然每次开会都可能演变成为声讨会，但大多数人都不得不昧着良心说了许多违心的话，包括自己在内。

“他们又在学校抓人了！”高歌推门走进来，对正在沉思的金哲说。

金哲心一惊，问：“凭什么？”

高歌叹口气，说：“昨晚上，大概有八九百人聚集在本科生宿舍楼前唱歌，他们说这是非法聚会，听说总共抓了有四十来人。”

“唱什么歌？”金哲皱着眉头，问。

“都是些革命歌曲，《没有共产党就没有新中国》，还有《国际歌》之类，不过发泄一下罢了。”高歌冷哼一声，说。

“这有什么，前天晚上在未名湖，我们不也唱过吗？”金哲不解地看着高歌，说。

“还说呢，没抓住就算运气。听说三个以上的北大人在一起就算非法聚会，就可以抓人。”高歌阴沉着脸说。

“这算什么！”金哲嘴里这样说，心里却有些后怕。那天晚上的事与政治并不挨边，只不过几个同学一起到未名湖去走了走。正好又有风琴，自己一路拉着，同学们便和着乐曲唱起来。

“他们这样做真是太不值得了！何必呢，不过发泄了一番，前途却给耽误了。听说好些人都不让毕业，找了工作也不让去。”高歌惋惜地说。

“看来他们真是不肯放过我们了！”金哲叹息着，在屋里踱来踱去，一副沉思的模样。

高歌走到逸夫床边坐下，瞪着眼睛说：“还用说！听说原来到中央国家机关找工作的统统都被退回来了，还有外企也不让去，北大的留校名额也要压缩，估计逸夫是没戏了。”

提到逸夫，金哲更是担忧，说：“真要那样，逸夫可就惨了。他学那专业找工作本来就不容易，又进过那地方，谁还敢要？”

“进了那种地方，能不能出来还是个问题。”高歌把腿伸展开去，眼睛看着自己的脚尖。

金哲叹了口气，说：“看来形势越来越险恶，能走还是早走的好。”

“这还用说！最好趁现在他们还没来得及收拾咱们，赶快溜之大吉，迟了恐怕就不好脱身了。”高歌担心地说。

金哲苦笑了笑，说：“你们倒好，拿了派遣证就可到单位报到去。我呢，回了家还得找单位。就眼下这局势，能不能找到还难说。”

高歌摇着头，不以为然地说：“应该不会，再怎么着你还是北大研究生嘛，中国不就一个北大么！”

金哲觉得他过于天真，说：“这年头没人认你这个。你也知道，本来很多单位就不愿意要北大人，这回又是闹得凶的，恐怕……”

“别想那么多，走一步算一步吧。这年头……”高歌看着金哲，安慰说。

金哲苦笑了笑，走到窗台前站住，眼睛往窗外看着，若有所思的神态。

高歌抬头往麦嘉床上看看，问：“麦嘉又到医院去了？”

金哲点点头，叹息着说：“他还能上哪去！”

“这家伙真是个情种！丽华那姑娘倒是不错，可惜……太不幸了！”高歌用悲天悯人的口吻说。

金哲明白他话中的含义，很有些反感，说：“你别尽往那方面想！麦嘉这人讲义气，导师家有事，自然不肯袖手旁观。”

高歌不以为然地笑了笑，好像想起什么，说：“差点忘了，昨天胡坤要我告诉麦嘉，他的思想汇报没通过，让他到系里去一趟。”

金哲心往下一沉，转脸看着高歌：“怎么回事？”

高歌看着金哲，说：“你知道，他和黄凯都是系里的重点审查对像，思想汇报又没认真写，胡坤就盯住了他们俩，没准还会把他们当典型抓的。”

金哲听着倒真有些为麦嘉担心，说：“胡坤这人也真是的，干吗跟人过不去？谁还不知道那都是糊弄人的事。”

“这事也不能全怪胡坤，说老实话，学校已经够宽松了。好多学校都要同学相互揭发，不揭发就不让过关。弄得大家伙都相互猜疑，互相仇恨。”高歌叹口气，说。

金哲听着心里直冒冷气，说：“这不是糟践人吗？”

“本来就是糟践人的事，有什么办法？人在屋檐下，不能不低头，何况还有人把枪顶在自己脑袋上。上回我就对麦嘉说过，糊弄一下得了，何必那么认真？”高歌说话语气越来越世故。

这世界都成什么了？金哲木然地站在窗前，神情更为冷峻。险恶

的世界，险恶的生活。到处弥漫着恐怖，到处都是可怕的陷阱！为了苟且偷生，人们都不得不说着违心的谎言。麦嘉那份思想汇报他是看过的，那里面也有许多违心的话，都是报纸上引来的，这不过要寻求良心上的安慰。这世道却要把你最后一点做人的尊严摧毁掉。

学校的处境是这样险恶，留京的事又没有任何指望，还有什么可留恋的！这年头什么事情都可能发生，眼下最要紧的是拿了派遣证逃命去。金哲这么想着，便对高歌说："我想到系里去看看能不能领到派遣证，你去吗？"

校园依旧冷清，路上行人稀少，清淡的阳光把两个孤寂的身影映照在白色的水泥地面。金哲同高歌一路走着，却不想说话，难言的孤寂感不时袭上心来。想到自己就要离开校园，心里竟有些依依难舍。即便对这一天的到来早有心理准备，却没想到会走得这样匆忙这样狼狈。

哪里是离别，分明是要逃命！金哲苦着脸，心想：倘若今天能把派遣证拿到手，好些同学都不能告别了。死去的沈鸿和关在牢里的逸夫不用说了，麦嘉要是今天不能回来，肯定也见不着了。还有刘杰、宋玉、黄凯都没有返回学校……这一离开，不知什么时候还能见面？一路想着，竟伤感起来。

走进那座小院，首先见到的竟是系总支书记胡坤。他刚从系办公室里走出来，满脸的笑容在金哲看来是那样虚伪和做作。从那次给他送钱以后，金哲对他的厌恶与日俱增。那八百块钱使他们之间有了某种默契，关系也似乎有了微妙的变化，这变化只有金哲自己能够体验到。入党的事早就没戏了，八百块钱等于扔进了水里。说起来胡坤还欠着自己的人情，他却不愿见到他，更怕他提到那笔钱的事。

"噢，你们是来办离校手续的吧？"胡坤倒是泰然自若，同他们握着手，一副和蔼可亲的模样。

金哲心里感到厌恶，却不得不装出一副笑脸，点头说：“是的。”

胡坤点点头，说：“还是早点走好！”

“可以办离校手续了吗？”高歌插嘴问。

“当然可以！对了，你们的工作单位都落实下来吗？”胡坤说着，眼睛却看在金哲身上。

金哲明白他话中的含义，指指高歌说：“他到一家杂志社当编辑，我还得回老家去找工作。”

“对了，你的事，后来中宣部怎么说？”胡坤看着金哲，关切地问。

金哲知道他在做戏，苦笑着说：“这种情况，他们当然不会要我了！”

胡坤叹了口气，遗憾地说：“都是这场运动给耽误了。作为老师，都希望你们能够找到如意的单位。可是你们知道，现在的情况很特殊，许多事情都不是我们能够左右的。入党的事也一样……不过像你这种情况，回家去也好。”

胡坤这番话分明在为自己辩白，说到底还是为那八百块钱的事！这钱金哲本来就没打算要追究的。倘若胡坤执意要把钱退还他，他反而会感到难为情。现在听他这么说，却感到厌恶，嘴角上也不由自主流露出一丝鄙夷来，用嘲讽的口吻说：“胡老师对我们一直很关照，我们不会忘记的。”

胡坤笑了笑，又说：“关于你们入党的材料，我已经让他们放进了档案，将来到了新的单位，也许还能有用。”

金哲淡然一笑，心里却想：不就八百块钱吗，何必这么费心！以后谁还稀罕入那个党？

“我得到学校去开个会，你们进去办手续，有机会常回学校来看看。”胡坤说着，向他们伸出手来。

金哲强笑着同他握手，却说不出什么来。

逸夫用手在肚皮上使劲搓着，油腻腻的皮肤上滚出许多细小的尘粒，又搓一阵便揉出一团豆大的黑泥来。用两根手指夹着举在眼前看着，凄苦地笑起来。天气闷热，屋里的环境又是这般恶劣，洗澡成为一种奢望！一个星期才准洗一次，还得同寝室的人一起去。没等轮到下一次，整个人都会馊了的。

马桶里传出的骚臭和人身上的汗臭交织着在闷热的空气中弥漫，吸进嘴去的气息都含着难言的恶臭。习惯成自然，二十多个日日夜夜的熏陶仿佛使每个人的嗅觉都变得迟钝起来。

逸夫仍在用手搓着身上的油泥，搓完了肚皮又搓后背，好像无数毛毛虫在身上爬动。心里的火气也越发旺起来，竟有把自己撕成碎片的欲望。

别人也在打发着时光，试图在自找的繁忙中消解这无聊的孤寂。有哼歌的，却形不成完整的曲调，声音也刺耳；有低声闲聊的，有气没力，像没吃饭似的；那个做俯卧撑的男孩体力也似乎一天不如一天，做不到十来次便气喘吁吁，坐在铺位上喘着粗气。那个叫董文强的男孩依旧傻呆呆地看着墙上用指甲刻下的痕迹，嘴里嘀咕着什么。

最令人羡慕的是郑希文，他手捧着一本《资本论》正儿八经地看着，似乎有滋有味，难以想象他竟会对这种书籍感兴趣。姜涛说他这样是做给人看的，好像要表明某种态度，让自己对这类人要防着点。可是看他那样子实在不像装的，也许姜涛对他真是带着某种偏见。

有书读真好！那天郑希文向看守提出借书看的请求，他感到很吃惊，因为他从来没有想过在监狱里还能有借书看的权力。郑希文借的书都是与马列有关的，没过两天那戴红袖章的军人便把书送来了。这对自己是一个很大的鼓舞，便也提出要借些《老子》《庄子》之类的书来看看，却遭到了拒绝。姜涛说自己不如郑希文那样识时务，看来不是没有道理。

逸夫朝郑希文看去一眼便移开了，却总觉得他的眼睛正从书上面偷偷地看着自己。从前天吵过架以后，他们还没有说过一句话。那天的事应该怪自己气量太小，郑希文老把他那臭烘烘的脚放在自己铺位上固然没有道理，可他显然也不是故意的，自己干嘛突然发出那么大火，差点要到动拳头的地步，连姜涛都说自己当时那样子很凶很怕人，难怪一下便把郑希文镇住了。事后自己其实也很后悔，想找郑希文解释一番，却又有些磨不开面子。

姜涛又被提出去审讯了，他是这牢里唯一不是学生的人，也是被审讯次数最多的。他们怎么会对他这样感兴趣？是抓住了什么把柄还是有别的企图？据姜涛说，他们想要他承认烧军车的事，还说一个士兵的死同他有关。他不肯承认，他们便往死里揍，就差没用上刑具了。他的话看来不假，每次回到牢里，他身上便会增添新的伤痕。这些天，他的脸色越来越阴郁，话也越来越少，像有什么心事。但愿不会出什么事情！

逸夫觉得腹下胀得难受，不得不硬着头皮起身向那散发恶臭的便桶走去。便桶是刚倒过的，强劲的尿液带着身体里的热气喷射而出，击打着桶底，发出“哗哗”的声响，犹如千军万马在奔腾。

撒完尿，觉得身体轻松了许多，屋里的骚臭味也变得更加浓烈，不由得往四周看看，不好意思地笑着。

刚刚回到铺位上坐下，耳边便传来“嗡嗡”的叫声。循声看去，只见一只苍蝇在头顶上盘旋着，伸手出去猛抓上几把。那讨厌的家伙便从眼前消逝，没过多久却又卷土重来。那刺耳的怪叫声使他心烦意躁。

“这屋里的环境实在太恶劣，得想想办法才是。”郑希文突然叹息一声，说。

逸夫转脸看去，见郑希文眼睛正对着自己，知道他是想同自己和解，反而有些不好意思，对他笑笑，说：“是啊，这些苍蝇蚊子，真是很讨厌。”

“这样下去可不行，应该找他们提提。哪怕弄点蚊香来也好，不然，真是没法过下去了。”郑希文把手上的书放在地上，似乎想同他聊聊。

逸夫苦笑了笑，说：“这种事，没人管的。”

“不管可不行！不管怎么说，我们总还是人嘛，是人就有生存的权力，这是天经地义的。”郑希文刚把腿伸展开，又下意识地缩了回去。

逸夫知道他还记着昨天吵架的事，心里有些惭愧，点头附和说：“法律上说是这样，可是，也许他们根本就没有把我们当人看。”

“问题就在这里！”郑希文叹息着说。

逸夫正要说话，那“嗡嗡”的怪叫声又在耳边响起来，便抬头把眼睛盯在那声音上。过一会儿，就见一只绿头苍蝇贴在旁边的墙上面。

“在那！”郑希文用手一指，轻声说。

逸夫眼睛往旁边一看，见地上有一本《邓小平文选》，便顺手操在手里，往前爬动两步。见那苍蝇依旧没有动静，便屏住了呼吸，把书高高举过头顶，使劲拍了出去。只听到“啪”的一声，墙上落下许多灰尘来。把书翻过来一看，封面上留下一团黑色的血浆。

“总算打死了！”郑希文拿过书去，用手指刮着上面的血印。

逸夫对他笑着，觉得他们之间已经完全和解，心里觉得十分畅快。

郑希文显然也有同样的感觉，竟移动着身子，坐到姜涛的铺位上，顺口问：“姜涛怎么没回来？”

逸夫一直挂念着姜涛的事，觉得有些不对劲。以往出去可没这么长时间，会不会又出什么事了？

“我看姜涛这两天情绪不对劲……也难怪，他们对他好像特别狠，别人都没挨过那样的打！”郑希文说。

听他以这样的口吻谈论姜涛，逸夫有些不好意思。他知道姜涛是很看不上郑希文的，说他没有骨气，就会想办法迎合当兵的。甚至怀疑他是安全部派来卧底的，平时对他说话往往带着讥讽的意味，而且格外防备。逸夫也看不惯郑希文的有些行为，却没把他想得那么坏。看来自己还是对的，倒是姜涛气量小些，似乎还有些神经过敏。

郑希文好像看出了逸夫的心思，苦笑着说：“我知道，姜涛对我是有些偏见，我不怪他。或许那些事情对他刺激太大了，何况，他比我们受苦更多。”

“在这样的环境里，大家的心情都容易变得烦躁，有什么办法？”逸夫表面上在为姜涛辩解，其实也在解释那天吵架的事。

郑希文点点头，叹息着说：“大家都一样！这样的环境，能够熬下去就算不错了！”

“谁知道呢！”逸夫喃喃地说着，嘴角含着凄苦的笑意。从进牢房的那天起，他就没抱什么希望。外面的世界也好，个人的前途也好，都离得那么遥远，他不愿去想也懒得去想。

牢房里安静了一阵，似乎每个人都在沉思着。逸夫眼睛突然落在

董文强在墙上刻下的记号上，突然想起什么，问郑希文："今天几号？"

郑希文不解地看着他，似乎不明白他怎么会突然提出这样的问题，想了想才说："大概是二十八号，不，也许是二十九，谁知道呢？"

"我的那些同学，大概都已经离校了……" 想起那些曾经朝夕相处的室友和同学，逸夫感到有些怅然。那天晚上以后，他同他们之间的联系便完全割断了。不知道他们现在怎么样了？麦嘉、金哲、高歌、刘杰、宋玉、黄凯……他们该不会出事吧？还有一直守在广场的沈鸿……

"不知道外面情况怎么样？"郑希文担心地说。

逸夫苦笑了笑，说："能好到哪里去？能活下来就算不错了。"

"从报纸上看，军队好像没有进到学校去……"郑希文朝门上看一眼，压低了嗓音说。

逸夫却不在乎，说："那有什么区别？到底怎么回事，谁说得清楚？"

郑希文叹口气，过一会儿又说："你不是今年毕业吗？工作的事定下来没有？"

"定下来又有什么用，还不都得泡汤了！"逸夫说着，不由到想到导师郭慎之教授，当初正是他力主要自己留校的。自己出了事，他一定感到很为难，在系里也不好交代。对自己来说，留校也算是最好的选择了，他不想让导师失望。可是偏偏就碰到这样的事，有什么办法？但愿导师能够谅解自己。

"你不是还有女朋友吗？她怎么样？"郑希文问。

逸夫笑了笑，心想这个郑希文真是个有心人，他只是偶尔跟他谈到过林琳的事儿，没想到他还记得。其实他也在为林琳担心。他相信林琳是不会有事的，她早就回家去了，那天晚上她肯定不在现场！她要是知道自己关在牢里，肯定会难过的，毕竟还是很爱自己的。林琳是个好姑娘，不过她的父母都不喜欢他，这样也好，没准她对自己也死了心了。

“我也有个女朋友，也是今年毕业，前些日子，我们的关系有些紧张……她从小生活在城市，父母亲都是普通市民，老想靠着这女儿出人头地……她母亲就说过，她女儿就得找个高干子弟，所以对我并不满意……可能受家庭的影响，我那女友也很爱虚荣，对钱的事看得很重……为了让她高兴，上学这几年我可没少到外面去挣钱，到公司打工，编书，贩卖电影票……后来又托朋友帮忙，为她在北京找到一份工作。这个时候，我想应该到单位去报到了……”郑希文仰头看着对面的墙壁，说。

逸夫不愿意过多地去想自己和林琳之间的事，似乎那些事情离自己已是有些遥远。或许自己本来就不是太有激情的人，同林琳的恋爱中并没有太多的缠绵和浪漫，一切都是那样平淡。

“将来的事，谁知道会怎样！”郑希文摇摇头，感叹着说。

逸夫觉得他过于伤感，劝慰说：“别想那么多了，过一天算一天吧！”

外面走道里传来脚步声，屋里顿时沉静下来。郑希文同逸夫交换一下眼色，轻声说：“是姜涛回来了！”

逸夫没说话，屏住呼吸听着，眼睛死死地盯住那依旧紧闭着的铁门，似乎在等待什么。

缓慢的脚步声到了门口便停下来，接着便听到开锁的声音。门打开了，门外站着的那个披散着头发的大汉正是姜涛。

“还愣着干什么，快进去！”好像有人从后面推了一把，姜涛往

前走了两步，回头对外面的人怒目而视。

“咣当”一声，门被关上了。逸夫赶快上去把他扶住，不安地问：“怎么样？你没事吧？”

“狗娘养的！”姜涛往地上啐了一口，狠狠骂一句。

逸夫扶着他到铺位上坐下，问：“又挨打了？”

姜涛点点头，喘息着说：“那些狗娘养的，一次比一次狠！”

逸夫看他那难受的样子，不由得激愤起来，问：“他们为什么这样对待你？”

“还能为什么，不就因为我不是大学生！”姜涛惨笑着，朝旁边的郑希文看一眼，眼神显得有些古怪。

“怎么会？他们真正恨的应该是我们。”逸夫吃一惊，不解地看着姜涛。

姜涛冷笑着说：“不错，他们是恨你们，毕竟是你们把事闹起来的。可又能把你们怎么样？不管怎么说，你们是大学生，是社会的骄子，国家的栋梁，真要动了你们，老百姓都不会答应。可我算什么呢，一个无业游民，一个流浪汉。无论在政府也好，老百姓也好，从来没有把我们当人看的。在他们眼里，我们只不过是些社会滓渣，社会败类。关起来也好，砍脑袋也好，没人过问的！”

“这么说并不公平，我们不也被关在这里吗？”郑希文看着姜涛，争辩说。

“是的，你们也被关着，可是用不了多久就会放你们出去，现在不是已经放出去一些人了吗？可我们就不一样了，没准就会被安上一个谁也说不清楚的罪名，轻则判个十年八年，重则连性命也保不住！这就是我们之间的差别，你是学法律的，难道连这一点都不懂吗？”姜涛看着郑希文，用嘲讽的口吻说。

逸夫觉得他情绪有些异常，看着他问：“到底发生了什么事？”

“他们到底想要让你干什么？”郑希文也凑过脸来问，似乎并不在意刚才姜涛的嘲笑。

姜涛眨眨眼，冷笑说：“没什么，只不过要送我上法庭！”

“上法庭？这么快？”逸夫吃了一惊，用询问的目光去看郑希文。

郑希文想了想，说：“这不奇怪！他们是想做个样子出来给人看，一来想说明他们并不是对着学生来的；二来想告诉别人，中国仍然有法律，他们会按照法律程序来办事的。”

“都这个时候了，他们还能骗谁？”那个做俯卧撑的男孩也走了过来。

“总还有人相信他们那一套。”郑希文叹息着说。

逸夫看了看情绪低落的姜涛，转脸问郑希文：“他们能判什么罪？”

“得看需要了，反革命煽动罪，打砸抢罪什么的都可以，中国的法律是怎么回事你还能不知道？”郑希文说。

逸夫心里顿时抹上一层浓厚的阴影，再去看姜涛时，心情更加沉重。

谁也没再说话，屋里死一般沉静。

“胡坤找你，你到系里去一趟吧！”麦嘉刚进屋，躺在床上的金哲抬起身子对他说。

“什么事？”麦嘉仰头看他，问。

金哲从枕头边摸出眼镜来戴上，看着他说：“你那份思想汇报没有通过，是不是还有别的事我就不知道了。”

“还能有什么事！”麦嘉冷笑着，感到十分厌倦。那份该死的思想汇报简直把人烦透了，好不容易捏着鼻子写完了，却又没通过。都这个时候了，胡坤为什么还给自己找麻烦？

“丽华怎么样？好点了吗？”金哲在床上坐着，手不停地挠着胸口。

“伤是好多了，只是情绪上还没缓过来。”想到依旧躺在病床上的丽华，麦嘉心里更是难受。要不是她的催促，自己还没想回学校来。灾难过后，丽华的性情似乎改变了许多。她很少说话，很长时间没有看到她的笑脸了。

“这种事情，主要的创伤还在精神上。时间长了，就会好的。”金哲弓着腰，把手放在被子上面，一副愁苦的样子。

麦嘉知道他是想安慰自己，叹息说：“只怕没那么容易。”

“你导师怎么样？”金哲问。

“还行吧，总算没垮下去。”麦嘉苦笑了笑，才想起已经有两天没去看老头了，心里很有些不安。

“你看这两天的报纸了吗？”金哲眯细了眼睛看着麦嘉，问。

麦嘉觉得他那眼神有些怪异，摇着头说：“谁有空看那玩意！”

“老邓出来了……好像所有的人一夜之间都变了，他们都煽着自己的耳光，揭发着别人，也反省自己。”金哲叹息着说。

“都是些什么人？”麦嘉皱起眉头，问。

“什么人都有。民主党派、无党派人士、教授、企业家、科学家……很多都是所谓的社会名流，不久以前他们还在为我们摇旗呐喊，现在却……给人的感觉好像这个国家这个民族正进行一场赤裸裸的良心大拍卖！”金哲苦笑着，说。

“无耻，可悲！都是共产党的狗……”麦嘉情绪激动，在屋里来回走着。

“其实我们都是……像狗一样活着！到现在我才明白，抗日战争的时候，中国怎么会有那么多的汉奸。这样的汉奸现在到处都是，只不过历史没能给他们当汉奸的机会。”金哲感慨地说。

“这样下去，中国真是没什么希望了！”麦嘉仰头叹息，心里一片悲凉。

“本来就没希望！现在我是想通了，什么国家的前途民族的命运，关我屁事！这年头把自己的事情管好就不错了。”金哲悲观地说，身子慢慢地仰下去，脑袋靠在后面的铁栏杆上面。

“怎么能这么说？”麦嘉看着金哲，不明白他怎么会这样消沉。

金哲出人意料地没有反驳，却对麦嘉说：“我听说有人在追查那几次签名的事，看来他们先要从知识分子开始清算，你最好还是劝劝你导师，千万别在这种时候跟他们顶。”

“他能听我的？几天前他把辞呈都递上去了，这次人大会也没去参加。”麦嘉苦笑着。想起导师，心里既是敬佩，又不能不为他担忧。

“这老头怎么也像个孩子似的，这么任性！”金哲这样说，语气中却含着深深的敬意。

“他这人就这样，没办法！”麦嘉叹了口气，微笑着说。

金哲看看手表，对他说：“你还是先到系里去。我也得起来收拾东西。”说着，用手把身体支撑起来。

麦嘉觉得有些突然，问：“什么时候走？”

“明天吧。我不像你们，回去还得找工作。”金哲说。

想到这么快就要分别，麦嘉心里也感到惆怅，说：“这些日子……也没能在一起聊聊！”

“没事的话，晚上回来一起吃餐饭，聊聊天。”金哲说。

麦嘉点点头，说：“好，我一定回来。”

“见了胡坤，别和他顶！他爱说什么就说什么好了，就当没听见就是。这个寝室就剩下咱们哥儿俩了，我可不希望你再出什么事情。”金哲动情地说。

麦嘉觉得眼睛里有些湿润，克制住感情，说：“我能对付过去。”

“那就好！”金哲点着头，像是放下心来。

在冷冷清清的校园里走着，想着刚才同金哲的谈话，麦嘉有一种苍凉悲壮的感觉。不久前，哥儿个还快快乐乐地在一起活着，而今却死的死，抓的抓……现在金哲又要走了，就剩下自己一人留在这险恶的京城里。真不知道什么样的命运在等待自己？

想到未来，麦嘉不由得苦笑着。那个企业的研究所总算把调令寄了过来，而自己对它却一无所知，他不知道那是个什么样的地方，自己在那里又能干什么。生活就是这样无奈，命运像要成心捉弄人似的。

胡坤会怎样对待自己？想起眼前的事儿，麦嘉心里很有些忐忑。事情肯定不是一份思想汇报那么简单，或许还同丽华有点关系。据说上边有指示，戒严前后是一道坎，以前的事都可以既往不咎，对在这以后仍在参与活动的人则要严厉查处；而凡是那天晚上在现场的则通通以暴徒论处。因为丽华受伤的事，他们肯定知道自己当时在现场，真要追究起来自己肯定是跑不了的。可是，胡坤会那么干吗？他总得给导师一点面子？趁这机会整人还能叫人！可是谁说得准呢？想趁机捞一把的人不有的是？许多人不都已经跳出来了吗？人心难测，没准胡坤真会把自己当典型来抓的。真要那样的话，还有什么可说的？他爱怎么样就怎么样好了，反正自己就这德性。

想到躺在病床上的丽华，麦嘉更觉得心灰意懒。离开学校，也许不能有更多的机会去照看丽华了。她的伤远没有痊愈，情绪又那样低落，自己怎么能在这种时候抛下她不管？尽管她一再催促自己到单位去报到，可是看得出她对自己是很依恋的。眼下这种情况，在学校里多待一天是一天，只要能更多地同丽华在一起，其他什么都不重要！

“麦嘉，你过来一下！”刚到系办公室门口，从里面出来的王老太把他叫住，眼睛往旁边看了看，神色有些紧张。

麦嘉对这爱唠叨的老太太素有几分忌禅，见她那副样子感到有些惊讶，便随了她走到一边去。

王老太左右看了一眼，才把脸凑过来，小声地对他说：“里面正谈论你的事，你得小心点。”

看她那神秘兮兮的样子，麦嘉心里略微有些不安，问：“说我什么？”

“他们说，你参加活动很积极，那些日子整天不在学校，找你都不见人……那天晚上又在现场。”王老太一口气说着，一副担心的样子。

一听这话，麦嘉就知道是李保田。这娘们气十足的家伙曾经有几次为分配的事到寝室找过自己，正好自己都不在。可是他凭什么就说自己当时就在广场呢？他说这话又是什么意思？不是成了心想坑人吗！

“要是他们问你，你就说当时你没在，反正他们也拿不出什么证据来。”王老太好心地嘱咐着。

麦嘉听着心里有些感动，别看王老太这个平时对人很严厉，又爱唠叨，心肠可真不坏，在这种关键时刻就看出来了。

“记住了，什么都别承认！”王老太再一次嘱咐着，很不放心的样子。

他们真要成心整人的话，不承认又有什么用？麦嘉苦笑着，却不忍心让眼前这位好心的老太太失望，只好点着头说：“我会记住的。”

“你来了？”在系主任办公室里，胡坤同往常一样用笑容来迎接麦嘉。

麦嘉却觉得他笑得有些勉强。从金哲那里听说过送钱的事以后，他就不能不以鄙夷的目光来看这位笑容可掬的党总支书记。一个连学生的钱都敢贪的人，都成什么了！真要逼急了把这件事给捅出来，看他还有什么脸面！

“你坐吧！”胡坤看他站着不动，便用手指往沙发一指，说。

麦嘉淡然一笑，只得坐下来。

胡坤从桌上找出一份稿纸来看着，缓慢地说：“找你来是想谈谈你这份思想汇报的事。”说着，又抬头看一眼麦嘉。

麦嘉看他手里拿的正是自己那份思想汇报，没作声。

胡坤低头翻看着手中稿纸，说：“你这份材料我看了一下，有几个问题恐怕要注意一下。一是全文几乎用的都是引文，却没有谈到你个人的观点；二是文章的主语都是用的‘我们’，你能不能解释一下，这个‘我们’到底包括什么人，包不包括你自己呢？”

麦嘉觉得有些尴尬，没想到自己玩的小花招竟会让胡坤看出来。可是这有什么呢？自己这样做只不过是不忍心用自己的嘴去诋毁这场神圣的运动，以求得良心上的平衡，并不是什么羞耻的事，于是便对着胡坤说：“那里面的话本来就是从报纸上引来的，并不代表我的观点。”

“这可不行，你的思想汇报就得谈论你自己的观点，像你这样，那算什么呢？前段时间的学习，你也都参加了，难道思想上就没有一点变化？”胡坤皱起眉头，说。

“不能说没变化，可还是有许多问题想不通。不只是我，大多数人都想不通。我不想说假说话去骗人，只能这样！”麦嘉硬着头皮说。

胡坤看着麦嘉，叹口气说：“个人有自己的想法，这是很正常的！可是现在是特殊时期，关系到你能不能毕业的问题！不要以为我故意跟你为难，从我这方面来说，让你过关是很容易的事。可是你应该知道，这些材料，都是要跟着档案走的。过不了关，就没有单位敢接收你。到那时再退回到学校来，你很被动，我们也很被动……到那时就晚了！”

麦嘉吃惊地看着胡坤，没想到他会说出这样一番话来。这番话说得很真诚也很实在，从哪方面看都不会有什么恶意，那张被虚假笑容掩饰着的脸此时也透出了一份真实。难道自己也只能像许多人那样为了得到一份工作而苟且活下去就要睁眼说瞎话？

胡坤又说：“系里有人对你的事都很关注，因为杨丽华的事。他们知道你当时就在现场。我身上的压力也很大……从我的角度来说，当然希望你尽快离开学校。希望你认真考虑一下。这份思想汇报我还给你，怎么改是你自己的事。”

麦嘉觉得胡坤的语气越来越冷漠，心里有些发慌。低头想了一阵，抬头看着胡坤，问：“您看，怎么改好？”

胡坤满意地笑了笑，说：“这稿子得重新写一遍，另外还要把你在那段时间每一天的活动写出来……”

麦嘉看着胡坤那翕动着的大嘴和那得意的微笑，心往下沉着，好像自己陷入了他预先布置好的圈套，耳边响起金哲那无奈的叹息声：“其实我们都是……像狗一样活着！”

“你觉得怎么样？”胡坤不安地看着麦嘉，问。

“我，照您说的做！”麦嘉茫然地看着那张虚假的脸，咬着牙说。

第二十五章

十一月七日　星期二　阴有小雨

听到外面开锁的声音，所有人都把眼睛往门上盯着，仿佛在期待着什么。逸夫却只是抬了抬眼皮，依旧蜷缩着身体靠墙坐着，动也没动一下。

牢门被打开了，一个穿着制服的看守走进来，眼睛往四处看了看，眼睛盯在逸夫身上，用手指了指，说："你，收拾东西跟我走！"

逸夫抬起眼睛看着那看守，神情木然，心想：又是要转到别的监狱去了，前两次他们给他换监狱的时候那看守也是这么说话的。可是他实在不愿意再动弹，到这个监狱里来不过一个月，心情刚刚安定下来，真不明白他们为什么老用这种办法来折磨自己！

那看守似乎被逸夫脸上冷漠的神态激怒了，用手指着逸夫的头顶，厉声地说："我说的是你，还不赶快起来！"

逸夫用手支在地板上，先让自己的双腿站直了，然后直起腰来，站在那凶狠的看守面前。

那看守鼓着一双金鱼般的眼睛瞪着逸夫，问："有什么东西要收拾吗？"

逸夫摇摇头，说："没有！"

"出去吧！"看守用手往门外一指。

逸夫转过脸去，看一眼牢房里的那几位难友，默默地向他们告别。

然后转过身缓慢地迈着步子走出这呆了不到一个月的牢房。

沿着阴森森的走廊往前走着，两边是一道道紧锁着的铁门。这里关押的许多人都是同他一样那天晚上被抓的，放风的时候同他们见过面，只是没有交谈的机会。不知道等待他们的是什么，但逸夫此时并不觉得恐惧，在牢里呆了几个月，他的感情好像已经麻木。

原以为会像前两次那样直接被带到外面的囚车上去，等待自己的是全副武装的士兵。走出那道铁栅栏没多远，后面的看守却让他站住。他回过头来，茫然地看着那看守，心里想着他还会以什么样的方式来整治自己。

“进去吧！”那看守指了指旁边的门，口气竟也温和了许多。

逸夫不解地看着他，似乎对这突如其来的温和有些难以适应，不知道该做出怎样的反应。

“快进去吧！”看守把门推开，脸上似乎还带着一丝微笑。

逸夫又看他一眼，缓缓迈出一只腿去，那感觉就好像要迈进一道预先知道的陷阱，惶恐而无奈。

里面是一个牢房般大小的房间，昏暗的光线给人以阴森森的感觉。对面办公桌前坐着一个穿警服的中年人，大脸庞，浓眉大眼。逸夫在放风的时候见过他，知道他是这里看守长，却想不出他找自己来干什么。

看守长翻开眼皮打量着逸夫，然后指指旁边的椅子，说：“坐吧！”

逸夫觉得他的语气并不那么严厉，反而更加奇怪，看着他迟疑了一阵，终于坐下来。

看守长翻看一下桌上文件夹，又抬头看着逸夫，说：“我们对你的情况进行了调查，也向学校有关方面了解了你的表现，作出的结论

是：你在这次反革命暴乱中犯下了严重的错误！但本着我党‘惩前毖后，治病救人’的方针，考虑到你毕竟还只是大学生，在学校表现又不错，你所犯的错误很大程度上是受社会错误思想的引导……所以，经过同有关方面研究磋商，决定释放你出狱！”

“出狱？”逸夫疑惑地看着看守长，似乎不大相信自己的耳朵。

看守长点点头，说：“是的，我们决定放你出去。这也体现了我们党对你们大学生的爱惜嘛。看你也是从农村来的孩子，考上大学不容易，希望你以后不要再跟着别人瞎闹了……”

逸夫没有听清看守长后面的话，不过他终于相信自己是可以走出监狱了。然而心里并不感到怎样的欣喜，眼睛依旧木然地看着看守长。

“你有什么话要说吗？”看守长皱起了眉头，问。

“没什么要说的！”逸夫摇了摇头，脸上依旧没有表情。

看守长轻轻叹了口气，说：“那好吧，你在这上面签个字，就可以走了！”说着，把那个文件夹递到逸夫跟前。

从看守长手里接过笔来，逸夫觉得手在微微地颤动，握紧了笔，写下了自己的名字，定了定神，把笔还给了看守长。

看守长看了看他的签字，把文件夹合上，对他说：“好了，你可以走了！”

逸夫却茫然地看着他，似乎不知道自己该干什么。

“小王，你送他出去。”看守长对刚才押他到这里来的看守说。

“走吧。”那位叫小王的看守从后面拍拍他的肩膀，说。

逸夫看着看守长，张了张嘴，却没有说话。

看守长好像想起什么，问：“带钱了吗？”

逸夫摇摇头，觉得他问得有些奇怪。

看守长叹了口气，从衣袋里摸出一把钱来，抽出一张五块钱钞票，递到他的面前，说：“拿去作车费用。”

逸夫迟疑着，看着看守长。

看守长把钱塞进他手里，说：“拿着吧，够你回学校去了。”说着，轻轻地拍拍他的肩膀。

逸夫心里一动，手里攥住那张钞票，终于说了一句：“谢谢！”然后转过身看了看在门口站着的看守，移动着脚步向外走去。

“往这边走吧！”走出门外，那位姓王的看守用手往旁边指指，温和地说。

走出阴森森的楼道，眼前是大片空无一人的场地，足有半个足球场那么大。又走出一段路，便看见前面支着高压电网的高大围墙。每次被押到一所新监狱时都是在黑夜，浓浓的夜色把周围的一切都遮掩着，现在才知道自己蹲了好几个月的监狱竟是这般模样。

两道黑色的大门紧闭着，旁边有一个绿色的岗亭，上面站着两个全副武装的士兵。逸夫觉得那两双警觉的目光盯在自己身上，却也没有害怕的感觉。

“你在这里等一下。”姓王的看守对他说，抬腿往岗亭上的士兵走过去。

逸夫站住了，看那姓王的看守走到了那哨兵的面前，低声说着什么，那哨兵转过脸来瞅了逸夫几眼，便过去打开了旁边的小门。

“你现在可以出去了！”姓王的看守走过来对他说。

逸夫看着那姓王的看守，想对他说几句话，却又没说出来，终于缓缓地迈出脚朝门口走去。

“到了前面往东拐，走不远就有到动物园去的公共汽车。”姓王的看守把逸夫送到了门外，对他说。

逸夫轻轻点着头，说一声：“谢谢！”

“有些事情，我们心里也都明白，可是没办法！”姓王的看守叹息着说，看了逸夫一眼，转身离开。

逸夫看着他的身影在那道黑色的小门里消失，接着便听到关门的声音。轻轻地叹息一声，转过身缓慢挪动着脚步。

挨着高大的围墙走着，才发现地上竟是潮湿的，像刚下过一场雨。眯着眼睛抬头往天空看，天色也是阴沉沉的。四周很清静，路上很少行人。走到路口，才想起那位姓王的看守说过的话，却又分不出东南西北来，只好凭着自己的感觉往右手边的那条路上走。

一切都是陌生的，那街道，街道两旁的建筑，还有行人的面孔。冷眼看着这一切，逸夫觉得心里凉飕飕的，好像有一种无形地屏障把自己与这外面的世界隔离开来。

经过一个发廊前，逸夫站住了。看着镜子里面的自己，竟也觉得陌生，难道镜子里那个穿得邋里邋遢满脸憔悴的人就是自己么！这是被抓以后第一次面对自己，没想到竟会有这么大的变化。

“在里面到底呆了多长时间？”逸夫想着，只觉得心里一片茫然。在没有希望的日子里，时间的观念早已淡漠，如今时间对自己似乎有了一种新的含义。这个念头一出现，便产生出强烈的欲望，恨不能马上找到明确的答案。

又往前走了一段路，看见路边有个卖冰棒的老大爷，便走上前去问：“大爷，跟您打听一下，今天是几月几号？”

老大爷用奇怪的眼光打量逸夫，用手往监狱的方向指指，问：“你是刚从那里面出来的吧？”

逸夫点点头，说：“是的！”

“是被抓进去的大学生？”老大爷又问。

逸夫又点点头，却没说话。

“看你这样子就像！来，吃根冰棒吧！”老大爷热情地说，便从冰箱里拿出一根冰棒往逸夫手里送。

“不，大爷，我……”逸夫推辞着，不知道说什么好。

“吃吧，我知道你们在里面受了不少苦！不瞒您说，我孙子也让他们抓进去了，他也是大学生！我在这里卖冰棒，也是为了等他出来。”老大爷叹息着说。

“他是关在这里面？”逸夫惊讶地看着老人，问。

“是关在这里面，我儿子找人打听过！他的名字叫周伟雄，不知道你见到过没有？”老大爷用企盼的眼光看着逸夫，问。

逸夫摇摇头，心里觉得有些歉意。

“我只是随便问一问，其实就算见到了你也不认识的。”老大爷说着，脸上却露出失望的神色。

逸夫手里拿着冰棒，却顾不上吃，本想把口袋里的那五块钱交给老大爷的，却又拿不出手。

“对了，我忘了告诉你，今天是十一月七号，星期二。”老人说。

逸夫点点头，继续往前走着，眼前变得模糊起来……

“别干了，歇着去吧。”师傅用棉纱擦着手上的油泥，对正埋头拧着螺丝的麦嘉说。

麦嘉笑了笑，从地上站起来。他知道，凭师傅的手艺，这台机器半天就能修好的，可现在两天过去了！一个上午真正干活的时间还不到一个半小时，本来只要再干上半个小时就能把机器重新装上的，却突然停下不干了。对师傅们这种磨洋工的做法他早已经习以为常，钳工班的活本来就少，那么快把活都干完了，工时奖金怎么算！这话是

师傅们说过多遍的，他现在越来越能理解了。

“东西就放在这，找地方歇着去吧。”师傅看他手里还拿着板子，说。

在车间呆了三个多月，麦嘉对师傅的用意早能够心领神会。离吃午饭时间还有一个多小时，回值班室让班长见了实在不好交代，碰上厂劳资科下来的干部更说不过去。自己倒没什么，反正是下来劳动锻炼的，连累师傅们少拿了奖金可就尴尬了。

师傅先走了，去向很明确：不是到隔壁电工班找人侃大山，就是到后面的休息室里喝茶。可是自己能到什么地方呢？麦嘉站在那里，心里颇为踌躇。

按规定，今年参加工作的大学生研究生都得下基层劳动锻炼一年，然后看表现安排工作岗位。今年一起分配到那家单位的大学生研究生就有十来个人，而这次跟他们一起下到车间的还有今年分配到几家中央新闻单位的学生。对于这样的安排，麦嘉内心里是抗拒的，与其说是锻炼，不如说是一种变相的惩罚。他原本出身工人家庭，并不害怕劳动，也会劳动，即便是钳工这样的技术活，他也能应付。然而他总觉得自己与这里的一切都有些格格不入，看到别人都能在这里混得如鱼得水，他觉得难以理解。

尽管他干得不坏，工人们也都很喜欢他，但他对所谓的劳动锻炼是完全抵触的。他知道，在他们眼里，他们这些人都是犯了错误的，是迷途的羔羊，所以让他们来到车间里劳动改造，似乎干了活，吃了苦，就能变好变乖，完了就能跟着他们走，而在麦嘉来看来，这实在太可笑了。当年毛泽东发明的这套办法甚至没有能够征服当年的右派们，而今故技重演，又奈何得了谁！民不畏死，奈何以死惧之。子弹也好，各种肉体和精神的折磨也好，或许能吓倒一些胆小鬼。对于大多数人来说，却只能激起更多的仇恨和反抗。

他们总说我们不了解社会，似乎只要了解这个社会，就会为他们的“成就”而震惊，也不会再“闹事”了。而今走入了社会，看到的又是什么呢？还是中国最好的企业，被称作中国企业改革的一面旗帜！来以前听过吹嘘，几乎带着顶礼膜拜的心情来到这里，失望却接踵而至：刚到车间，领工作服就花去一个星期的时间！下到班组，看到工人每天都在磨洋工。比起劳动来，他们似乎更愿意在闲聊当中把时间消磨掉。他观察过，这里每个工人每天真正有效的劳动时间绝不会超过三小时！

现在想起来，我们的确太不了解这个社会了。多少年来我们一直生活在他们为我们营造的虚假世界中，见到的和听到的都是经过精心策划过的谎言。我们没有经历过五七年的反右运动，不能体验出他们对知识分子和知识的恐惧和仇恨；没有经历过所谓的三年国民经济困难时期，不知道有多少人在那场人为的灾难中成了饿死鬼；“文革”的时候我们也还小，不明白政客之间的权力斗争怎么会演变成那样一场国民之间的相互仇恨和残杀……要是早知道这一切，又怎么会那样天真幼稚！

任何专制社会都是靠谎言和枪杆子来维持的。统治者左手拿着话筒，右手则紧握住枪杆。先是用谎言把自己打动扮得美丽动人，骚首弄姿，以图收买人心。一旦失灵，便露出狰狞面目，举起枪杆子把所有反对他们的人连肉体和精神一起消灭。

这个生产钢铁的著名企业同样也生产着各种政治和经济谎言！从踏进工厂大门那天起，谎言便从四面八方簇拥过来，如同疯狂的猛兽恨不能把所有人都吞进自己的血盆大口。可笑的狂妄自大！一个十八万人之多的大型钢铁企业，一年仅生产出四五百万吨钢铁，创造出十

一二个亿的利润，却硬要说“不相信社会主义干不过资本主义”。谁知道他们在那些数据上做了多少手脚！稍微知道一些内幕的人都说，很多利润都不是从高炉里生产出来的，而是在账本上编造出来的。

企业是社会的缩影，专制者的淫威无处不在。贪天下之功为己功，用谎言为自己编造动人的神话，以大众的愚昧为代价造成普遍的个人崇拜心理，并把个人的意志强加到每个人身上，这是专制者的共同嘴脸！

到企业来以前，“周彦武”这个名字在麦嘉听来极其陌生。从走进他统治下的这个企业王国那天起，这三个字出现频率高到了令他感到吃惊的地步。不同阶层的人对他有不同的称呼：亲近他的人都肉麻地称他为“彦武同志”；一般基层干部诚惶诚恐地称之为“周书记”；工人们却背后直呼其名为“周彦武”。这个七十多岁的老人四十多年来一直统治着这个庞大的企业王国，像一个勤劳的农民一样在自己这块领地上耕耘着。十年前的承包制改革给他带来了机遇，他凭着农民式的狡黠不失时机地为自己捞取地盘和权力，在一个强大的企业王国的基础上建立起一个神话的王国，他自己则理所当然成为这神话王国的主人！昔日的辉煌引发出个人欲望的无限膨胀，周围奸佞的谄媚阿谀使他丧失了对现实的感觉能力，肉体和智力的衰弱加剧了对失去权力的恐慌，他不得不以专制的方式来维护自身的信心和权威。他以权术家的手腕把一个又一个反对自己的人排除出去，把自己的子女和亲信安排在重要的岗位上，把整个企业牢牢地把握在自己的手里，从而建立了一个专制的企业王国。他的意志体现在这个王国的每个角落，从有生命的人到那些质量并不可靠的钢铁产品。他一跺脚，这十里钢城都要为之颤栗！而这一切又往往是在民主制度的幌子下进行的……据工人们说，在这个号称打破了工人与干部界线的王国里，这个作为公仆的企业领导所享受到的待遇比国家元首有过之而无不及。他有自己的保镖和严密的警卫系统，出门有警车开道。哪怕到厂区开会或下厂去视察工作也要三步一岗两步一哨，绝不允许工人靠近，许多工人在这企业里干了半辈子却没有见过自己这位“公仆”；关于他和他儿子生活腐化的传闻更是不胜枚举……这不可一世的威风并不能掩盖其内在的空虚，表面繁荣背后埋藏着深刻的危机，就像一幢用木头搭起来的高楼，蛀虫已把木头完全掏空，无论其外表多么华美，用手一推就会倒塌下来。这个企业的整个机制完全是围绕着他个人的意志建立起来的，他是靠着自己的意志和权威在支撑着这摇摇欲坠的王朝，他的意志衰退之际也是这个王朝的倒塌之日……这其实也是所有专制者难以逃脱的命运！

“我倒要看看他们到底能把我改造成什么样！”麦嘉想着，嘴角流露出冰冷的笑意。当初他带着恐惧和迷惘下到车间来，厂门口用钢铁浇铸的黑色雄鹰遮天蔽日给人一种苍凉悲壮的压抑感，隆隆轰鸣的机器疯狂地转动着，好像随时有可能把自己吸进去绞成肉浆……然而班组里的工人却以朴实宽厚的胸怀迎接他们这些落难的书生，他们得到的是尊重和保护，而不是歧视和虐待。那场政治事件反而使他们更加亲切更能相互理解，只要谈到那个话题，他们的心就会变得格外亲近……回想起这几个月来的经历，麦嘉觉得自己很幸运。这环境恶劣的工厂好像成了他的避难所，至少不用回到那个所谓的研究所去写那些言不由衷的狗屁文章，也不用去迎合别人说自己不想说的话做自己不想做的事！

“就你一个人在这，你师傅呢？”钳工班长郝师傅不知什么时候走了过来，他的声音把麦嘉从沉思中惊醒过来。

麦嘉茫然地看着这戴着红色安全帽的壮汉，慌乱地说：“师傅

他……好像是到库房里找什么备件去了……”话一出口，便意识到自己也在说谎，感到愧疚起来，不敢用眼睛去看班长那双鼓得老高的三角眼。

班长走到机器前看着，用杆锥在里面随意鼓捣两下，似乎要看看机器修好了没有，随后脱下手套，从衣袋里摸出一包香烟，看着麦嘉问：“来一根？”

麦嘉摇摇头，说：“不会。”

班长吸着烟，对麦嘉笑了笑，说：“坐下歇一会儿吧！”说着把安全帽从头上摘下来放在地上，蹲下身子坐上去。

麦嘉觉得他有话要对自己说，便也学他的样把屁股坐在帽子上面。

班长吐出一大口烟雾，看着麦嘉问：“到我们这里来干了几个月了，感觉怎么样？”

麦嘉想了想，微笑着说：“还行吧，师傅们都好，只是……觉得干活太少，整天无所事事的，心里闷得慌……”说着，不安地看着班长。

“你还嫌干活太少？”班长不解地看着麦嘉，好像他是从外星来的人似的。

麦嘉点点头，说：“是的，闲着也是闲着，多干点活也许过得更好些！所以我想，没事的时候，请师傅们教我们一些钳工的技术活，比如电焊汽焊什么的……”

班长皱起眉头，用讥笑的口吻说：“你学这些有什么用？还想当一辈子钳工怎么着？”

麦嘉苦笑了笑，说：“当钳工也没什么不好嘛！再说艺不压身，将来没准能有用得着的机会。”

“可别这么想！别看你们现在落到这个份上，可人人心里都有杆秤，好歹还能分得出来。所以，从你们来那天起，就没人把你们当外人看……我个人对有文化的人向来是很敬重的，当年我也考过大学，只是没考上……有个道理大家都明白，这个国家需要像你们这样有知识的人。我常常想，人活着总有一个属于自己的位置，像我这样的人，命中注定只能干点力气活。你们却是要干大事业的，要是让你们这样有知识的人来干钳工什么的，那不全乱套了！所以我说，你千万不要有其他什么想法。说老实话，也没指望你们能干什么活。我对几个师傅都交代了，你们能干就干，不能干就歇着，只要不让劳资科的人看见就行。”班长边吸烟边说。

听着这番推心置腹的话，麦嘉很受感动，说：“您和师傅们这番心意，我们也是明白的。可是，我们并不需要这样的照顾。不管要我们下到工厂来的人用意何在，对于我们来说，这确实是一个学习的过程。老实说，下工厂来以前，我是做好了吃苦的准备的，却没想到……”说着竟苦笑起来。

班长叹了口气，说：“有些话你不说我心里也明白，可现状就是这样，有什么办法？你那天在值班室说，人家日本人在一小时得干五十多分钟的活，连上厕所也跑着去，而我们一天下来满打满算干活的时间还不到三个小时。这话说来不错，可是你想过没有，中国人口这么多，就得一个人的活几个人干，一个人的饭几个人吃！要是几个人的饭都叫一个人吃了，其他那几个人怎么办？还不得闹起来……就拿我们这个车间来说，真要一个萝卜一个坑，顶多五十个人就够了，实际上却有两百多人！这套设备还是五十年代从苏联进口的，很落后……要说工作效率，谁都承认，咱们没法跟资本主义比。可真要按那一套搞起来，恐怕大多数人都不会同意……他们就这德性！”

麦嘉细心地琢磨着这番话里的含义，对这外表粗鲁的汉子更增添

几分敬意。那天自己在值班室谈论这个问题的时候，他并没有说话，想不到却能说出这样一番道理来，他的话显然代表着很大一部分人的心态。

麦嘉想了想，说：“您的话当然也有道理，可老这样下去是不行的，社会总要发展的……”

“这个道理大家伙都懂，可说到个人利益就是另外一回事了！不瞒你说，闹学潮的那阵，我也去看过大字报……不是有人要搞私有化吗？我就第一个不赞成！我也不是说社会主义有什么好，可你说说看，真要搞私有化，公司这么大一个产业到底算谁的？到头来得好处的还不是少数人！工人能得什么好处？再说，这厂真要让资本家来管，像我这样的人还不都得被炒鱿鱼？到那时我们找谁去？”班长振振有词地说。

“不是这么回事……”麦嘉觉得有些说不下去，对私有化的问题，他本来是有许多话可说的，可是他感觉到那些话都不足以说服这固执的汉子，只好说：“事实上，你说的那些情况并不一定会发生。”

“其实我也知道，社会主义也不像他们说的那么好。就说承包制吧，前些年干着还真当回事，那时候大家伙都得到些实惠，干起来也有劲。可这两年又不行了，越干假的东西越多，赚来的钱也多半让那些当官的给糟踏了……当工人的就算多拿了几块钱奖金，还要左扣右罚的……什么承包为本，纯粹蒙人的事！想想看，你就是干得再好，左右不过几十块的事，谁能当回事？不过，社会主义至少有一个好处，能给人带来安全感，吃不饱也饿不死。你说，是不是这么回事？”班长说着，鼓着三角眼盯住麦嘉。

麦嘉无可奈何地笑着，说：“当然，是这么回事！”

班长把烟头在地上按灭，不好意思地笑了笑，说：“我是个粗人，不像你们有那么高的文化，想问题来也很实际。我想，不管什么主义，只要能让大多数人生活得更好一些，就是个好主义。我认的就是这个理！”

麦嘉无言以对，只能微笑地点着头。

班长站起身来，把帽子从地上捡起来，对麦嘉说：“我这都是瞎扯蛋的，不要见笑！”

“您说得很好，许多问题都是我以前很少去想的。”麦嘉诚恳地说。

班长笑了笑，把帽子戴到头上，想了想，又说：“对了，我已经让他们把更衣室收拾好了，以后你就在那里看书吧，没人会去打扰你的。”

麦嘉心里一热，说一声：“谢谢！”

班长摆摆手，说：“我走了，有困难跟我说，别把读书的事给耽误了！”说完，便转身走了。

麦嘉看着他的背影在门外消失，久久伫立着。

来到学校门口，逸夫却有些踟蹰，仿佛不能肯定自己还有权力走进这美丽的校园。时隔几个月，过去的一切却变得十分遥远。无论情感上还是理智上，他似乎都很难把自己同这座学习生活了七年之久的校园重新融化在一起。油然而生的隔膜感使他感到孤独而寂寞。

他的落魄和犹豫不决的可疑神态显然没有逃过门卫的眼睛，一只大手横在胸前把他拦住：“证件！”

逸夫抬头看着那张没有表情的脸，内心一阵恐慌，说：“我原来……是这学校的。”

“把你的证件拿来看看！”门卫的语气中带着几分鄙夷，似乎并不相信他的话。

逸夫下意识地在口袋里摸了摸，才想起从监狱里出来的时候忘记要回自己的学生证了，只好硬着头皮对那板住脸孔的门卫说：“我……没带证件！”

“没证件不让进！”门卫摆摆手，让他走到一边去。

逸夫苦笑了笑，对他说：“我是哲学系的……刚从牢里放出来，证件都让他们拿走了。”

年轻的门卫惊讶地看着他，眼光变得柔和起来，轻轻点点头，说一句：“你进去吧！”

逸夫从他眼光里感觉到什么，一股暖流直涌头顶，眼睛里变得有些湿润，低着头匆匆往里走。

校园里的景致并没有明显的变化，逸夫却有一种恍若隔世的感觉。宽阔的林荫大道，两旁枝繁叶茂的树木，古色古香的灰色小楼，还有匆匆行走的人群……这一切却给他一种物是人非的感觉。

眼前的面孔也都是陌生的，能见到一个熟人就好了。可是怎么可能呢？同自己一届的那些同学即便都能侥幸活下来，现在也肯定已经离开了学校。在这漫长的几个月里，什么事情不可能发生？只要大家都活着，总会有见面机会。

对于自己，他并不抱什么指望。一个从共产党监狱里走出来的人在这样的社会里能有什么指望？留校的事肯定泡汤了，此外还有什么路可走？两条无力的腿支撑着疲惫不堪的躯体在校园里慢吞吞地走着，内心里一片茫然。

有名的三角地已是面目全非，铺天盖地的大字报没了踪影，再找不到一丝能够想起昔日辉煌的痕迹。从这里经过的人们表情也很麻木，似乎不再有人去追忆那不久前发生的事件。

看着那些手提着饭盒往食堂涌去的人流，逸夫感到肚里有什么东西在搅动，酸水不住地往外冒着。他把酸水吞回到肚里，强打着精神往自己住过的宿舍楼走着。

走进宿舍楼，依旧没有见到熟悉的面孔，一种不祥的预感使他浑身颤栗。在寝室门口站，轻轻地喘着气，心却不由提上去。他鼓起勇气抬起手在门上轻轻地敲击着，心里竟产生出莫名的恐惧来，仿佛屋里面隐藏着什么危险。

门，终于被打开了，出现的却是一张陌生的面孔：一个戴眼镜的小男孩脊背微微弓着站在门里，一双疑惑的眼睛看着逸夫。在那眼光的注视下，逸夫竟有些不安起来。

"您找谁？"那男孩看着逸夫问道。

"对不起，我来看看我的东西。"逸夫说着，心里却有些慌乱。

"你的东西？"那男孩不解地看着逸夫。

"我原来就是住在这个寝室的……"逸夫不知道怎么说才好。

那男孩上下打量着逸夫，然后说了一句："你叫逸夫？"

逸夫见这男孩竟然说出自己的名字，不由感到惊奇，点点头说："是的，我叫逸夫！"

"快进来吧！"那男孩说着，身体让在一边。

逸夫走进寝室，用眼睛四下看着。房间里空荡荡的，只有沈鸿那张床上还堆放着被子和书籍，却没有一件是沈鸿的。自己那张床则什么也没有，倒是那安格尔的贵妇人像还贴在墙上。

"您原来是睡这张床？"男孩看着逸夫，问。

逸夫点点头，说："是的！我那些东西放在什么地方去了？"

"可能是你的同学带走了，对了，不久前你有一个叫麦嘉的同学

来过，他给你留下一封信，说你可能会到这里来。”男孩说。

“麦嘉？他现在在什么地方？”出狱后第一次听到自己同学消息，逸夫一阵激动，急切地问。

“他好像在首钢的一个什么单位上班。”男孩说着，走到书桌前拉开抽屉低头寻找起来。

“这么说他们的毕业分配并没有受到影响？”逸夫看着那男孩问。

“对大多数人来说还是有影响的！很多事情你可能都不知道，现在学校还有一批人不让毕业，上头有文件说凡是这场运动中有问题的人任何单位都不得接收。今年北大招收的本科生都要参加一年军训，新考上的研究生也要下基层去劳动改造。”那男孩说着，又埋下头去翻找着。

逸夫感到心里一阵寒意，问：“别的学校也这样？”

“不，主要是对北大来的！有人甚至说要把北大都解散了。”那男孩说着，竟也有些愤然。

逸夫无语良久，觉得眼前有些发黑。过一会儿，才问那男孩：“这房间，就你一个人住？”

“不，我也是临时在这里住的。我是今年考上的研究生，过几天也要到山东去劳动锻炼，明年这个时候才能回来上学。”那男孩依旧在抽屉里翻找着，神色显得有些焦躁不安。

逸夫急着想知道同学的情况，便又问：“我那位叫麦嘉的同学是不是对你说起过别的同学的情况？”

男孩的手突然停止了动作，抬头看着逸夫，叹息着：“听他说，你们寝室里有个叫沈鸿的人死了。”

逸夫心猛然往下沉着，嗓子有些发干，眼睛死盯住那男孩，吞下一口唾液：“他，是怎么死的？”

“是被打死的！听说死得很惨，肠子都流出来了……”男孩说着，眼里竟流露出恐惧的神色。

逸夫朝沈鸿的床上看着，似乎在寻找什么，过一会儿，又问那男孩：“是在广场？”

“听说是在六部口附近找到尸体的，也有人说他根本没离开广场……”男孩看着逸夫，说。

“不是说那天晚上广场上并没有死人吗？”逸夫皱着眉头，说。

那男孩冷笑了笑，说：“那是他们的说法，可谁会相信呢？”

逸夫不说话了，又想起那个可怕的夜晚，想起那个倒在枪口下的黑影，还有那个红了眼要为自己战友复仇的士兵……可是那么年轻的沈鸿又怎么会死呢？

“这是你那位叫麦嘉的同学留给你的信。”那男孩走到逸夫面前站下，把手中的信递给他。

“谢谢！”逸夫从那男孩手里接过信来，一见那歪歪扭扭的笔迹，果然是麦嘉写的，迫不及待地把信封撕开，打开信纸看起来。

逸夫：

你的行李我已经收拾好运到我那里去了。不知道你什么时候能回学校，不过我相信你会回寝室来的。见此信后请按以下地址和电话与我联系，保重！

麦嘉

简短的这几行字，逸夫却看了好几遍，直到他把那其中的每个字都记了下来，才长长了叹了口气，小心地把这封信拆叠好，放回信封里。

“你要是没地方可去的话，这地方暂时还能住上一段时间。”男孩看着他说。

逸夫默默地点着头，起身向他告辞。

外面下着毛毛细雨，逸夫没有犹豫，从门口迈出脚步，把自己融入茫茫雨雾之中……。

麦嘉在雨中行走着，眼见着无数星点在雨雾中跳跃。头顶着安全帽，却挡不住毛绒绒的雨花迎面飘来，脸上早已湿润，眼镜片时时被雨雾蒙住，视线也变得模糊起来。然而他并不在意，沉思的脸孔如阴沉的天空那般凝重。

回想着同班长的那番谈话，麦嘉觉得自己应该重新认识这些与自己朝夕相处的工友们。下车间来以前曾经同郑老师谈过一次，问到首钢工人为什么没有罢工来支持学生时，郑老师叹息着说了一句：“你们根本不了解产业工人是怎么回事！”语气中明显带有轻视和嘲笑的意味，当时还真有些不服气，现在却好像真正明白了他话中的含义。

几个月的相处使他同班里的工友们建立了感情，他们的朴实善良给他留下了深刻的印象，与那些同自己一起下来的大学生相比，麦嘉觉得同他们在一起更自然也更畅快。或许因为自己也是出身在工人家庭的缘故，他与他们之间似乎有着一种天然的联系。与此同时，对他们的弱点也看得更加清楚，他们的懒惰几乎到了令他吃惊的地步。

刚到单位报到就听到要下工厂劳动锻炼的消息，麦嘉并没感到太多的意外和沮丧。这显然是一种低劣的体罚办法，在历次运动中都使用过的。然而比起留在研究所里制造谎言扼杀自己和别人的灵魂来，这算是天大的恩惠了，除此以外，又还有什么可以指望的?

来以前的确想过，像自己这样总是生活在精神的虚幻中的知识分子能够有机会下到工厂来，真正以自己诚实的劳动为社会创造物质财富，说得上是一种崭新的体验。到了车间才知道，闲人终究是闲人，车间里的活还不够工友们磨洋工干的，他们这些人的到来反而成了人家的累赘和负担，而这百无聊赖无所事事的日子更使他整日里无所适从。

不能责怪那些生性勤劳的工友们，是制度造成了他们的懒惰。有什么样的制度，就会有什么样的工人。企业的主人周彦武是靠承包制起家的，至今把它当作一种无往而不胜的法宝，企业中出现的任何问题都可以用“承包制不落实”来加以定论。这种制度说到底不过是在为企业及企业领导人从高度集中的国家权力中争取到更多的权力的同时还可以少上交一些利润，企业也因此有了自我发展的能力。当别的企业都被高度集中的计划经济体制捆得死死的时候，松了绑的周彦武大大施展一番拳脚，企业也有了今天的规模和名声。这种制度的作用也被夸张到无以复加的地步，仿佛是一剂包治百病的良药，什么问题都可以用它来解决。它既是一种经济制度，也是一种管理制度，甚至连医院和学校都用这套办法来管理。然而它并没有建立起一套更合理的分配制度来解决企业“吃大锅饭”的问题，更不能从内心深处激发出工人的劳动热情，权力的压制反而使工人学会了懒惰和欺骗。

麦嘉沿着路边的小道走着，天色有些暗淡，四周的厂房都笼罩在朦胧雨雾之中，烦人的机器声也渐渐地远去。他边走边想着，心情却变得格外沉静，脸上的忧郁也更加浓重起来。

同工友们在一起，谈论最多的仍然是不久前发生的那场事件。他们对学生是非常同情的，说起那些激动人心的场面，个个都是眉飞色舞。在那场事件的高潮时期，他们都到广场上去看过，只是下了班偷

偷去的，不敢让厂领导知道。据说宣布戒严前两天，公司有关部门下来搞名义调查，几乎百分之百的人都赞成罢工支持学生，外地许多企业也打电话来表示，只要首钢罢工，他们也跟着罢。在那种形势下，公司许多领导也有些把握不住。工人都说，假如戒严晚两天宣布，罢工的事没准就能成功。然而，在军队镇压学生的那天晚上，他们的确派了几百人拎着棍棒进城去，班组里有一个姓侯的党员那天正好在值班也被派了去。

在一起久了，麦嘉更觉得这些高大的汉子的确少了些血性。马克思也好，毛泽东也好，总是把工人当作先进生产力的代表，是最有组织性纪律性和革命性的阶级……这样的话现在想起来实在很可笑！至少自己见到的工人不是这样。作为产业工人，他们中的大多数人没有更多的技术，离开了工厂也就完全丧失了自我生存的能力。对工厂和机器的依赖使他们陷入极为被动的境地，无论在资本主义社会还是在社会主义社会，他们除了被剥削以外，没有别的出路。缺乏生存的自信更使他们丧失了要改变自己生存状态的勇气和希望，尽管都有一肚子牢骚，只要不涉及个人和家庭的利益，便宁可安于现状。

雨，淅淅沥沥地下着，树上的水珠不时滴落在麦嘉的衣服上，身体渐渐有了阴凉的感觉。厂区的高音喇叭响了起来，播送的是工人合唱的歌曲《社会主义好！》。在那熟悉不过的曲调和歌词当中，看到的却是向人群压过来的坦克、吐着火焰的枪口和一排排倒下去的人群……麦嘉听着，只觉得头皮一阵发麻，屈辱的泪水涌上眼眶。

在这样的年月里，一个人只要天良未泯，又怎么能够唱得出这样的歌曲？那场举世震惊的悲剧难道不正是这个制度造成的吗？这样的道理工人们肯定也是懂的，那天车间主任要求自己加入合唱队参加公司组织的歌咏比赛，他借口身体不好拒绝了。班里去参加比赛的是车间团支部书记，就是他在不久以前的那次政治轮训上大谈资本主义比社会主义好，可是为什么又要去唱这样的歌呢?

“下这么大的雨，你怎么还在外面走? ”一把雨伞顶在麦嘉的头上，一只手放在他肩膀上面。

麦嘉侧过身子,只见一个身体魁梧的中年人微笑着站在自己面前，手里撑着一把黑色的雨伞。是郭工！这个被工人们称为“博士”的高级工程师办公室就在更衣室隔壁，在工人们眼里是个有大学问的人。没事的时候，麦嘉也去找他聊过几次，彼此也还能谈得来。见他正关切地看着自己，便不好意思地笑了笑说:“屋里闷得慌，出来走走。”

“雨下大了，到我屋里去坐吧。”郭工程师扶住他的肩膀，说。

麦嘉用手擦去脸上的雨水，点点头。

郭工程师的办公室非常简陋，同隔壁的更衣室相比，只是干净些，办公桌上堆着些书和图纸。郭工是车间里的高级工程师，主管产品的工艺制造，平时很少看他下到车间里去，却整天闷在这房间里。麦嘉不知道他为什么会单独在这里办公，但一个人拥有这样一个空间也够令人羡慕了。郭工曾不止一次要他晚上住到他办公室去，说他这地方条件不好，总还能清清静静地看看书。麦嘉不好接受他这番好意，因为与他的相交毕竟还浅。

“坐吧！”郭工把雨伞收好，指指对面的椅子对他说。

麦嘉刚坐下，便听到隔壁传来的声音，知道有人在搓麻将，其中还有与自己一同下来也是研究生的小王，便苦笑了笑。

“你又在想什么呢? ”郭工在办公桌前坐下，看着他问。

麦嘉叹了口气，说:“我在想，要是不下到这里干这几个月，真不知道企业就是这个样子，同我原来的想象太不一样了。”

“原来是怎么想的? ”郭工程师问。

麦嘉看他一眼，低眼看着桌面，说：“说老实话，我对政治并不感兴趣……对下工厂来这件事，我当然很反感。后来又想，下工厂也没什么不好的，好歹离政治远一点，老老实实把自己的活干好就是了……到现在才知道根本不是那么回事。”

郭工点点头，说：“在中国，经济和政治是分不开的。企业不仅要担负经济的职能，也要担负起政治的职能。尤其像首钢这样的企业更是如此！周彦武这人，说他是企业家，还不如说是政治权术家更加合适。也就靠了这个，才给首钢带来了发展的契机。他肯定是很懂得这一点的，所以拚命在政治上标榜自己，也是为了保住自己的位置。七十多岁还在企业干一把手的，全中国除他以外再没有别人了。”

想起自己的所见所闻，麦嘉深有感触地说：“这里的政治色彩实在太浓了，刚来看到那么多标语我就感到很奇怪！”

“见怪不怪，对这些事我早就麻木了。听说全公司光用在写标语上的钱也得几十万，他们习惯于用政治运动的办法来搞生产管理。难怪好多人说，首钢还在搞文化大革命。”郭工冷笑说。

麦嘉觉得他说话过于刻薄，便问：“别的企业是不是都这样？”

“国营企业，差不多都这德性。”郭工说。

“这样能搞好企业？”麦嘉问。

郭工淡然一笑，用不屑的口吻说：“好什么好！你来这么长时间不是都看见了吗？”

外面传来一阵锣鼓声，麦嘉往窗外看看，转过脸问：“这是干什么？”

“是去报喜的，大概又是哪个班组破了班产纪录什么的。”郭工用嘲讽的口吻说着，眼睛也转向窗外。

麦嘉感到奇怪，说：“我看天天有人敲锣打鼓的，哪能天天破纪录？”

郭工转过脸来看着麦嘉，说：“纯粹蒙人的事，原材料什么的都是原先准备好了的，再做点什么手脚，想破就破了。”

麦嘉觉得有些不可思议，问：“这是五十年代的做法，大跃进不就是这么搞的吗？”

郭工无可奈何地笑了笑，说：“周彦武这人本来就属于那个时代，他的观念，他的思维方式，还有现在搞的这套承包制都是属于那个时代的。用五十年代的思想来管理八十年代的企业，岂不是很可笑？”

“我看是很可悲！”麦嘉心情沉重，说。

郭工程师看着麦嘉，叹息着说：“是很可悲！”

逸夫转脸往窗外看，雨，淅淅沥沥地下着，就像希望的那样。这小小的书房给他一种安稳的感觉，这感觉却是那样短暂，一离开马上就会消失。这场雨使他有充足的理由呆得长久些。

“你有什么打算？”导师郭慎之教授看着逸夫，关切地问。

逸夫苦笑起来，心想：我能有什么打算？有打算又能怎么样？不过他不愿意让导师为自己担忧，便说：“看看再说吧。”

“你的档案还在系里，为这事我也专门找系领导谈过，他们同意给你几个月的时间找工作。”教授说着，似乎有些愧疚。

逸夫没作声，对自己的前途他早就不抱任何希望。没出事以前找工作尚且那么困难，而今自己是蹲过监狱的，会有什么单位敢容纳自己？能有个临时工干干把肚子填饱就算不错了，哪里还敢有别的奢望。

“千万别太悲观，就算你是从那里出来的，可他们总得给人出路。再说，你又是被误抓的，不然也不会这么快放出来……找工作的事，

我可以给你打听一下。我原来的学生，有在科研单位和大学的，我找他们联系一下看……”教授说。

逸夫知道导师是在安慰自己，这番心意却令他感动，教授也同自己一样，向来不爱与人打交道，尤其求人帮忙的事，更是难以启齿。这么想着，心里有些忐忑，对导师说：“老师，您别为我的事操心，我会自己想办法的。”

“你有什么办法？”教授看着逸夫，仿佛要从他身上找到某种希望。

听教授这一问，逸夫心里更是茫然一片，只好苦笑着说：“我不知道，不过总会有办法的，我想。”

“是啊，总会有办法的……你能这么想就好！”教授连连叹息着，似乎还有些不放心，又说：“现在是特殊时期，熬过这一段，也许就会好一些，所以你千万不要有别的想法。”

逸夫理解导师的心意，说：“老师，您放心，我会熬过去的。”

“这就好，这就好！”教授连连说着，脸上露出欣慰的笑容。

看着导师额头上那几道刻得很深的皱纹，逸夫不知道说什么好。

“真是一场悲剧，一场从来没有过的悲剧！”教授沉思着，叹息说。

这是第三次听到导师这么说，逸夫想象得出那场悲剧给导师带来的打击，这打击当然不只是因为自己的缘故。

“系里开会的时候，我就说过，学生的有些做法可能是过激了些，可要说搞什么暴动，恐怕没有人会相信。他们用什么来搞暴动呢？又没有枪，也没有炮……根本没有必要来那么多军队，何况还开了枪……”教授低声述说着自己的经历，心情显得很沉重。

“您这么说，他们没把您怎么样？”逸夫担忧地看着教授，问。

教授淡然一笑，说：“还好，系里把这件事给捂住了，暂时还没人来找我的麻烦。”

逸夫舒了口气，放下心来，对导师说：“其实，您没必要那么说。这种时候反正说什么都没用的。”

“这我也知道，我这人，对政治并不感兴趣。可要我像别人那样睁着眼睛说瞎话，我真是办不到。”教授苦笑着说。

雨，似乎小了些。该走了，逸夫想着，心里却有些惆怅。从这间温暖的小房间里走出去，真不知道等待自己的又是什么……

“你就暂时住在这里吧，我家没多余的房子，不过这书房也能住人。”教授挽留他说。

逸夫摇了摇头，说：“不用。”

“那你打算到什么地方去？”教授不安地看着他，问。

“我们寝室有个同学分到首钢，他把我的行李都拉走了，我想先到他那里看看再说。”逸夫说。

“你能找到他吗？”教授问。

“他给我留了电话，就住在厂区里。”逸夫说。

教授好像想起什么，问：“你不是还有女朋友吗，她怎么样？”

逸夫摇摇头，说：“不知道，还没和她联系。”

“你要赶快同她联系,她现在一定也在为你担心。”教授叹息着说。

“我会的。”逸夫点着头，说。

教授从衣袋里掏出一把钱来，递给逸夫，说：“这点钱你拿着吧，以后有什么困难只管来找我。”

逸夫心里一热，把教授的手推开，说：“不，老师，我不需要……”

“拿着吧，你刚出来，一定缺钱用。”教授说着，把钱塞进他手里。

逸夫看着教授，不知道说什么好。

“工作的事，我会想办法的。别忘了经常同我联系，有消息我好

通知你……”教授拉住他的手，嘱咐说。

“我会记住的……”逸夫点着头，控制着自己的感情。

教授不顾逸夫的反对，一直送他下了楼，一再嘱咐：“千万不要悲观，不管碰到什么事情，一定要挺住！实在不行的话，明年你还回来上我的博士。到那时，情况或许会好一些。”

逸夫在楼门外站住，对教授说：“老师，您回去吧，我会记住您的话。”

“你这么说，我就放心了！”教授连连点头，说。

逸夫松开教授的手，抬头看教授一眼，说声：“再见！”便转身离去。

第二十六章

十一月二十日　星期一　晴间多云

“……来首钢这几个月，大家一定都感受到了，咱们首钢生产蒸蒸日上，首钢人正以周书记提出的‘做天下主人，创世界第一’的宏伟气派，大干快上……周书记日理万机，为首钢的发展殚精竭虑，能在百忙中抽出时间来接见大家，说明对大家的重视和厚爱……”女宣传部长说得口沫横飞，不时地把衣袖往上捋着，那神态很像在街道上骂架的泼妇。

麦嘉用怜悯的眼光去看这声音宏大的女人，心里一阵悲凉。听人说这女人很泼辣也很能干，提到“周书记”的时候，眼睛却冒着奇异的光亮，那份尊敬和爱戴似乎不是假装出来的。听说周彦武要接见他们的消息，甚至连那些敢在背后说三道四的工友也看作是莫大的荣幸，并对他们另眼看待。是周彦武本人真的具有如此巨大的人格魅力，还是可悲的奴才心理在作祟?

几天前在红楼召开的京津沪企业思想政治工作研讨会上，麦嘉曾看见过这身材高大的老人。虽然离得很远，但还是能感受到他身上那种逼人的气势。据同室的一个资深的记者说，这次会议其实是为保住这七十多岁老人政治地位的一次公关活动。按照正常程序，他早该回家抱孙子了。那次会议最显赫的人物不是那些在任或不在任的部长们，而是老邓家的小女儿。那身材宏伟的老人在那小个子女人面前的

那副恭敬与谦卑跟眼前这位女部长如今的神态并没有本质的区别。那位资深的记者告诉麦嘉，周彦武对邓家几个子女拍得很紧，给过他们不少钱，周公子和邓公子还在一起做生意，生意做得还很大。有老邓家在背后撑腰，难怪周老爷子才能统治首钢几十年不倒。

女部长慷慨激昂地发表完演说，然后宣布有关注意事项："周书记要月季园接见大家，请大家注意，一定要按秩序排队进去，不要随便说话……"

"有没有搞错，是当今皇上要接见我们？"一个从报社来的人学着广东人说普通话的腔调说。

"是不是还应该三呼'万岁'？"他旁边的一位戴眼镜的人悄声说。

"都是沾了你们这帮记者的光，不然也不用受这份罪了。"同麦嘉一起从研究所下来的小王小声嘀咕着。

麦嘉苦笑着，觉得眼前这一切实在太滑稽。不就是个企业的土皇帝嘛，还真把自己当回事儿。明明知道这是演戏，很蹩脚的戏，不管愿意不愿意，他们都不得不扮演自己的角色。昨晚同逸夫交谈时还说，专制体制下，所有的人都是被阉割过的，从干部到工人。难道自己不也是被阉割过的？所谓专制，就是要让所有的人为某个人而活着，把某个人的意志强加到每一个人头上。整个国家都是由一个个犹如首钢这样的专制王国构成的，每个真正握有实权的官僚在一定程度上就是一个专制者。他们的专制独裁只能局限于自己权力的范围之内，超出这个范围，也便只有做奴才的份。这样的奴才在外面受了气，回来后便要在自己的王国里发泄一番，找到做主子的感觉，才能找到心理的平衡。

"……周书记要同大家谈一谈，听听大家的汇报。我们已经安排

《人民日报》社的张旭东同志作专门的汇报人，其他同志不要随便说话。”女部长说。

“要是周书记向我们提出问题怎么办？也不让说话吗？”刚才学广东话的男孩提着手说，脸上做出一副天真听话的样子。

周围发出一阵哄笑声。女部长似乎并没有理会这笑里的含义，想了想说：“这个嘛，当然是可以说话的。可说话以前一定要好好想一想，不要影响我们大家的形象，要知道，你们这次下来，是周书记亲自批准的，我们也做了很多工作……”

想起昨晚同逸夫的争论，麦嘉不由得叹息。要是逸夫见到这闹剧又会怎么想？别看他从牢里出来的，对中国的现实还是了解太少。他是那种靠着自己编织的梦幻才能活下去的人，在梦幻中过得太久，也就丧失了对现实的感觉力。对现实的恐惧使他越来越深地陷入自己虚构的世界中，渐渐丧失了现实的生存能力。

没想到在对那场悲剧的看法上，他们之间竟也存在分歧。几个月的牢狱生活似乎使他变得更为冷漠更为麻木。到现在为此，他并没有主动提起过监牢里的那段经历。谈到那场悲剧，他的神情也是很冷淡，似乎与他没什么关系。那段经历是否给了他太多的悲观和太多的刺激，使他成了另外的人？

这种精神上的隔膜使麦嘉很痛苦，在同一寝室里生活三年，又共同经历了那样一场生与死的考验，到头来竟会变得如此陌生，甚至找不到太多共同的语言，这到底是为了什么？是他变了，还是自己从来就没有了解过他？

“……周书记是抱病来接见大家的，下午还有一个会，接见时间不能太长，请注意掌握一下时间……”

台上换上一张年纪的面孔，白净的脸上满是职业性的假笑。是周

彦武那位小秘书，那天开会见过的。年纪不大，却是炙手可热的人物。别说那位在一旁站着的女部长，就是公司副总经理乃至总经理都要让他三分。这是一个名声极坏的家伙，在周彦武面前是一个忠实的奴才，在他人面前却又狐假虎威，不可一世。不久前，首钢报社一位记者说他亲眼看见过士兵烧毁自己的坦克，就是被他告到周彦武那里，那个记者很快受了处分下到工厂当了工人。

面对着邪恶，麦嘉心里正滋养着仇恨的种子。应该让那些悲剧的制造者们永远钉在历史的耻辱架上！那场举世震惊的事件在他心目中变得越来越神圣，他不允许别人，更不允许自己对这场运动有丝毫的亵渎。许多人在谈论这场运动时，学着官方的模样贯之以“动乱”乃至“暴乱”的罪名，他听着十分痛心。昨晚对逸夫谈到自己的想法时，逸夫很不以为然，甚至说这场运动本来就是没有意义的闹剧，他觉得仇恨是没有意义的，仇恨只能带来更大的灾难和毁灭。政客们总是利用人民来达到个人的目的，而所有这一切却总是要由普通百姓来承担。他的话不是没有道理，可这样一来，世界上还能有什么正义可言，对邪恶的姑息最终必然会扼杀正义！

“……还有几个问题要注意，第一，要注意保持安静，尤其在周书记给大家作指示的时候，不要底下交头接耳；第二，要听从工作人员的安排……我们已经把座位都给大家安排好了，让坐什么地方就坐什么地方，一定要有秩序……”

生活就是这样无奈，我们就像棋盘上的棋子，让人移动，任人宰割，全然没有选择的余地。生活中，我们都是被人愚弄的玩偶。在强大的国家机器面前，我们显得那样渺小，任何反抗都会给自己带来毁灭。然而，一个民族总得有人出来作牺牲，不然这个民族也会变得不可救药。整天躺在梦幻中的逸夫是否也会这么想？不，他好像从来没有走出个人的圈子，也没敢从梦幻中走出来，面对血淋淋的现实，他宁愿沉溺于梦想之中。

“大家一定要记住，一定要保持微笑，看着周书记，眼光要真诚，不要随意鼓掌，看着我，我鼓掌，大家再跟着我鼓掌，好，我们先来演习一下，好，大家都看着我，这样……”宣传部长大声说着，做着示范。

麦嘉看看手表，有些心神不定。林琳该到了！该死的接见，不然可以到厂门口去接一下她。好在事先已经把路线和地址都告诉她了，林琳说她能找到地方。林琳这女孩真是不错，对逸夫也是一片真情，只是逸夫这家伙太不知道珍惜了。为林琳的事，他和逸夫也争论过好几次。他真不明白逸夫为什么这么久没有同林琳联系，还不允许告诉林琳。林琳可算是个好姑娘，逸夫失踪这么久，她可没少到寝室打听过他的消息。昨天给她打电话，她听到消息就激动得哭了起来，看得出来她是真爱逸夫的。逸夫能找到这么好的姑娘也算是幸运了，可这小子却身在福中不知福。

麦嘉想着，不由叹息着，心想但愿林琳能够使他振作起来，看他整天躺在床上那懒洋洋的样子，看着都觉得沮丧，可又不好劝他，这小子可是个非常自尊的人，又特别敏感，弄不好会以为自己有什么想法。昨天把饭票给他的时候就发现他的神态很有些不自在。

“现在开始演习，请大家站起来，不要说话！”女部长对大家挥着手，大声地说。

麦嘉觉得自己的肩膀被拍了一下，扭过头去，见周围的人纷纷站了起来，便也机械地把腿直立起来。

睡梦中，逸夫看到自己被两个荷枪实弹的士兵押解着在荒凉的野地上行走。狂风卷起地上的黄沙迎面扑来，他不得不抿住嘴巴，冷漠的眼睛眯成一条细缝。面对死亡，只有茫然和冷漠，并没有恐惧的感觉……不知什么时候，前面出现许多围观的人群，其中有不少熟悉的面孔，沈鸿，金哲、高歌，还有麦嘉，他们的表情也是冷漠，好像不认识自己。突然一个熟悉的身影从人群中缓缓走出来，他心里猛然一跳：是林琳！他正想向她迎过去，却被背后的士兵拉扯住。再往前看时，林琳已经消失，看到的是她父母带着嘲讽意味的冷漠面孔……

睁开眼睛，梦境犹如烟云一般化去，逸夫却感到沮丧。对死亡的感觉似乎已经麻木，可林琳为什么总要闯入自己的梦境？这到底预示着什么？梦中的林琳似乎还是原来的样子，与那天自己在她单位门口见到的完全不一样。可人总会变的，何况又处在这样的年月。几个月的时间自己从研究生变成了囚徒，又从囚徒变成寄人篱下的流浪汉，而林琳则从天真的女孩变成了坐小汽车的白领小姐，身边又有了一个风度翩翩的花花公子。

为了与她见面，他在寒风中等待了两个多小时，身上沾满了尘土。也想过自己的出现会给她带来意外的惊喜。好不容易等她从那豪华的建筑物里走出来，却不敢相信那打扮时髦脸上容光焕发的女孩竟是天真朴实的林琳！他迟疑着停住了脚步。见她眼睛朝自己这边看过来，心里猛然跳动一下，竟惶恐地低下头去。看她边说边笑同出现在她身边那个英俊潇洒的男人走向停车场上的轿车，他真有些自惭形秽，好像他们已不是同一阶层的人！

现在想起来，当时的做法实在是正确的。如果贸然前去，就自己那落魄样，真如同一个贫穷的乞丐去向一个高贵的公主求爱。出于怜悯，林琳也许会对自己很客气甚至很亲热，然而这种怜悯只会使自己感到屈辱和痛苦，再说自己又怎能那样不知趣！既然她生活得那样幸福，又有了那样一个既漂亮又有钱的男人在身边，而且好像已经把自己忘掉，又何必给她增添烦恼?

出狱以来的感觉犹如丧家之犬，肉体与灵魂在四处漂泊。没有工作，没有钱，更没有安定感。整日无所事事，过着寄人篱下的生活。离开了监狱却从来没有过自由的感觉，无论灵魂还是肉体！被逼无奈的时候他甚至怀念起在监狱的那段生活，尽管环境恶劣，却不用为生存担忧，还有那么多难友在一起。

热心的麦嘉收留了自己，总算在这鸟笼般的小屋里有了张安身立命的床位。屋里的境况比自己住过的牢房好不到哪里。不到十平方米的空间却放着四张床，脱落的墙壁，满是尘灰的地板，脏衣服到处堆放……只有在别人都上班去以后，他才能得到少许安宁。然而这安宁却是那样不可靠，就像梦幻一般，随时都可能破灭。

麦嘉是个好人，对自己也很真诚。他把床位让出来，自己却搬到车间工人的更衣室住去了。然而他不可能真正理解自己，他的关照越多，自己心里越不好受。每回麦嘉把买来的饭菜票分给自己的时候，心里总有一种无地自容的感觉。

他也挣扎过。开头那几天，心里还抱着希望，也到一些单位去跑过，导师郭仲衡教授也托了人，一家出版社甚至答应要他，可听说他在监狱里呆过便打了退堂鼓。那时他才意识到自己并没有从黑暗的牢房里走出来，他失去了自己生存的权力，从而让一个更大的无形的牢笼死死捆住，没有一丝反抗的余地。

窗外是一片萧条的景象，淡黄色的阳光抹在破旧厂房的墙壁上，黑色的浓烟从烟囱顶上冒出来，随风飘散开去，融入蓝色的晴空之中。光秃秃的树枝却在寒风中抖索着，显出颓败的意象，隆隆的机器声响

更衬出屋里的冷寂。逸夫仿佛听到头脑深处有种古怪的声音在鸣响着，屋里的一切仿佛都在转动，孤独的感觉犹如一座大山向自己压下来，眼前出现一片黑暗。

身体翻动几下，手在额头上放着，可怕的幻像从眼前消逝，心仍在猛烈跳动。一种不祥的预感袭上心来，不由得皱起眉头：又有什么灾难降临到自己头上？然而心里并不感到恐慌，都到这个份上了，还有什么可害怕的呢？

突如其来的敲门声令他感到一阵心悸，以为又是宿舍管理员来找自己的麻烦。这脸上带着麻点的女人好像生来就跟自己有仇似的，怎么看都觉得自己不顺眼，她看自己时那眼光就像看贼似的。然而自己也毕竟有些心虚，要是让她知道自己不是这里的职工，立马就会被扫地出门，那时自己才真的会成为没家可归的流浪汉。

“逸夫，是我，快开门！”听声音竟像是林琳，他的心猛跳了一下。

“逸夫，快开门，我是林琳！”

林琳！他从床上坐起来，来不及多想，对着门叫一声：“等一等，我就来！”赶忙把衣服套在身上，两条腿也从暖烘烘的被窝里抽出来，落在地上，并从床底下捡来裤子，没来得及穿好，便朝着门口走去。

见到门外站着的林琳，心里却突然产生出一种隔膜感，心情也冷静下来。他看着她，嘴角上带着懒散的笑意。

林琳惊讶地看着他，手不由自主往前伸着，嘴唇动了几下，却没说出话来。

“进来吧！”逸夫勉强地笑了笑，话一出口便觉得他们之间的距离更远了，而且不再有缩短的可能性。

他那冰冷的声音对林琳是一个沉重的打击。她幽幽地看着他，眼里含着泪水，一副委屈的模样。

逸夫没敢再去看她，只是默默地把身体让到一边，等她走进屋里。

林琳终于把手缩了回去，迟疑一下，走进屋里。

逸夫帮她把外衣脱下，请她在对面床上坐下，心情却是出奇的平静，就好像在对待一个陌生的女孩，没有昔日的温情，过去的记忆也变得十分遥远。

“这些日子你到底是怎么过来的？出来这么久为什么不来找我？”林琳幽怨地看着他，用责怪的语气问。

逸夫却觉得她说话的语气有些做作，既然心里没了那份情义，又何必做出关心自己的模样来？于是苦笑了笑，说：“我想，过些日子……”

“为什么？你难道不知道我一直在为你担惊受怕吗？”林琳咬住嘴唇，眼泪好像又要掉出来。

逸夫觉得她是在说谎，却也不忍心伤害她，长叹口气说：“你知道，刚从那地方出来，很多事都定不下来……再说，经历了这么多的事情，我觉得，很多问题都要重新考虑一下。”

“你……什么意思？”林琳不安地看着他，问。

逸夫看着她，本想把话都说出来，却又缺乏那种心境，只好说：“以后再说好吗？”

林琳点点头，说：“我知道，你在里面一定受了很多苦？”

“没什么，都已经过去了……”逸夫说着，觉得自己也像在演戏。

林琳走过来，在他身边坐下，看着他说：“你知道吗，在出事的第二天，我就到你们寝室找你去了，听说你出去后就一直没回来，我都急得快晕过去了……那时我想，千万别出什么事……”

逸夫心里一动，觉得林琳的身体靠得很近，却没转脸去看她。

林琳的声音在耳边响着："……那些日子，我真的很害怕，尤其知道死了那么多人，我真担心你……后来，知道你被抓了，我就到处找人打听你的消息，同学，朋友，熟人，都找过，甚至还求爸妈托人去打听……爸爸妈妈怕我出事，不让我出去……"

逸夫一动不动地坐着，觉得林琳的脸贴在了自己的臂膀上。转过脸去，见林琳正眼泪汪汪地看着自己，感到有些愧疚，便把手伸过去轻轻把她搂住。

林琳趁机搂紧了他，把头埋进他怀里哭泣起来。

逸夫抬起手轻轻地抚摸她的头发，一股浓烈的香味传过来，不由得想起那天她同那英俊潇洒的男人在一起的情景，也想到自己眼前的处境，叹息一声，把手缩了回来。

"你怎么啦？"林琳仰头看着他，问。

"没什么。"逸夫摇着头，起身取了手巾递给她。

林琳擦了把脸，似乎冷静了些，把毛巾还给他，说："你的事，麦嘉在电话里都跟我说了……你是受了很多苦，可是你为什么不来找我呢？这里环境这么恶劣，怎么住得下去？"

逸夫觉得她在怜悯自己，淡然说："这不算什么，比起牢里的生活来，这算不错了。"

林琳四处看看，皱着眉头说："屋里太乱了，哪像住人的地方！你干脆搬我们家住去，反正我们家有房子。"

逸夫却摇着头说："不，我住这里挺好！"

"可是以后怎么办？" 林琳看着他，问。

"我不知道，过一天算一天吧！"逸夫叹口气，脸上露出悲观的神色。

林琳皱着眉头说："怎么能这样呢？我是说，你至少应该找到一份工作，不然的话，怎么生活下去？"

逸夫心里一阵烦躁，没好气地说："我知道我应该找一份工作，可是谁敢要我呢？我是一个从牢里出来的人，是暴徒……"

"不，你是冤枉的，你并没有做错什么！"林琳说。

"这年头谁管你这个！你说那些被打死的人，还有仍然关在牢里的那些人，他们又做错了什么？在他们眼里，我们，不，所有有思想有头脑的人，都是一种潜在威胁，绝不能轻易放过的。你明白吗？"逸夫大声地说。

林琳显得有些不知所措，说："这也许只是暂时的……至少，你应该振作一些，看到你这么消沉，我真的很难过。"

"你以为我愿意这样吗？你知不知道我每天是怎么过来的？……不，跟你说你也不会明白的，别看整天躺在床上无所事事，可每天就像扛着一座大山在荒漠上行走，那孤独，那无聊……那滋味比在牢里好不到哪去！"逸夫痛苦地说。

林琳站起身，走到他跟前，轻声地说："对不起，我不该使你难过……可我是无意的。"

逸夫意识到自己的失态，把手放在她的肩膀上，说："没什么！"

林琳抬起手来，把他的手握住，说："你不要这么悲观，事情总会好起来的……我想再去找找冯叔，兴许他能有办法帮助我们。"

"不会有用的，在中国，别的事情都好说，牵涉到政治就是另一回事了，尤其对那些官老爷来说，政治生命比什么都重要。为了这个，他们可以出卖一切，包括自己的良心在内……"逸夫说。

"可是，你怎么办？"林琳不安地看着他。

"我的事你不用管，我会想办法熬过去的。"逸夫淡然一笑，说。

“你这样说我更难过。求求你，千万不要有什么不好的想法，不管怎么样，我都会同你在一起的，你要相信我。”林琳使劲攥住他的手，生怕失去他似的。

“不要担心我，你自己过好就行了！我不会有事的。”逸夫低头看了看她那只小手，强笑着说。

一切都在按预定的程序运行着，没有出现任何偏差。他们就像被人操控的木偶，让坐就坐下，让站就站起来，让唱歌就唱歌，让鼓掌就鼓掌，麦嘉夹在人群当中，听着他们的号令，觉得身体就像没有灵魂的躯壳。看看周围的人，他们都是不久前在广场上为自由而战斗过的，如今却像失了灵魂似的任人摆布。而那跑前跑后不停吆喝的女部长和男秘书则是趾高气扬，脸上那副如临大敌紧张兮兮的模样，却显出走狗式的可怜相。

“请大家集中精力，振作精神，周书记很快就要到了！”宣传部长扯着嗓子，大声地说。

麦嘉用鄙夷的眼光看着那女人，心想怎么到处都是这样的人。看他们那样子，好像还活得挺滋润的。其实不过是一条狗，整天对主人摇着尾巴，得到的也只不过是几块没肉的骨头。等到某一天不合主人意了，就会被一脚踢开的。然而他们却看不到自己的可悲，整天对着别人指手画脚耀武扬威。

“请按顺序坐好，周书记就要接见大家了！”宣传部长习惯地把衣袖往上捋着，大声地说。

这样的走狗实在太多了，就是他们把持着这个国家。还有许多人是不愿做这样的走狗的，就像自己，还有周围这些人，可也不得不被逼着跟在他们的后面去向他们的主子表示忠诚。为什么要来参加这个该死的接见？对一个民族来说，最可怕并不是专制者，而是对专制者的容忍和屈服。

“周书记很快就来，请大家耐心等待，不要说话！”女部长挥挥手，说。

多么滑稽！不久以前周围这些人肯定都喊过“民主”“自由”之类的口号，而今却不得不在这里等待施舍似的等着一个专制者的接见，也许那种可悲可叹的奴才心理正是在这样的境况中形成的。毕竟都不是超人，很难超越社会对我们划定的框框。在谴责他人的时候，自己也不得不陷入这样的怪圈之中。

随着一阵掌声，周围的人随着女部长的手势纷纷站起来鼓掌，麦嘉也不例外。当他看见那红光满面的魁梧老人边鼓着掌边从过道上走过来的时候，心里充满着敌意。

接见的程序显然按照中央领导接见群众的规格来安排的，像电视里经常见到的那样。那满面笑容的老人亲切地同每个人握着手，仿佛在向众人施舍什么。麦嘉的手也有幸同那只保养得很好的大手接触了一下，除了一点温热，并没有任何感觉。

紧接着主持接见仪式的女部长向大家介绍那几位跟着进来的人，都是公司的总经理和副总经理，一个个衣冠楚楚，站在老人身后那毕恭毕敬的模样，使人想起那些只会摇头摆尾的哈巴狗。

麦嘉仔细地观察着那不可一世的高大老人，却也不能不承认他身上有一种逼人的气势。从外表看，他比实际的年龄显得年轻一些，腰板依旧挺得很直，气质和风度在前面那群人当中的确显得不同一般，他那鹤立鸡群的风范更显出那些人平庸和猥琐。如果说麦嘉对这老人多少还有一些敬意的话，对把他围在当中的那些人便只有轻蔑和鄙夷

了。

那高大的老人在台中央坐定，其他几个公司领导也分别坐在他的两旁，女部长微笑着走到老人背后耳语几句，然后走回到话筒前站住，说：“同学们，今天周书记和公司领导从百忙中抽出时间来同大家见面，听取大家的学习汇报，说明周书记和公司党委对大家的关心和爱护……下面请来自《人民日报社》的张旭东同学代表全体来首钢参加劳动锻炼的记者向周书记和公司领导汇报几个月来的学习和工作情况。”

话音刚落，那个叫张旭东的高个子男孩站起来朝着前面走去，在话筒前站住，对台上坐着领导点头行了个礼，然后便照着稿子念起来。而所有这一切都是刚才演示过的，只是他念稿子时的那神态比刚才更肉麻。麦嘉为他感到差愧，低着头，不忍去看他。

接下来发言的是来自《光明日报社》的女孩。这女孩看上去单纯可爱，麦嘉原来对她也有好感，可是她发言中的许多话却让他听着感到难受。尤其说到“动乱”或“暴乱”之类的字眼时，更让人听着刺耳。难怪报纸上满纸都是谎言，连他们都这样，对别的人又还能指望什么！

多么无聊！就像看一出蹩脚的闹剧，让人哭不出也笑不得。大好的时光就这样白白消耗掉了。麦嘉心烦意乱，只想着让这该死的闹剧尽快了结。

预先排练过的节目总算又演练了一遍，女部长终于宣布：“请周书记给大家作指示！”

带头鼓掌的是台上的领导，接着台下也响起一片掌声。在掌声中，那满面红光的老人挺起了他那高大的身躯，后面的秘书赶忙把他身后的椅子移开，忙不迭地伺候着他的主子。

老人移动着高大的身体到了话筒前站下，小白脸秘书过去把话筒抬高了些，对准他的下巴。老人居高临下地笑了笑，清清嗓子，洪亮的声音给人以威严的感觉，室内顿时一片肃静，所有的眼睛都集中在他身上。

麦嘉也屏住了呼吸,似乎感觉到气度不凡的老人身上传出的压力。他苦笑着，试图以一种自嘲的心境帮助自己从那迫人的阴影底下走出来。

老人声音洪亮,带着浓厚的山东口音,显出充足的底气:“同志们,听了你们的发言，我感觉到，你们来首钢的时间不长，收获却很大，我衷心向你们表示祝贺！”

又是一阵掌声，麦嘉也跟着拍几下手，心里却觉得别扭。台上的经理书记们个个面带笑容，用虔诚的目光盯住那说话的老人。

“大家知道，我们首钢是中国企业改革的一面旗帜。从实行承包制以来,经历了十年的风风雨雨,取得了举世瞩目的成就……十年来,实现利润率每年递增百分之二十，这样的发展速度，在世界上也是少有的。今年实现利润估计可以达到十八亿……我们的多项技术指标，譬如高炉利用系数等都超过了世界先进水平……首钢改革成功的事实充分证明了社会主义制度的优越性……总之，还是那句话，我不相信社会主义干不过资本主义！”

麦嘉听着，嘴角却挂着冷笑。几天前还同郭工程师一起算过一笔账，按他们说的，今年的利润能够达到十八亿，钢铁产量达到三百多万吨，可是按全公司十八万人来平均，每人创造的利润只有一万元人民币，人均钢产量不过十六吨。就这样的生产力水平也敢大言不惭地说什么“不相信社会主义干不过资本主义”，岂不让人笑掉大牙？且不说这些数据还含有很大水分，譬如改革后给职工增发的工资的奖金部

分都没有算入成本，加上这些年钢铁市场兴旺，价格不断上涨。至于高炉利用系数之类的高指标，用郭工程师的话来说则是拼设备拼出来的。

“……经过那样一场政治动乱以后，大家能有机会到首钢来，在生产实践中充分体会到社会主义制度的优越性，是党中央对你们的关心和爱护，希望大家好好劳动，向工人同志学习，努力改造自己……”

老人说话的口吻就好像对待一群“迷途的羔羊”，宽厚仁慈的神态中却隐含着胜利者的得意心情。这位深谙中国政治的老人此时一定在为自己当初的选择而感到自豪。许多人都说，要是当初首钢工人罢了工，政府肯定会倒台。这种说法在麦嘉看来是过于夸张了，不过这老人说得上是个“功臣”，那时他的决定的确有着举足轻重的作用，难怪事后首钢被授予“平息反革命暴乱先进单位”的称号。

麦嘉不能不承认，老人的说话还是很有煽动力的。如果不是事先在他的王国里生活了这几个月，麦嘉肯定会为他那不同凡响的魄力和气概所震服，并毫不犹豫把他看作是那种能够创造历史的英雄。而今这不凡的老人是那种天生具有领袖才能的人，总是习惯于支配别人而不被人所支配。他身上甚至还有一些经常属于年轻人才有的那种异想天开的浪漫性格，欲望的膨胀加上手中具有至高无上的权力，又生活在一群只会溜须拍马的属下当中，使他正丧失对现实的感觉力。投资在山东造一个一千万吨的大厂、创世界第一……这些痴人说梦般的幻想在人们当中竟会引出如此多的赞叹，他的意志似乎左右着这里所有的人。那些谄媚的微笑在麦嘉看来是那样可恶，也许有一天所有的人都会为此付出代价。

高大的老人终于结束了他的讲话，又引出一阵热烈的掌声。麦嘉勉强拍着手，心里一阵悲凉。

第二十六章

送走林琳，逸夫情绪更为低落，好像心里头被抽去了什么，留下一片难以填充的空白来。

朝着那并不属于自己的宿舍走着，回想着刚才同林琳分别的情景，心里很不是滋味。看上去林琳对自己仍是一往情深，分别时说了许多让他保重之类的话，还说过两天再来看他。然而她说话的神态却总给人一种不自然的感觉，似乎心里感到愧疚，想以这种方式来弥补什么。到后来彼此变得更加客气，林琳的眼光也越来越不敢面对着自己，那时他心里便明白他们之间关系已经到了尽头。

"也好，事情也到该了结的时候了。"逸夫边走边想着，脸上是一副落寞的神情。可是，她为什么要做出那副仍旧爱着自己的样子来呢？她说那话的时候似乎有一种自我牺牲的悲壮，是在怜悯自己还是在表白她的痴情和善良？假若她真的还爱着自己，走在她身边那个英俊的男孩又是怎么回事？林琳原来的确很单纯，也爱过自己，可这年头什么都会变的，何况女人的心！她没有主动提出同自己分手，是想等着自己把话说出来，那样她就能扮演一个被遗弃的受难者的角色，而自己则成了不通情理的暴君……就是这么回事！

"是这么回事！"他嘴里嘀咕了一句，心里有些难受。他知道，林琳性格软弱，如果自己接受她在感情上的施舍，没准她会与自己结婚并能从中体验到一种自我牺牲的崇高感情……可是又有什么意思呢？她明明已经另有所爱，或许在内心深处早就把自己当成了一个累赘一个推卸不掉的负担！……然而她是对的，连自己也把这身臭皮囊当作了难以承受的累赘，何况是她？即便她能一时冲动牺牲自己，她的父母亲也不会答应的。既然这样，又何必使她为难？其实从走进牢里那

天起，自己并没再抱什么希望……没有了她，也少了许多牵挂，以后怎么过都没关系……

回到宿舍，在床边坐下，仿佛闻到一种淡淡的香水味。印象中林琳是从来不用香水的，他说过不喜欢女孩子身上的香水味，她说自己老土，但这话肯定对她有产生过影响。以前也从来没见她擦过口红，那时她的确是一个很朴实的女孩，现在她不仅把嘴唇擦得血红，脸上也明显擦过什么粉，还有那头发……

楼里有人在放崔健唱的《一无所有》，逸夫听着苦笑起来，心想爱情本来就是一种虚幻，那种罗漫蒂克的爱情在这年月是不合时宜的，是可笑的，说什么爱你一无所有，纯粹扯淡的事！爱情不是施舍，应该建立在双方平等的基础上，一个一无所有的流浪汉是没有资格拥有爱情的。

想起刚才林琳给自己钱的情景，心里更觉得难受。林琳一直对他很小心，似乎怕伤了他的自尊，但说话时的神态就像在施舍一个乞丐！她平常并不是很有主见的，什么事都靠着自己，而今却都变了，好像对什么都不满意，好像自己欠她什么似的，那小鸟依人的温柔和体贴到哪里去了？好像是个人就有权同情自己，麦嘉，林琳，还有导师和那位看守长，他们都给自己钱，就好像自己只能靠着他们的施舍活下去，可是他们并不了解自己在接受钱的时候的那份滋味！

猛然想起什么，先把抽屉拉开看看，接着又把枕头翻开，看见压在枕头下面的几张十元钞票，心里说不出什么滋味。这钱肯定是林琳趁自己不注意留下的，可是这算什么呢？他把钱拿起来看了看，苦笑着放回原处，仍旧用枕头压上。

“不能这样生活下去了！”猛然一拳打在床上，心里说不出的懊恼。可出路又在哪里？自己到底做错了什么，茫茫世界之中竟没有自己安身立命之所在？早知道这样，还不如蹲在牢里不出来。

屋里死一般沉寂，逸夫颓丧地躺了下去，脑袋靠在垫高了的枕头上。眼睛一动不动地看着顶上黑乎乎的天花板，不由得想起狱中的难友来。几天前他在报纸上看到，姜涛以刑事罪被判处十年徒刑，同他一起判刑的还有另外十个人，果然没有一个是学生，这也是他们一再强调的。他们要在全社会面前装出一副对学生的宽容面孔，可这件事本身难道不是对中国法律制度的最大嘲弄？

想起姜涛，逸夫总觉得有些愧疚，似乎觉得自己也应该承担什么责任似的。分别以前他曾经嘱咐自己到乡下他姑妈家去把他的画收拾好保存起来，几个月来一直为自己的事困扰着，竟没有想过去做。而今自己没了希望也没了牵挂，该把这事办一下了。

想起那个宁静的小乡村，逸夫竟有些神往。古朴的四合院，淳朴的乡民，一平如镜的湖水，湖边绿色的草地，远处的群山，还有骑在牛背上的牧童……一幅幅动人的画面在眼前闪现着。真是一段宁静而愉快的日子，可是当初为什么要离开？不然的话，姜涛不会被判刑，自己也不会落到今天这样的地步！每一场大的政治斗争总要有一批无辜的人成为牺牲品，比起那些死去了的人来，自己还算是幸运的，有什么可抱怨的！

逸夫躺在床上胡思乱想着，不知道什么时候睡了过去。醒来时，看见穿着工人服装的麦嘉站在自己面前，忙从床上坐起来，问：“下班了？”

麦嘉摇了摇头，说：“没有。今天上午老头子召见，下午开会讨论，所以提前回来了。”

逸夫知道他说的老头子是谁，随口问了一句：“怎么样？”

“很没劲！不过派头很大，为了这次接见，事先还演练了一番……

那时我真感觉到自己不是东西！”麦嘉叹口气，说。

“不就是一个企业的头吗？哪至于这样？”逸夫感到有些困惑，说。

“原来听别人这样说，我也不敢相信，这回我算是见识到了……你没看他周围那些人，说起来也都是经理副经理书记副书记什么的，一个个人模狗样，可一到他面前就像狗一样，我看着都替他们难受！”麦嘉冷笑着说。

“你难受，没准人家正得意哩！纵然当了一回狗，可什么都得到了：权力，金钱，还有美女，而你呢，得到了什么？”逸夫用嘲笑的口吻说，心里似乎怀着某种恶意。

“鲁迅说过，中国有两种人：一种是已经当上奴才的；另一种是想当却没有当上的……我现在算是真正体会到了！”麦嘉感叹着说，心情沉重的样子。

“一个人如果没有能力主宰自己，就只能把自己的命运寄托在他人的身上，这就产生了要去当奴才的心理。”逸夫冷笑着说。

“我算是看清楚了，关键还在于我们的制度。在一个专制的国家里，除了最高统治者以外，没有人能够真正掌握自己的命运。对于我们这样的人来说，要想过得好一些，就得想方设法使自己成为一个奴才，当然是越高级越好！有时候，我真觉得自己就像路边的蚂蚁，谁都可以踩……”麦嘉说着，很有些愤愤然。

“本来就是……”逸夫苦笑着，竟不想再说下去。

“这他妈的是什么世道，简直让人没法活下去！”麦嘉在屋里来回走着，心情显得十分沉重。

逸夫看着他，心想：看来这年头大家都活得不容易！原先同自己一样不关心政治的麦嘉竟也变得这样愤世嫉俗。这样的生活要么迫使人消沉下去，要么会使人在仇恨中铤而走险，在尖锐的对抗中毁灭自己。

麦嘉终于平静下来，叹了口气，问逸夫：“林琳是不是来过？”

逸夫早知道是他把自己的事告诉了林琳，却也无心与他计较，淡然一笑，说：“是的，她来过……”

“你怎么让她走了？”麦嘉看着他，似乎有些不满意。

逸夫知道他是出于好意，说：“她说在事要走，我有什么办法？”

麦嘉观察着他的脸色，问：“谈得怎么样？”

逸夫苦笑了笑，说：“还能怎么样，不就那么回事！”

麦嘉似乎觉察到了什么，皱着眉头问：“你们没吵架吧？”

逸夫听着却有些恼火，没好气地说：“吵架，我们为什么要吵架？告诉你，我们谈得很好，够了吧！”

麦嘉不安地看着他，似乎不明白他怎么会突然发这么大的火，歉意地说：“对不起，我不该问这些，可我确实希望你们好。”

“这我知道！”逸夫有些不耐烦，不好意思去看麦嘉。

麦嘉叹了口气，说：“我知道，你可能会责怪我，因为我事先没同你商量就把你的事告诉了林琳，可我认为这样做是对的。这年头，大家都活得不容易，有些东西更需要珍惜。我说的是感情，不管是朋友间友情，还是爱情，就像你和林琳那样。除了这些，我们也再没有别的了。”

麦嘉说得很动情，逸夫听着也很感动，想到这些天来他对自己的照应，愧疚地说：“这些我都知道，可是有些事情并不像你想象的那样。”

“到底出什么事了？能不能告诉我？”麦嘉关切地看着逸夫。

“现在我心里也很乱，以后再告诉你吧。”逸夫叹息着说。

“好吧！”麦嘉点点头，似乎并不放心。

逸夫想了想，说：“我想明天到乡下姜涛姑妈家去一趟。姜涛嘱咐过我，要我帮把他的画收藏起来。”

麦嘉用审视的眼光看着逸夫，过一会儿才说：“到乡下去走走也好，整天待在这鬼地方，早晚会闷出病来的。”

“我会很快回来的。”逸夫说。

第二十七章

九零年元月十三日　星期六　晴间多云

外面传来公鸡的鸣叫声，接着是几声狗吠，胡同里好像有人在走动，轻微的脚步声过后整个山村又归于沉寂。逸夫静静地躺着，独享着山村黎明的这份宁静。那鸡鸣狗吠的声音好像成了久远的记忆，越发给人清新的感觉。

天色大亮，屋里也清晰了许多。张贴在玻璃上那对囍字是那样醒目，墙上有自己和水花的结婚照，还有那书桌、书架……看着这一切，逸夫竟有一种恍如梦境的感觉。“这真是我的家？”他不止一次这样问自己。命运的变化实在无法预料，几个月时间里，他从一个研究生沦为一个囚徒，又从一个囚徒变成一个无家可归寄人篱下的流浪汉，而今却有了一个属于自己的家，有一位朴实善良的妻子。然而不知为什么，他总不能心安理得地来享用这一切，甚至感到心虚，仿佛这一切并不真正属于自己，包括睡在身边的水花在内！

他想着，不由得侧脸去看睡在旁边的水花。水花仰面躺着，一绺散乱的头发把那张清秀的脸掩住。逸夫想用手去把头发拨开，手刚抬起来却有些迟疑：“她真是我的妻子？”恍惚中那张脸变得有些陌生，内心里也是一片茫然。不久以前，他还不知道世界上有这样一个女孩，转眼之间她却成了自己的妻子，多大的变化！就好像自己到了另外一个世界，过上了另外一种生活，然而他对这一切还没有足够的

心理准备。家也好，妻子也好，诸如此类概念在他心目中时而清晰时而又会变得模糊不清。

“这就是命运，人无论怎样都不能同命运抗争！”回想起自己的遭遇，逸夫感叹着。离开麦嘉时，他怎么也想不到会在这里住下来，原来只想住上几天把姜涛的画稿整理好就走的。路上却遇到一场大雨，衣服全被淋湿了，到水花家的那天晚上便发起高烧，竟然一病不起。那些日子他每次从昏睡中醒来，总能看到水花那双秋水般纯净的眼睛，那温柔的目光使他感受到一种从未有过的宁静，日子久了，竟产生出某种依恋，最后竟到了难以自拔的地步……那场雨，那场病，自己当时窘迫的处境，还有以后发生的一切造就了这段机缘，这机缘把他同水花一起套住，就形成了他们的命运。

看着窗上贴的那对囍字，逸夫总觉得有些别扭。那是水花自己剪的，在她往上贴的时候，自己还笑话过她，水花却说结婚仪式可以按他说的办，若是连个“囍”字都不贴，别人会笑话的。还有墙上挂的那张结婚照也是同水花一起到十多里路以外的镇上去照的。在那个破旧的照相馆里，他显得局促不安，笑容也很僵硬。水花却很庄重，笑得也很自然，照片上的水花比她本人更漂亮。水花看了照片说他没照好，劝他重照一张。他对这类形式上的事向来不在意，更不愿意为了照张相再跑十来里路，便说他这人本来就不上相，再照也是那德行。水花肯定知道他是嫌麻烦，却也没说什么。说起来水花真是个善解人意的女孩，什么事都迁就他，这与林琳可大不一样。

想到林琳，难免感到内疚。在决定与水花结婚以后，曾经给她写过一封信，把情况都如实说了，到现在却没收到回信。她一定在生自己的气，没准还会为自己居然因为一个村姑而同她分手感到屈辱，甚至以为自己是在自轻自贱自暴自弃，并用那怜悯的眼光来看待自己。

还有麦嘉和别的那些同学，他们也绝对不会理解自己的选择。今天他们就要到这里来了，这件事本身便说明他们是在怜悯自己。或许他们真的都以为自己现在混得这么悲惨，肯定很需要这样的怜悯！这些人看上去个个都有思想有个性，与众不同。但是在骨子里却都讲究名利和地位的。一个名牌大学研究生同一个文化层次不高的村姑结合在一起，这事毕竟超出了他们的想象！

逸夫正想着，突然觉得臂膀上有些痒痒的，转过脸去，却见水花正瞪大眼睛看着自己，便笑了笑说："醒来了？"

水花微微一笑，身体往这边靠了靠，脸贴在他的臂膀上，轻声问："你在想什么？"

"没想什么。"逸夫叹口气说。

"你那些同学什么时候到？"水花眨眨眼睛，又问。

"不就两趟火车吗？我想，中午怎么也能到了。"逸夫想了想，说。

"这么久没见面了，你是不是很想念他们？"水花用手轻轻地在他的臂膀上抚摸着，问。

"怎么说呢……"逸夫苦笑着，不知说什么好。从内心说，他并不希望麦嘉他们来这里，除了怜悯以外，他们还能给自己带来什么？而这样的怜悯只会使自己感到屈辱。若不是水花的固执，他会毫不犹豫地拒绝他们的来访。可是现在他们就要来了，还有什么可说的？

"他们都是些什么样的人？是不是都像你这样有学问？"水花好奇地看着他，又问。

逸夫苦笑了笑，说："我算什么，我在我们同学中是最没出息的……"

"我可不相信！"水花说，把脸翻过去，仰面躺着。过一会儿又问："你的那些同学都有女朋友了吗？"

逸夫不知道她的用意，便漫不经心地说："有的有，有的没有！"

"他们的女朋友都上过大学？"水花问。

逸夫见她老提这样的问题，意识到了什么，便看着她问："你问这些干什么？"

"没什么，只是有些害怕！"水花把脑袋枕进逸夫的臂弯里，说。

"怕什么？"逸夫奇怪地问。

"怕会给你丢脸！"水花说着，身体贴得更紧，好像要他这里寻找支持。

"丢什么脸？"逸夫握住她的手，故意问。

"他们都是大学生，而我只是一个什么也不懂的乡下姑娘，怕他们会看不起我。"水花说。

逸夫笑了笑，说："不会的！要是他们知道你有多好，不仅不会看不起你，还会羡慕我的。"

水花却叹了口气，说："我知道你是在安慰我，其实我知道我是配不上你的，说实在的，跟你在一起，我心里也常常感到不踏实，就好像你站得太高，我必须仰着头才能看见你……"

逸夫用手掩住她的嘴巴，说："你别这么想！是我配不上你，我现在只不过一个流浪汉，跟着我只有受不完的苦，除了你这样的傻姑娘，谁还会来爱我呢？"说到这里，不由得想到了林琳，心里竟也有些酸楚。

"如果你不是现在这样，那你会娶我吗？"水花歪着脑袋，问。

"这种事情本来就是要讲究姻缘的，也许正因为我们命中注定要这样生活在一起，我才会有这样的遭遇。"逸夫叹息地说着，把水花往自己身上搂了搂。

水花笑了笑，说："这么说，你是为了我才吃了那么多苦的？"

“也许是吧。”逸夫用手轻轻地抚摸着水花的头发，笑了笑说。

院子里传来了母鸡呱呱的叫声，水花打了个哈欠，说：“我得起床了，你没事就多睡会儿吧。”说着，便从床上坐起来，开始穿着衣服。

逸夫怜爱地看着她，用手把她的头发理到一边去。

水花穿好衣服下了床，对逸夫说：“吃完早饭我就到镇上去买菜，你就在家里等你同学好了。”

逸夫怕她和家里人太费心，便说：“他们都是很随便的人，不用买什么菜！”

“那可不行，人家都是那么老远来的，总不能让人吃不下饭去，再说我可不想让你的同学以为你是在这里受罪。”水花边梳理着自己的头发边说。

“那好吧，随你便！”逸夫无可奈何地说。

“你睡吧，我走了！”水花微笑着走到床边，在逸夫的脸上吻了一口，走了出去。

逸夫笑了笑，把身体缩进被窝里，没过多久又睡了过去。

麦嘉靠窗坐着，默默看着窗外。一座座裸露的黄色小山包向后推移，一棵棵在寒风中光着树丫的树木向后倒去。这就是逸夫提到过的那片土地？可又怎会如此苍凉，他所描绘的诗意在哪里？

看着远处高山底下的小村落，麦嘉心想：逸夫说不定也是住在这样的小山村里的，在这里他能干什么？不错，他和那个名叫水花的乡村教师结了婚，有了一个属于自己的家庭。但他是不会愿意让女人养活他的，他是一个很自尊的人！这场婚姻对他说来本来就是无奈的选择！如果没有这场运动，他现在也许还在北大的校园里，也不会同林琳分手了。从各方面说他们都是相称的，又曾经那样真心相爱着！命运就是这样作弄人，非让他同一个乡村教师结合在一起。说到底他是这场运动的牺牲品。可他到底要干什么，真打算在小山村里待一辈子？

列车穿过隧道，眼前出现大片平坦的土地，黑色的土地好似蒙着白霜。风也很大，路边光秃秃的树枝在寒风中不时抖动着。一个穿着黑色皮衣的汉子蹬着自行车迎风走着，后座上坐着一个抱着小孩的妇女。那汉子的身体往前伏着，蹬得很吃力……这画面一晃就过去了，麦嘉却联想到逸夫。多少年以后，逸夫是不是也会这样用自行车驮着自己的妻儿？这联想是很荒唐……可是当初谁又能想到他竟会娶一位村姑？

对面坐着的金哲也沉默着，肯定也在想逸夫的事情。他昨天来的北京，回老家后他在省艺术研究所找到了工作，这次是来北京参加话剧观摩的。对逸夫的事最感到震惊也是他了，在他看来逸夫简直在自我毁灭。听说要去看逸夫，二话没说就来了，还约上了高歌，再加上逸夫，算得上是毕业后人数最多的一次同学聚会了。然而这场聚会从开始就蒙上了一层灰暗的色彩，每个人心情都是这般沉重。

“又在想逸夫的事？”金哲看着麦嘉，问。

麦嘉点头说：“我在想，他会变成什么样了。”

金哲叹口气，说：“就他那种处境还能好到哪去，我真担心这样下去会毁了他！”

麦嘉似乎成心要给自己找些安慰，说：“从信上看，他的感觉好像还很不错。”

金哲不以为然地笑了笑，干脆说：“他是为了安慰你才那么说的，要不就是自我欺骗。”

麦嘉叹息着说：“我也是心里放心不下，所以才想来看看。得知他结婚的事，我很吃惊，不过他好像对那村姑还很满意。”

“怎么会呢？我看他这样做简直是在糟践自己！”金哲说。

麦嘉若有所思地看着金哲，问：“你是不是觉得那村姑配不上逸夫？”

“这还用说！不过，我指的不是社会地位，而是说他们在思想观念上的差距。你知道，逸夫是一个很深沉的人，满脑子都是怪思想，生活习惯也很古怪，别说是没怎么上过学的村姑，就连我们也很难理解，所以他们的结合只能是一个悲剧！”

“逸夫好像并不这样认为，他在信上说他在村姑身上找到了要找的东西。”麦嘉说。

金哲大不以为然，说：“看来他还是生活在幻想中，然而生活是残酷的，幻想也总会破灭。记得我们在学校的时候总把逸夫称为奥勃罗摩夫，这也是一个靠幻想来支撑自己的人，后来也是找了个寡妇……”

“这年头能有某种幻想来支撑自己也不错！有时候我想，人活一辈子，其实就是靠着幻想来支撑的，譬如说谁都知道人活着是没有意思的，可是为了让人活下去，就不得不去找出一些意思来，什么理想呀，自我价值的实现呀，还有赚钱发财事业成功什么的，其实都是这么回事！”麦嘉突然大发感慨。

“话是这么说，可是我们总得活下去。说实在的，毕业后的这几个月是我过得最痛苦的日子，有时候我真不知道自己到底是什么东西！今后的路该怎么走？这次我来北京，也是想从你们这里找到答案。”金哲说。

麦嘉却苦笑起来，说：“要是我们找到了答案，就不会活得这般沉重！”

“来北京以前，我觉得我是我们同学中最悲惨的，想不到你们比我更惨！为什么我们要受这么多苦！”金哲眯着眼睛，愤愤不平地说。

“生活在这样的时代，只有没有思想能力的人才会没有痛苦。有时候我想，要是没有这场运动，我也许会像许多人那样庸庸碌碌地生活着，譬如留在大学里搞搞学问，熬够年头混过教授当当，一辈子过得滋滋润润的。可现在我觉得自己不能这样活下去了。”麦嘉说。

“你到底想干什么？”金哲好奇地看着麦嘉，问。

麦嘉淡然一笑，说：“我在想，我们这些人，从小受的是那样的教育……记得我上小学的第一篇课文就是‘毛主席万岁’‘共产党万岁’，从那时起我们到处看到和听到的都是些美丽的谎言，可以说我们是在谎言的熏陶下成长的，对谎言早已习以为常，也就丧失了对事物的鉴别能力。这些年许多谎言都被揭穿了，然而我们对这个党对这个政府总还是抱着希望和幻想，可是那天晚上的枪声把这一切都打破了，过去他们总是教育我们说军队是人民的军队，可现在这个军队却对着他们所说的人民举起了枪……那时候的感觉就像做梦一样，这样的现实是很难让人接受的，正因为这样，才迫使我们去思考许多问题，说实在的，我是觉得自己的许多观念都发生了本质性的变化，一夜之间好像是完全变了个人！然而我为自己的转变而感到高兴，虽然现实是很痛苦的，可是我毕竟已经学会完全用自己的大脑来思考问题，对我来说这就是收获，不，应该说是觉醒，是新生！”

“你也想去搞政治？”金哲不解地看着麦嘉，问。

“不，”麦嘉摇摇头，说：“你知道我是厌恶政治的，政治充满着争斗，而我向往的是平静与和谐！不过我想，既然我参加了这样的事件，就有责任对历史对我们这一代人有一个交代，从而让人们警觉，避免再发生这样的悲剧。”

金哲默默看着麦嘉，好像在想着什么，过一会儿才问：“你打算做什么？”

麦嘉神情变得很庄重，说：“还没有想好，不过我想我总会干点什么的，不然的话，我会觉得对不起那些死去的人。”

金哲看着麦嘉，似乎还在琢磨他话中所隐含的意义，说：“虽然我不知道你到底干什么，不过我佩服你的勇气，我想凡是经历过这一事件的人都不会轻易地忘记这段历史的。”

“但愿是这样！”麦嘉说着，又把眼睛往窗外看去。

列车在一个冷冷清清的小站停下来，金哲站起身往空荡荡的车厢看了看，问麦嘉：“快到了吧？”

“是的，下一站就是！”麦嘉说，看一眼正打瞌睡的高歌。

“逸夫肯定不会想到我会来的。”金哲说。

“他当然想不到，连我也没想到我们会这么快见面！不过我想逸夫见了你一定会很高兴的。”麦嘉说。

“分别这么久，我也真想见到他。”金哲说。

火车刚进站，金哲便看到了逸夫的身影。他孤零零站在月台上，穿的还是在学校时穿过的那件黑色旧棉衣，脖子往下缩着，脸冻得发红，长长的头发被寒风吹得有些凌乱。看见他们，便抬手挥动着，脸上也绽出微笑来。

下了车，看着迎面走过来的逸夫，金哲并没觉出他有多大的改变，更没有臆想过的那种凄惨。看上去好像还胖了些，气色也红润，于是心里轻松了许多，微笑着迎过去。

“真没想到你会来！什么时候来北京的？”逸夫一把拉住金哲的

手，显出很高兴的样子。

“前天才到，听说你在这里我就跑来了！”金哲微笑地看着逸夫，说。

“你能来我真是太高兴了！对了，你现在什么地方工作？”逸夫拉住他的手，迫不及待地问。

“省文化厅艺术研究所，这次是以观摩话剧的名义来的。”金哲说。

逸夫还想说什么，站在一旁的麦嘉却催促起来：“你们还是边走边聊吧，实在太冷了。”

逸夫歉意地笑了笑，用手往前面一指，说：“我就住在那个村，从这里走大概还有两三里路。”

金哲顺着他的手看过去，只见远处一座扁平的山坡下坐落着几十间或新或旧的房屋，看上去是一个小山村，这样的小山村对金哲来说也是熟悉不过了，小时候跟着父母下放去的山村也是这般模样，那里给他留下的却只是痛苦的回忆。

“这地方很美，不是吗？可惜你们来的不是时候，要是春天或者夏天来的话，满眼都是绿色，整个山村也是被树木掩映着，真是美极了！”逸夫边走边说。

听他说话这口气，好像真的把这里当作自己的家了，难道他真打算在这个贫穷的小山村里过一辈子？想到那么有才华的逸夫竟要在这穷山僻壤生存下去，金哲只觉得心里一阵酸楚。

边走边聊着，走进了村庄。金哲踏着路上的青石板走着，眼睛不住地往四处打量。路两旁的破旧的小院给人一种古朴的感觉，衣着破旧的村民用好奇的眼光注视他们。那眼光使金哲感到很不自在。

“我就住在这个院子里！”逸夫用手指着眼前那座红砖砌成的小

院，然后走过去，推开院子的门，让他们往里走。

金哲走进院子便四下里察看着，里面的院子倒是很宽敞，看上去是新建的。这样的小院在村里并不多见。路上逸夫说过，他妻子的大哥在一家煤矿里工作，还有一个弟弟在跑运输，他们家在村里面算是比较富裕的。

一个抱孩子的女人从对面正屋里走出来，见了他们便咧开嘴笑着。金哲猜想这一定是逸夫妻子家的什么人，便也对着她笑了笑，可是她说的话却带着很浓重的当地口语，金哲连一句也没有听懂。

逸夫同那妇人打了个招呼，然后便对他们说：“先到我屋里去休息一会儿吧！”然后便领着他们到旁边的屋子里去。

走进低矮的平房，金哲便有一种悲凉的感觉。除了那张双人床和床上的被子以外，屋里再没有新家具。倒是逸夫在学校时用的台灯、笔筒、书夹、水杯什么的都在这里。角落里放着的那十几个纸箱里装的肯定也是逸夫的书籍。倒是墙上挂的那张结婚照和门上贴的那对囍字还能使人想起这里住的是一对新婚夫妇。

“我们那位弟媳妇怎么不在？”金哲想让自己尽量放松一些，便用开玩笑的口吻说。

“她到镇里买菜去了，等下就能回来。”逸夫不好意思地笑了笑，说。

金哲看着那张结婚照，那位已经成为逸夫妻子的女人看上去并不漂亮，却显得很朴实也很单纯。也许正是这种朴实吸引了逸夫，他不是一直在追求这样朴实自然的境界么?

刚才见过的那位抱孩子的少妇一手提着热水瓶一手拿着几个碗走进来，逸夫介绍说这就是水花的嫂子。那妇人微笑着，说了几句金哲听不清楚的话，给他们倒好了开水便又走了出去。

屋里烧着火炉，却有些寒冷。他们围着炉子坐着，边喝茶水边聊起来。

“金哲，先说说你吧！”逸夫看着金哲，微笑地说。

想起找工作的艰辛，金哲感慨地说：“我的事可是没少费劲！地方的情况比不上北京，不管怎么说，在这里他们总还有所顾忌，到了地方可就不一样了！我有个朋友在公安局工作，后来告诉我，我们还没回去，黑名单就已经到了他们那里。附近派出所的人也到我们家去过，幸亏我当时很小心，不然麻烦就大了……”

“你是怎么到艺术研究所去的？”高歌问。

金哲叹口气，说：“你们知道，我们这专业越到下面选择的余地越小。回去后有人推荐我去给省教委主任当秘书，答应去以后分给我一套房子并给装电话，可我舍不得放弃专业，又通过别的管道联系了艺术研究所。你们知道，这样的单位本来带有养老性质，说搞研究纯粹是扯蛋的事，无所谓人多人少，所以要进去也十分不容易，加上单位的所长和副所长又是对头，我不知道这里面的内幕，找的人又偏偏是那个副所长，结果事情越弄越复杂……我一看没有别的办法，只好再去找关系。正好我一个大学同学在给省委书记当秘书，通过这层关系我去找了那个书记，让他出来说话才算把问题解决了。”

“你运气还算是不错，听说到现在还有不少人没找到工作，我的一个学物理的老乡竟被分到一个乡里去烧锅炉。据说我们省里就有明文规定，凡是北大毕业的学生都不能留在城市里。”麦嘉说。

“在前不久的一次记者招待会上，有个法国记者说有个女孩就被分配到乡下的窑厂里去，一个星期里就被人强奸了七次，我想这事一定是真的。”高歌说。

“我相信也是这样，那些禽兽不如的家伙真是什么都干得出来！

听那记者说到这件事的时候，我真哭起来了！我是很多年没流过眼泪了，可是想到我们这些人的命运，就不能控制住自己。”麦嘉说。

金哲看逸夫在一旁不作声，对他说：“逸夫，你怎么想？”

逸夫淡淡地笑了笑，说：“说实在的，我很少去想这些事情。对我来说那一切都已经成为过去！”

“不，悲剧并没有结束，也不可能结束，因为悲剧的根源仍然存在！在我看来，这场悲剧就是由专制制度造成的，只要专制制度在中国这块土地上存在一天，这个民族的灾难就不会停止！”麦嘉说着，情绪激动起来。

逸夫脸上的表情仍然平淡，说：“这道理谁都清楚，可是又有什么办法呢？就说这次运动吧，不错，这次运动是搞得轰轰烈烈，它的规模之大在历史上也是少见的，可是结果又怎么样？我本人对政治向来不感兴趣的，只要能够按照自己希望的方式去生活，这就够了！”

“可是你要知道，个人的命运总是同国家的命运联系在一起的，在我们这样的国家更是如此！打个比方说，你是想安安稳稳地生活下去，可你办得到吗！再说，我也不相信专制制度就是牢不可破的，这几天在罗马尼亚发生的事情足可以说明这一点！”麦嘉说。

提到不久前在罗马尼亚发生的事件，高歌似乎也来了情绪，插嘴说：“齐奥塞斯库也是因为命令军队向人民开枪才被推翻的，这一事件的过程同我们这场运动很相像，只是结果不同而已。”

听着这些议论，金哲又好像回到了几个月前的校园生活，那时候他们就经常就一些政治和学术上的问题展开争论，只不过那时争论的主角经常是自己同逸夫或者沈鸿，如今沈鸿死了，别的同学也发生了变化：坐过牢的逸夫好像对一切都心灰意懒，冷漠和厌倦的表情给人的印象好像世界上再没有什么东西能够激发他内心的激情；而在工厂

里劳动改造了几个月的麦嘉却比原来更激进了，说话时那咄咄逼人的语气好像要把什么东西撕碎了似的；连平时蔫不拉叽的高歌也好像有了自己的见解。可这又有什么意义呢？也就是在屋子里他们可以随心所欲地发表自己的见解，无所顾忌地表达自己的爱憎情感，可是走出这间屋子，就要失去自由。总而言之，在现实面前，所有的人都是苍白无力的，也是极其渺小。

“这次罗马尼亚事件绝不是偶然的，这是专制制度必然失败的象征。齐奥塞斯库的今天就是中国专制者的明天。”麦嘉说话的语气就像要为这场争论做个总结似的。

正说着，门开了，一个穿着红色羽绒服的姑娘从门外走进来，脸上红扑扑的，一双又黑又亮的大眼睛看着这满屋子的人，表情却有些腼腆。金哲一眼认出来她就是逸夫的妻子水花，便马上站了起来。

“这就是水花！”逸夫指着那姑娘对屋里的人说。

屋里所有的人都站起来，微笑地看着这个已经成为逸夫妻子的姑娘。逸夫便指着他们一个个地对水花作了介绍。

“别客气，你们坐吧！”水花不好意思地笑着，说。

金哲打量着水花，她并不漂亮，皮肤黝黑，外表给人一种朴实的感觉，行为举止也不矫揉造作，脸上那真诚而自然的微笑更使她别有一番韵味。看到她同逸夫站在一起却总觉得有一种不和谐的意味，而逸夫在她走进这间屋子以后脸上的表情也显得有些不自然，就好像有什么心理障碍似的。

金哲感觉到屋子里的气氛有些沉闷，又看麦嘉和高歌都只在那里傻乎乎地坐着，便想同水花说上几句话，却想不出有什么可说的，心里觉得有些狼狈。

逸夫好像觉察到了什么，便对水花说：“你先去炒菜吧，他们肯定都饿了！”

水花点了点头，对他们说：“你们坐吧！我这就给你们做饭去。”

金哲看着水花走出门去，笑着对逸夫说：“你这老婆看上去真是很贤惠的。”

“还凑合吧！”逸夫淡然一笑，说。

“我们还是到外面去走走吧，我想这乡村的景色一定很美。”麦嘉说。

“这里是很美，可惜这个时候草都已经枯萎了，湖里也结上了冰。”逸夫惋惜地说。

“你还是带我们出去走走吧！”麦嘉说着，看了看金哲。

“你们不怕冷的话，出去走走也好！”逸夫说着，便站起身来。

“外面那么冷，我可不想出去！”高歌说着，往窗外看了看，身体依旧坐在床上没有动弹。

“那你就在屋子里呆着好了。”金哲说着站起身来，把帽子戴在头上。

天空是晴朗的，阳光也很明媚，天气却十分阴冷，凛冽的风吹过来，逸夫不由得紧缩着身体，脑袋也往下低着，似乎要用自己的头顶去与寒风抗衡。

“这天气可是要比在城里冷得多！”麦嘉哈着气说，把羽绒服上的帽子往下拉了拉。

“这样走走倒也很舒服。”金哲说着话，嘴里吐出白色的热气来。

“到湖边去走走吧，那是我每天散步的地方。”逸夫说。

“远吗？”金哲有些犹豫，问。

“不远，一刻钟就能走到！”逸夫说着，看了看麦嘉。

“这不算什么，我们走吧！”麦嘉跺着脚说。

逸夫在前面走着，路上的泥土冻得有些僵硬。其实他心里也明白，麦嘉和金哲都并不是来看什么风景的，而是有话要对自己说。刚才他们看水花时的眼光并没有逃过自己的眼睛，他知道他们在想什么。上学时他们对女人外表的要求都很苛刻，外表丑陋的女孩总会受到他们的奚落和挖苦。水花长得不漂亮，又是个农村姑娘，自然上不了他们的眼。他们刚才在水花面前极力装出很客气的样子，要掩饰的正是这种心态，或许在他们看来这是给了自己面子。其实这又何必？说到底他们还是放不下臭架子，在这方面自己就比他们看得透彻。

来到湖边，又是另外一番景象：宽阔的湖面结了冰，成了银白色一片。湖边的小草都已枯死，树木也是光秃秃的，再也看不到什么绿色。远处的高山也变得有些朦胧不清，广袤的原野一派荒凉。逸夫站在湖边，静静地看着眼前的景色，心里竟也有说不出的苍凉感。

“这地方给来作滑冰场是不错的，可惜没有冰鞋。”金哲往湖面上看着，他的脸上和鼻子都被冻得有些发红。

“我们到冰上面去走走吧！”麦嘉说。

“也好！”逸夫说着，率先沿着湖边的斜坡往下走。

金哲有些犹豫，看见逸夫和麦嘉都已经走到那冰面上，便也迈开了脚步向他们走过去。

冰面上看上去很滑，逸夫小心地往前走着，不时地回过头去看看在自己身后的麦嘉和金哲。麦嘉的脚步迈得很小，两只手像母鸡翅膀似的向下张开，好像随时准备摔倒在地。而金哲每走动几步就要停下来往前面看看，觉得没有危险以后才重新迈动脚步。逸夫看他们实在走得太慢，便停下来等着他们。

往前走了一段路，便觉得自如了许多，麦嘉已经敢在冰面上快步的行走，并借着走步的惯性让自己的双脚贴着冰面上滑行起来，而金哲也似乎不再担心那冰面会发生断裂，加快脚步赶了上来。

“逸夫，你真打算在这个村里生活一辈子吗？”金哲看着走到前面去的麦嘉，问逸夫。

逸夫知道他心里在想什么，点点头说：“是的，这还用说？”

“可我觉得你这样做并不值得！”金哲说着又往前面看了看。

“那你认为我干什么才是值得呢？做学问，当教授，功成名就？对许多人来说也许是这样，可你知道我对这些东西并不感兴趣！我追求和向往的只是一种宁静的生活，而在这个你们看来贫穷而闭塞的小山村里我找到了这一切，这就是我想要对你们说的。”逸夫看着金哲，说。

“当初你考大学考研究生就为追求这些？”金哲转过身来，面对着逸夫。

“当然不是！”逸夫摇着头说：“那时候我对许多问题还没有现在这样看得透彻，也没有达到这样的境界。”

金哲脸色变得有些难看，说：“那你是不是认为我们这些人都是很肤浅很可笑的？”

逸夫知道金哲误解了自己的意思，便说：“不是的，每个人都可以有自己的追求，我并不能把我的观点和想法强加在你的头上。”

“可是人活在世上总得干点什么，再说我们能够熬到今天这样的地步也是不容易的。”金哲说。

“不，我什么也不想干，我只想像现在这样活着。”逸夫冷笑着，转过脸去，看着远处那模糊的群山。

金哲满脸困惑地看着逸夫，叹息一声，问：“可你怎么生活下去

呢？”

逸夫知道他是真的关心自己，微笑了笑说：“这里镇上有所中学，很缺教师，我想暂时到那里去代代课，他们肯要我的话，我也可以把关系办过来。”

“你去找人谈了吗？”金哲问。

逸夫摇摇头，说：“没有，不过水花有个姨父也在那里当教师，据他说他们学校很缺教员，我去估计问题不大！”

“一个堂堂的北大研究生要到这样一个偏僻的山村中学当教师，要是在平时的话也足够当一条新闻了。”金哲苦笑着说。

逸夫知道金哲是在为自己感到惋惜，故作轻松地笑了笑，说：“其实这没什么，国外博士当中学教师的不也多的是！”

一直在前面走着的麦嘉也过来了，看看逸夫，又看看金哲，问：“你们又在谈论什么？”

金哲叹了口气，说：“没谈论什么，这里实在太冷了，回去吧。”

逸夫知道他对自己很失望，苦笑着，也没说什么。

列车缓缓地向前移动着，金哲坐在车窗旁，看着月台上的逸夫和水花的身影越来越小直到最后消失，心情也越发沉重起来，这短暂的相聚已经成为过去，往后这样的聚会机会也会越来越少，每个人又都是活得这样艰难，谁知道还会发生什么样的事情！

山峦，田野，树木在眼前闪过。想到前途，金哲更感到茫然。经历这么多痛苦以后，原有的生活支柱早已崩溃。在恶劣的处境中他丧失了自信，也在丧失自我。原指望可以在几位同学那里找到某种启迪，却没想到会是这样的结果！从现实的角度看，麦嘉也好，逸夫也好，高歌也好，处境还不如自己。至少自己没有像麦嘉那样被迫下到工厂去劳动改造，更没有像逸夫那样四处流浪最后竟不得不娶一位村姑做妻子。在许多人看来自己甚至说得上是很幸福的，有一个漂亮的妻子和一个天真可爱的儿子，有一份离专业不是太远的职业，再混上几年说不定也能混上一个套间，经济上虽然不宽裕，但靠着自己和妻子的两份工资也还够养家糊口……这难道就是生活的全部？不，不是这样，至少对于自己来说不是这样！在家里的时候妻子见自己整日愁眉苦脸总爱说自己无病呻吟成心跟自己过不去，可她哪里能够理解自己那份痛苦？从毕业到现在他几乎没有轻轻松松地生活过，就像头顶上压着一座大山似的！活得那么压抑那么劳累，简直不堪重负，随时都可能倒下去。有时也觉得这痛苦是没来由的，却又不能使自己从中解脱出来。原来他以为只有自己才活得这么累这么痛苦，见了逸夫和麦嘉他们以后才知道，他们原来也是在这样的痛苦中挣扎。

“这到底是为了什么？”金哲想着，越来越感到迷茫。刚才同逸夫告别时只是相互握着手，眼睛却不敢多看，就怕自己不能够控制住自己的情感。那时他的确很想哭一场，不只是为逸夫，也为自己，还有死去的沈鸿以及所有死去的和苟活着的人们！麦嘉说，痛苦是一笔难得的财富，要是没有这场运动，人们不会变得这样清醒。这话不是没有道理，然而这样的代价毕竟过于沉重了！再说，人活着有时候也不必活得那样明白，活得糊糊涂涂浑浑噩噩却能使自己免受许多痛苦，妻子说自己是有意跟自己过不去也不算冤枉自己！生活就是这样，有些人生来就要受苦，自己就是这样的人，这是命运的安排！

“真没想到会这样！”一直看着窗外默默沉思的麦嘉转过脸来看着金哲，感慨着说。

金哲一时没反应过来，看着他问：“你指的什么？”

“我说的是逸夫。同他在一起，我老有这样一种感觉，他好像总是生活在一种梦幻之中，所做的一切也都是在为自己营造一个莫须有的梦幻世界，对现实却越来越冷漠，离现实也越来越远……”麦嘉说。

“你是指他结婚的事？”金哲问。

“这只是他梦幻中的一部分，我想，他本来是一个天真的理想主义者，也是一个很缺乏行动能力的人。那场悲剧及其给他个人生活带来的种种不幸，加剧了他对现实的恐惧感，这种恐惧却使他越来越深地陷入自己营造的梦幻世界之中，以至到了难以自拔的地步……”麦嘉说着，神情变得有些凝重。

金哲琢磨着麦嘉话中的含义，问：“你是不是也感觉到了什么？”

麦嘉点点头，说：“是的。在我看来，无论在逸夫与水花之间还是在他与水花家的关系之间都存在着某种不和谐的东西，他一点也不像是这个家庭里的主人，倒和我们一样，是客人。他似乎根本不能同这样的家庭融合在一起，这也许就是我们今天都感到不自在的原因。”

“你是说，逸夫其实并不真正爱水花？”金哲皱着眉头，问。

“这可说不好，不过我的确感觉到他们之间的隔膜。说实在的，我真的很为他们担心。你知道，以后他们肯定会面临着许多意想不到的困难，这对他们来说就是一种很大的考验。”麦嘉说着，忧心忡忡的样子。

回想起这一天的境遇，金哲心情更为沉重。这次聚会似乎从开始便带有悲剧性的意味，本来心境就不佳，逸夫的境遇又在每个人心里抹上一道浓重的阴影。

“人不能总是生活在梦幻中，梦幻再美也总是要破灭的！”麦嘉叹息地说，转过脸去看着窗外。

金哲看着麦嘉，突然有些讨厌他那故作深沉的沉重。那双冷峻的眼睛显得那样自信那样自以为是，好像把什么东西都能看穿似的。他把逸夫形容成一个整天生活在梦幻中的没有实际生活能力的人，那么在他眼里自己又是什么样的人？他会不会把自己看作是一个急功近利的现实主义者，一个没有理想只考虑个人生存的行尸走肉的可怜虫?

“其实大家都活得不容易。我说逸夫的那些话同样也适合于我自己，所不同的是，至少我不想这样生活下去，也还没有丧失行动的能力。是的，不管结果如何，总要想办法改变一下，我就是这么想的。”麦嘉说。

金哲看着他，似乎觉得有些陌生，叹息着说：“不管怎么说，你们总比我强，至少你们还能做做梦，而我连做梦都不会了，整天行尸走肉，连自己也不知道活着到底是为了什么？”

“你不是还想搞学问吗？”麦嘉问。

“说实在的，我对搞学问并没有太大的兴趣，尤其搞我们那种学问，简直没意思透了。”金哲苦着脸说。

“可是我看你还搞得挺来劲的。”麦嘉笑着说。

“那不过是自欺欺人！别看平时牛逼烘烘的，有时自我感觉也不错，可是我真的不知道搞那种学问有什么意思……这样的问题不能多想，想多了就更没劲，所以便只能自欺欺人，给自己找出些安慰来。”金哲说。

“不想趁早别搞就是了，何必跟自己过不去？”麦嘉说。

“可是除此以外，我又能干什么呢？都这把子岁数了，改行也不容易。再说，还指着混饭吃哩。”金哲说着苦笑起来。

“这倒是个问题！”麦嘉想了想，问他：“那你打算怎么办？”

“我想趁着这次再到南方看看怎么样。那边比较开放，机会可能也更多……你的话也对，是得改变一下，不然的话，我们都会发疯的。”

金哲说着，却觉得没有足够的气力。

“那里的环境也未必适合于你……不过去看看也好。”麦嘉说着，似乎有什么顾虑。

“这我知道，可是又有什么办法呢？”金哲说着，无可奈何地笑了笑。

麦嘉好像想起什么，说：“你为什么不去找找汪学文呢，他现在可是红得很，刚破格提了教授，听说又要到中宣部当副局长了，还受到过老江接见。”

金哲听着却觉得脸红，觉得他是在有意奚落自己，说：“别提他了，就算他当了国家主席，我也不会去找他的。那种人，实在没意思！”

“你那导师也真是……这种时候跳出来，太不知好歹了，这样下去不会有好下场的。”麦嘉用鄙夷的语气说。

“要在平时，谁会把他当回事？你不看看现在跳出来的都是什么人？惨到这一步，他们也实在太可悲了！”金哲讥笑着说。

“我相信，他们的日子不会太长久了。别看他们镇压了这场运动，可也使越来越多的人看清楚了他们的面目，他们失掉的是人心。我想，他们的镇压等于给自己埋下了一颗定时炸弹，这颗炸弹说不准什么时候就会爆炸，所以他们的日子也好过不了。”麦嘉冷笑着说。

“我可没你那么乐观。别忘了，我们并不是一个很善于反省自己的民族，也很容易淡忘……”金哲说。

“真要那样，那就太可悲了！”麦嘉叹息着说。

列车快速地往前行驶。金哲看着窗外荒凉的景色，深深地叹息着。

第二十八章

九零年六月三日　星期日　多云转阴

走进医院大门，麦嘉不由得有些紧张。血红色的十字，穿白大褂医生和护士以及满脸愁容的病人使他产生许多可怕的联想，那感觉就好像孤零零走进一片阴森森凄惨惨的坟场。九个多月前是自己把被坦克压断双腿的丽华送到这家医院，在医院的手术台上丽华永远失去了自己的双腿，而今尊敬的导师又病倒在医院的病床上。

丽华流着眼泪把教授病倒的消息告诉他，他吃了一惊，心里一阵悲凉。从去年下半年以来，教授的身体就没好过，近些日子更是日渐消瘦，脸色也发黄，自己和丽华都劝他到病院去检查身体，他却不以为意，说只是情绪不好，并没感到身体有什么不适。老先生也是生就了一副倔脾气，自己认准了的事，就没人能够劝得动他。没想到时隔没几天就住进了医院。

想着丽华伤心痛苦的样子，麦嘉心里很不好受。命运真是太不公平，为什么偏要让那柔弱的身体来承受如此沉重的苦难？不久以前，她刚刚从那场噩梦走出来，这与她相依为命的老人又病倒了……哪怕能把这些灾难转嫁到自己身上也是好的，可眼下自己又能为她分担什么？

那场悲剧过后丽华从来没有真正开心地笑过，即便为安慰教授而强作笑颜，麦嘉也能感觉到那份难言的苦涩。出院以后回到家里，她就整天闷在自己的房间里看书，见了人很少说话。对自己更是冷漠，开始以为她是在责怪自己，把自己看作一个贪生怕死的懦夫。当麦嘉四肢健全地站在她面前的时候，心里也的确感到内疚，恨不得受到伤害的是自己而不是丽华。

很长一段时间里，麦嘉感到丽华与自己生疏了许多。后来才知道她是有意在自己与她之间制造一种屏障，成心要把她自己孤立起来。有一次，他终于说服她校园里去散步。他推着她坐的轮椅在未名湖边走着，看到湖边长椅上有人在读书，有一对对恋人相互依偎着亲热，她的神色变得黯淡，后来竟哭泣起来……麦嘉知道她是从那些人身上联想到了自己，触动了内心的隐痛。看她那痛苦的样子，麦嘉心里像刀绞一般，可是他必须使她鼓起勇气来面对现实。他曾经把自己的想法告诉过教授，教授也表示赞赏。

走进住院部大楼，一股浓重的药味扑面而来。在医院照顾丽华的日子里，麦嘉对药味已经习以为常。一个护士搀扶着一个穿着病服的老人缓慢地走着，那愁苦的病容使他想起此时正躺在病床上的教授。教授的到底得的是什么病？病情怎么样？麦嘉想着，心里忐忑不安。丽华说教授在家时只是觉得肝部疼得厉害，后来系里来人把他送到校医院看了看，第二天便转到这家有名的医院来，却没人告诉过她教授到底得的什么病。听丽华这么说，麦嘉心里便有一种不祥的预感。按规定，一般的病情是不会往这样的医院送的，况且教授这么大年纪，万一……他感到一阵悚然，不敢再想下去。

想到丽华愁苦的脸，麦嘉叹息着。丽华本来是要同自己一起到医院来的，好不容易才说服她。虽然教授是她的伯父，她对教授的感情却也不同一般。自从教授的儿女到国外去以后，这一老一小在一起相依为命。要是教授真有什么不测，她又怎么经受得住这样的打击？

终于找到了导师住的病房。推门进去，一眼看见病床上躺着的老教授，麦嘉的心一下子提到了嗓子眼。老教授闭着眼睛躺在那里，床头放着一个挂着两个装着药水的玻璃瓶子，一根黄色的胶管连在了教授的手臂上，这情景与去年丽华在医院里时的情景多么相似！他站着病床旁静静地注视着这可敬的老人。一个星期不见，老教授好像衰老了许多，白发散乱，脸成了蜡黄色，眼睛深陷下去，颧骨却耸得老高，形容枯藁。麦嘉觉得一阵心酸，眼前顿时成了模糊的一片。

教授缓慢地睁开双眼，呆滞的目光看着麦嘉。麦嘉走近去，俯下身对教授轻轻叫了一句："杨老师！"

"哦，你来了！"教授微微点头，轻声说。

听教授声音平和，麦嘉不由舒了口气。这声音似乎给了他某种希望，他想说上几句安慰的话，却不知道说什么好。

"你先坐吧！"教授用指指旁边的凳子，说。

麦嘉在凳子上坐下来，看着导师，小心地问道："杨老师，你感觉好吗？"

"还好！"教授说着，显得有些吃力。

麦嘉不安地看着教授，说："老师，您休息吧，我陪着您！"

导师没说话，无力地垂下了眼皮。

麦嘉静静地坐在病床旁，看着这病弱不堪的老人，内心一阵悲凉。老人的病其实也是由心病引起的，那场悲剧及丽华的伤病对他的打击极为沉重。大半年时间里，他很少说话，也很少笑过，本来不苟言笑的老人更给人以庄严的沉重感。他的辞呈交上去以后没有了下文，为签名的事也被报纸点名批判过。老人对此置若罔闻，以后也没有再去开过会，更没出席过任何社会活动，就连博士生也没招了。他成了一个孤独的老人，每天除了照顾丽华以外便呆在书房里看书。麦嘉每个

星期都要抽出一天的时间去看望导师和丽华，并尽可能地为他们做些事情，看着教授在一天天衰老下去，他和丽华心急如焚，丽华甚至有好几次在他面前哭起来，却也没办法使老人从那可怕的阴影中解脱出来。

教授这一生也真够惨的！麦嘉轻轻叹息着。一个出生书香门第的知识分子，哈佛大学毕业的博士，一个堪称泰斗的学者，到头来却也这样凄凉，这样被冷落。其实老人这一辈子又何尝安安宁宁地生活过？五八年差点被打成了右派，“文革”时被整得死去活来不说，还失去了老伴。这才刚刚安定了几年，灾难又接踵而至！就学术成就而言，真正奠定他学术地位的几本学术专著都是解放以前写的，而他解放后写的几部著作在麦嘉看来并没有太高的学术价值。一个偶然的机会，他曾经在五十年代出版的一本学术杂志上看到教授写的一篇检讨自己学术思想的文章，那时教授是刚刚接受了马克思主义思想改造，他对自己的批判也是从这样的观点出发的。麦嘉心想，导师当年的态度也许真的很虔诚，然而看那文章的时候却不能不感到心酸，因为教授所批判的那些观点在麦嘉看来正是他学术理论里最有价值的部分，除去这些东西，他学术生涯中也就没有什么可以称道的了。也正是从那时起教授和他们的那一代知识分子都在自觉或不自觉虔诚或不虔诚地改造着自我，直到他们把自己的灵魂完全扭曲为止！这正是老一代知识分子人生的真实写照！朱光潜、冯友兰、贺麟、王力……这一个个令人肃然起敬的名字后面其实都隐藏着许多悲剧或喜剧的辛酸！

“麦嘉！”耳边传来导师那虚弱的声音，麦嘉转过脸去一看，老人已经睁开了双眼，他赶紧站起身来，微微俯下身去说：“老师，我在这！”

“你去看过丽华了吗？”老人用一双无神的眼睛看着麦嘉，问。

麦嘉轻轻地点了点头，说：“看过了，是她告诉了我您在医院的事，本来她要同我一块来看望你的，是我劝阻了她。”

老人点点头，说：“你回去告诉她，我没什么事，过不了几天我就会好的。千万别让她到医院来。”

麦嘉连连点头，说：“我会按您说的去做的。”

老人喘着气，说：“我最放心不下的就是丽华这孩子了……那件事对她的打击太大，你知道，她一直是很消沉的，几乎快要失去生活的勇气……这些日子情绪刚好了一些，我真担心她……”

“杨老师，您别说了。我会尽力去照顾好她的。丽华是个坚强的女孩，您不必为她担心。”麦嘉安慰着教授说。

“我知道，这大半年来，为了丽华的事，你也受了不少累……我年纪大了，什么都干不了，许多事情都得靠着你们……”教授吃力地说。

“老师，您千万别这么想！那不算什么，都是我们应该做的。是我没有把丽华照顾好，才发生了那样的事情。”麦嘉动情地说着，眼泪快要流了下来。

教授轻轻摇头，说：“不，你不用自责，那不是你的错！”

看着这形容枯槁的老人，麦嘉只觉得心里一阵发酸，看老人身体受不住，对他说：“您休息吧。”

胡坤和系主任王耕教授一起走进病室，麦嘉一见他们，便站起身来同他们打招呼，然后默默退到旁边去。

胡坤来到老教授的床前，关切地问：“先生，我和老王一起看您来了，您感觉好点了吗？”

“先生，系里的老师都很挂念您！”王耕教授握住老教授那只枯瘦的手，说。

老教授睁开双眼看着他们，轻声地说：“我很好，让他们不要牵挂！”

两位系领导陪教授说着话，麦嘉在一旁看着他们，心里充满着敌意，好像他们都是残害教授的凶手似的。

两位系领导坐了半个小时便起身告辞了。麦嘉把他们送到病房外，胡坤转过脸对他说：“你来一下，我有话对你说。”

麦嘉看他神情严峻，知道与导师的事有关，便默默地跟了他往前走着。

走到拐角处，胡坤站住脚步，看看王耕教授，对麦嘉说：“麦嘉，你知道这次杨先生病得很重，能不能挺得过去还很难说……杨先生家的情况你也清楚，孩子都在国外，还有，丽华的情况你比我更清楚……系里作了决定，从今天开始，系里找个人专门来照顾他，可是，他家那边的事就顾不上了……”说着，脸上显出为难的神色。

麦嘉看看胡坤，又看看旁边站着的王耕教授，心里竟有些感动，连胡坤的那张马脸也没那么可憎了，便说：“放心吧，丽华的事我会想办法的！”

“你不是也要上班？”王耕教授皱着眉头，问。

“丽华在生活上基本上能够自理，又请了人专门做家务……我也可以每天下班后去看她。”麦嘉说。

“这就好！”王耕教授拍拍麦嘉的肩膀，说。

麦嘉看着他们脸神情凝重，突然意识到了什么，便看着胡坤问：“杨老师到底得的什么病？”

胡坤同王耕教授交换了一下眼色，对麦嘉说：“根据医生的初步诊断，可能是晚期肝癌，当然，这还不是最后的诊断！明天要对先生的病情会诊，结果很快就能出来的。”

“癌症？”麦嘉只觉眼前一片黑暗，心直往下坠着。

胡坤看着麦嘉，叹息着说：“我们都不希望这是真的。我们之所以要把真相告诉你，就是希望你能和我们一起帮助先生度过这一关！”

麦嘉仍然被那两个可怕的字眼困扰着，并没有听清楚胡坤说的话，只是茫然地看着胡坤，说：“怎么会这样？”

“千万不要把病情告诉先生，暂时也不要告诉丽华！”王耕教授同麦嘉握着手，郑重地嘱咐着。

麦嘉机械地点着头，只觉得脑袋里一片空白。

逸夫躺在床上，想着昨天同水花吵架的事，心里很不是滋味。没想到水花也会那么俗气那么势利，竟也要他到县城去找她嫂子那给县长开车的哥哥。这当然是她母亲和嫂子的主意，这个给县长开车的亲戚向来是他们家的骄傲，时时都要挂在嘴边的，家里有什么为难的事情，想到的也是这个人。在她们看来，这个人是无所不能的，好像县城里除了那些县长和书记以外，就数他最有办法。水花毕竟是在城里上过师范的，私下里对母亲和嫂子的想法很有些不以为然，却也认为这的确是一个有办法的人。对于她们的天真和无知，逸夫真是哭笑不得，开头还试图使她们明白一个给县长开车的司机其实是怎样的微不足道，而自己的问题又绝不是一个县长能够解决的！没想到那样一说，水花母亲和嫂子马上变了脸色，水花连连碰着他的大腿阻止他说下去。其实对她们这家人的心思，他也不是不明白。从失去那个代课教师的资格到现在已经两个月，他整天无所事事，除了吃饭睡觉以外就是躺在床上看书，对这样的生活他自己倒没什么不满意，只是水花母亲看不惯他这懒散相，那脸一天比一天拉得长，脸色一天比一天阴暗。他见了心里更觉得腻味，尽量想避开，有时宁肯躺在床上不去吃饭。这样他与这个家庭里的隔膜也越来越深了，以致到了难以弥合的地步！

听水花说过，尽管她的母亲和嫂子都把这个亲戚看作是一个大人物，到现在为止却从来没求他办过什么事，这回也是下了很大的决心，算是给了他一个天大面子。偏偏他又不肯领这个情，也就难怪她们心里有气了！

那次变故对他其实也是沉重的打击，原以为可以在那所乡镇中学里待下去，甚至同水花商量过要把关系办过来。事实上他也的确干得不坏，在这个不起眼的中学里总共教了两个多月的外语课，已经在老师和同学中建立起了良好的声誉。知道他来历的人倒也不足以为奇，不了解的则开始猜疑他的来历。一个师专毕业的教员终于从水花的表哥那里知道了他过去的经历，这人本来就与这个学校的校长有仇并一在觊覦那个校长的位置，便安了个“重用暴乱分子”的罪名到镇里去告了校长一状。结果并没把那校长搞下台，倒是逸夫不可避免地成为牺牲品，而那个告状者也因此受到全校师生的唾弃，加上被告状的校长也不肯轻易地放过他，没法在学校待下去。所有这些事情都是逸夫当时没有想到的，不过事情到了这个地步也无话可说，甚至没有心思去指责别人，那个被迫调离的告状者总算良心发现，曾上门来表示他的内疚，并一再声明他那样做是对着校长来的，并不是成心要害他。校长也让他耐心地等一段时间，到风声平静过后再想办法请他回去。他却不再抱有什么希望，一切都是在劫难逃，除了默默地忍受以外再没有别的办法，于是回到这间属于他和水花的屋里，百无聊赖地消磨这无聊的时光。

“在这样的时候，人性的弱点也最容易暴露出来！”想着这段经历，逸夫叹息着。不久前，曾经到城里去过一趟，同麦嘉谈到人类的自私本性，麦嘉向他列举了很多这样的例子。这次被通缉的学运人物中有相当一部分人是因为亲属的出卖而被捕的。赫赫有名的学运领袖张锋刚跑到江苏无锡他姨妈家，他的姨丈便偷偷地跑到公安局告密去了，幸亏他姨妈及时给他报信才得以逃脱……这种无耻的行为却被官方的新闻机构视为“大义灭亲”的壮举而受到称赞。这个社会在激发人性的邪恶方面几乎到了空前绝后的地步，战争年代姑且不论，看看“文革”时候的丑剧就已经足够。在各种政治信仰的旗号下，挑起的是人与人之间的仇恨，夫妻之间父子之间反目成仇，人类之间的亲情关系遭受到了亘古未有的破坏……可悲的是这样的悲剧又在这个充满着苦难的大地上重演着，即使没有那样惨烈，在性质并没有太多的区别。不同的是对于大多数人来说，那些政治信仰已经名存实亡，人类的自私本性在这里也表现得更为赤裸裸！

“不错，人是不可能永远地生活在幻想的真空中！”想起林琳说过的话，逸夫感慨着。那是一年多以前的事了，那时他才开始找工作，对前途也没这么悲观，因而对林琳这话大不以为然，现在看来她说的话还真是对的。不错，自己就是一直生活在这样的梦幻里，即使在遭受到那样的打击以后，仍然在想方设法为自己营造着这样的梦幻。这个看上去很宁静的小山村，同水花的这场婚姻，还有现在蜗居的这个小房间，都不过是梦幻中的一部分，既然是梦幻，总不能长久地保持下去！而今裂痕已经出现，这梦幻的大厦正摇摇欲坠，他却无能为力。

“吃饭了，快起床！”水花推开门走进来，在门口站着，皱着眉头说，语气中带着明显不耐烦的意味。

“你们自己吃吧，我不饿！”逸夫看着水花，说话的语气也是很生硬，心里却并不想这样对她，话从嘴里出来就变了调。

“老不吃饭怎么行？”水花皱着眉头，走过来。

“我真的不想吃，我说过，在学校我就不吃早饭的。”逸夫勉强笑着，尽量使自己的语气温和些。

水花不满地看着他，叹口气说："你还是起来的好，不然妈和嫂子她们又会以为你有什么想法了。"

"我就是不想吃饭，她们爱怎么想就怎么想好了。"逸夫很不耐烦地说，脸上显出厌倦的神色。

水花幽幽看着他，没再说什么。

看着水花走出房间，逸夫感到内疚起来："我这是怎么啦？为什么见到她心里就烦？难道我真的这么讨厌她？"这么想着，心里感到惶恐不安。可是她并没有做错什么，就算她和她家人的想法都很可笑，但也是为了自己好呀，有什么理由去伤害她们？现在想起来，昨天的话是说得太难听，难怪水花经受不住哭起来，哭声惊动了她母亲和嫂子，她们都没说什么，脸色却都很难看……事后自己也感到懊悔。不管怎么说，水花一家人对自己还是不错的，她们在他最困难的时候帮助了他，使他拥有了这样一个家……他真觉得自己不是东西，也实在没有勇气去面对她们！

"为什么会有这么多烦心的事呢？"逸夫叹息着，内心一片茫然。想到同水花结婚的事，觉得许多想法是过于天真了。"那时候自己是感到很累，只想有个地方休息一下，当水花来到身边的时候，便以为找到了一个理想中的归宿，从此可以过上一种安安稳稳清清静静的生活了，现在才知道根本不是那么回事！……不管怎么说，刚结婚的时候，还是有过一段美好的日子！……一切都是那么如意，水花对自己是那样关心和体贴，那样温柔和善良，没有城里女孩那样的矫揉造作！可现在好像一切都变了！"想起刚才水花脸上那副厌倦的神态，心里更不是滋味："她对自己也感到厌倦了，尽管她总想在自己面前掩饰这情感，又怎么能瞒得过自己？只是这样的现实自己也不愿意去面对的……生活有时候需要自我欺骗，自我逃避，然而生活却又是这样的无奈，有什么办法！”他想着，神情更为沮丧。“这不能怪水花，不，这不是她的错，错的只是自己！麦嘉他们的想法也许是对的，这场婚姻从一开始就是一个错误！那次麦嘉和金哲，还有高歌，一起到这里来的时候并没有这样说，可是从他们的眼神里看得出来，他们都是这样想的，自己却执迷不悟！……不错，那时候自己对生活的确充满着幻想。要是能够像自己设想的那样在那所中学里待下去，事情也许会是另外一个样子，现在自己又堕落成一个一无所有的流浪汉，一个整天躺在床上什么也干不了的废物！这样的人又有什么好爱的呢？……说到底爱情也是有条件的！当初麦嘉他们对自己同水花的婚事很不以为然，在很大程度上也是以为自己这样一个研究生找一个没上过大学的村姑结婚实在太吃亏，而那时候的水花也因为条件不如自己，所以在自己面前总是很自卑！然而现在事情却有了根本性的改变。水花也好，她家里的人也好，她们终于知道文凭也好，学问也好，到底是不能当饭吃的，就把自己当成了累赘！……毕竟她们都是对的，其实自己又何尝不把自己这身臭皮囊当作是一个累赘呢？……对一个漂泊无依的灵魂来说，活着就是痛苦！”

“你怎么还躺在床上？”水花不知什么时候又走了进来，一双忧郁的眼睛看着逸夫。

逸夫转过脸来看着她，懒洋洋地说：“起来又有什么好干的？”

“可是你整天这样躺在床上，就不怕别人说什么！”水花瞅着逸夫，说。

“他们爱说什么就让他们说好了，我可不在乎！”逸夫冷冷地说。

水花叹了口气，在床边坐下来，说：“你整天躺在床上，别人说什么也传不到你的耳朵里，当然不在乎，可是你也得为我想想！”

逸夫皱起了眉头，问：“别人又在说什么了？”

“还能说什么，还不是说我们家养了一个大闲人呗！”水花没好气地说。

“闲人？是的，我是一个大闲人，是个没用的大闲人！”逸夫喃喃地说着，却不由得苦笑起来。

“你这是怎么啦？”水花不安地看着逸夫，似乎觉得有些古怪。

逸夫在床上坐着，一双眼睛盯住了水花，突然问道：“水花，你告诉我，你是不是后悔嫁给我？”

“不，我并不后悔，可我不希望你这样！”水花摇着头说，脸上却显出慌乱的神色。

逸夫苦着脸笑了笑，叹息说：“我也不希望这样，可又有什么办法？”

“总会有办法的！何况参加运动的也不是你一个人，人家都能活得好好的，你为什么就不能呢？”水花拉住逸夫的手，说。

“是有很多人参加了那场运动，可我是坐过牢的人，他们不会轻易放过我的，所以你跟着我只能受苦！这是我早就对你说过的，如果你后悔的话，我会自己离开你的，我说过我并不想妨碍你！”逸夫冷笑着说，并把手抽出来。

“快别说这样的话了！你这么说，我心里很难过。”水花说着，便用手去掩住他的嘴。

逸夫把她的手抓住，说：“我说的可是真话，我的确是很没用的男人，只会拖累你，成为你的负担，却不能给你带来什么！”

“我不需要你给我带来什么，你是我的丈夫，我们能够在一起，我已经感到很满足了。”水花用手在他的手背上抚摸着，说。

逸夫觉得她那样子很可爱，问她：“我看你刚才进来的时候脸色不大好，是不是嫂子又对你说什么了？”

水花的脸色一下变得暗淡起来，嗫嚅着说：“没什么，她只是想要我们以后自己开伙做饭。”

逸夫脸色变得铁青，问水花：“是因为我的缘故，对吗？”

“她也只是那样说说而已，你知道嫂子那人向来是有口无心的，再说我妈也没同意！”水花见逸夫的脸色阴沉，强笑着说。

逸夫却冷冷一笑，点点头说：“我明白了！”

“你这是怎么啦？你的手怎么这么凉？”水花不安地看着逸夫。

逸夫摇摇头，说：“没什么，我很好！”眼睛却不看水花，脸上神情显得有些麻木。

麦嘉靠车窗坐着，眼睛看着窗外。这破旧的公共汽车浑身颤动着夹在一长溜首尾相接的车队中缓慢地向前行驶，马路两边的行人、树木和商店外面的各种广告招牌在眼前一晃而过，习习凉风吹拂着他的脸，他眯缝着眼睛，只觉得眼睛外面的睫毛在轻轻地浮动。

车内挤满了人，售票员粗鲁的吆喝声不时传到耳朵里，麦嘉却只是无动于衷地坐着，神情恍惚。

“肝癌！”这个可怕的字眼在一直在他脑海里盘旋着，脸色变得更为凝重，就好像身体正向着那无底的深渊坠落着，倾刻间一股寒流溜上了背脊，不由得浑身哆嗦起来。想到躺在病床上被可怕的病魔折磨得不成人样的老教授，心情变得更为沉重。

“命运真是太不公平！”麦嘉叹息着，想起那次同导师一起坐车到广场上去看丽华时的情景，那次他们坐的也是这样的公共汽车，车上的人也是很多，不过大都是学生，秩序也比现在要好得多……给教授让座的那个国际关系学院的女孩看上去很清秀，只是脸上的表情过于严肃，也难怪，在那样的气氛下又有谁能够轻松起来呢？当时自己就站在教授的身边，白发苍苍的老教授像个泥塑般地坐着，自己平时对导师是敬畏的，那时却感觉到很亲近。想到教授在广场演讲的情景，麦嘉心里一阵感慨。原来以为老先生是个老学究，对政治不感兴趣，看他想要发表演讲，还真为他担心。当时丽华就在自己身边，看上去也很紧张。没想到教授说得那么好！那天教授的气色很好，中气很足，很有激情，与平时不一样！但那已经是一年多以前的事情了，现在教授却躺在医院的病床上，经受着病痛的折磨，眼看着生命就要从他那瘦弱的身体里流逝。

透过车窗，看到外面大街上巡逻的士兵，不由得冷笑起来："他们倒是一个个身体强壮，耀武扬威的，其实他们不过是政客们手中的工具，他们中的许多人手上是沾着血腥味的，为此他们将永远不得安宁，廉价的荣誉并不能掩盖罪恶！……还有那些指使他们开枪的政客们，他们仍然还在台上，而且看上去都活得不错，这一年来他们廉价雇佣的那些御用文人们一直在不遗余力地为他们掩饰罪恶并为他们涂脂抹粉，然而杀人的事实总是掩盖不了的，总有一天他们要被钉在历史的耻辱架上，这是毫无疑问的！他们肯定也知道这一点，现在他们都在嘴里喊着改革反腐败，其实那是他们心虚，想以此来为自己赎罪，挽回民心，然而一切都已经为时过晚，只要有点头脑的人都已经看破了他们的真实面目！……政客们也许正为他们的胜利得意忘形，然而他们将永远背上罪恶的十字架！这些荷枪实弹的士兵其实暴露了他们内心的空虚和恐惧！"

在清华园站下了车，才想起还可以多坐一站在兰旗营下车的，心里却不懊悔。到中关园还有不短的一段路程，他宁愿走着去。眼见着离丽华越来越近，心里反而踌躇起来："她现在肯定着急知道导师的病情，可是我该怎么对她说呢？这对她来说无疑是沉重的打击，要知道导师是她最亲的亲人！”他觉得自己的心在往下坠着，不由得放慢了脚步。“可是我又怎么瞒得住她呢？她是那么聪明！”看着对面走过来的一个身体修长体态轻盈的女孩，他想起丽华以前的的样子：“那时候丽华也有一双修长美丽的腿，走起路来也是那么轻盈，那么潇洒！……而现在她却失去了一切，那羸弱而伤残的身体却不得不去承受这深重的灾难……而所有灾难都是从那个可怕的夜晚开始的，那场可怕的悲剧改变了一切！真正的罪人是那些玩弄权术的政客，包括那些怀着个人野心的学生领袖们！”想到最近关于逃到国外的某些学生领袖和民运领袖们的传闻，心里更有些忿忿不平。“他们倒是因此有了资本，把自己打扮成英雄在外国人面前丢人现眼，然而成千上万的普通人却承受着这样或那样的打击和迫害……其实，真正伟大的是那些普普通通的市民和学生，他们才称得上是真正的英雄！”

走到兰旗营，麦嘉看见三个全副武装的士兵从对面向着自己走过来，心里竟没有一丝恐惧，反而用一双阴冷的眼睛死盯住他们，挺着胸膛迎面走过去，边走边在心里呼喊着：“你们来吧，有本事把所有的人都抓去坐牢好了，我不会怕你们的！”然而那些士兵好像对他并没有在意，他们根本没有朝他看一眼，便昂首挺胸地从他身边走了过去，这使他大失所望。

走进中关园，心思又转到了丽华的身上：“我该怎么对她说呢？”想到正焦急等待自己的丽华，心里更是忐忑：“丽华这几天一直在为导师的病情担忧着，看她忧心忡忡的样子，好像有了某种预感。她本来也是要同自己一起到医院去的，还是自己劝她才放弃了这种想法，自己答应过她要把导师的情况告诉她的，无论如何不能再骗她。”想到那可怕的疾病，那种由来已久的恐惧顿时袭上心头，只觉得眼前是一片

黑暗。"以后，丽华该怎么办？不错，她在南方是还有父母，还有亲人，在北京也还有个在计生委当处长的姑妈，可那又怎么样？她要是真的回到南方去的话，自己就很难再见到她了，况且自己又是答应过导师要好好照顾她的！"他想着好像害怕要失去什么东西似的，脚步停下来。

麦嘉在路上徘徊着，抬头往前面的楼房看了看，心里突然闪亮了一下："我为什么不同她结婚呢？"这个念头使他感到一阵欣喜："我为什么没早这么想呢？难道我不是一直在爱着她吗？只是她在自己心目中太神圣了，只要在她的面前，自己总不能克服那种自卑感，……现在情况有了改变，自己对她的那份情感并没有改变，难道不是这样吗？不错，同丽华在一起，那就意味着要经受许多磨难和痛苦，可是那有什么呢？能够为自己所爱的人分担一些痛苦，这不是一件很幸福的事情吗？"麦嘉这么想着，只觉得一股热流在内心里涌动着，眼眶里顿时充满了泪水。刚要迈步往前走，却停下来。"可是丽华会接受我的爱吗？她是不是也爱过我？"麦嘉想着，又在路边迟疑起来，回想起与丽华交往时的种种情景。"不管怎么样，她对自己总是抱有好感的，尤其因为那场运动，在一起的机会多了，到后来她对自己的感情也是有了变化的。要是没有发生那样的事情，我们之间的感情肯定也会发展的……然而丽华却是一个很要强的女孩，她肯定会以为自己是在怜悯她，她说过，她最讨厌的正是别人用这样的眼光来看待她，……如果这样的话，总是有办法来说服她的。"这么想着，似乎觉得有了信心，终于迈开脚步往前走去。

"我一听到门铃声就知道一定是你来了！"丽华打开门，一见到麦嘉便说。

看着坐着轮椅来给自己开门的丽华，麦嘉心里一阵酸楚，他笑了笑，问她："怎么就你一个人在家，保姆呢？"

“出去买菜了！”丽华说着，看着麦嘉：“麦嘉，你怎么啦？你的脸色这么难看，是不是伯父的病……不好啦？”

“你别瞎想了，我是刚从医院里来的，教授的病情已经好些了！对了，他还让我告诉你，不要为他担心！”麦嘉说着，推着轮椅往房间走去。

“那你说说，伯父到底得的是什么病？”丽华问。

麦嘉把轮椅推到床前，走过去把窗帘拉开，眼睛没敢去看丽华。

“伯父到底得的是什么病？你倒是说话呀！”丽华看着麦嘉，眼神里显得有些焦虑不安。

麦嘉看着丽华，心里像压着一块石头似的，轻轻地叹了口气，说：“其实没什么，只不过肝脏出了点问题。”

“你说的是肝炎？”丽华小心地问，神色更为紧张。

麦嘉摇了摇头，对她说：“医生说可能得的是肝癌，但还没有最后确诊。”

“怎么会这样！”丽华痛苦地低下了头，一只手支在自己的额头上，眼泪从眼眶里流了出来。

看着丽华痛苦的样子，麦嘉心里更是难受，轻轻地走到轮椅旁，说：“丽华，你别这样！事情也许并不像我们想象的那样坏，这种病也不是不能治的。”

“你是说伯父的病能治好，医生也是这么说的，对吗？”丽华抬起头来，一双含满泪水的眼睛期待地看着他。

麦嘉不忍心让她失望，便说：“我对你说过，我母亲也是得了癌症，前些天我们家来信说，她现在身体还不错。”

“真的吗？”丽华看着麦嘉，问。

麦嘉故作轻松地笑了笑，说：“当然，难道我还会骗你吗？”

丽华用手擦擦脸上的泪水，情绪也稳定了些，想了想，似乎还有些不放心，又问："伯父的病是早期吗？"

"这得等明天会诊以后才能知道，不过我想，以前又没见什么征兆，一定是早期的。"麦嘉这样说，其实心里也没底。

丽华好像在思考着什么，过了一会儿才说："下回你带我一起到医院去看望伯父，好吗？"

麦嘉点了点头，说："好，我带你去！"

丽华轻轻地叹了口气，一双忧郁的眼睛往窗外看着，好像又在想着什么。

麦嘉在她的身边站着，用怜爱的眼睛看着她，心里叹息着：多好的姑娘！要是没有那场灾难，她该是多么幸福！对这样一个女孩来说，她遭受的痛苦和打击已经够多的了，再不能让她受到任何伤害！我一定要保护好她，尽自己最大的努力去使她获得幸福！这么想着，麦嘉心里产生出一种悲壮的情感，眼光变得冷峻起来。

逸夫坐在床边，看着对面坐着的那个五大三粗的男人，嘴角上竟挂着阴冷的笑意。从进入这个家庭的那天起，逸夫便觉得水花这个在煤矿里干事的哥哥总有些不对劲，当初也正是这个人极力反对把妹妹嫁给自己，即便在同水花的婚姻成为事实以后，也总是以那种怀疑的目光看待自己，好像自己是一个十足的骗子。平时对他倒没有恶意，见了面却难免感到腻味。好在他也难得回一趟家，即便回家也难得走进这个屋子。从他刚才走进这间屋子的那一刻起，便知道他的来意，看他那张阴沉的脸，心里更是感到厌倦。

那粗大的汉子从嘴里吐出一口浓烟，又往地上吐了一口唾液，抬头看着逸夫说:“我来,是想和你谈谈你和我妹妹的事……”说到这里,故意停顿下来,看逸夫脸上的反应。

逸夫只是淡淡地笑了笑,没有说话。

那汉子显得有些失望,又狠狠地吸了口烟,说:“我也是上过几年学的,不过跟你比起来只能算是个大老粗,说话也不会拐弯抹角……就说你同我妹妹的这件事,你知道,当初我就是不同意的,我知道你们根本就不是一路人,你不过是遭了难才肯屈就的,没准哪一天你走运了……那时候就太迟了!……当然我妹妹是真心喜欢你的,所以我也是没有办法!但我没想到会是这样一个结果。”说着,低下头去,一副很懊丧的样子。

“我也没想到会这样!”逸夫喃喃地说着,竟也叹息了一声,脸上的笑容却显得有些古怪。

水花的哥哥看着逸夫,似乎在琢磨着他那表情和那话里的含意,脸上却显出困惑的神色,说:“我不像你们有知识的人,说话也不会像你们有文化的人那样喜欢拐弯抹角……你知道,我们家祖祖辈辈都是农民,农民嘛,总是要靠劳动来养活自己的,你这么有学问,这个简单的道理,我不说,你也是明白的……”

“是的,我明白!”逸夫苦笑着点点头,心里却想:看他说话的口气,就像要给自己下最后通牒了!然而他的确有权力这样做,怎么说他也是这个家里的主人,而自己算什么东西?也许他说得对,自己本来是不该属于这里的,在这个家里,自己原本就是个匆匆过客,可是当初为什么就没有意识到这一点呢?他想着,脸上也现出困惑的神色来。

“……过去的事我就不想多说了,我是这么想,结了婚,就应该好好在一起过日子,可是你整天这样躺在床上又算什么呢?……你有

你的难处，可是怎么说你也是一个大老爷们，光靠一个女人来养活自己，那算什么呢？”水花的哥哥说着，竟有些忿忿然。

“他终于把这话说出来了！”逸夫冷笑着，脸上一副冷漠的表情，心想：“是的，我是一个靠女人养活的男人！在这个家里，我本来就是多余的，他们一家人肯定都是这么想的，连水花也这么想！自己本来就是一个无家可归的流浪汉，他们出于怜悯才收留了自己，他总算把一家人的真实想法都暴露出来了！既然如此，自己离开就是了，何必要去拖累他们？”

“我没有别的意思，怎么着你也是我的妹夫，你和我妹妹都过好了，我也为你们感到高兴……你的处境是不大好，可总得想想法子才行，不然的话，日子怎么过下去？”水花哥哥说着，把烟头扔在地上。

逸夫两眼直勾勾地看着眼前这个粗壮的汉子，竟有些怜悯他了，不管怎么说，他还算得上是一个善良朴实的人，说的话是有点不中听，但总是为自己妹妹好。在这件事情上，他没有错，错的只是自己，是自己拖累了水花，也拖累了这个家！

“我不想看着自己妹妹这样受苦！”水花哥哥说。

“受苦？”逸夫自言自语地说，看着眼前的汉子，眼睛里流露出茫然的神色。

“我今天来找你，就想向你讨个说法，也好对我的妹妹，还有我的母亲有个交代！”那汉子看着逸夫那神态，竟也有些迷惑。

“说法？哦，是的，是该有个说法了！”逸夫叹了口气，古怪地笑了笑，问那汉子：“这也是水花本人的意思？”

汉子不解地看着逸夫，犹豫一下，说：“也算是吧！”

逸夫淡淡一笑，说：“我明白了！请放心，我不会再拖累你们的！”说着，眼睛往窗外看着，冰冷的脸上显出坚毅的神情。

汉子看着逸夫，竟有些不安，说：“你别误会，我可没有赶你走的意思！”

逸夫微笑着对他说：“我知道。总而言之，我会给你们一个交代的！现在我只想一个人好好想一想！”

“那好吧，我就不打扰你了！”水花哥哥说着，看看逸夫，低垂着头，往外走去。

逸夫看那汉子走了出去，稍微定了定神，先抬高了那条右腿放在床上，接着又把左腿放上去与右腿并在一起，身体随即转过来，两只手支撑着床面使身体向后移动了一下，让自己的脊背靠在床头坐着，眼睛呆呆地看着窗外。

“这一切都该结束了！”逸夫叹息着，只觉得内心里空荡荡的。“我实在是一个使人讨厌的家伙！是的，没有人真正喜欢过我，爱过我！当初林琳说过爱自己的，水花也说过，然而她们最终都离开了我……我是什么东西？一个连自己也养活不了的穷光蛋而已！连林琳也说自己除了会看书以外什么也不会的，可是这年头光会看书又有什么用？……水花开始的时候倒是把看书的事情看得很神圣，那是因为她自己没有读那么多书的缘故……结婚的头两个月她自己也还看过两本书，现在想起来那只不过是要迎合自己……等她终于认识到自己所拥有的这些知识其实并不能换来赖以生存的金钱以后，便难免要对自己产生厌倦……毫无疑问，水花也是参与了这件事的！在自己面前，她倒很少抱怨，但肯定在她的母亲和嫂子面前说过什么，不然的话，她哥哥也不会上门来对自己兴师问罪。看他刚才对自己说话的口气，好像自己是残害水花的凶手似的，而他对自己明显是怀着仇恨的……然而这一切多么滑稽！不过也许他是对的，水花当初不嫁给自己，她要是随便嫁给村里的某个小伙，哪怕只是个会种田的农民也比自己要

强得多！记得当初自己也是对她说过这样的话，但那时她也是昏了头，一门心思要跟着自己……她的母亲和嫂子也看不出有什么不满意的，甚至连她这位哥哥也常对人吹嘘说自己的妹妹找的是一个在北大上过研究生的城里人，其实大多数乡里人并不知道研究生是怎么回事！……现在想起来，一切都是那么滑稽可笑！”

透过窗口，看见在院子里在一群公鸡和母鸡中间蹒跚行走的小孩，逸夫想起了第一次到这个家里来的情景：“那是一个多么温馨的画面！蹒跚学步的小孩，年轻慈爱的母亲，还有充满着青春气息和泥土清香的少女！……”逸夫极力地想象着当时水花当时的模样：“那时的水花还是一个清纯的少女，那样朴实自然，一点也不忸怩做作，这些正是林琳身上所缺少的，给自己带来一种清新的感觉！这变化来得太突然，就像做梦一样！刚才自己还是一个幸福的人，拥有爱情，拥有家庭，转眼间醒来，一切都烟消云散！”

“人生如梦！”他的脑海里突然冒出了这样的成语，又想起了林琳对自己说过的话：“林琳说自己是生活在梦幻中，麦嘉和金哲也这样说过自己，其实他们自己又何尝不是在做梦！人生本就是一场梦，一个人若是连梦都不会做，那才叫可怜！说到底人生就是这么回事！有的人为生存活着的，有的人为理想活着，有些人拥有了一切，有些人失去了一切，其实并没有本质的区别，然而只有当他们真正面对着死亡的时候才会理解这一点！人类只有在自我欺骗中才能更好地生活下去，只在梦幻中人类才能逃避对死亡的恐惧，得到暂时的安宁……自然科学也好，社会科学也好，艺术也好，每一天都在制造这样的梦幻！人类文明正是这样产生出来的……有人在为理想而奋斗，有人献身科学，有人献身艺术，有人献身宗教，有更多的人在醉生梦死，其实他们都是在为自己制造梦幻，只是方式不同而已！这本来是很简单的道理，可是为什么人们却总是闹不明白呢？……有时候真理的确是很可怕的，所以并不是每个人都有勇气去面对真理，许多人都宁愿生活在这样或那样的梦幻中……自然，梦幻总会有破灭的一天，人生的悲剧也正在这里！”想到这里，只觉得心里一阵躁动，无数黑色的小圆圈在眼前闪动着。

外面传来了孩子的啼哭声，往窗外看去，只见刚才在鸡群中玩耍的小孩摔倒在地上，正想着要出去扶那小孩起来，却见水花的嫂子已从自己的屋里跑了出来，一见趴倒在地上的哭啼的孩子，便惊叫着走过去，把住小孩的两臂把他从地上拉起来，嘴里却不住地对孩子叫嚷着：“你这没用的孩子，这么大的人了，连路也走不稳，还得让人整天在这里侍侯你……”

那声音传到了屋里，逸夫听着觉得特别刺耳，知道这女人又在指桑骂槐，也没在意。近来这女人对他好像充满了仇恨，一有机会就要发泄一番。他对她的那点好印象也是这样被她骂掉的。这其中的缘由也同那小孩有关系，这女人以为他整天在家里待着反正也没事，每次出去便把孩子放到他屋里来让他照看，他开头还没觉出什么来，时间一久便发现这女人是存心要让自己成为她家的保姆，心里自然烦恼，加上那小家伙也不是好侍候的，有一次他在房里看书，没注意小家伙自己走到了院子里去，不小心摔了一跤，在额头上摔出了一个小红包来，这女人也就恨上了他。她对他所做的那些小动作和说过的那些酸不拉叽的话，和他以前见过的那些悍妇并无区别。他自然不会与她一般见识，何况他几乎成了一个没有多少血性的男人，在感情上也麻木得很！想到第一次到这个院子里看到的那般情境，总觉得那是很遥远的事情。

“是该走的时候了！”逸夫用眼睛往屋里四处看着，看着门上贴

着那对囍字，竟不由得苦笑了起来："那个时候自己对这段婚姻也是抱着希望的，却没想到会是这样的结局！当初自己是赤条条地来到了这个家，这半年除了把自己的书从城里送来了以外，并没有添置任何家具，现在要走了，倒也什么都不用带……这里的东西本就都不属于自己，来这里住了半年多，就算是做了一回客……我本就是一个流浪汉，而流浪汉是不应该有家的……也算是命运作了一次错误的安排……现在好了，这一切就要结束了，有什么可留恋的！"他想着，便把一条腿移到了床下，接着就是另一条腿，双脚在床下搜寻了一阵，总算蹬进那双破旧的皮鞋里。

听到门的响声，逸夫把头抬起来，看着刚从门外走进来的水花，脸上是一副冷漠的表情。

水花惊讶地看着逸夫，问他："你要出去？"

"我想到外面去走走！"逸夫本来想在她面前装得自然一些，以免让她看出破绽来，结果还是觉得自己的表情过于呆板了。

水花朝屋里四处看了看，问逸夫："大哥是不是来过了？"

"来过了！"逸夫说着，低头看看脚下那双破旧的皮鞋。

"他对你说什么了？"水花问。

"还能说什么！"逸夫冷笑着说，眼睛却朝着对面墙上看去。

"你怎么啦？好像很不高兴？"水花不安地看着逸夫。

"我能有什么不高兴的，整天什么事也不干，大闲人一个！"逸夫说着，心里竟也有些酸溜溜的滋味。

水花听出他话里的意味，不由得皱起了眉头，说："你别老这么想！"

逸夫却又苦笑了起来，说："放心吧，我是不会这么想了！"然后又瞥了水花一眼，说："没事的话，我可走了！"

水花轻轻地叹息了一声，说：“你去吧！”

逸夫忍不住看了她一眼，见她无动于衷，便也叹口气，低着头往外走。

“你走吧！”在胡同里边走着，回忆着刚才水花对自己说这话时的表情，心想：“说这话的时候她对自己的表情是多么的冷漠，那眼光也令人感到陌生！……麦嘉说过要想看透一个人最主要的是要看他的眼睛和笑容。她那眼光，那冰冷的表情，分明是说她对自己的感情已经完结了……好在她并没有看出自己的真实意图，是的，她一定没有想到这是最后一次见到自己了！”这么想着，脸上竟现出了阴冷的笑意来，“即便知道了又怎么样呢？”他这样问自己，内心里随即生出莫名的惆怅来：“是的，我们之间已经不存在什么感情了，既然这样，她又怎么会关心自己？对她来说自己不过是一个累赘，恨不得早点甩开了才好！……到那一天她也许会对着自己哭泣几声，流下几滴眼泪，也不过做做样子而巳！……小时候在家乡看那些哭灵的人都是有哭无泪的，全然没有一点真实的情感，她将来对自己也会这样，即便对自己还有那么点怜悯之情，但不用多久就会把自己忘到九霄云外去，然后她很快会找到一个比自己更好的丈夫！就像她们全家所希望的那样……这是理所那当然的，谁也没有权力去责备！……自己这样做也算是成全了她！……每个人都找到了自己应有的归宿，也算是一个皆大欢喜的结局了！”这样想着，脸上泛出苦涩的笑意。

往村外走着，觉得神情有些恍惚。看到村边的那座小学，仿佛又看到了第一次来这里时见到水花同孩子们在一起玩游戏的情景，那情景一下又变得那么遥远，还没来得及看清楚，便从脑海里消失了，这使他大为沮丧。“我为什么老要去想那些过去的事情呢？人是不能生活在过去的，今天尚且不能把握住，何况是过去！……人活着，其实

就是这么回事！”看见前面一个老农正对自己微笑，他愣了一下，眼睛里露出茫然的神色。“他为什么要那样对自己笑，是不是看出什么来了？”终于想起自己原来也是认识这个老农的：“是的，他那回来找过自己，是为了同村干部打官司的事情，村干部把他开出的荒地收了回去，他在地里种了好些作物也给没收了……也正是从那时起，我才知道这个小小山村其实也不像原来想象的那样平静，坏人到处都有……记得那一次自己是帮着他写过一份状子的，这件事后来到底怎么样了？他为什么没再来找自己？”他想着，竟想去问问那位老农，等他回过头去看时，那老农却已经走得很远了，只好叹息一声，继续往前面走着。

天气阴沉沉，迎面吹来的风却也有几分凉爽，他孤独地在那条熟悉的小道上行走着，看到那荒野中的绿色，才想起是夏天了。在这懒散的日子里，他的时间观念已变得十分淡漠，对他来说，生活也不过是这样，昨天与今天，今天与明天并没有本质的区别！没有希望，没有前途，在孤独与无奈中消磨着时光也消遣着自己的生命……然而今天却是一个不平凡的日子，今天是六月的几号？是二号还是三号或者是四号？六日四号……这可是那场大屠杀的周年祭日！自己为什么偏偏选中了这个时候，是偶然的巧合，还是命运的有意安排？……多么可怕的场面：向人群中开来的坦克，一张张被内心燃烧的仇恨所扭曲的脸，歇斯底里的哭叫声和震耳欲聋的枪声……一幅幅恐怖的画面在眼前闪现着，他不忍去面对一幕幕惨剧，竟痛苦地闭上了双眼。“悲剧就是从那时候开始的，正是这场悲剧改变了一切！”逸夫睁开眼睛，又想起了死去的小戈和沈鸿，心想：“对于许多人来说，死亡不过是一种解脱！……然而在面对着死亡的时候，他们又是怎样的感觉呢？是恐惧，还是就像自己现在这样？”

终于走到了湖边，默默地注视着眼前的情景：灰色的天空，灰色的湖水，苍凉的荒野，连远处的高山也仿佛成了灰色……这使他想起一个久远的梦，在那梦境中，自己也是在这样一个苍凉的荒野上行走着，那境地与这里的确是几分相像的……这么说来，这就是自己的归宿了，可是当初自己为什么没有早发现这一点呢？以前到这里来也从来没有发现这地方是这样的苍凉！

他叹息着，终于沿着斜坡走下去。站在那暗淡的水边，觉得那宁静的湖水对自己充满着诱惑，一种久远的欲望在内心中涌动着，冥冥之中好像有一个细微的声音在对他呼唤着："来吧，来吧，这就是你的归宿！只有把自己融在这无尽的湖水中，你才能真正找到永恒！"那带着磁性的声音充满着诱惑力，他好像已经不能支配自己，只是跟随着那声音往前走着，只听到"扑嗵"一声，他的身体掉到那柔软的湖水之中……

在湖水中游动着，只觉得身体轻飘飘的，那水也是轻飘飘的，他的手划得很慢，很轻松。那富有诱惑力地声音不时地在他的耳边响着："来吧！来吧！这才是永恒……"声音越来越细越来越轻柔。他使劲地划着水，神志却越来越模糊不清，就好像整个身体都已经融化在这宁静而柔和的湖水之中……

不知道过了多久，他已经没有一丝力气，身体变得越来越沉重，这时他好像看到海子，小戈，还有沈鸿就在不远的地方站着，正微笑地看着他，向他招着手，于是拼出身上的最后一丝力气，向他们游过去……

（全书完）

一九九四年至十月二十二日初稿

一九九五年十二月二十三日二稿

国家图书馆出版品预行编目资料

炼狱 / 麦嘉着. —初版.—台中市：白象文化，2020.6
册； 公分.
简体字版
ISBN 978-986-358-999-0(全套 ： 平装)

857.7 109003505

炼狱

作　　者　麦嘉
校　　对　麦嘉
专案主编　林荣威
出版编印　吴适意、林荣威、林孟侃、陈逸儒、黄丽颖
设计创意　张礼南、何佳諠
经销推广　李莉吟、庄博亚、刘育姗、李如玉
经纪企划　张辉潭、洪怡欣、徐锦淳、黄姿虹
营运管理　林金郎、曾千熏
发 行 人　张辉潭
出版发行　白象文化事业有限公司
412台中市大里区科技路1号8楼之2（台中软件园区）
出版专线：（04）2496-5995　传真：（04）2496-9901
401台中市东区和平街228巷44号（经销部）
购书专线：（04）2220-8589　传真：（04）2220-8505
印　　刷　基盛印刷工场
初版一刷　2020 年 6 月
全套定价　NT.698 元